豆棚閒話

艾衲居士編撰
陳大康校注
王關仕校閱

總目

引言

陳大康

豆棚閒話是清初較出色的一部短篇小說集。用「豆棚」命名，是因為全書十二則內容並不相關的故事，均由一豆棚相牽，而大家聚集在豆棚之下輪流講故事，這格局與世界名著一千零一夜、十日談等頗有異曲同工之妙。在豆棚閒話之前，中國古代小說中未曾有過採用如此格局的作品。不過作者艾衲居士的這一構思，卻也並不完全是突如其來的靈感。從當時短篇小說創作形式的發展歷程來看，它實際上是由宋元話本中的「頭回」演變而來的。

「頭回」又名「得勝頭回」，它原是指說書人在演說「正話」之前所講述的小故事，一般是一則，有時也由幾則組成。「頭回」在情節上與「正話」並無關係，但思想上有相合之處，即所謂「取不同者由反入正，取相類者較有淺深」（魯迅中國小說史略），它的出現固然是創作上的一種需要，但更重要的推動原因卻是商業上的考慮。對說書先生來說，聽眾的多寡直接影響到他的生計，故而總是希望來聽講故事的人越多越好。可是到了約定的時間，即使聽眾不很多，他也必須開講。為了解決這一矛盾，作為兩全之法的「頭回」便出現了：已入場的聽眾的注意力為「頭回」所吸引，他們不會因開講的不準時而煩躁喧鬧；而場外的人由於「正話」尚未開始，他們這時也樂意入場聽講。久而久之，「頭回」也就成了話本小說中的一種固定形式。明末時一些作家模仿話本而創作小說，這便是「擬話本小說」得名的由來，他們的作品也大多沿用「頭回」的形式。然而從話本到擬話本，作品與欣賞者的關係已經發生了很大的變化，即從訴諸大眾的聽覺轉至供讀者案頭閱讀。決定「頭回」存在的商業動因已經消失；同時，構想與設置「頭回」往往還會成為創作的累贅。在這種情況下，「頭回」便只有兩條出路：一是乾脆被省略，入清以後相當多的擬話本作者都採用此法；一是經改造後成為作品的有機組成部分。艾衲居士正是從後一角度著眼，設計出以豆棚相牽諸故事的格局。而從給作品集命名時也不忘「豆棚」二字來看，作者對自己的這一創造還是頗為得意的——他也有理由自豪。今日如果要考察擬話本小說形式的演變，豆棚閒話便是一部不可忽略的重要作品。

當我們將注意力從形式轉至內容時，不難發現豆棚閒話在這方面同樣有著很醒目的特點，正如天空嘯鶴在作品集的敘言中所言：「莽將廿一史掀翻，另數芝蔴帳目」，「那讚舊聞，便李代桃僵，不聲冤屈；倒顛成案，雖董帽薛戴，好像生成」。這類作品中最突出的例子，可算是第七則首陽山叔齊變節了。伯夷與叔齊在周滅商後仍忠貞前朝，遁入首陽山。他們恥食周粟，僅靠採薇充饑，最後餓死在山中。伯夷叔齊的事跡千古以來一直被廣為傳頌，兄弟倆被尊為氣節操守的楷模。可是在艾衲居士的筆下，伯夷的形象雖未大變，叔齊卻被寫成了先是沽名釣譽上山，後又不耐饑寒困頓，下山歸順新朝，以謀求功名富貴的小人。作者這樣描寫，並非無事生非，將寫翻案文章當作遊戲，或故發驚人之論以顯己之高明。關於這一點，鴛湖紫髯狂客在該則故事的「總評」中說得很清楚：

若腐儒見說翻駁叔齊，便以為唐突西施矣。必須體貼他幻中之真，真中之幻。明明鼓勵忠義，提醒流俗，如煞看著虎豹如何能言，天神如何出現，豈不是癡人說夢！

何謂「幻中之真，真中之幻」？借用紫髯狂客讚許作者之語，即「滿口詼諧，滿胸憤激。把世上假高尚與狗彘行的委曲波瀾，層層寫出」。也就是說，不應去計較故事中人物事跡的真假，而應體會作品「鼓勵忠義」、揭露與批判「假高尚與狗彘行」的主旨，並理解是由於種種原因的制約，作者在表現這一主旨時才採用了翻歷史之案等曲折手法。

這篇小說寫於明朝滅亡、滿清定鼎中原後不久，若結合這特定的時代背景閱讀作品，就可以感受到作者對當時世情的強烈諷刺。在作品中，叔齊下山後就看到了這樣一幅熱鬧的景象：

> 又見路上行人有騎騾馬的，有乘小轎的，有挑行李的，意氣揚揚，卻是為何？仔細從旁打聽，方知都是要往西京朝見新天子的。或是寫了幾款條陳去獻策的，或是敘著先朝舊職求起用的，或是將著幾篇歪文求徵聘的，或是營求保舉賢良方正的，紛紛奔走，絡繹不絕。

這那裏是在虛擬商亡後周初的景象，明明是作者對明亡後清初社會現象直截了當的實寫！在當時，如史可法似的堅守孤城、不屈而死的忠貞之士固然不是少數，但清兵一到，便像錢謙益那樣出降獻城，以及先是以明遺民自居，後又出山歸順的官宦、士紳似乎更多。國亡之時，行止如此，也難怪作者要借曲寫叔齊的故事來發泄其「滿胸憤激」了。

不過，編撰叔齊歸降的故事以諷刺失節之士，這並不是艾衲居士的首創，那發明者其實是民間的無名氏，而且從當時的記載來看，似乎想到改寫伯夷、叔齊故事的人還不少。顧公燮丹午筆記一二八滑稽詩記云：

> 國初開科取士，諸生皆高蹈遠行。次年丙戌，補行鄉試，告病諸生俱出。滑稽者作詩嘲之：「天開文運舉賢良，一陣夷齊下首陽。家裏安排新雀頂，腹中打點舊文章。昔年曾恥食周粟，今日翻思吃國糧。豈是一朝頓改節，西山薇蕨已精光。」

王應奎柳南續筆卷二諸生就試條亦云：

> 鼎革初，諸生有抗節不就試者。後文宗按臨，出示，山林隱逸，有志進取，一體收錄。諸生乃相率而至。人以詩嘲之曰：「一隊夷齊下首陽，幾年觀望好淒涼。早知薇蕨終難飽，悔殺無端諫武王。」及進院，以桌櫈限於額，仍驅之出，人即以前韻為詩曰：「失節夷齊下首陽，院門推出更淒涼。從今決意還山去，薇蕨堪嗟已吃光。」聞者無不捧腹。

將小說中的描寫與那些詩句作對照，它們構想的相似應該說是一目了然的。按時間順序判斷，顯然是那些詩句在民間流傳在先，艾衲居士從中受到啟發，才創作了嘲諷叔齊變節的小說，既發泄了自己胸中的激憤，同時也反映了當時廣大民眾對那些標榜清高卻又不講氣節操守的士人的鄙視。

不過，不能根據艾衲居士的這種激憤與嘲諷，就簡單地認定作者是一位忠於亡明的遺民。實際上，就在同一篇小說中，他已經明確地表明了自己對明清鼎革的看法，並且還特意在作品結尾處由所謂「玉皇駕前第一位尊神」、「專司下界國祚興衰、生人福祿修短」的齊物主說出，即暗示讀者，這應該是最合乎情理的見解：

眾生們見得天下有商周新舊之分，在我視之，一興一亡，就是人家生的兒子一樣，有何分別？譬如春夏之花謝了，便該秋冬之花開了，只要應著時令，便是不逆天條。若據頑民意見，開天闢地，就是個商家到底不成？商之後不該有周，商之前不該有夏了？你們不識天時，妄生意念，東也起義，西也興師，卻與國君無補，徒害生靈。

很明顯，艾衲居士對亡明確實有懷念之心，但又不贊成起義興師去反清復明。相反的，他主張接受現實，承認清朝的統治，做一個順民。在豆棚閒話中，作者曾多次以朝代更替為故事發生的時代背景。除伯夷、叔齊故事的商周鼎革之外，又如第二則范少伯水葬西施的吳亡越興、第三則朝奉郎揮金倡霸的隋唐更替等等，而且作者都是站在承認新朝的立場上進行描寫。在第八則空青石蔚子開盲中，艾衲居士又稱「一代一代的皇帝都是一尊羅漢下界主持」，每隔一定的時間就會發生朝代更迭，這正如花開花落一般是正常現象。而在第十二則陳齋長論地談天中，作者更是以玄奧的太極理氣等概念出發，從哲學觀念的層次上闡述了這一思想。總而言之，艾衲居士在感情上對亡明有所懷念，但在理智上卻是主張「應天順人」，認同新朝。在入清後的前明士大夫與知識分子中，這種複雜的思想感情是很有代表性的。

在這裏，我們可將艾衲居士的創作與幾乎同時的陳忱作一對比。「知古宋遺民之心」的陳忱創作水滸後傳，目的是為了表達「肝腸如雪，意氣如雲，秉志忠貞，不甘阿附」的志向，並借此寄託對權姦貴宦之憤與亡國孤臣之恨。因此在他筆下，水滸英雄們決不與入侵中原的女真人合作，而是到海外自立一國。然而，艾衲居士在朝奉郎揮金倡霸中恰有相反的描寫：隋亡唐興之際，劉琮在海外打出「海東天子」的旗號自立。其友汪興哥就勸說道：「方今聖天子正位之初，四海聞風向化。吾兄與其寄身海外，孰若歸奉正朔。……此亦立身揚名之大節也。」於是劉琮「連聲允諾」，立即「賫修降表」，後來當了唐朝的平海王。如果聯繫到作者創作時鄭成功以及其孫鄭克塽在臺灣仍奉大明為正朔的背景，艾衲居士在作品中插入這一情節恐怕也並不是偶然的吧。

不以明遺民自居，願意接受清朝統治的現實，這是豆棚閒話創作的重要的思想基礎。將此點辨析清楚，並不影響作者的毀譽榮辱。相反的，這對了解艾衲居士的創作宗旨，把握貫穿於十二則故事間內在的思想聯繫卻是頗有幫助。而一旦不再糾纏於作者是否為明遺民的問題，我們的注意力就自然會被作品對明末以及明清鼎革之際澆薄世風的批判所吸引。

豆棚閒話對當時政情世風的批判涉及到了社會的各個方面。在第四則藩伯子散宅興家中，那個閻光斗的發家歷程就是對官場黑暗的形象揭露。此公在朝任吏科給事中時，利用權勢逼取錢財，「那在外官兒人人懼怕。不論在朝在家，天下的貪酷官員送他書帕，一日不知多少」；外放為一方大吏後，則「放手一做，扣剋錢糧，一年又不知多少」；及至致仕還鄉，又霸佔田產，生放利息，逐家算計，「不五六年，地土房產添其十倍」。利用權勢瘋狂地聚斂財富，財富在少數人手中的高度集中又導致社會矛盾的空前激化。作者在這篇小說中寫到的吏治腐敗，其實正是當時天下大亂與大明朝滅亡的重要原因之一。在第九則漁陽道劉健兒試馬中，艾衲居士又描繪了當時軍營中的景象：那些軍官兵士們，竟然都將幹綠林勾當視為不可缺少的副業，「如今眼面前穿紅著綠、乘輿跨馬的，那個不是從此道中過來？」而且他們可以肆無忌憚地作案，「只要投在營裏，依傍著將官的聲勢，就沒有人來稽查了。」兵營成了盜賊窩，這樣的軍隊還有甚麼戰鬥力？值得注意的是，艾衲居士在作品中又特意交代說，那是駐守在薊州的軍隊。誰都知道，明末時薊州正屬於抗清前線，以如此腐敗的軍隊去與滿清八旗勁旅抗衡，又焉得不敗！就在這同一則故事裏，作者還揭露了一個駭人聽聞的事實：負責京師治安的錦衣衛、東廠以及京營捕盜衙門的官員，居然與盜賊頭目相互勾結，沆瀣一氣。盜賊頭目「每月每季只要尋些分例進貢」，那些官員就不僅不動他們的一根毫毛，而且還視為穩當的財源加以保護。同時，為了應付上司催破大案要案的壓力，他們竟又派人去誘使良家子弟為盜，出了大案就將這些人捉去頂缸。負責京師治安的官員，平日裏卻在忙於栽培盜賊。若再聯繫前面提及的政界、軍界的情形，那麼大明朝的氣數如何，也就不問而可知了。

與上層國家機關的黑暗腐敗相呼應，當時社會的下層也是世風日下，人情浮薄。在描寫這方面的故事時，艾衲居士並不像涉及某些敏感的政治問題那樣多少有所顧忌，或故意迴避，或借改寫歷史故事作影射，而是痛快淋漓地嘻笑怒罵，猛下鍼砭。在第十則虎丘山賈清客聯盟中，作者先是對虛浮的世風作了概括性的介紹與批評：「俗語說得甚好：翰林院文章、武庫司刀鎗、太醫院藥方，都是有名沒實的。

一半是騙外路的客料，一半是哄孩子的東西。」接著他又極盡筆墨之能事，挖苦與嘲笑了當時社會上幫閒篾片的輕薄、卑瑣、無知卻冒充內行騙人的無賴相。在第六則大和尚假意超昇以及第十二則陳齋長論地談天中，作者將批判的矛頭直指佛教。在他筆下，那些僧侶都是可惡的無賴，是靠騙取錢財為生的寄生蟲：

> 看得這條道路寬綽有餘，那無賴之徒逃竄入門，不覺一日一日逐漸多得緊了。沒處生發衣食，或者截段竹頭，鑄口銅鐘，買根鎖條，城市上、鄉村中，天未曾亮，做生意的尚未走動，他便乒乒乓乓的敲得頭痛，叫得耳聾。指東話西，或是起建殿宇，修蓋鐘樓，裝塑金相，印請藏經，趁口胡嘲，騙錢騙米。

那些和尚與世俗惡習同流合污，他們勾結了「廢棄的鄉宦、假高尚的孝廉、告老打罷的朋友」，不僅哄騙善男信女布施錢糧，甚至還犯下了拐騙婦女、殘害人命等大量令人髮指的罪惡。當社會風氣敗壞之時，人們可能會以為宗教聖地還算是一方淨土。艾衲居士的故事卻告訴人們，那兒並非例外，同樣是藏污納垢之地。而連宗教界都如此墮落，這也反襯出了當時世風衰頹的嚴重程度。

批判當時人情世態的思想在第八則空青石蔚子開盲中也表現得十分明顯。這篇寓言式的故事主要寫了兩個瞎子，他倆一個叫遲先，一個叫孔明。為甚麼叫遲先？作者借此發了一番議論：

如今的人眼明手快，捷足高才，遇著世事，如順風行船，不勞餘力。較之別人受了千辛萬苦撐持不來，他卻三腳兩步，早已走在人先，佔了許多便宜。那知老天自有方寸，不肯偏枯曲庇著人。惟是那腳輕手快的，偏要平地上吃跌，畢竟到那十分狼狽地位，許久闡閩不起。倒不如我們慢慢的按著尺寸，平平走去。人自看我蹭蹬步滯，不在心上；那知我倒走在人的先頭，因此叫做遲先。

另一個之所以叫孔明，自然也有一番道理：

如今的人胡亂眼睛裏讀得幾行書，識得幾個字，就自負為才子。及至行的世事，或是下賤卑污，或是逆倫傷理；明不畏王章國法，暗不怕天地鬼神，竟如無知無識的禽獸一類。倒不如我們一字不識，循著天理，依著人心，隨你古今是非、聖賢道理，都也口裏講說得出，心上理會得來，卻比孔夫子也還明白些，故此叫做孔明。

這兩段議論已令人拍案叫絕。而後面的情節安排則更妙：遲先與孔明渴望雙目重明而趕赴華山之巔。誰知眼睛被仙人治好後，發現紅塵碌碌，「都是空花陽焰」，「倒添入眼中無窮芒刺」，便再也不願重回塵世。最後大仙被哀求不過，「往杜康處借一大埕，叫這二人投身入內」。整篇故事的描寫、議論直至情節安排，充滿了辛辣的諷刺意味，而這也正是豆棚閒話在創作上的重要特色，天空嘯鶴在該書的敘言中稱此為「收燕苓雞壅於藥裏，化嘻笑怒罵為文章」，可謂是十分精當的評論。

在經過一番分析之後，現在我們可以對艾衲居士及其豆棚閒話作一扼要的判斷：作者痛恨當時的人情澆薄與世風衰頹。他不願隨波逐流，卻也無力挽狂瀾於既倒；而且時代環境與歷史因襲的重壓又使他找不到社會的出路與生活的真理。豆棚閒話就是在那憤懣、苦悶的心情中產生的一部發憤之作。明瞭了這一創作基調，我們就能恰如其分地把握整部作品的思想內容；對於作品辛辣地諷刺、嘲笑或略帶冷漠地揭露、批判等特點的形成，也能作出較合情合理的解釋。

豆棚閒話考證

陳大康

關於豆棚閒話，目前有兩個關節點尚不清楚：一是作者艾衲居士究竟為何人？一是作品問世於何時？學者們對這兩個互有一定聯繫的問題的關注已有較長的歷史。早在一九四五年，趙景深先生就曾提出過自己的看法：「作者聖水艾衲居士當是清初的浙江人，……評者鴛湖紫髯狂客當是作者的朋友，甚至就是作者自己也說不定。」（中國小說叢考豆棚閒話）但對於「清初的浙江人」這一判斷，趙先生僅言「當是」，而未說明理由。在七〇年代出版的話本小說概論第十五章中，胡士瑩先生言及豆棚閒話的作者時則作了這樣的介紹：

或云為范希哲作。希哲別號四愿居士，著有傳奇多種。王國維曲錄卷三謂萬家春、萬古情、豆棚閒話三本名三幻集。寫作時代，當在清初，可能出於明代遺民之手。

胡先生將著作權判給范希哲的重要理由，是范氏曾作傳奇豆棚閒話。然而小說與戲曲同名，作者卻非一人的例子實為時常可見，更何況王國維曲錄中三幻集題為「無名氏撰」，而所謂豆棚閒話又為豆棚閒戲之誤。儘管事實如此，一九九三年出版的中國古代小說百科全書中的艾衲居士條對胡先生的判斷仍頗表贊同，並稱「范氏生活的時代、籍貫、喜用化名的習慣，均與艾衲居士相似」，但同時又不得不承認說，「惜無實據，難以定論」。一九九〇年出版的中國通俗小說總目提要的觀點則正相反，它明確地反對趙、胡兩先生的判斷：「說艾衲居士為浙江人，證據不足」，「或云范希哲作，更誤」。可惜的是，在反駁之後，它並沒有從正面提出自己的意見。縱觀以上諸說，似可得出這樣的結論，即過了半個世紀之後，問題又回到了原先的出發點。

艾衲居士究竟是何方人氏？其實，作者自己對此還是有所透露的。豆棚閒話卷一的題署為「聖水艾衲居士編，鴛湖紫髯狂客評」。「鴛湖」是江浙人較為熟悉的地名，它就是浙江嘉興的南湖。趙景深先生由於懷疑作者與紫髯狂客為一人，至少兩人是好朋友，故而產生了艾衲居士為浙江人氏的猜想，可是「聖水」兩字卻無法解釋了。其實，聖水是一條河的名字，酈道元水經注卷十二中有專篇論述，後又稱為琉璃河。它並不在浙江，而是源出房山縣（今屬北京市），流經良鄉、涿縣、新城縣，於白溝店入白溝河。艾衲居士的籍貫應該是這一地區，他之所以沒有指明具體地名而只是標榜「聖水」二字，顯然是為了與後面「紫髯狂客」的「鴛湖」相對稱。

不過，聖水也可能是艾衲居士的祖籍，甚至可能是郡望，他自己未必就是生長在那兒。或許是意識到這點的緣故，艾衲居士在作品的弁言中又作了重要的補充說明，即「吾鄉先輩詩人徐菊潭有豆棚吟一冊」云云。據說此人的詩作「久矣膾炙人口」，「至今高人韻士，每到秋風豆熟之際，誦其一二聯句」，也就是說，當豆棚閒話問世時，徐菊潭仍是頗有知名度的詩人，因而艾衲居士的家鄉是何地，這在當時並不算是問題。可惜的是因為人遐世遠，現在誰都不知道徐菊潭為何人了。於是相應地，艾衲居士家鄉的確定，也只能暫付闕如，然而無論如何，他決非浙江人氏卻是完全可以肯定的。

艾衲居士的真實姓名現已難考，只是根據紫髯狂客在故事後寫的總評以及天空嘯鶴為作品集寫的敘，我們對這位作家的生平多少能有個大概的了解。紫髯狂客在第十則故事後的總評中寫道：「艾衲遍遊海內名山大川，每每留詩刻記，咏嘆其奇。」對作者遊歷頗廣的介紹與作品所表現的內容較相符合。艾衲居士的那些故事寫到了山東、山西、河南、陝西與湖廣等地。作者對北京、蘇州、杭州、徽州、荊州與薊州等處風土人情的描寫，也十分生動真實。若非親身經歷，恐怕就難以做到如此繪聲繪色。紫髯狂客在第十二則故事後的總評中對豆棚閒話創作情形的扼要介紹，也可以證實這一點：

> 邇當盛夏，謀所以銷之者，於是豆棚閒話不數日而成。爍石流金，人人雨汗，道人獨北窗高枕，揮箑（扇）構思。憶一聞，出一見，縱橫創闢，議論生風，獲心而肌骨俱涼，解頤而蘊隆不虐。

「不數日而成」恐是誇張之語，但創作進展甚快當為實情，而「憶一聞，出一見」六字說得很清楚。艾衲居士筆下的故事，都是以他的經歷、見聞為基礎而創作的。因積蓄已久，故而創作的速度也快。在這方面，作者「遍遊海內名山大川」成了極為有利的因素。當然，艾衲居士創作時，也採納了些古史傳說，或前人筆記中的材料。如第二則范少伯水葬西施，作者已自言是本諸野艇新聞范少伯水葬西施傳與杜柘林集洞庭君代西子上冤書。第一則介之推火封妒婦中提及的「妒婦津」事，實採自唐人段成式諸皋記所載晉代劉伯玉之事段明光事。而第五則小乞兒真心孝義敘述的故事，又與明人徐復祚花當閣叢談卷四中的孝丐極為相似。不過從總體上說，這部小說集的創作仍以作者自己的經歷見聞為主幹。故而紫髯狂客在第二則故事後的總評中有「像新聞而不像舊本」的稱讚。

關於艾衲居士的生平，天空嘯鶴在作品的敘言裏也有重要的透露：「賣不去一肚詩云子曰，無妨別顯神通；算將來許多社弟盟兄，何苦隨人鬼諢。」用通俗點的語言來說，那就是艾衲居士曾經參加過科舉考試，但是終於未能一第；也參加過明末清初盛行的文人結社，但似乎又中道退出了。所謂「無妨別顯神通」，是指科舉失意後的文字生涯，其中也包括小說創作在內。艾衲居士的作品看來還不少，紫髯狂客在第十二則故事後的總評中曾有介紹說：「凡詩集傳奇，剞劂而膾炙天下者，亦無數矣。」艾衲居士編撰的小說恐也不止豆棚閒話一種。康熙間瀚海樓版豆棚閒話扉頁的右上側印有「艾衲居士新編」六字，這「新編」顯然應該是相對於以前的舊作而言。可是這舊作是甚麼？或者是否真有舊作？由於資料匱缺，現在都無法作出明確的判斷。

艾衲居士留至今日的文字，就目前所知只有一部豆棚閒話。如果仔細辨析作品中的某些內容，我們對這一作者的了解還可以更進一步。小說集第一則故事一開始，便是對江南氣候的議論，由此引出豆棚的搭建，而全書的十二則故事，就是在那豆棚下由各人分別道來。這些描寫實際上在告訴人們，豆棚閒話是在江南創作的，而從作者對當地風土人情熟悉的程度來看，他在江南應是已寓居了相當長的時間。在小說集中，有一個「老者」的形象特別引人注意。第一、二則故事由這位老者主講，可以說在豆棚下聚講故事就是由他發起的。在第十一、十二則中老者重又出現，正是在他的提議下，大家拆去豆棚，不再聚在一起談古說今了。先興之，後又終之，主動權均操於老者一人之手，就這一點而言，他完全可視為作者的化身，而提議終止聚講故事的那一番理由，又可使人窺見當日的創作環境：

閒話之興，老夫始之。今四遠風聞，聚集日眾。方今官府禁約甚嚴，又且人心叵測，若盡如陳齋長之論，萬一外人不知，只說老夫在此搖唇鼓舌倡發異端曲學，惑亂人心，則此一豆棚未免為將來釀禍之藪矣。

滿清入關之初，主要是致力於平息各地的反抗，待全國局勢較穩定後，才逐漸將注意力移至對意識形態領域的控制，且手段越來越嚴酷。艾衲居士感受到了這種威脅，但他仍撰寫了豆棚閒話。書中雖對滿清有尊順之意，但對亡明畢竟也流露出了懷念之情。其創作年代，當是清廷已開始注意對思想文化界控制，但尚未使文士們均戰戰兢兢，不敢妄發一語的時候，也就是說，時間約在康熙改元後不久。在第十一則故事中，有一些描寫與我們的判斷正相吻合：

如今豆棚下連日說的都是太平無事的閒話，卻見世界承平久了，那些後生小子，卻不曉得亂離兵火之苦。今日還請前日說書的老者來，要他將當日受那亂離苦楚從頭說一遍，也令這些後生小子手裏練習些技藝，心上經識些智著。

那老者應邀娓娓而談，自萬曆四十八年遼東事變講起，於明末李自成、張獻忠事尤詳，但迴避了清兵入關一節。由此觀之，明清鼎革之際，該老者那時的年齡似不會小於三十歲，而講故事時被稱為老者，則應是五、六十歲。略作推算便可知道，此時當是康熙初年。不過，豆棚閒話的創作似又不應遲於康熙十二年（一六七三），因為其時三藩之亂爆發，波及了大半個中國，這樣的形勢與作品中所說的「世界承平久了」相矛盾。

在討論作品創作、刊行的年代時，它的避諱情形是不可忽略的。瀚海樓版的豆棚閒話並不避康熙帝名字中的「玄」字，如在第二則故事中，就接連有「彼此相遇，說理談玄」與「堯帝賜禹王玄圭」等語，在以後各則故事或總評中，也仍然是「玄」字屢見。入清以後，順治朝並不避諱，康熙朝雖已開始避諱，但真正嚴格執行，卻是始於康熙中期。因此，瀚海樓版豆棚閒話不避「玄」字，也可作為該書問世於康熙初年的一個間接的證據。

豆棚閒話於康熙初年刊行後，又不斷地被各家書坊翻刻，較早的有乾隆四十一年（一七八一）書業堂刊本，乾隆六十年（一七九五）三德堂刊本、寶寧堂刊本以及嘉慶十年（一八〇五）致和堂刊本等。豆棚閒話傳世後，對小說、戲曲的創作都曾產生過影響，如唐英所著的傳奇轉天心，就是取材於該書中的空青石蔚子開盲。乾隆年間的文言小說小豆棚表現出了更為明顯的承襲關係，不僅「其義頗相似」，而且作品之命名「亦即取前書之名而名之矣」（項震新小豆棚序）。不過，這些問題已越出了我們的討論範圍，本文對此也就不展開論述了。

豆棚閒話敘

有艾衲先生者，當今之韻人，在古曰狂士。七步八叉，真擅萬身之才；一短二長，妙通三耳之智。一時咸呼為驚座，處眾洵可為脫囊。乃者憍鴿彌矜，懶龍好戲。賣不去一肚詩云子曰，無妨別顯神通；算將來許多社弟盟兄，何苦隨人鬼諢。況這猢猻隊子，斷難尋別弄之蛇；兼之狼狽生涯，豈還待守株之兔。收燕苓雞壅於藥裏，化嘻笑怒罵為文章。莽將廿一史掀翻，另數芝蔴帳目；學說十八尊因果，尋思橄欖甜頭。那攢舊聞，便李代桃僵，不聲冤屈；倒顛成案，雖董帽薛戴，好像生成。止因蘇學士滿腹不平，惹得東方生長嘴發訕。看他解鈴妙手，真會虎背上觔斗一番；比之穿縷精心，可通蟻鬚邊連環九曲。忽啼忽笑，發深省處，勝海上人醫病仙方；曰是曰非，當下凜然，似竹林裏說法說偈。假使鼾呼宰我，正當謔浪，那思飯後伸腰；便是不笑閻羅，偶湊機緣，也向人前撫掌。遲遲晝永，真可下泉醞三升；習習風生，直得消雨茶一㦸。謂余不信，請展斯編。

天空嘯鶴漫題

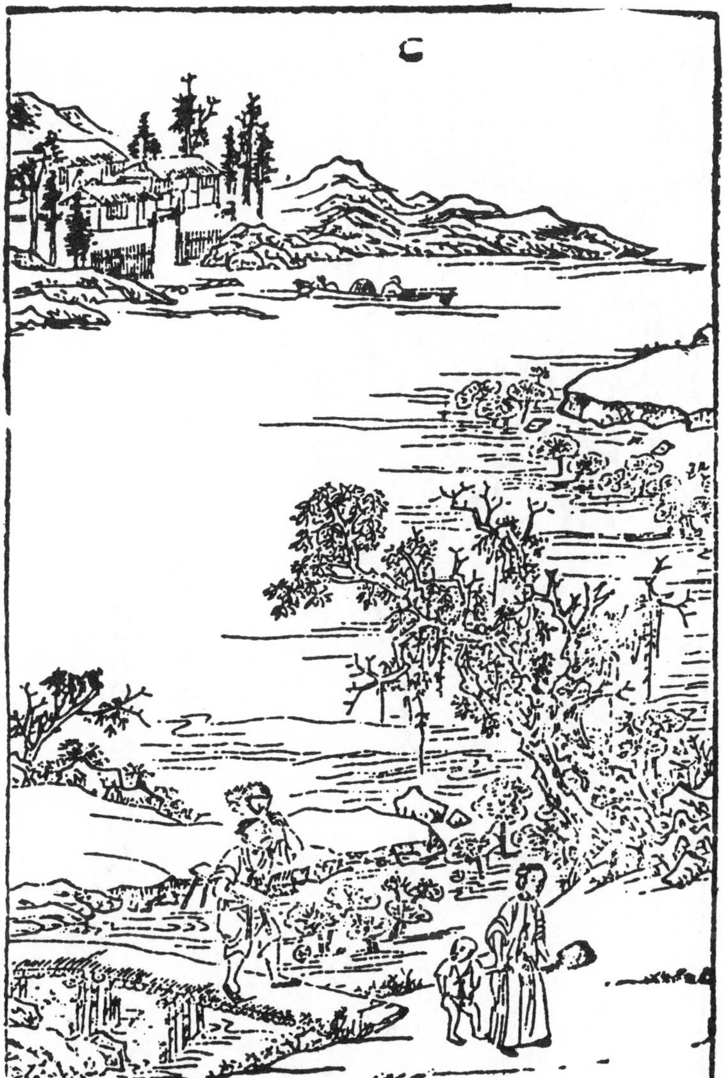

閒著西邊一草堂，熱天無地可乘涼。池塘六月由來淺，林木三年未得長。
栽得豆苗堪作蔭，勝於亭榭又生香。晚風約有溪南叟，劇對蟬聲話夕陽。
（豆棚閒話弁言）

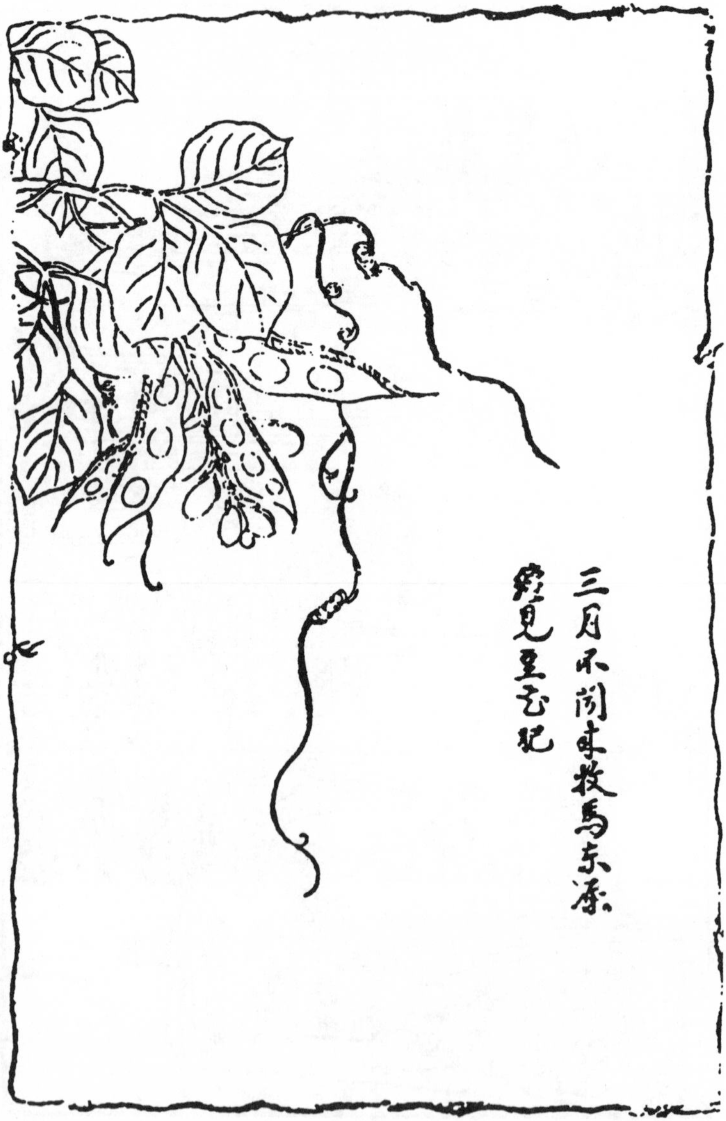

只見棚上豆花開遍，中間卻有幾枝，結成蓓蓓蕾蕾相似許多豆莢。
（第六則）

目次

豆棚閒話弁言

聖水艾衲居士編
鴛湖紫髯狂客評

艾衲云：吾鄉先輩詩人徐菊潭有豆棚吟一冊，其所詠古風❶、律絕❷諸篇，俱宇宙古今奇情快事，久矣膾炙人口。惜乎人遐世遠，湮沒無傳。至今高人❸韻士❹，每到秋風豆熟之際，誦其一二聯句，令人神往。余不嗜作詩，乃檢遺事可堪解頤❺者，偶列數則，以補豆棚之意，仍以菊潭詩一首弁❻之。

詩曰：

閒著西邊一草堂，熱天無地可乘涼。池塘六月由來淺，林木三年未得長。
栽得豆苗堪作蔭，勝於亭榭又生香。晚風約有溪南叟，劇對蟬聲話夕陽。

❶古風：詩體的一種，多為五七言，不講求對仗、平仄等格律，用韻比較自由。
❷律絕：指兩種詩體，即律詩與絕句。
❸高人：超世俗之人，多指隱士。
❹韻士：氣韻高雅之人。
❺解頤：開顏歡笑。
❻弁：原意指古代男子所戴的冠，後來冠於篇卷之首的文字也稱為「弁」。此處「弁」作動詞解。

第一則　介之推❶火封妒婦

江南地土窪下❷，雖屬卑溫❸，一交四月，便值黃霉節氣，五月六月就是三伏炎天，酷日當空。無論行道之人汗流浹背，頭額焦枯，即在家住的也吼得氣喘，無處存著。上等除了富室大家，涼亭水閣，搖扇乘涼，安閒自在；次等便是山僧野叟，散髮披襟，逍遙於長松蔭樹之下，方可過得；那些中等小家，無計佈擺，只得二月中旬覓得幾株羊眼豆秧，種在屋前屋後閒空地邊，或拿幾株木頭、幾根竹竿搭個棚子，搓些草索，周圍結綵的相似。不半月間，那豆藤在地上長將起來，彎彎曲曲依傍竹木、隨著棚子牽纏滿了，卻比造的涼亭反透氣涼快。那些人家或老或少、或男或女，或拿根櫈子，或掇張椅子，或鋪條涼蓆，隨高逐低坐在下面，搖著扇子，乘著風涼。鄉老們有說朝報❹的，有說新聞的，有說故事的。除了這些，男人便說人家內眷，某老娘賢，某大娘妒，大分說賢的少，說妒的多；那女人便說人家丈夫，

❶ 介之推：春秋時晉國人。傳說晉文公回國，賞賜流亡時的從屬，他沒有得到提名，就和母親隱居在綿上山裏。文公為逼他出來，放火燒山，他堅持不出，焚死。

❷ 窪下：低凹。

❸ 卑溫：低溫。

❹ 朝報：原指封建王朝的刊載詔令、奏章及官吏任免等事的公報，此處意為政情新聞。

某官人好，某漢子不好，大分愛丈夫的少，妒丈夫的多。可見「妒」之一字，男男女女日日在口裏提起、心裏轉動。如今我也不說別的，就把「妒」字說個暢快，倒也不負這個搭豆棚的意思。你們且安心聽著。

當日有幾個少年朋友，同著幾個老成的人也坐在豆棚之下，右手拿著一把扇子，左手拿著不知甚麼閒書。看到鬧熱所在——有一首五言四句的詩——忽然把扇子在櫈上一拍，叫將起來，便道：「說得太過！說得太過！」那老成人便立起身子道：「卻是為何？」那少年便把書遞與他，一手指道：「他如何說

青竹蛇兒口，黃蜂尾上針。
兩般猶未毒，最毒婦人心。

做詩的人想是受了婦人閒氣，故意說得這樣利害。難道婦人的心比這二種惡物還毒些不成？」那老成人便接口說道：「你們後生小夥子不曾經受，從不曾出門看見幾處，又不曾逢人說著幾個，如何肯信。即在下今年已及五旬年紀，寧可做個鰥夫，不敢娶個婆子。實實在江湖上看見許多，人頭上說將來又聽得許多。一處有一處的利害，一人有一人的狠毒，我也說不得許多。曾有一個好事的人，把古來的妒婦心腸，併近日間見的妒婦實跡備悉纂成一冊妒鑑，刻了書本，四處流傳。初意不過要這些男子看在眼裏，也好防備一番；又要女人看在肚裏，也好懲創一番。男男女女好過日子。這個功德卻比唐僧往西天取來的聖經還增十分好處。那曉得婦人一經看過，反道『妒』之一字從古流傳，應該有的。竟把那妒鑑上事

蹟看得平平常常。各人另要搜尋出一番意見，做得新新奇奇。又要那人在正本妒鑑之後刻一本補遺、二集、三集，乃在婦道中稱個表表豪傑，纔暢快他的意思哩。」又有一個老成人接口道：「這妒鑑上有的卻是現在結局的事，何足為奇。還有妒到千年萬載做了鬼、成了神纔是希罕的事。」那少年聽見兩個老成人說得觔觔節節❺，就拱著手說道：「請教，請教。」那老成人說道：「這段書長著哩！你們須烹幾大壺極好的松蘿岕片❻、上細的龍井芽茶，再添上幾大盤精緻細料的點心，纔與你們說哩。」那少年們道：「不難不難，都是有的。只要說得真實，不要騙了點心、茶吃，隨口說些謊話哄弄我們。我們雖是年幼不曾讀書，也要質證他人方肯信哩。」

那老成人不慌不忙就把扇子摺攏了放在欃角頭，立起身來說道：「某年某月，我同幾個夥計販了藥材前往山東發賣。騎著驢子，隨了車馱❼，一程走到濟南府章邱縣臨濟鎮之南數里間，遇著一條大河。只見兩邊船隻、牲口，你來我往，你往我來，稠稠密密，都也不在心上。見有許多婦人，或有過去的，或有過來的。那醜頭怪腦的，隨他往來，得個平常。凡有一二分姿色的，到彼處卻不敢便就過去；一到那邊，都把兩髩❽蓬蓬鬆鬆扯將下來，將幾根亂草插在髻上，又把破舊衣服換在身上，打扮得十分不像樣了，方敢走到河邊過渡。臨上船時，還將地上的浮土灰泥搽抹幾把，纔放心走上船，得個平平安安渡

❺ 觔觔節節：即「觔節」，亦作「筋節」。原指筋腱骨節，常用來比喻事物的關鍵與要害。
❻ 岕片：茶名，產於浙江長興境內宜興、羅解兩山之間，故名（二山之間稱「岕」）。
❼ 馱：通「馱」，指所負之物。
❽ 髩：鬢角。

過河去。若是略像模樣婦人不肯毀容易服，渡到大河中間，風波陡作，捲起那腌腌臢臢❾的浪頭直進船內，把貨物潑濕，衣服穢污；或有時把那婦人隨風捲入水內，連人影也不見了。你道甚麼妖魔鬼怪在彼作如此的兇險惡孽？我悄悄在那左近❿飯店輕輕訪問。那裏人都要過渡，懼怕他的，不敢明白顯易說出他的來頭。只有一個老人家在那裏處蒙館的⓫，說道：『這個神道其來久矣。在唐時有個人做一篇述異記⓬，說道：此河叫名妒婦津，乃是晉時朝代大始⓭年號中，一人姓劉名伯玉，有妻段氏名明光，其性妒忌。伯玉偶然飲了幾盃餓酒，不知不覺在段氏面前誦了曹子建⓮的洛神賦幾句。

賦曰：

其形也，翩若驚鴻，婉若游龍⓯。榮曜秋菊，華茂春松⓰。髣髴兮若輕雲之蔽月，飄颻兮若流風之迴雪⓱。遠而望之，皎若太陽之升朝霞；迫而察之，灼若芙蕖之出淥波⓲。穠纖得中，修短合

---

❾ 腌腌臢臢：不乾淨。

❿ 左近：鄰近；附近。

⓫ 處蒙館的：指私塾的教師。

⓬ 述異記：志怪小說集，舊題南朝梁任昉撰，四庫全書總目提要疑此書為中唐前後人偽撰。

⓭ 大始：當為「泰始」，晉武帝司馬炎的年號（二六五～二七四）。

⓮ 曹子建：即曹植，曹操第三子，曹丕之弟。少善詩文，在建安作家中影響最大，亦最受後人推崇。

⓯ 翩若驚鴻二句：形容體態輕盈宛轉。翩，疾飛，引申為搖曳飄忽之貌。婉，曲折貌。

⓰ 榮曜秋菊二句：形容容光煥發。榮，盛。曜，光明照耀。華茂，華美茂盛。

度⑲。肩若削成，腰如約素⑳。延頸秀項，皓質呈露㉑。芳澤無加，鉛華不御㉒。雲髻峨峨㉓，修眉聯娟㉔。丹脣外朗，皓齒內鮮㉕。明眸善睞㉖，靨輔承權㉗。瓌姿㉘艷逸，儀靜體閑㉙。柔情綽態㉚，媚于語言。奇服曠世㉛，骨象應圖㉜。披羅衣之璀粲㉝兮，珥瑤碧之華琚㉞。戴金碧

---

⑰ 髣髴兮二句：形容行動的飄忽迴旋。髣髴，同「彷彿」，若隱若現的樣子。飄颻，飛翔貌。迴，旋轉。

⑱ 皎若太陽三句：形容色彩的艷麗。皎，白而有光。灼，鮮紅。芙蕖，荷花。淥波，清澈的微浪。

⑲ 穠纖得中二句：寫洛神的高矮肥瘦都恰到好處。穠，指人體豐盈。纖，指人體苗條。修，長。

⑳ 肩若削成二句：形容肩膀和腰肢線條圓美。削成，如削成的斜度。約，束縛。素，白而細緻的絲織品。

㉑ 延頸秀項二句：言洛神潔白的長頸露在衣領外。延、秀，均指長。皓，白。

㉒ 芳澤無加二句：寫洛神不施脂粉。芳澤，香油。鉛華，粉。古代燒鉛成粉，故稱。不御，不必施用。

㉓ 峨峨：高聳。

㉔ 聯娟：微微彎曲。

㉕ 內鮮：雖然藏在口中但也很奪目。鮮，鮮明；潔而美。

㉖ 善睞：顧盼多姿。

㉗ 靨輔承權：言洛神顴下有酒渦承接。靨，指酒渦。輔，通「酺」，指面頰。權，同「顴」，眼下腮上突出部分。

㉘ 瓌姿：奇麗的姿態。瓌，同「瑰」。

㉙ 儀靜體閑：儀容安靜，體態從容。儀，儀態；容止。閑，嫻雅。

㉚ 綽態：婉和的態度。

㉛ 奇服曠世：奇異的服飾是世上所無的。曠，空。

㉜ 骨象應圖：言洛神的形像如圖畫中人。骨象，骨法；人像。應圖，合於圖畫的標準。

㉝ 璀粲：華麗貌。

之首飾，綴明珠以耀軀。踐遠游之文履㉟，曳霧綃之輕裾㊱。微幽蘭之芳藹兮㊲，步踟躕于山隅㊳。

讀至此，不覺把案上一拍，失口說道：「我生平若娶得這個標緻婦人，由你潑天的功名富貴都不願了。吾一生心滿意足矣。」此亦是醉後無心說這兩句放肆的閒話，那知段氏就心中頓然火發，口中發出話來道：「君何說著水神的面目標緻，看得十二分尊重，就當面把我奚落得不成人的地位。若說水神的好處，我死何愁不為水神。」不曾說完，一溜煙走出門來。那丈夫亦料無別事，不在心上。那知段氏就在河濱做個鷂子翻身之勢，望著深處從空一跳，就從下邊沉下去了。伯玉慌得魂不附體，放聲大哭。急急喚人打撈，到底沒有蹤影。整整哭了七日，喉乾嗓咽，一跤跌倒，朦朧暈去。看見段氏從水面上走近前來說道：「君家所喜水神，吾今得為神矣。君須過此，吾將邀子為偕老焉。」言未畢口，段氏即將手把伯玉衣袂一扯，似欲同入水狀。伯玉驚得魂飛天外，猛力一迸，忽然甦醒，不覺乃是南柯一夢。伯玉勉強獨自回家。詎料段氏陰魂不散，日日在津口忽時有聲，忽時現形，只要伺候丈夫過津，希遂前約。不料伯玉心餒，終身不渡此津。故後來凡有美色婦人渡此津者，皆改妝易貌，然後得濟；不然就要興風作浪，

㉞ 珥瑤碧句：珥，原指一種珠玉的耳飾，此處作佩戴解。瑤碧，美玉名。華琚，雕花的佩玉。

㉟ 踐遠游句：踐，踏。此處為腳下穿著的意思。遠游，一種鞋子的名稱。文履，有彩繡的鞋子。

㊱ 曳霧綃句：曳，拖著。霧綃，輕細如雲霧般的薄紗。裾，裙邊。

㊲ 微幽蘭句：言微微透出蘭花般的香氣。芳藹，香氣。

㊳ 步踟躕句：言徐步徘徊於山之隅角。

行到河水中間便遭不測之虞了。』」

那些後生道：「這段氏好沒分曉，只該妒著自己丈夫，如何連別的女人也妒了？」又有個老者道：「這個學究說的乃是做了鬼還妒的事。適纔說成了神還妒的事卻在那裏？」內中一個老者道：「待我來說明白。妒婦津天下卻有兩處，這山東的看來也只平常，如今說的纔是利害哩。」那後生輩聽見此說，一個個都站將起來，神情錯愕，問道：「這個卻在何處？」老者道：「這個在山東對門山西晉地太原府綿縣地方。行到彼處未及十里，路上人娓娓說長說短，都是這津頭的舊事，我卻不信。看看行到津口，也有許多過往婦人，妝村扮醜，亦如山東的光景，也不足異。直到那大樹林下，露出一個半大的廟宇。我跳下牲口，把繮繩、鞭子遞與驢夫，把衣袖扯將下來，整頓了一番，依著照牆背後轉到甬道上去。抬頭一看，也就把我唬了一驚。只見兩個螭頭直沖霄漢，四圍鸝爪高接雲煙。八寶妝成鴛鴦瓦脊耀得眼花；渾金鑄就饕餮㊴門環閃人心怕。左邊立的朱髭赤髮、火輪火馬，人都猜道祝融㊵部下神兵；右邊站的青面獠牙、皂蓋玄旗，我卻認做瘟疫司中牙將㊶。中間坐著一個碧眼高顴、紫色傴兜㊷面孔、張著簸箕大的紅嘴，乃是個半老婦人，手持焦木短棍，惡狠狠橫踞在上。旁邊立著一個短小身材、傴僂㊸苦楚形狀

㊴饕餮：惡獸名。呂氏春秋先識云：「周鼎著饕餮，有首無身，食人未咽，害及其身，以言報更也。」
㊵祝融：相傳為帝嚳時的火官，後人尊為火神。
㊶牙將：低級的軍官。
㊷傴兜：指臉上彎彎曲曲的皺紋。
㊸傴僂：脊梁彎曲。

的男人，朝著左側神廚角裏，卻是為何？正待要問，那驢夫搖手道：『莫要開言，走罷，走罷！』只得上驢行路。走了五六里，悄問再三。驢夫方說：『這個娘娘叫做石尤[44]奶奶，旁邊漢子叫做介之推，直是秦漢以前列國分爭時節，此乃晉國人物。又因晉獻公[45]寵愛一個妒婦驪姬[46]，害了太子申生[47]，又要害次子重耳[48]。重耳無計擺佈。只得奔逃外國求生。介之推乃是上大夫[49]介立之子，年紀甫及二十，纔娶一妻，也是上大夫石吁之女，名喚石尤。兩個原生得風流標緻，過得似水如魚，真個才子佳人天生一對、蓋世無雙的了。卻為重耳猝然遭變，立刻起程。之推是東宮[50]侍衛之臣，義不容緩，所以奮不顧身，一轡頭隨他走了，不曾回家說得明白。就是路中要央個熟識寄信回時，那重耳是晉國公子，隨行有五人：一個是魏犨[51]，一個是狐偃[52]，一個是顛頡[53]，一個是趙衰[54]，這個就是之推了。急切裏一時逃走，恐

---

[44] 石尤：傳說石氏女嫁尤郎，尤為商遠行，妻阻之，不從。尤久不歸，妻思念致病，臨亡嘆曰：「吾恨不能阻其行，以至於此。今凡有商旅遠行，吾當作大風為天下婦人阻之。」故後稱逆風、頂頭風為「石尤」或「石尤風」。本篇小說襲用了此典故，但移石尤為介之推妻，則為作者的杜撰。

[45] 晉獻公：晉武公之子，名詭諸。在位二十六年（前六七六～前六五一），滅虞、虢諸小國，卒諡獻。

[46] 驪姬：春秋時驪戎國君之女。晉獻公滅驪戎，納為夫人，甚得寵信。生奚齊。譖殺太子申生；公子重耳、夷吾皆出奔。公死，奚齊立。為晉大夫里克等所殺。

[47] 申生：晉獻公之太子。獻公寵驪姬，欲立其子奚齊，使申生居曲沃。驪姬譖之，申生自殺。

[48] 重耳：晉文公之名。晉獻公寵驪姬，重耳為避害出奔，流亡十九年，後假秦穆公之力得返為國君。誅王子帶，納周襄王，救宋破楚，遂繼齊桓公而霸諸侯。在位九年（前六三六～前六二八），卒諡文。

[49] 上大夫：古官名。周禮王室及諸侯各國，有大夫，分上、中、下三等。

[50] 東宮：太子所居之宮，也指太子。但重耳並非太子，此處為作者的杜撰。

怕漏了消息驪姬知道，唆聳獻公登時興兵發馬，隨後追趕，不當穩便。都是改頭換面，襤襤褸褸，夜住曉行，甚是苦楚。石氏在家那曉得這段情節，只說正在恩愛之間，如何這冤家魆地[55]拋閃？想是有了外遇，頓然把我丟棄。叫天搶地，忿恨一回，痛哭一回，咒詛一回，癡想一回；恨不得從半空中將之推一把頭髮揪在跟前，生生的咬嚼下肚，方得快心遂意。不料一日一日，一年一年，胸中漸漸長起一塊刀砍不開、斧打不碎、堅凝如石一般，叫做妒塊。俗語說，女傍有石，石畔無皮，病入膏肓，再銷鎔不得的了。

那知之推乃是個忠誠苦節之臣，隨了重耳四遠八方，艱難險阻，無不嘗遍。一日逃到深山，七日不得火食，重耳一病幾危。隨行者雖有五人，獨有之推將股上肉割將下來，煎湯進與重耳食之，救得性命。不覺荏荏苒苒過了一十九年，重耳方得歸國，立為文公，興起霸來。後來那四個從龍的侍衛之臣，都補了大官，受了厚祿。獨之推一人，當日身雖隨著文公周行，那依戀妻子的心腸端然如舊。一返故國，便到家中訪問原妻石氏下落。十餘年前早已搬在綿竹山中去了。之推即往山中探訪消息。

石氏方在家把泥塑一個丈夫，朝夕打罵不已。忽然相見，兩個顏色俱蒼，卻不認得。細說因由，方

---

51 魏犨：從晉文公出亡十九年。後封大夫，治於魏。

52 狐偃：晉國大夫，字子犯。文公定王室、宣信諸侯而霸天下，大抵偃謀為多。

53 顛頡：從晉文公出亡十九年，後返國，封為大夫。不久為晉文公所殺。

54 趙衰：字子餘。從晉文公出亡十九年，返國後為原大夫，佐文公定霸。卒謚成子，亦稱成季，子孫世為晉卿。

55 魆地：猝然。

攙廝認。忽便震天動地哭將起來。之推把前情說了一番，那石氏便罵道：「負心逆賊，閃我多年，故把假言搪飾。」只是不信。少不得婦人家的舊規，手搊口咬，頭撞腳踢了一回。弄得之推好像敗陣傷亡，垂頭喪氣，一言也不敢發，只指望待他氣過，溫存幾時，依舊要出山做官受職去的。那知石氏心毒得緊，原在家中整治得一條紅綿九股套索在衣箱內，取得出來，把之推扣頸縛住；頃刻不離，一毫展動不得。說道：「我也不願金紫富貴，流浪天涯；只願在家兩兩相對，虀鹽[56]苦守，還要補完我十九年的風流趣興。由那一班命運大的做官罷了。」之推既被拘繫，上不能具疏奏聞朝廷，下不能寫書邀人勸解。在晉文公也不知之推在於何處。倒是同難五人中一人不見之推出山，朝廷又不問他下落，私心十分想念，不肯甘心。造下一首四言鄙俚之句，貼於宮門，暗暗打動文公意思。

詩曰：

有龍穚穚[57]，頓失其所。五蛇從之，周流天下。
龍饑乏食，一蛇刲股。龍返於淵，安其壤土。
四蛇入穴，皆有處所。一蛇無穴，號於中野[58]。

---

[56] 虀鹽：素食。指清苦的生活。
[57] 穚穚：出眾之貌。
[58] 中野：荒野之中。

一時間宮門傳誦，奏聞文公。文公惶愧不已，遂喚魏犨遍訪之推下落。之推身已被繫，安得出來。魏犨是個武夫，那裏耐煩終日各處搜求；況且綿竹之山七八百里開闊，實難蹤跡。只得四下裏放起火來，或者燒得急了逩(59)將出來，一時尋著也未可知。此時乃是初春天氣，山上草木尚是乾枯，順著風勢教人舉火，一霎時漫天漫地捲將起來。那知之推看見四下火起，心知魏犨訪求蹤跡，爭奈做了個藤纏螃蟹、草縛團魚，一時出頭不得。即使遇著魏犨，磨滅得不成冠裳中人(60)體面；一時忿恨在心，不如速死為快。因而乘著石氏睡熟，也就放一把無情火來。那火卻也利害，起初不過微煙裊裊，攪著石罅巒光，在山間住久的還不覺得。未幾，火勢透上樹枝，惹著松油柏節，因風煽火，火熾風狂，從空舒捲，就地亂滾將來。一霎時，百道金蛇昂頭擺尾，牛群赤馬縱鬣長嘶。四壁厢嗶嗶叭叭之聲勝似元宵爆竹，半天裏騰騰閃閃之焰不滅三月咸陽(61)。逃出來的狐狸、跳不動的麞鹿，都成肉爛皮焦；叫不響的鴉鷹、飛不動的鸞鶴，盡是毛摧羽爍。此時石氏上天無路，入地無門，逩前不能，退後不得。漸漸四下緊逼將來，只得把之推一把抱定說道：「此後再不妒了！」卻也悔之晚矣。那知石氏見火勢逼近，絕不著忙，只願與之推相抱相偎，毫無退悔。故此火勢雖狂，介子夫妻到底安然不動。略不多時，之推與石氏俱成灰燼。後魏犨搜山，看見兩個燒死屍骸，方曉得之推夫婦已自盡了。正要收取骸骨，中間尚有一堆餘火未

(59) 逩：「奔」的異體字。
(60) 冠裳中人：士大夫。冠裳，指士大夫的穿戴。
(61) 三月咸陽：形容火勢之猛烈。史記項羽本紀云：「項羽引兵西屠咸陽，殺秦降王子嬰；燒秦宮室，火三月不滅。」

熄。魏犨仔細上前看時，卻又不青不紅，不紫不綠，一團鬼火相似，真也奇異。忙教左右將那燒不過的樹枝撥動他時，公然斗大一塊鵝卵石滾來滾去。那火光亦漸漸煨62了，石子中間卻又放出一道黑氣，上亙雲霄，風吹不斷。魏犨同一夥人見得恁般63作怪，即忙寫了一道本章，把此一塊寶貝進上文公，大略說之推高隱之士，不願公侯，自甘焚死。記載他焚燒之時，正是清明節前一日。文公心中惻然，即便遣官設祭一壇，望空遙奠。又命下國中，人家門首俱要插柳為記，不許舉火，只許吃些隔夜冷食。至今傳下一個禁煙寒食的故事。那塊寶貝也只道甚麼活佛、神仙修鍊成的金剛舍利子64一樣，忙教後宮娘娘、妃嬪好好收藏。那知這物卻是禍胎，自從進宮之後，人人不睦，個個參差65。後來文公省得此物在內作祟，無法解禳66。直到周天王老庫中，請出后妃傳下來百煉降魔破妒金剛寶錘，當中一下將來，打得粉花零碎，漫天塞地化作萬斛67微塵。至今散在民間，這黑氣常時發現。此是外傳，不在話下。

且說那石氏自經大火逼近之際，抱著耿耿英靈，從那烈焰之中一把扭定了介之推，走闖到上帝駕前，大聲訴說其從前心事。上帝心裏也曉得妒婦罪孽非輕；但守著丈夫一十九年，心頭積恨一時也便泯滅不

62 煨：原意指熱灰。此處意為樹木燒成灰，火漸漸熄滅。
63 恁般：這樣。
64 舍利子：梵語。也稱「舍利」，即佛骨灰中的晶粒。魏書釋老志云：「佛既謝世，香木焚尸，靈骨分碎，大小如粒，擊之不壞，焚亦不燋，或有光明神驗，胡言謂之舍利。」
65 參差：不齊貌。此處引申為發生矛盾或糾紛。
66 解禳：通過祭祀或做法事去邪除惡。
67 斛：容量單位。古代以十斗為一斛。

得。適值有一班散花仙女又在殿前，俱憐他兩個夫婦都有不得已一片血誠，在生不曾受得文公所封綿上之田，死後也教他夫妻受了綿地血食❻❽。但是妒心到底不化，凡有過水的婦人，都不容他搽眉畫額、大袖長衫；俱要改換裝束。那男人到廟裏看的，也不許說石尤奶奶面目變得醜惡、生前過失。但有奉承奶奶幾句、數落之推幾句的，路上俱得平安順利。近日有個鄉間婦人，故意妝扮妖妖嬈嬈，渡水而過，卻不見甚麼顯應。此是石奶奶偶然赴會他出，不及提防錯失的事。那知這婦人意氣揚揚，走到廟裏賣嘴弄唇，說道：「石奶奶如今也不靈了。我如此打扮，端的平安過渡來了。」說未畢口，那班手下幫妒將帥火速報知。一霎時狂風大作，把那婦人平空吹入水裏淹死了。查得當日立廟時節，之推夫婦原是衣冠濟楚並肩坐的；為因這事，平空把之推塑像忽然改向朝著左側坐了。地方❻❾不安，改塑正了，不久就坍。如今地方上人理會奶奶意思，故意塑了這個模樣。』此段說話，卻不是成了神還要妒的故事麼。至今那一鄉女人氣性極是粗暴，男人個個守法，不敢放肆一些。凡到津口，只見陰風慘慘，恨霧漫漫，都是石奶奶狠毒英靈障蔽定的。唐時有人到那裏送行吟詩，有『無將故人酒，不及石尤風』之句，也就是個證了。」

那幾個後生聽了嚷道：「大奇！大奇！方纔那首『青竹蛇兒』的詩可見說得不差，不差。」又有一個說道：「今日搭個豆棚，倒是我們一個講學書院。天色將晚，各各回家，老丈明日倘再肯賜教，千萬早臨。晚生們當備壺酒相候，不似今日草草一茶已也。」

---

❻❽ 血食：古時殺牲取血，用以祭祀，故名。

❻❾ 地方：舊時稱里、甲、地保為「地方」。

總評：

太平廣記云：「婦人屬金，男子屬木，金剋木，故男受制于女也。」然則女妒男懼，乃先天稟來，不在誨化條例矣。雖然，子即以生剋推之，木生火，火能剋金；金生水，水又生木。則相剋相濟，又是男可制女妙事。故天下分受其氣，所以「妒」、「懼」得半，而理勢常平。艾衲道人閒話第一則就把「妒」字闡發。須知不是左禮⑩婦人，為他增談也。妒可名津，美婦易貌，鬱結成塊，後宮參差。此一種可鄙可惡景象，縷縷言之，人人切齒傷心，猶之經史中「內君子，外小人」。揣摩小人處，十分荼毒氣概；揣摩君子處，十分狼狽情形。究竟正氣常存，奇衷終餒，是良史先賢之一番大補救也。知此，則閒話第一及妒婦，所謂詩⑪首關雎⑫，書⑬稱「釐降」⑭可也。

---

⑩ 左禮：偏護一方。禮，同「袒」。
⑪ 詩：指詩經。
⑫ 關雎：詩經周南首篇之名。
⑬ 書：指尚書。
⑭ 釐降：下嫁。尚書堯典云：「釐降二女于嬀汭，嬪于虞。」

第二則 范少伯❶水葬西施

俗語云：「酒逢知己千鍾少，話不投機半句多。」可見飲酒也要知己。若遇著不知己的，就是半杯也飲不下去，說話也怕不投機；若遇著投機，隨你說千說萬，都是耳朵順聽、心上喜歡，還只怨那個人三言兩語說完就掃興了。大凡有意思的高人，彼此相遇，說理談玄，一問一答，娓娓不勌；假使對著沒意思的，就如滿頭澆栗，一個也不入耳。倒是那四方怪事、日用常情，後生小子聞所未聞，最是投機的了。昨日新搭的豆棚，雖有些根苗枝葉長將起來，那豆藤還未延得滿，棚上尚有許多空處，日色曬將下來，就如說故事的，說到要緊中央尚未說完，剩了許多空隙，終不爽快。

如今不要把話說得煩了。再說那些後生，自昨日聽得許多妒話在肚裏，到家燈下紛紛的又向家人父子重說一遍。有的道是說評話❷造出來的，未肯真信。也有信道古來有這樣狠妒的婦人。也有半信半疑的，尚要處處問人，各自窮究。弄得幾個後生心窩潭裏、夢寐之中，顛顛倒倒；只等天亮就要往豆棚下聽說古話。

那日色正中，人頭上還未走動。直待日色蹉西，有在市上做生意回來的，有在田地上做工閒空的，

❶ 范少伯：范蠡，字少伯，春秋時楚國宛人。曾仕越為大夫，輔佐越王句踐滅吳後逸去。

❷ 評話：亦作「平話」，即說書。只說不唱，以演說歷史故事為主。

漸漸走到豆棚下，各佔一個空處坐下。不多時，老者也笑嘻嘻走來說道：「眾位哥哥卻早在此。想是昨日約下，今朝又要說甚麼古話了。」後生俱欣欣道：「老伯伯，日昨原許下的。我們今日備了酒餚，要聽你說好些話哩。但今日不要說那妒婦，弄得我們後生輩面上沒甚光輝；卻要說個女人才色兼備，又有德性，好好收成結果的。也把我們男人燥一燥脾胃❸。」那老者把頭側了一側，說道：「天地間也沒有這十全的事。紅顏薄命，自古皆然。或者有色的未必有才，有才的未必有色，有色有才的未必有德；即使有才、有色、有德的，後來也未便就有好的結局。三皇❹以前遠不可考，只就三代夏、商、周而言，當在興時，看來雖有幾個賢聖之后，那才、貌、德、色也不聞有全備之稱。及至亡國之時，每代出了個妖物，倒是才、色兼備的。」

眾後生說：「那興夏禹王的是那一個？」老者道：「待我慢慢想來。記得禹王之父名伯鯀，娶於有莘氏之女名為修己。看見天上流星貫昴❺，感孕而生了禹王於僰道❻之石紐鄉。那時洪水滔天。禹王纔娶塗山氏，做親方得四日，因其父親治水無功，堯帝把他殺在羽山❼。虞舜立時保奏禹王才能，堪以治水。即便出門，在外過了一十三年，自家門首走過三次，並不道是家裏邊進去看看妻子。那塗山氏也曉

❸ 燥一燥脾胃：意同「燥脾」，指爽快。
❹ 三皇：傳說中遠古部落的酋長，其名傳說不一，有「伏羲、神農、黃帝」，「天皇、地皇、人皇」等多種說法。
❺ 貫昴：穿過昴星所在的天域。昴星為古人所謂的二十八星宿之一。
❻ 僰道：漢代縣名，地在今四川宜賓境內。
❼ 羽山：山名。古時有在今江蘇贛榆、江蘇連雲港市、山東蓬萊、山東臨沂等多種說法，現已難確指。

得丈夫之性孤古乖怪，也並不出門外來看看丈夫。不幾年間，洪水之害平息，堯帝賜禹王玄圭❽，告成其功。後來虞舜把天下亦讓與他；塗山氏做了皇后，豈不是個有才有德的？但當日也不曾有人說他怎的標緻，此正是賢聖之君在德不在貌也。後來傳了十六七代，傳到履癸，是為帝桀。平生好勇，力敵萬人，兩手能伸鐵鉤；貪虐荒淫，傷害百姓，曾去伐那諸侯。有施氏見桀如此無道，無計復仇。只有一女，名為妹喜，看來生得十分美貌，名❾才多技。必能蠱惑君心，堪以進獻。那桀王果然一見魂迷，無事不從，無言不聽。把百姓之財盡數搜索攏來，如水用去；將那珍饈百味堆將起來，肉山相似。造下許多美酒，傾在池中，可通船隻往來。兩邊的酒糟疊起成隄。人到上面可望十里。凡遊覽至此，上邊打一聲鼓，下邊人低頭叩到池中飲酒，就像牛吃水的相似，叫做「牛飲」；不下有三千餘人，妹喜方以為樂。如此淫縱，萬民嗟怨。虧殺成湯皇帝出來，把妹喜殺了，桀王放於南巢。如今江南廬州府巢縣地方，就是那無道之君結果處了。此是第一個女中妖物也。

夏的天下傳到商時，商朝代代也有賢聖之后，只是平平常常，也無才德之顯。直傳到二十八代，生一個紂王出來。他天性聰明，作事敏捷，力氣勇猛，可以抵對猛獸；說來的話都是意想不到的。如有人欲諫止他，就先曉得，把言語搪塞在先，人卻開口不得。自己做了不好的事，他卻有無數巧言塗飾過了。終日興工動作，做那輿馬宮室之類，無不窮工極巧。就愛上一個諸侯有蘇氏之女，名喚妲己。寵幸太過，惟其所好，無不依從。當初夏桀無道做下的酒池、肉林也就摹倣他做將起來。又叫宮中男女赤體而行淫

❽ 玄圭：黑色的玉，為古代帝王舉行典禮所用的一種玉器。

❾ 名：此處當為「多」字之誤。

污之事，隨地而做，也不怕觸犯天帝。宮中開了九市，長夜酣歌，沉湎不散，朝政不理，四方怨望。妲己看見人民恨他，威令不行，乃重為刑辟，以火燒紅熨斗，叫人拿著，手就爛了。更立一銅柱，炭火通紅，叫人抱柱，立刻焦枯，名為炮烙之刑。還有許多慘刻刑罰，卻難盡說。那紂王只要妲己喜歡，那裏顧得。後來武王興兵伐紂，紂王自焚而死。假使妲己有這個美色，沒有這種惡才，也不到得這地位。此又是一個有色、有才的妖物證見了。

那時武王之父文王是個聖人，就有一個母親后妃最是賢德；其才又能內助，並無妒心。文王姬妾甚多，生了百子，果然千古難得的。當日就有關雎、麟趾之詩，誦他懿德。尚有人譏刺道：『此詩乃是周公所作，若是周婆，絕無此言了。』這不是譏刺后妃，只為天下妒婦多了，故作此語，越顯得后妃之賢不可及了。至後來周幽王時，也又生出一個妖物，卻比夏商的更大不同；幾乎把周家八百年的社稷那時就要斷絕了。這個妖物叫做褒姒。雖則是幽王之后，其來頭卻在五六百年前夏時就有種了。」眾後生道：「這個妖物果是奇怪。怎麼夏時就種這個禍胎在那裡呢？」老者道：「夏德衰了，褒姒之祖與夏同姓，那時變作二龍降於王庭，乃作人言：『我乃褒國之君也。』夏王怒而殺之。那龍口裏吐出些津沫來，就不見了。臣子見是龍吐出的，卻為奇異，就盛在木桶之內，封錮在寶藏庫中。直到周厲王時，到庫中打開桶來看時，那津沫就地亂滾，直入宮中，撞到幼女身旁，就不見了。此女纔得十二三歲，有了娠孕。民間起了一個謠言說道：『檿弧箕服，實忘⑩周國。』後來鄉間一個男子手拿山桑之弓，一個婦人手拏草結之衣，上街鬧賣。市人見他應著童謠，就要報官。二人慌忙逃竄，適然撞著有孕的童女，生下一個

⑩ 忘：此字當為「亡」字之誤。

女兒，棄於道旁。那時夫婦憐憫他，收養在懷，逃入褒國。後值褒君有罪，繫於獄中。遂將此女獻上。周王見他色美，收在後宮。舉止端莊，並不開口一笑。若論平常不肯笑的婦人，此是最尊重有德的了。那知這個不笑，卻是相關甚大。得他一笑，正是傾國傾城之笑，故此一時不能遽然啟齒。周幽王千方百計引誘著他。褒姒全然不動。那時周王國中有令，凡有外寇之警，舉起烽臺上號火為信，都來救應。幽王無端卻放一把空火，各路諸侯來時，卻無寇警。褒姒見哄動諸侯，撲了一空，不覺啞然一笑。後來犬戎入犯，兵臨城下。幽王著急，燒盡了烽臺上火。那諸侯只當戲耍，都不來了，幽王遂被犬戎所殺。卻不又是一個亡國的妖物麼？如此看來，才全德備的婦人委實不大見有。」

眾少年接口道：「亡國之妖，顛倒朝綱，窮奢極欲，至今人說將來，個個痛恨，人人都是曉得的。昨日前村中做戲，我看了一本浣紗記，做出西施住居苧蘿山下；范大夫前訪後訪。內中唱出一句，說『江東百姓，全是賴卿卿。』可見越國復得興霸，那些文官武將全然無用；倒靠著女子西施，卻是第一個功臣。後來看到同范大夫兩個泛湖而去，人都說他俱成了神仙。這個卻不是才色俱備，又成功業，又有好好結果的麼？」老者道：「戲文雖則如此說，人卻另有一個意思。看見多少功成名遂的人，遇著猜忌之主，不肯見機而去，如文種大夫畢竟為句踐所殺故事。故此假說他成仙，不過要打動天地間富貴功名的人，處在盛滿之地，做個急流勇退的樣子，那有真正成仙的地位？我卻在一本野史上看見的卻又不同。說這西子住居若耶溪畔，本是一個村莊女子。那時做官的人看見富貴家女人打扮，調脂弄粉，高髻宮妝，委實平時看得厭了。一日山行，忽然遇著淡雅新妝波俏女子，就道標緻之極，其實也只平常。又見他小門深巷，許多醜頭怪腦的東施團聚左右。獨有他年紀不大不小，舉止閒雅，又曉得幾句在行說話，怎麼范大夫不就動心？那曾見未室人⓫的閨女就曉得與人施禮，與人說話？說得投機，就分一縷所浣之紗贈作表記？又曉得甚麼惹害相思等語？一別三年，在別人也丟在腦後多時了，那知人也不去娶他，他也不曾嫁人，心裏遂害了一個癡心痛病。及至相逢，話到那國勢傾頹，靠他做事，他也就呆呆的跟他走了。可見平日他在山裏住著，原沒甚麼父母拘管得他；要與沒識熟的男子說話就說幾句，要隨沒下落的男子走路也就走了。

一路行來，混混帳帳，到了越國。學了些吹彈歌舞，馬扁⓬的伎倆，送入吳邦。吳王是個蘇州空頭⓭，只要肉肉麻麻奉承幾句；那左右許多幫閒篾片⓮，不上三分的就說十分，不上五六分就說千古罕見的了。況且伯嚭⓯暗裏得了許多賄賂，他說好的，誰敢不加意幫襯？吳王沒主意的，眾人讚得昏了，自然一見留心，如得珍寶。古語云：『士為知己者死，女為悅己者容。』那吳王既待你如此恩情，只該從中調停那越王歸國，兩不相犯。一面扶持吳王興些霸業，前不負越，後不負吳，這也真是千載奇傑女子。何苦先許身於范蠡，後又當做鵰酒送與吳王。一邊腌腌臢臢，還害越王奴顏婢膝，糞也嘗來，至今叫那邊的人口臭不了。一邊弄得吳王不理朝政，今日游獵，明日採蓮；費了百姓貲財，造臺鑿池，東征西討，萬

⓫ 室人：出嫁。
⓬ 馬扁：即「騙」。
⓭ 空頭：虛名無實。
⓮ 篾片：豪門富家幫閒的清客。
⓯ 伯嚭：春秋時楚人，吳王夫差身邊的佞臣。

民皆怨。及至兵入內地，覷便抽身，把那個共枕同衾、追歡買笑的知己抛在東洋大海。你道此心如何過得？希圖回到越邦，趁著半老半姿，還要逞出許多功勞，許多嬌愛，更要駕出越國夫人之上，受用不了。那知范大夫一腔心事，也是徼倖成功。萬一夫差是個精細的人，不聽伯嚭邪言，信著伍員⑯的好語，也不見得這個敗壞。又萬一暗裏圖謀，那句踐一朝命短，十年生聚，十年教訓，雖有些工夫，也不到得這樣圓成。況且陰謀詭秘，有許多不可告人知的話頭；下賤卑污，有許多令人不忍見的光景。到那吳國殘破之日，范大夫年紀也有限了，恐怕西子回國，又把舊日套子斷送越國；又恐怕越王復興霸業，猛然想起平日勾當，有些不光不明，被人笑話。況且范蠡出身，又是楚之三戶人氏，即今吳江縣地方，原是姑蘇屬縣。以吳之百姓為越之臣子，代謀吳國，在越則忠，在吳則逆。越王雖在流離顛沛之中，那臣子的本末、君臣的分際，卻從來是明白在心裏的。到了歸國時節，霸業復興，兵多糧足，別的俱不在心上。單單只有這幾個謀國之臣懷著鬼胎，倘或猜忌之主，無心中有些觸犯，一朝追究，未免害了自己的身家。故此陡然發個念頭，尋了一個船隻，只說飄然物外，扁舟五湖游玩去了。那五湖也只有七八百里開闊，難道人踪跡不到的？後來人都說越王長頸鳥喙，可與共患難，不可與共安樂。那知范大夫句句說著自家本相，平日做官的時節，處處藏下些金銀寶貝；到後來假名隱姓，叫做陶朱公。『陶朱』者，『逃』其『誅』也。不幾年間，成了許多家貲，都是當年這些積蓄。難道他有甚麼指石為金手段，那財帛就跟他發跡起來？許多曖昧心腸，只有西子知道。西子未免妝妖做勢，逞吳國娘娘舊時氣質，籠絡著他。那范大夫心腸卻又與向日不同了：與其日後洩露，被越王追尋起來，不若依舊放出那謀國的手段，只說請西子起觀

⑯ 伍員：即伍子胥，春秋時楚國人，因父兄為楚平王所殺，奔吳，佐吳王伐楚。後伯嚭進讒，子胥被迫自殺。

月色。西子晚妝纔罷，正待出來舉杯問月，憑弔千秋。不料范大夫有心算計，覷著冷處，出其不意，當胸一推。撲的一聲，直往水晶宮裏去了。正是：

至今唯有西江月，曾照吳王宮裏人。」

那後生道：「老伯說來差矣！那范大夫湖心中做的事，有誰作證，你卻說他如此？」老者道：「我也不是證見，我也不肯誣他。卻見野艇新聞有范少伯水葬西施傳，杜柘林集中有洞庭君代西子上冤書一段，俱是證見。至今吳地有西施灣、西施濱、西施香汗池、西施錦帆涇、泛月陂；水中有西子臂、西施舌、西施乳，都在水裏，卻不又是他的證見麼？他若不葬在水裏，當時范大夫何必改名鴟夷子？鴟者，梟也；夷者，害也。西施一名夷光，害了西施，故名『鴟夷』。戰國時孟子也說西子蒙不潔，人皆掩鼻而過之，就是葬在水裏，那不潔之名還洗不乾淨哩！」有一人道：「兄言之謬矣！從古來讚美西施的，直把個天地間至妙絕佳的杭州一個西湖比他。蘇東坡題一首詩道：『水光瀲灩晴方好，山色空濛雨亦奇；欲把西湖比西子，淡妝濃抹也相宜。』如此說來，難道東坡不如你的見識不成？」老者道：「這坡老看得西湖景緻好了，沒得讚賞，偶然把個古來美色的婦人比方，其實不是讚賞西子。其中還有一個意思，至今還沒一個人參透這段道理。天下的湖陂草蕩，為儲蓄那萬山之水，處處年年，卻生長許多食物東西，或魚蝦、菱芡、草柴、藥材之類，就近的貧窮百姓靠他衣食養活。唯有西湖就在杭州郡城之外，山明水秀，兩峰三竺高插雲端；裏外六橋，掩映桃柳；庵觀寺院及繞山靜室，卻有千餘；酒樓臺榭，比鄰相接；

畫船簫鼓，晝夜無休。無論外路來的客商、仕宦，到此處定要破費些花酒之資。那本地不務本業的游花浪子，不知在內嫖賭蕩費多多少少。一個杭州地方見得如花似錦，家家都是空虛。究其原來，都是西湖逼近郡城，每日人家子弟大大小小走到湖上，無不破費幾貫錢的。前人將西湖比西子者，正說著西湖無益於杭城，卻與西施具那傾國傾城之貌有害吳國意思一樣。如今人卻重了東坡的才名，愛看了西湖景緻，不曾參悟到這個所在故耳。只有一個推官胡來，朝湖心寺柱上題一聯對，卻道破此意云：

四季笙歌，尚有窮民悲夜月；
六橋花柳，渾無隙地種桑麻。

其餘題咏甚多，都是外處往來遊客暫時流寓，無非形容西湖佳妙之處，還要嫌憎那胡推官道學氣哩。還有個小小故事說與你們聽了。近日吳中有個士夫，宦遊經過越地，特特買舟選騎，直到苧蘿山邊。看見山明水秀，遊觀不盡，便哼哼的做起詩來，讚得西子不知到甚麼天仙地位；還要尋個媒人選聘女子，依稀沾些西子風味回去。正在訪問，那知走出一個鄉老來，說得極妙：『你道西子是個國色天香？當初乃是敝地一個老大嫁不出門的滯貨，偶然成了虛名。若果然絕色奇姿，怎麼肯送到你下路受用！』那士夫一個沒趣，即刻起身去了。」眾後生拍手笑道：「這老老倒有志氣佔高地步；也省得蘇州人譏笑不了。」正待走動，欲將蔬酒排下，吃個盡興。抬頭忽見天上烏雲西墜，似有山雨欲來之狀，俱各搶地拱手，稱謝而散。

總評：

人知小說昉於唐人，不知其昉於漆園莊子、龍門史遷也。莊子一書寓言十九，大至鵾鵬，小及鷽鳩、鷦鷯之屬，散木鳴雁，可喻養生；解牛斲輪，無非妙義。甚至詼諧賢聖，談笑帝王，此漆園小說也。史遷刑腐著書，其中本紀、世家、表、書、列傳，固多正言宏論，燦若日星，大如江海。而內亦有遇物悲喜、調笑呻吟，不獨滑稽一傳也。如封禪，如平準，如酷吏、游俠等篇，或為諷譏，或為嘲謔，令人肝脾、眉頰之間，別有相入相化而不覺。蓋其心先以正史讀之，而不敢以小說加焉也。即寶田之相軋，何異傳奇？而句踐世家後，附一段陶朱；莊生入楚喪子之事，明明小說耳。故曰小說不昉於唐人也。艾衲道人閒話二則曰「水葬西施」，此真真唐突西施矣。然玩其序三代事，皆讀史者所習曉，卻蒼茫花簇，像新聞而不像舊本。至於西施正傳，乃不徑接著褒姒，反從他人說浣紗、讚美西施，無心襯入，覼覼縷縷，將一千古美姝，說得如鄉裏村婦；絕世謀士，說得如積年教唆。三層翻駁，俱別起波紋，不似他則一口說竟。解「鴟夷」、解「夷光」、注西湖詩、談選女事，皆絕新絕奇，極靈極警，開人智惢，發人慧光。雖漆園、龍門，何以加此！唐人不得而比之。

第三則　朝奉郎揮金倡霸

自那日風雨忽來，凝陰不散，落落停停，約有旬日之餘纔見青天爽朗。那個種豆的人家即便走到棚下一看，卻見豆藤驟長，枝葉蓬鬆。細細將苗頭一一理直，都順著繩子，聽他向上而去。葉下有許多蚊蟲，也一一搜剔殆盡。那鄰舍人家也都在門外，張張望望嚷道：「天色乍晴，就有人在棚下等說古話哩。我們就去。」一個個積不多時，就有許多坐下，卻不見那說故事的老者。眾人道：「此老胸中卻也有限，想是沒得說了。趁著天陰下雨，今日未必來也。」內中一人道：「我昨日在一舍親處聽得一個故事，倒也好聽。只怕今日說了，你們明日又要我說。我沒得說了，你們就要把今日說那老者的說著我也。」眾人道：「也不必拘，只要肚裏有的便說。如當日蘇東坡學士無事在家，逢人便要問些新聞，說些鬼話；也知是人說的謊話，他也當著謊話聽。人不過養得自家心境靈變，其實不在人的說話也。」那人遂接口道：「我正說起的就是蘇東坡。他生在宋朝仁宗時，做了龍圖閣學士，自小聰明過人，凡觀古今書史，一目了然。看見時事紛更，權奸當道，如王安石『青苗』等事，也不嘗要把話譏刺他，或做詩打動他。聰明尖酸處固自佔了先頭，那身家性命卻干係在九分九釐之上。倒不如嘿嘿癡癡，隨行逐隊，依著仕路上畫個葫蘆，倒得個一路功名，前程遠大，順溜到底。可見蘇東坡只為這口不謹慎，受了許多波波吒吒。一日在家困頓無聊之極，卻向壁上題下一首詩來，說道：

人家生子要聰明，我被聰明誤一生。
但願吾兒愚且魯，無災無難到公卿。

就是這四句詩，也是譏嘲當道公卿的話，都是老蘇的舊病，不在話下。後來又有個老先生於仕途上不肯通方流和，屢遭罷斥。看見那聰明伶俐的做了大官，佔了便宜，也向壁上學那東坡題下四句詩，道：

只因資稟欠聰明，卻被衣冠誤此生。
但願我兒伶且俐，鑽天驀地到公卿。

此一首詩似與坡公翻案，而譏誚當道亦與坡老相同，只好當個戲言。雖道人家生的兒子聰明伶俐，就是好的不成？也有生來不聰不俊、不伶不俐，起初看來是個泥團肉塊，後來交了時運，一朝發作起來，做了掀天揭地事業，拜將封王，竟自有的。譬如三國時有個孔文舉❶，年方十歲，隨著父親到洛陽任所。那時有個司隸校尉李元禮，極有名頭。大宮府❷要去見他，無論本官尊重，那門上吏也十分裝腔做勢，一時難得通報。彼時文舉乃十歲小兒，大模大樣持了通家稱呼的名帖❸，來到李府門上，說道：「我是

❶ 孔文舉：即孔融，字文舉，東漢末曾為北海相。自恃高門世族，對曹操多所非議，後為操所殺。
❷ 宮府：疑為「官府」之誤。
❸ 名帖：亦作「名刺」，即名片。

李府通家。』門吏看見小小聰俊孩兒，即與通報。後來李公接見，問道：『足下與我那裏通家？』那孔文舉不慌不忙，從容對道：『昔先人仲尼❹與尊公伯陽❺有師友相資之誼。在下與老先生就是奕世通家之好也。』許多賓客在座聽了，各各稱奇。彼時座中有個陳建❻，最後方來。李元禮將此言說與陳建，建曰：『小時雖則聰明，無不了了；大來未必果佳。』文舉應聲說道：『看來老丈小時定是聰明，無不了了的了。』滿座之人俱各笑將起來，稱道：『如此聰明，異日不知至何地位！』那知這張利嘴，人人忌刻。後因父親朋黨之禍，畢竟剪草除根了。可見小時聰明太露，乃是第一不妙的事。

如今再說一個小時懞懞懂懂，後來做出極大的勳業，封了極大的爵位，纔是奇哩！此人出在隋末唐初，正當四海鼎沸之際，姓汪名華。初時無名，只有小字興哥。祖居新安郡，如今叫做徽州府，績溪縣樂義鄉居住。彼處富家甚多，先朝有幾個財主，助餉千萬，朝廷封他為朝奉郎，故此相敬，俱稱朝奉。卻說汪華未生時節，父親汪彥是個世代老實百姓的子孫，十五六歲跟了夥計學習江湖販賣生意。徽州風俗，原是樸茂，往往來來，只是布衣草履，徒步肩挑，真個是一文不捨，一文不用。斂到十餘年，刻苦艱辛，也就積攢了數千兩本錢。到了五旬前後，把家貲打總盤算，不覺有了二十餘萬；大小夥計就有百十餘人。算帳完了，始初喜喜歡歡，舉杯把盞，飲至半酣，忽然淚下。眾夥計問其原故。那汪彥道：『我也不為著別的，只因向日無子，從南海普陀洛伽山求得一子，叫名興哥。看來面方耳大，也成個人形。

❹ 仲尼：即孔子，名丘，字仲尼。
❺ 伯陽：即老子，其名為李聃，字伯陽。
❻ 陳建：此處依世說新語言語當為「陳煒」。

其如呆呆癡癡，到了十五歲，格格喇喇指天劃地，一句說話也不明白，卻似痘疤一般。遇著飲食，不論多少，好像肚內有熱爐熱灶，無有不納，豈不是個焦員外的令郎、胡永兒❼的丈夫？雖掙了潑天家私，也是一盤瞎帳。』說畢，復又淒淒慘慘、嗚嗚咽咽哭將起來。夥計中有那當心的上前勸慰寬心。有勸到揚州、蘇州再娶一妾，另生幾個好的；有拿酒復來相勸，猜拳行令的，都也不在話下。臨了來有個老成的夥計走近前來說道：『老朝奉不消著忙。我看小主雖則不大言語，心中也還有靈機，面貌上也有些福氣。明年小主十六歲了，徽州俗例，人到十六歲就要出門學做生意。不若撥出多少本錢，待我輔佐他出門學學乖起，待他歷練幾年就不難了。』一面就與興哥說知，興哥也就把頭點了幾點。眾夥盡道：『小朝奉心裏是明白的，不難，不難！』俱各散訖。

到了次年正月初一日，眾夥計會同拜年。吃酒中間，老成的夥計也就說起小朝奉生意的事。汪彥道：『他年小性癡，且把三千兩到下路開個小典，教他坐在那裏看看罷了。約定二月起身。』言之未已，那興哥斯斯文文立起身來，卻明明白白說道：『我偌大家私唯我一個承載，怎麼只把三千兩與我，就要叫我出門？卻是不夠！』眾盡駭異，連那老朝奉聽了，也不覺快活起來，接口連聲說道：『果然奇了。他說的話公然不差，想是福至心靈了。』滿堂人俱各稱羨。只待二月初頭整備行李，拜別父母起身。汪彥占卜得往平江❽下路去好。那平江是個貨物馬頭❾，市井熱鬧，人煙湊集，開典鋪的甚多，那三千兩那

❼胡永兒：明代小說三遂平妖傳中人物，其前身為狐母聖姑姑之女媚娘，後嫁給焦員外之子憨哥。
❽平江：府名，今江蘇蘇州。
❾馬頭：即「碼頭」。

裏得彀？興哥開口說：『須得萬金方行，不然我依舊閉著口，坐在家裏。』那老朝奉也道：『他說得有理。』就湊足了一萬兩。未免照例備了些醃菜乾、豬油罐、炒豆瓶子，歡歡喜喜出了門。那老夥計已預先托人把舖面房屋、招牌、架子、家伙什物俱已停當，揀了黃道吉日開張。掛得一面招牌，就有一個人拏著十個盒子進來，說道：『賀喜，賀喜！願小朝奉開典舖，就趁了十對盒利錢，權且當銀十兩，做個彩頭。』小朝奉聽見說得快活，便道：『我也不要你的盒子，送你二十兩，酬你這個好意。』那夥計主持道：『小朝奉不可聽他！這是從來市井光棍打抽豐、討彩頭，都是套子，不可與他！』小朝奉道：『第一次也讓我一個順利。』夥計就閉口了。不多時，又見一夥衣冠濟楚，捧著表禮❿走將進來，看名帖上整齊數來四十位，道是上下排鄰，聞見朝奉開當，各人備了一兩分資，外又添出五分，備了花紅糕酒，都來賀喜。那夥計們少不得請出興哥來做主人，眾鄰舍俱各唱喏稱賀，分賓坐了，奉茶而別。興哥回轉身，欣欣喜色，對眾夥計道：『怪不得老朝奉卜得此地開典好，就是這鄰舍高情卻難得的。』一面就把那封的分資扯開兩個。眾夥計上前把手按住道：『這是套禮⓫，收不得的。過日備戲設席請他後就返璧了。』興哥道：『方纔二十兩出門，今就有四十兩進門，就是對合利錢⓬佳兆，如何方纔當盒子的不要賞他？』說畢，仍舊把眾分一捲，拿了進去，急得眾夥計沒些佈擺，只是叫苦。少刻，喚一個小郎進去，興哥打開銀庫，揀出十兩一錠的銀子，齊齊整整封作四十封，一面換了衣服，備了名帖，走出舖中，說：

❿ 表禮：指衣料，古代拜訪時所持贈的禮物。

⓫ 套禮：舊時交際中贈送的成套禮品。

⓬ 對合利錢：與本金相等的利錢，即利率為百分之一百。

『我如今要答拜了。』眾道：『四十封銀為何？』興哥道：『沒生所在，難得他們盛意，備禮答他。』眾夥計道：『只消費二十兩一席戲酌彀了，如何要這許多？』齊來把手按住，道：『不可，不可！』興哥道：『你們只曉得小家子局面。既在他地方開舖賺錢，就要結識地鄰，日後有些事情也得便宜。自古道：「他敬我一尺，我敬他一丈。」這十兩頭也只照歷來規例，亦未見得從厚。』言畢，徑出門去，各家一一送了。那些鄰舍個個喜歡，人人快活，稱道：『小朝奉是個大方。』那些夥計齊齊嘆氣跌腳，只好付之無可奈何而已。興哥拜客回舖中坐著，忽見一人牽著一馬，進門道：『在下是個馬販子，販了五十疋馬來，馬價都是百金一疋的。遇著行情遲鈍，眾馬嗷嗷，只得將一疋來賣舖，當五十兩買料。賣出依舊加利奉贖。』興哥心中愛著駿馬，一眼看了就笑起來。那夥計道：『開口貨從來不當。出去，出去！』興哥道：『省會地面馬也是要用的。若不當與他，那四十九疋都餓死了，豈不可憐。』說畢，就往裏邊進去。那夥計越發回他，那馬販踟躕半晌，只要候小朝奉出來討個下落就去。不多時，興哥捧出元寶兩錠，就招馬販進中門遞與他。馬販說：『當一錠夠了。』興哥說：『你辛苦來此，須要趁錢方好。如何百金的價只當五十兩，卻不折了本麼？快去，快去！』那馬販倒地四拜，稱謝恩主而去，眾夥計尚自不知。興哥又到舖內坐定，又見一個窮人手拿鐵鍋一隻。夥計上帳當去三錢。纔出門去，興哥把頭側一側，想道：『這個窮人家裏不過一隻鍋子。將來當了，老婆在家如何煮飯？三錢銀值得恁多？』即便走出舖來，提了鍋子就上了馬，一溜煙出門追去。畢竟尋著那個窮人，還了他去。舖中耳邊沸沸的說起方纔當馬之事，又吃了一驚，只等興哥回來，大白日裏就把當門關上。接著興哥到廳上。眾夥計一齊依次坐下。老夥計道：『小主差矣，你從幼未經出門，你的身命干係都在我們身上，就是一萬兩本錢也是在老朝奉面前包定加三利息⓭來的。纔得一二日，如此顛顛倒倒，本錢倒失去了一大塊，將來怎麼算帳？」興哥道：「不難，不難。若說加三利息，你們眾人就提了三千兩去，餘下本錢聽我發揮罷了。你們做夥計的舊規俱已曉得，不過以舊抵新，移遠作近，日用使費上扣刻些須，當官幫貼中開些虛帳，出入等頭⓮銀水⓯外過剋一分，掛失票、留月分、出當包、討些酒錢，就是你們伎倆，這也都不在我心上。你們要去就去，難道我就迷失了路頭不成？」眾人被他數落，頓口無言。那老者道：「是不可挽回。」眾人也備細寫了稟帖，第二日就回徽州報信去了。興哥看見老者去了，心中不覺又鬆了一鬆。那些鄰舍不久傳聞出去，也都裝了套子，或有說官司連累，急急去救父母的；或有說錢糧拖欠，即刻去比卯⓰救家屬的；或有說父母疾病臨危，要去調治結果的；或有說修蓋廟宇、砌造橋梁，一時工錢要緊的。興哥一一都不要當頭，悉如來願，應手而散去了。不一月間，那一萬兩金錢俱化作莊周蝴蝶⓱。正要尋同鄉親戚寫個會票，接來應手。那老朝奉風快的到來，進門前後一看，叫屈連聲，揪著興哥就打。興哥只是嘻嘻笑道：「人若不把錢財散去，老朝奉在家只消半間草屋，幾件布衣，數挑粗米，一罐豬油，就夠一生受用，何

⓭ 加三利息：利率為百分之三十的利息。

⓮ 等頭：猶言等閒。

⓯ 銀水：指銀子的成色。

⓰ 比卯：舊時催徵錢糧，或緝捕罪犯按卯簿（官衙中差役的名冊）派遣差役，立定期限，按時考校。如到期不能完成，即將差役拘處杖責，叫「比卯」。

⓱ 莊周蝴蝶：此處用以喻金錢散盡。典出莊子齊物論：「昔者莊周夢為蝴蝶，栩栩然蝴蝶也。自喻適志與，不知周也。俄然覺，則蘧蘧然周也。」

必艱難險阻，一一搬到土窖中藏著，有何享用？』老朝奉聽了又氣又惱，晚年只得此子，也只好付之一笑。次日即收拾行李，退還房屋，一夥回家去了。就把興哥關閉一室，不許在外應酬。

不覺過了四五個月，不知那裏尋得五千青蚨⑱，把家中做生意的夥計，都送一百文，按月要收二百文。眾人在他門下，也就胡亂送些與他，不半年也就積起三萬上下。老朝奉知道，說此子如今曉得生放利錢，比當初大不相同。興哥只做不知，終日在私下盤放錢債。老朝奉一日道：『你既知錢財當積的，何不再拿一萬出門去？』興哥道：『前番一萬胡亂做去，如今卻要多些，刻苦翻轉那一萬本來纔好。』老朝奉道：『說得有理。』問道：『依舊開當罷？』興哥道：『典舖如今開的多了，不去做他。須得五萬之數，或進京販賣金珠，或江西燒造瓷器，或買福建海板，或置淮陽⑲鹽斤，相機而行，隨我活變。再不必像前番占卜到平江府好的故事也。』老朝奉聽了爽快，就兌下五萬兩，選下八個家人，仔細包包裹裹，共有三十擔行李。興哥依舊騎著那馬，瀟瀟灑灑起身。同管家在路上商量得明州⑳曬白鮝生意絕好，逕往明州道發。訪得浮橋外下塘街，有幾家大財主經紀，可以安身。就在他家住下，安頓行李。那知這曬鮝生意三月中方得通行，興哥卻蚤㉑到半月。下處甚是寂寞，帶了幾個家人且到洛迦山游玩數日。一者進香，再者觀海，亦是暢事。那山上清淨道場，並無俗客。次日單身步月而行，不覺信步一直到那

⑱ 青蚨：錢的代稱。
⑲ 淮陽：當為「淮揚」之誤。
⑳ 明州：即今日浙江寧波市。
㉑ 蚤：同「早」。

釣鼇磯上，對著汪洋大海盤膝而坐。月色正中，海氣逼得衣袂生涼。正待回步，忽見磯邊樹林影裏走一人來。興哥也道：『奇怪，奇怪！』依舊坐下。那人將到面前，興哥看見唬了一跳。那人果也生得奇異：

只見兩隻突眼，一部落腮。兩鬢鬔鬆，宛似鍾馗下界；雙眉倒豎，猶如羅漢西來。雄糾糾難束縛的氣岸，分明戲海神龍；意悠悠沒投奔的精神，逼肖失林餓虎。

興哥上前將欲迎他，他卻高足闊步，全不相照，竟靠在一塊淩空奇峭石厓嘴上，大叫一聲道：『老天，難道我老劉就罷了不成？安得五萬金，成我一天大事也！』興哥聽見說得奇異，上前問道：『君家於此地要這五萬兩何用？』那漢把眼一橫道：『乳臭小子，何足以知我事！』興哥道：『我非乳臭，足下亦不免為田舍翁，看得五萬金恁難得也。』那漢聞此言，便回身下拜道：『我誠為小人，不識君家何以應我。倘能周旋，明年此月此日，仍約於此地，還君十萬，不食言也。』興哥道：『去此不遠，我當為君謀之。』即相拉下船，隨從約有十五六人，一徑回到下處。請出主人，喚小郎們搬出行李，將五萬兩一一交付那漢收去。那漢道：『足下此馬無甚用處，一併付我馳去。異日仍以此馬還君。』興哥連忙解轡送他，兩人拱手而別，並無他言。主人與小郎在側看了，心目俱呆，不知甚麼來歷。主人只道是洋裏捕魚客人，或是沿海衛所經紀，也都只在那曬鮝的生意上作想。問道：『此君何姓何名，住居何處？』興哥道：『我也不知。』即便叫小郎們收拾回去。小郎道：『官人此來為何？』興哥道：『此番生意對本利錢，甚是省力爽快。』小郎也只得隨口含糊謝別主人，依著舊路回去。總來不及兩月，已到家裏。老朝奉問道：『甚麼生意回身得快？』且見行李輕鬆，吃了一驚。興哥道：『對年對月對本利錢，也是順利的了。』老朝奉仔細問其下落，並無一字回答。問及小郎，那小郎拿指頭指著道：『只去問他，我們一毫不知。』那老朝奉急得心躁，興哥且自意氣揚揚，指著前邊該造大廳，指著後邊該造大園，不癡不顛，說來的都是迂闊之論。老朝奉揪髮亂打，興哥嘻嘻道：『不要難為了十萬貫的財主，且自耐煩到了明年此時，若無本利到家再吵再鬧也未遲哩。』老朝奉只索忍氣吞聲，且自排遣過去。

不覺倏忽已到次年二月初邊，老朝奉便要催他起身，興哥道：『不消早去，只要此月、此日、此夜到那此地便了。』果然挨到邊際，興哥束裝前往。先一日已到彼處，暫借僧房歇下。到那晚上，依舊單身坐在釣鼇磯上。黃昏已過，二更悄然，將及三更，那樹影裏果見一人大踏步走上磯來，叫道：『恩兄何在？』興哥向前相見，把臂道：『真信人也！去年所事如何？』那漢道：『多承恩兄慷慨施助，將這五萬銀子即在沿海地方分頭糴得糧食，接濟六郡義師，方無脫巾之變。幸叨天庇，自去年四月起兵，所到之處，猶如破竹。今總計之，閩粵以及浙西，已得三十郡縣，其海中嶴㉒夷島寇，歸併百十餘處。今海中所稱海東天子劉琮，即弟也。去年潛身上普陀窺探，亦因營中缺乏糧食，欲向洛迦僧房借些佛施，不料大大叢林也就荒涼這個模樣。敢問恩兄高姓大名？』興哥道：『山野鄙人，毫無施展，留此姓名何為？』劉琮道：『一言相許，五萬𨚫恩，尸以祝之㉓，猶難為報。何姓名之見吝也？』興哥遂將姓名、住居一一道破。不料從旁扈從的人蚤已聞報，一面將十萬金錢差人送至徽州汪宅去矣。興哥一些不知。

㉒ 嶴：本作「隩」，山坳近水之處。
㉓ 尸以祝之：立尸而祝禱之，表示崇敬。尸，立像。

這是後話未題。

且說劉琮邀了興哥，搬了行李到得河口，艤舟相待。不一時間到了大港，卻有數十彩鷁鱗次而集，旗幟央央，就有許多披甲荷戈的整齊環列。劉琮扶了興哥過船，便令發擂鳴金，掛帆理檝，出洋而去。未及五更，大洋中數萬艨艟巨艦，桅燈炮火震地驚天。到了大船即喚出許多宮妝姬嬪，俯伏艙板之上，齊稱『恩主』，不減山呼。興哥也不自覺，如在雲夢之際。一面開筵設席，極盡水陸珍饈；一面列伍排營，曲盡威嚴陣勢。異方音樂，隊隊爭先；海外奇珍，時時奏獻。興哥整整住了十餘日，即欲辭歸。那劉琮苦苦相留，情難判袂。心知興哥不能再住。一邊備了船隻，逐程相送；一邊捧出蓋世奇寶，舉以相贈。興哥眼也不看，一概固辭。劉琮道：『此非酬報恩兄之物，聊伸萬一之敬。今既不受，弟有錦囊三個，異日要緊之際開看便得，此時未可預洩其機也。』興哥再拜受之而別。一路歸家，也不知劉琮將錢十萬早已送到家下，不題老朝奉喜得不了。

且說興哥依舊瀟瀟散散而回。老朝奉聞得興哥回來，舉家迎接。一門勢利都來道喜。興哥心已知之，絕不露一毫於顏色。那些積年夥計俱來備席迎風，興哥也一家不領，每人卻送青蚨五萬文，以償日來相與之意。卻在後園造起百尺高臺，做那觀星望氣的勾當。耳邊厢聽得道路傳聞，說海東天子佔了某州某縣，漸漸逼近徽州，人頭上荒荒亂亂，俱作逃竄之計。興哥道：『此時事勢已急。』開一錦囊看時，如此如此。彼時隋朝既滅，唐主登基。興哥即便具了一道章疏投在節度使李冕衙門，求其代為申奏。自認團練義兵三千，不費朝廷一文一粒，保障一方，直待平定之後，方受朝廷封賞。李節度正在求賢若渴之際，得此一疏，即便轉奏。奉了唐皇新旨，暫授南路總管之職，聽其便宜行事。興哥整師振旅，即便起行，駐師溜、睦之間。那些辠夷島寇不奉正朔㉔，聽得義師初集，即便整兵秣馬，一擁前來，把那興哥全營密密層層圍得鐵桶相似。正在危急，再拆一個錦囊看時，他便營中立起十丈高竿，一面黃旗上書『海東十三路水陸全師都總管汪』。外邊這些島夷看見旗號，許多頭領即便把旗從左一招，兵分四路，左右前後屯紮住了。不多時西南角上一隊兵馬約有百十餘人，牽著白馬一匹，飛星相似，直奔前來。一人口稱『奉海東天子命令，特送白馬奉還恩主汪老爺的』。營中接應報去，即令先鋒出來接了來書，驗看明白，果是當初之馬。此馬渾身雪白，背上前後都有黑斑二十四點，喚名葡萄雪，乃是一匹龍馬。始初當在舖中，興哥原是愛上牠的，卻叫不出牠的名色。自從劉琮借去，一到海濱，如魚得水。劉琮騎了牠，到處成功。海東一帶地方都認得一條白龍現世，不但人人畏懼，就是萬馬見了亦個個攢蹄委鬣，無不懾伏牠的。興哥騎了此馬，那沿海地方都認做劉老爺領兵到來，處處擺圍迎接，供應慇勤，不煩一矢，俱已貼然歸順。始初只得義兵三千；不及一載已就招徠約有五萬之眾。俱是劉琮有令在先，要讓漳南十鎮報他做個絕世奇功。不料第三年間，天時亢旱㉕，師次建南，米價騰湧，至五兩一擔。人民洶洶，軍士嗷嗷，朝暮將有不測之變。興哥心急，又將一個錦囊拆看，卻也正為此著。即傳令沿海烽臺，俱將白帶號旗掛起。海上哨探小卒不日報知劉琮，即便傳令速備糧米五百萬石，沿海前來接濟。軍民歡聲震地，一路太平。兵馬已抵漳南大鎮，建牙㉖開府㉗，大布雄威。節度藩鎮屢屢奏有奇功，不時領有欽賞，官爵加封

㉔ 不奉正朔：指不歸順新朝。正朔，一年的第一天。古時改朝換代，新王朝為表示「應天承運」，須重定正朔，故云。

㉕ 亢旱：大旱。

至吳國公，袞衣㉘玉帶，賜尚方劍便宜行事，不啻天子行為。正在熱鬧之際，一日劉琮連艅千號，直進南海小洋，要與吳國公相會。吳國公開營列隊，倍加整肅威嚴，一如前日劉琮相見故事。酒至三巡，劉琮即問：『恩兄自前歲出山，聞得尚未娶有尊嫂。若不相棄，舍妹年已及笄㉙，情願送來，以備箕帚㉚。』吳國公見說，遜謝不敢。劉琮決意再三，吳國公道：『婚姻大事，在家入告父母，身在海外，當奏明朝廷方敢應允。但弟又有一說，既與吾兄結為姻親，方今聖天子正位之初，四海聞風向化。吾兄與其寄身海外，孰若歸奉正朔。在內不失純臣㉛之節，在外不損薄海㉜之威。朝廷不疑，海邦安枕，此亦立身揚名之大節也。』劉琮連聲允諾。即日齊集兩邊營內頭目，設備太牢㉝大禮，歃血盟心。一面賫修降表，一面保奏投誠。此時正是大唐武德㉞四年。天子御覽奏章，龍顏大喜，特旨差內翰㉟官一員沿海宣揚德

㉖建牙：古代出兵，在軍前樹立大旗稱「建牙」。後來也稱興兵建幕府或武將出鎮為「建牙」。
㉗開府：開建府署，闢置僚屬。
㉘袞衣：古代帝王及上公繡龍的禮服。
㉙及笄：指女子年滿十五歲。古代女子一般十五歲許婚，結髮上簪，故稱。笄，簪。
㉚箕帚：嫁女的謙辭。
㉛純臣：忠誠篤實之臣。
㉜薄海：接近海邊。
㉝太牢：宴會或祭祀時併用牛、羊、豕三牲稱「太牢」。
㉞武德：唐高祖李淵的年號（六一八～六二六）。
㉟內翰：唐宋時稱翰林為「內翰」。

化，大頒欽賞，進爵封為越王，賜名汪華，命欽天監㊱擇日完姻。劉氏封為安海郡君，金書鐵券世襲王爵，追封五世，俱如子職。劉琮賜爵為平海王，永鎮海東。汪劉兩家世世婚姻不絕，直終唐代，克盡臣節，以為千秋美談。」

眾人道：「今日這位朋友說這故事，更比尋常好聽。不意豆棚之下卻又添了一位談今說古、大有意思人也。」那人道：「在下幼年不曾讀書，也是道聽塗說。遠年故事，其間朝代、官銜、地名、稱呼，不過隨口揪著，只要一時大家耳朵裏轟轟好聽。若比那尋了幾個難字，一一盤駁鄉館先生，明日便不敢來奉教左右矣。」眾人道：「太謙，太謙！尊兄口比懸河，言同勒石㊲，胸中必多異聞異見，正要拱聽。」各各稱謝而去。

總評：

讀此一則者，不可將愚魯、伶俐錯會意了，就把汪興哥看作兩截人。其所以呆癡痞疤，萬金散盡，正其所以保五州、封越國根基作用也。天下奇材大俠，胸徹萬有㊳，心中具不可窺測之思，觀人出尋常百倍之眼。一言一動，色色不欲猶人㊴；況區區守

㊱ 欽天監：官署名，掌天文、曆法等。

㊲ 勒石：刻文於石。

㊳ 萬有：即萬物。

錢之虜、賣菜之傭，錙銖討好，尤其所鄙薄而誹笑之也久矣。如隋末兵亂，世事可知，不能為唐太宗，則為錢武肅㊵。若虬髯㊶海外，又是一著妙碁，彼固不屑為北面事人之輩者也。處此亂世，倘不克藏身，露出奇材大俠，非惟無可見長，抑且招禍。即五代歙人汪台符，博學能文章。徐知誥㊷出鎮建業，台符上書陳利病。知誥奇之。宋齊丘嫉其才，遣人誘台符痛飲，推石城蚵蚾磯下而死。此不能呆癡痖疤之驗也。篇中摹寫興哥舉動，極豪興、極快心之事，俱庸俗人所為之憂愁嘆息焉者。孰知汪君籌算瞭然，掀天揭地，已如龜卜而燭炤之矣。錦囊一段波瀾，固是著書人寬展機法耳。此則該演一部傳奇，以開世人蒙眼，當拭目俟之。

㊴ 猶人：與人相似。

㊵ 錢武肅：指五代時吳越國王錢鏐，其謚號為武肅。

㊶ 虬髯：唐人小說虬髯客傳中人物。因謂李世民為「真天子」，故離去，在海外立國。

㊷ 徐知誥：即五代時南唐開國君主李昪。

第四則　藩伯子散宅興家

「陶淵明詩云：『種豆南山下，草盛豆苗稀。晨興理荒穢，帶月荷鋤歸。』不論甚麼豆子，但要種他，須先開墾一塊熟地，好好將種子下在裏邊。他得了地氣，自然發生茂盛。望他成熟，也須日日清晨起來，把他根邊野草芟除淨盡；在地下不佔他的肥力，天上不遮他的雨露，那豆自然有收成結果。譬如人生在襁褓中，要個正氣的父母教訓，沒有甚麼忤逆不孝的樣子參雜他。稍長時，又要個正氣的弟兄夾持；也沒有甚麼奸盜詐偽的引誘他，他自然日漸只往那正路上做去。小時如此，大來必能成家立業，顯親揚名。一代如此，後來子孫必然悠久蕃盛，沒有起倒番覆，世世代代就稱為積善之家了。再沒有小時放辟邪侈，後來有收成結果的。也沒有祖宗行勢作惡，子孫得長遠受用的。古語云：『種瓜得瓜，種豆得豆。』分明見天地間陰陽造化，俱有本根，積得一分陰隲纔得一分享用。人若不說明白，那個曉得這個道理？今日大家閒聚在豆棚之下，也就不可把種豆的事等閒看過。」內中一人上前拱手道：「昨者尊兄說來的大有意思。今又說起這般論頭，也就不同了。請竟其說。」這位朋友反又謙讓一回，說道：「今日在下不說古的，倒說一回現在的。說過了也好等列位就近訪問，始知小弟之言不似那蘇東坡『姑妄言之，姑妄聽之』一類話也。且將幾句名公現成格言，說在前邊當個話柄，眾位聽來也有個頭緒。你道那格言是何人的？乃是宋時一位宰相，姓司馬名光，封為溫國公，人俱稱他做司馬溫公。曾有幾句垂訓說道：『積金以遺子孫，子孫未必能守；積書以遺子孫，子孫未必能讀；不如積陰德于冥冥之中，以為子孫長久之計。』他這幾句不是等閒說得出的；俱是閱歷人情，透徹世故，隨你聰明伶俐的人，逃不出他這幾句言語。譬如一個王孫貴客，他家的金銀擁過北斗。後來子孫不知祖父創業艱難，只道家家都是有的。不當錢財，當費固費，不當費也費。繩鋸木斷，水滴石穿，只自日漸消磨，不久散失，如何守得他定？『子孫未必能守』，正謂此也。人道錢財易於耗散，囤在那裏惹人看想。功名富貴都是書香一脈發出來的。不如積下些千古奇書，子孫看了，一朝發迹，依舊起家。倒不比那積金的，又悠久穩實些。那知富貴之家享用太過，生的子孫長短不齊。聰明的領會得來，依舊得那書的受用；那愚蠢的生來與書相忤，不要說不去讀他，看見在面前就如眼中之釘，急急拔去纔好。或者一大部幾十套的，先零落了幾套；幾十本的先損壞了幾本。或者內庫纂修，或者手鈔祕籙，人所不經見的，也當尋常兔園策❶、雜字本兒一樣，值十兩的不上二三，值二三兩的不消三五錢，也就耗散去了。又或被幫閒篾片故意雜亂拆開，說道：『這書是不全的，只好做紙筋稱掉了。』他倒暗暗做幾遭收去，卻另輯成全部，賣了等段銀子。看將起來不惟不能讀，就是讀字半邊，連『賣』也未必能賣了。故此溫公只要勸人積些陰德，在於人所不知不覺之處，那天地鬼神按著算子，壓定盤星，分分釐釐，全然不爽。或於本身，或於子孫，一代享用不盡的再及一代；十代享用不盡的，直及生生世世，不斷頭的。只要看那積的陰騭厚薄何如，再不錯了一人，誤了一人。此事向人如何說得明白，連自己也全然不知。或一代就有報應的，或有十餘代方有效驗的。總之，冥冥中自成悠遠，不是那電光泡影，霎時便過的事也。

❶ 兔園策：唐李惲命僚佐杜嗣先仿效應試科目的策問，製成問答題，引經史解釋，編成此書。

話亦不要說得長了。在下去年往北生意，行至山東青州府臨朐縣地方，信著牲口走到個村落去處。只見灌木叢陰之中，峻宇如雲，巍牆似雪，飛甍畫棟，峭閣危樓，連著碧沼清池，雕欄曲檻，令人應接不暇。那周圍膏腴千頃，牲畜成群，也都沒有數目。此時在下也因日色正中，炎歊酷烈，就在近處一個施茶庵內憩息片時。問著一個僧人：『此為何宅？』那僧人笑了一笑，兩頭看見沒人，答道：『此是敞檀越❷閻癡之宅。這些光景，都是癡子自掙來的。』我道：『既癡怎能到這地位？』僧人道：『這話長哩。居士要知，請進裏邊坐下，吃些素齋，從容說來，倒也是一段佳話。』在下隨著長老進了齋堂，重複問訊，敘坐一回。奉茶將罷，僧人指著佛前疏頭：『此疏就是檀越大諱，姓閻名顯，今年五十三歲了。他父親名光斗，中萬曆初年進士，少年科第；初為崑山知縣，行取吏科給事❸。資性敏捷，未經行取時節，做官倒也公道。自到了吏科，入於朋黨❹，挺身出頭，連上了兩三個利害本章。皇帝只將本章留中❺不下。那在外官兒人人懼怕。不論在朝在家，天下的貪酷官員送他書帕❻，一日不知多少。到後來，年例轉了浙江方伯❼，放手一做，扣剋錢糧，一年又不知多少。朝中也有看不過的，參了一本。他就瀟灑

❷ 檀越：施主。

❸ 給事：官名，「給事中」的省稱。明給事中分吏、戶、禮、兵、刑、工六科，掌侍從規諫，稽察六部之弊誤，有駁正制敕之違失章奏封還之權。

❹ 朋黨：排斥異己的宗派集團。

❺ 留中：君主把臣下送來的奏章留在宮禁中，不批示亦不交議。

❻ 書帕：明代地方官吏入京，見長官送禮，具一書一帕，故稱「書帕」。萬曆以後，官場日益腐化，公行賄賂，改用金銀珠寶，但仍沿稱「書帕」。

灑灑回來林下。初時無子，也還有鬆動所在。自從得了癡子，只道掙的家當付托有人，那刻薄尖酸一日一日越發緊了。每日糾集許多游手好閒之徒，逐家打算。早早的起身，到那田頭地腦，查理牛羊馬匹、地土工程。拿了一把小傘，立於要路所在。見有鄉間財主、放蕩兒郎，慌忙堆落笑容，溫存問候；邀入莊上吃頓小飯，就要送些銀子生放利息，或連疆接界的田地就要送價與他。莊客一面騙他寫了賣契，一文不與；日後遇著，早早避進去了。不五六年，地土房產添其十倍。公子到得十歲，那方伯公一朝仙逝去了。留的家當都是管家平分的平分，剋落的竟剋落了。平素那些親眷都是被他斲削的，在旁冷眼相覷，並無一人來管著他。夫人請了一位先生教他讀書，指望早早進學，也好保守家當。那知文理不通，連那縣考也不能取一名。公子一般也曉得榮辱所關，拿了幾兩銀子央人送考。那親眷朋友正欲哄他，那有一人幫襯？不覺已到十七八歲，自己也覺有些忿悶。

一日改換衣裳，直到五六十里之外，仔細探聽自的家世如何如何。卻見三四人坐在樹下，一人嚷道：「閻布政這樣聲勢，如今卻也報應人了！」公子聽聞此言，也就挨身坐在旁邊，徐徐問道：「閻鄉宦住在那裏？」那人道：「住在城裏。」公子道：「他家做官的雖死，卻也無甚報應去處。」那人道：「你年小不知。」把當初吞佔的聲勢、騙哄的局面、盤算的計較，每人說了許多。臨後一人說到傷心之處，恨不在地下挖他做官的起來，像伍子胥把那楚平王鞭屍三百，纔快心滿意哩。那公子驚得心瞪目呆，往家急走，嘆氣道：「我父親如此為人，我輩將來無噍類❽矣！」一面喚了幾個管家，一面喚了許多莊頭，

---

❼ 方伯：殷周時稱一方諸侯之長為方伯，後明清之布政使等，因為一方之長，亦稱「方伯」。

❽ 噍類：活人。

將那地土字號人戶一一開出，照名檢了文契，喚了一個蒼頭❾，自家騎匹蹇驢，挨家訪問，將文契一一交還，那人感謝不置❿。不半年，還人地土也就十分中去了五分。那些年遠無人的，依舊留下。無心讀書，日逐就有許多幫閒篾片看得公子好著那一件，就著意逢迎個不了。一年之間，門下食客就有百餘人；跟隨莊戶拿鷹逐犬、打彈踢毬、舞鎗使棒的，不下二三百輩。一日天雨，在家無事，喚一評話先兒⓫到來，叩了一首，手中拏著一尾鮫魚上獻，公子喚廚司收去，不在話下。彼時五月天氣東海鮫魚卻是時物，每一尾值錢千文。那先兒虔心覓得，指望打一個大大抽豐。卻見公子全不介意，心中十分委決不下，說得幾句便道：「公子，小人所奉之魚卻是致心覓來。此時趁鮮饗用方好。」公子又不理論，先兒又勉強說了幾句，又把那魚提起。公子即便封銀五兩，賞賜先兒。又著人捧著一個大盒，叫那先兒且去。出門看時，卻有十餘尾鮫魚在內，纔見他家動用，不是小人意見度量得的了。

老夫人及娘子看見公子浪費不經，再三勸化。公子道：「家中所費值得恁的！清明時節南莊該我起社，你們上下內外人等乘著車子隨著驢馬來看鄉會，纔見我費時有致哩！」至日，夫人娘子果到莊上。公子早已喚人搭起十座高臺，選了二十班戲子，合作十班在那臺上。有愛聽南腔的，有愛聽北腔的，有愛看文戲的，有愛看武戲的，隨人聚集，約有萬人。半本⓬之間恐人腹枵散去，卻抬出青蚨三五十筐，

❾ 蒼頭：僕人。
❿ 置：此字當為「盡」字之誤。
⓫ 先兒：此處指說書藝人。
⓬ 半本：一部戲稱「一本」，此處「半本」指戲演到一半時。

喚人望空灑去。那些鄉人成團結塊，就地搶拾。有跌倒的，有壓著的，有喧嚷的，有和哄的。拾來的錢，都就那火食擔上吃個饜飽，謂之「買春」。那戲子出力，做到得意所在，就將綾錦手帕、蘇杭扇子擲將上去，以作纏頭⓭之彩。他在中間四面臺上，頭戴逍遙巾，身披鶴氅，左右青衣⓮捧茗、執拂。不住口笑嘻嘻，總要買春場上數萬人個個得些歡心而去。不曉得他心事，卻說閻布政該有這個敗子；那知公子之心，只因當日種了許多毒孽，只當向佛前拿些果品蔬菜，小小懺悔而已。夫人娘子見此光景，各各心中忿忿，趁早將些細軟之物藏之別室，以作後日章本。

一日早上，正喚家人抱了氈包，持了名帖，上了油壁香車，出門拜客。卻見大門背後遮遮掩掩，欲前不前，欲止不止。公子道：「那大門外是甚麼人？」著人去看，只見一個秀士⓯，頭戴折角歪巾，身穿敝衣，足踹草履，菜色鳩形⓰，上下氣力兩不相接；一息奄奄，似將委填溝壑之狀。公子連忙下轎，著人扶將過來。睜睛一看，不覺慇懃致敬，一手攙扶，直到大廳之上。從容施禮，分賓而坐，公子就問道：「先生尊姓大號，有何賜教？」那人徐徐道：「不才姓劉，今年二十三歲，府城益都縣庠生也。」袖中慢慢摸出一帖來，寫著「眷晚弟劉蕃頓首拜」。公子接著，道：「怎麼敢當『晚』字？」劉蕃道：「今因科考失利，隨染一疾，遂爾伶仃。只有老母在家，饘粥不給。今日纔好舉步，匍匐而來。聞先生意氣

⓭ 纏頭：贈送給歌舞者的錦帛。
⓮ 青衣：此處指婢女。
⓯ 秀士：原意指德才優異之士，此處指秀才。
⓰ 鳩形：謂腹部低陷，胸骨突起。

豪華，願投門下做個書記。也不敢有所奢望，只願隨從眾食客之後，派些小小執事，挈得老母三餐周全，意願足矣！」公子道：「敝門下之客，皆菜傭屠狗之輩，何可以辱明公。今既扶恙而來，且在荒齋憩息數日。老伯母處，弟更有以處之矣。」一面喚小廝打掃上等書房，請劉相公安然住下，即備上等供給，小心伺候。此時也是劉蕃時運到來，亦是公子具眼能於風塵中識得豪傑，即喚家下紀綱老僕⑰：「可備五百金，以三百為劉母壽，以二百為劉蕃覓一佳配。」不兩月間，劉蕃保養得白白胖胖。人人道公子識人，這個劉蕃極不濟，朝廷也要還他一個鼎甲⑱也。

且不題公子得了劉蕃在家，十分恭敬。且說南莊上一人報來道：「昨夜三更時分，有三五十人，明火執杖，打入莊門。將莊上當下客人布疋約有百十餘筒捆載而去。莊丁持械追趕上前，眾盜丟棄一半。殿後一人生得極長極大，膂力過人，只因天黑路迷，陷在古井之內，眾人協力擒拿在此，只候公子送官處治。」用命莊丁各各請賞。公子一一喚進，漸漸問個明白，即書小票，仰莊頭將奪回布疋照名給散，還免本丁租糧五石散訖。直到黃昏之際，然後帶那所獲之盜過來，將燈照看。公子忙道：「快快將他鬆了。取件衣服過來教他穿上；取些酒食，請他到後軒坐定。」那漢再三負慚，連稱「不敢」。公子道：「如此好漢到我地方，我竟不能周旋，致使汝輩幹此不良之事，皆我罪也！看汝一貌堂堂，富貴只在旦晚，何不耐煩至此。」內取白金三百兩，一盤托出，送與那漢。那漢惶愧，伏地不敢仰視。公子心想道：「左右人多，恐有識認，未便承受。」連將左右叱退，婉言遜語勸化他：「從此做個好人，莫與此輩為伍。」

⑰ 紀綱老僕：指老管家。紀綱，管理。

⑱ 鼎甲：科舉殿試名列一甲的三人，即「狀元」、「榜眼」、「探花」的總稱。

也不去問他姓名，倒寫了懇切一書，說是至親姓趙名完璧，薦到遼陽鐵嶺總兵李如松標下，做個聽用標官。當晚備了衣裝，要他收了銀子，悄悄送他出門。莊客一個不知，看見次日毫無動靜，纔曉得公子以義釋去，感嘆公子不了。

再說劉蕃自那日收留之後，得了如許盤費，家裏也就像個人家。候到八月初，大考場裏公然取出一名科舉，放榜中了第三名經魁⑲。回來同了母親，上門正要拜謝公子，不料那日正值公子運退之時，忽然臥房中烈火沖天，黑煙蔽地，把前後屋宇，旋被祝融化為灰燼。許多田地莊舍又被洪水泛濫，衝沒一空。人頭帳目，也就隨著氣運討不上了。母親妻子道他日常浪費，俱各自保，那裏顧戀一些？親戚朋友也都道他退氣窮鬼，對面俱不相照。始初賣些騾馬牛羊，次則賣些殘缺家伙，再次將家中僮僕待他轉身取價，一日一日漸漸艱難。始初還道人到窮時，不過衣服襤褸，飲食粗糙，那知襤褸衣服、粗糙飲食俱不能搆，連那棲身之所也不便了。公子一朝落魄，擎著兩行珠淚，徒步走上城來，意中覓兩個舊日知己。那知十投九空，前邊走去，後邊便添許多指搠，道是此人今日合受此報！公子兩耳聽見，也只好置若罔聞。更苦無處棲身，有人指道：「城外十餘里有個土窖，不風不雨，上市來覓些飲食倒也順便。」公子也只得依說而行，就在土窖安身住下。一般交個小運，遇著平日一個相知，偶然在彼經過，看見公子如此光景，身邊所帶之物傾囊而與，約有百十餘金。公子得手，次日就到舊處，租起一所大房，買些家伙什物，收拾幾個舊人，幫身服侍。那些篾片小人依舊簇擁而來，將那股水兒不數月間一傾就涸。眾人倏

⑲ 經魁：明清時科舉考試分五經取士，每科鄉試及會試前五名，即於五經中各取其第一名，明稱「魁首」或「五經魁首」，清稱「經魁」，共五經魁。

忽走散，公子依舊到土窖「受用」去了不題。

再說劉蕃中了舉人，那日同了母親上門拜謝。不料遇著火起沒處相會，只得怏怏而回。且去收拾行李，進京會試。不期聯捷，中了進士，選了大名府推官。對月領了官憑，離京不遠就到了任。那大名府理刑廳轄著九個知縣，有名叫做十大閻王，從來錢糧易徵，刑名易結。推官、知縣，個個俱要行取。非科即道，最聰察軒昂的。劉蕃是個窮儒出身，極能體恤民情，除奸剔暴。不一月間，上司俱欽敬。一面遣了衙役，持了些須薄俸，接取母親到任。母親即日起程，將次到那大名府境上，即喚衙役尋一公館住下，不入境內。劉蕃心急，不省母親心中是何緣故，疾忙騎了一匹快馬，走出境外迎接母親。雙膝跪下，請問不入境內，此是何意。母親開言道：「今日我兒做了推官，一門榮耀。想起兩年之前未見恩人閻公子之時，我與汝俱不免為溝中瘠矣！汝曾知近日閻公子形狀否？今且土窖棲身，奄奄將斃，欲求汝當日傴僂謁見閻公子時光景，猶未得也。」劉蕃謝罪再三，請母親入署，一面著人馳救恩人去矣。夫人方肯登車。到了衙內，劉蕃即備俸銀及各縣借湊千兩之數，差人前往臨朐接請公子。那公子居在土窖，地方人卻也不知。只有一個老成朋友，平日與公子極相契的，也因他浪費勸阻不聽，只得疎了。聞得有人請他，尋著衙役說道：「閻公子下落我卻知道，但一頓與他千金，他就迂而闊之起來了。我且往土窖，遠遠說到邊際，看他伎倆何如？」那人到彼，早已尋著，道：「有一相知持百金覓汝，奉酬夙昔意誼，我特引來，汝將何以報我？」公子道：「此時錙銖勝如鉅萬，使果有此，我當以半相酬也。」那人道：「杜子春⑳伎倆猶昔，足下真道器也。汝當困阨，我不能助汝而肯受汝之酬邪？」因引衙役往見，一面為彼

⑳ 杜子春：古代小說續玄怪錄中人物。仙人贈錢一百萬、一千萬，均隨手揮霍而盡，後贈錢一千萬，普行善事。

治裝，不數日間，意氣揚揚，竟到大名府刑廳署矣。劉蕃同母親妻子出拜，公子亦拜，俱各忻忻。住下不及三年，劉蕃政聲茂著，行取吏部衙門，公子隨了進京。彼時都中功令尚寬，凡吏部衙門請託及斡旋者，一年六選，無不由公子經手，囊中所積不啻五六萬金。會見戶、工二部，開設新例，納銀三千，做了內閣中書㉑。三年考滿，陞了湖廣常德府通判㉒。適遇張居正㉓閣老事敗，奉旨籍沒。上司委他監守，所得寶玩金珠不計其數。動了告病文書，竟歸林下。前後田地房產俱各平價交易，絕不相強。莊丁食客依舊如雨如雲，遇人接物無不豪爽。更有異事，人所不及料者。白蓮寇起，山東六府無不騷然，兵馬所過，郡縣一空。獨有青州府領兵總鎮乃是遼東寧遠伯㉔標下出身，姓趙名完璧，自他領兵到來，即撥精兵一千駐防閻宅左右，一草一木無人敢動。故此各處州縣村落荒荒涼涼；獨此一莊氣色壯麗。若不是公子當日遷善改過，那父親的陰隲，到此時也成一片灰燼了。公子今年五十三歲矣，生有四子，俱已游庠㉕。富貴功名，方興未艾。居士若肯住一日，小僧就同居士往拜閻老爺。會會也妙。閻老爺並沒一些紗帽氣質的。」在下道：「行路之人，不敢輕易謁見顯者。老師父肯與在下說知，流傳天下，以資談柄，齒頰俱欣。」即便備了香儀叁錢酬其齋供，作禮而別。你道這段說話，不是游戲學得來的，也費些須本錢的

㉑ 內閣中書：官名，掌管書寫機密文書。
㉒ 通判：府級輔佐之官，分掌糧運、督捕、水利等事務。
㉓ 張居正：明萬曆初年內閣首輔，前後主政十年，死後遭攻擊，被抄家。
㉔ 寧遠伯：即前文提及的李如松。
㉕ 游庠：指進學，即已取得生員（秀才）資格。

了。」眾人道：「我們豆棚之下說些故事，提起銀子就陋相了。」那人道：「不為要錢說的，只要眾人聽了該摹倣的就該摹倣，該懲創的就該懲創，不要虛度我這番佳話便是了。」眾人謝道：「尊兄說得是，尊兄說得是！」

總評：

凡著小說，既要入人情中，又要出人意外。如水窮雲起，樹轉峰來。使閱者應接不暇，卻掩卷而思，不知後來一段路逕方妙。如閻癡聞人說他父親如此，還人文契、土田，此人情中所有也；及其大敗一番，則人意中所無也；結納劉、趙二人，或得其平常應援，此人情中所有也；至於火燒一空，安身土窖，乃得中書通判，家中兵燹晏然，此人意中所無也。散金積金而身享之。不讀書而功名勝於讀書，不恃祖、父陰德而自積陰德，又身受用之。較之溫公所訓更進數層矣。乃知極力能癡，大聰明於是乎出焉；極力善窮，大富貴於是乎顯焉。磨練豪傑，只在筆尖舌鋒之間。艾衲可謂陶鑄化工矣。

第五則　小乞兒真心孝義

「人生天地間，口裏說一句話，耳裏聽一句話，也便與一生氣運休咎相關。只要認得理真，說得來，聽得進，便不差了。古語云：『與善人居，如入芝蘭之室，久而不聞其香，亦與之化矣；與不善人居，如入鮑魚之肆，久而不聞其臭，亦與之化矣。』譬如人立在府縣衙門前，耳邊擾擾攘攘，是是非非，肚裏就起了無限打算人的念頭。日漸習熟，胸中一字不通的，也就要代人寫些呈狀。一日不去發動，心上癢癢難過，到後來一片善良初念，都變作一個毒蛇窠了。又譬如人走到菴堂廟宇，看見講經說法，念佛修齋，隨你平昔橫行惡煞，也就退悔一分；日漸親近，不知不覺那些強梁霸道行藏，化作清涼世界。書❶上說堯舜時君臣都是和和藹藹。遇著當行的好事，君曰：『都。』都者，乃是美的光景。臣曰：『俞。』俞者，亦就讚嘆道是該行的了。遇著不當行的事，君曰：『吁。』吁者，艴然之辭，道此事如何（不）該行。那臣亦曰：『咈。』也就隨著君王主持之意，道此事不該做的。整個朝堂之上，君臣上下，一氣和同，自然成個雍熙❷之世、太平之年。看到後來戰國時，燕丹太子卑躬曲禮，聘請荊軻行刺強秦。這是一場千古豪快之事。如何平白地起變徵調，君臣俱以素白衣冠送之，到那易水之上，就作慷慨悲歌，

❶ 書：此處指尚書。
❷ 雍熙：和樂貌。

預先說個『壯士不復還家』之語。那空中也就亘起一道白虹，直貫白日，竟國亡家破。可見人口中說的言語，大則關乎國運，小則關乎一身。今日我們坐在豆棚之下，不要看做豆棚。當此煩囂之際，悠悠揚揚，搖著扇子，無榮無辱，只當坐在西方極樂淨土，彼此心中一絲不掛。忽然一陣風來，那些豆花香氣撲人眉宇，直沁肌骨，兼之說些古往今來世情閒話。莫把『閒』字看得錯了，唯是閒的時節，良心發現出來，一言懇切，最能感動。如今世界不平，人心叵測，那聰明伶俐的人，腹內讀的書史倒是機械變詐的本領。做了大官，到了高位，那一片孩提赤子初心全然斷滅；說來的話，都是天地鬼神猜料不著；做來的事，都在倫常圈子之外。倒是那不讀書的村鄙之夫，兩腳踏著實地，一心靠著蒼天，不認得周公、孔子，全在自家衾影夢寐之中；一心不苟，一事不差，倒顯得三代之直、秉彝之良，在於此輩。仔細使人評論起來，那些蹈空弄影豪傑，比為糞蛆還不及也。今日在下斗膽直向眾位仁兄前，放肆說個極卑極賤的人，倒做了人所難及的事。說來雖然一時汙耳，想將起來，倒也有味。

你道天下卑賤的是甚麼人？也不是菜傭酒保，也不是屠狗推埋，卻是卑田院裏一個乞兒。請問諸兄，天下的乞兒，難道祖父生來、世代襲職就是此輩不成？卻也有個來頭。這人姓吳名定，乃湖廣荊州府江陵縣人。他的祖叫做吳立，貢士❸出身。為人氣質和平，遇人接物，無不以『恕』字、『耐』字化導鄉人。那一鄉之人，俱尊從他的教誨，稱他為『和靖先生』。生有五子，四子俱已入膠庠❹，耕讀為活。只因晚

❸ 貢士：清代會試考中者稱「貢士」。但此處「貢士」似指貢生，即生員中因成績或資格優異，被薦入京師國子監肄業者。

❹ 入膠庠：「膠庠」原為周代學校名，此處「入膠庠」指考中秀才。

年欠些主意，偶將房中一個丫頭，有些姿色，一時禁持不定，收在身邊。生下一子，長成六七歲，喚名吳賢。他的意念就與人大不相同，四位長兄也俱不放在心上。十餘歲父親去世，那弟兄照股分居，吳賢也就隨了母親到自己莊上住了。請位先生教他攻習詩書，思量幹那正經勾當。到了十七八歲，不得入學❺。忽一日仰天而嘆，說出一句駭人聞聽之言，道：『人生天地間，上不做玉皇大帝，下情願做卑田乞兒。若做個世上不沉不浮、可有可無之人，有何用處？不如死歸地府，另去托生，倒也得個爽利！』此亦是吳賢一時忿激之談，那知屋簷三尺之上，玉帝偶爾游行，從此經過。左右神司立刻奏聞。玉帝傳旨，即命注生注死及盤查祿位判官一齊俱到，查那吳賢有無陽壽祿籍。那判官按簿清查，內有一條，寫著荊州人吳賢，志大福輕，妄生怨讟❻，應行勾攝，抵作卑田。但他生平原無曖昧心陽，委身雖屬卑微，品地還他高潔——此是幽冥之事，不題。

且說吳賢在家說了這句妄話，不數日間，陽壽頓絕。妻子尚有娠孕在身，到了十月滿足，生下遺腹一子，乳名定兒，後來即名吳定，面貌卻也清秀。年歲漸長，奈何家業日逐凋零。只因他命裏分定是個乞兒，如何撐架得住？到了二十餘歲，肩不能挑，手不能提，只得奉了母親往他鄉外府。不料母親雙目俱瞽，沿路攙扶，乞食而去。家中叔伯弟兄毫不沾染；那些親戚，只曉得他傲物氣高，不想到別處幹這生涯。朝朝暮暮，一路討來的或酒或食，先奉母親彀了，方敢自食。忽然省得本年八月十五日乃是母親四十歲誕辰。定兒心裏十分懷念，力量卻是不加。日夜思索，不知怎麼設處為母親慶個壽誕纔好。此在

❺ 入學：指考中秀才。
❻ 讟：誹謗；埋怨。

後話。

且說楚中有個顯者，官至二品，奉旨予告，馳驛❼還家。那年六月初旬，正是此公五十華辰；其母亦登七秩❽，卻在九月之杪❾。若論富貴聲勢、錦上添花，半年前便有親親戚戚，水陸雜陳，奇珍畢集，設席開筵，忙亂不了。那顯者道：『我母尚未稱觴❿，如何先敢受祝？況今已歸林下，凡百⓫都要收歛。我且避居山間僧舍斷酒除葷，拜經禮懺。雖不邀福，亦足修省身心一大善事。』

偶爾策杖潛行，忽聞鼗鼓⓬之聲出自林際。顯者驚道：『是親朋知我在此，張筵備席，率取音樂，以為我壽也。』心竊疑之。轉過山坡，只見幾株扶疎古木之下，一個瞽目老嫗坐於大石之上，一個乞兒牽著一隻黃犬，一手攜著食籃，隨將籃中破瓢土碗同著零星委棄之物，一一擺在面前，然後手中持著一面鼗鼓搖將起來；那黃犬亦隨著鼓韻，在前跳舞不已。乞兒跪拜於下，高捧盆甌，口裏不知唱著甚麼歌兒，恭恭敬敬進將上去，曲盡歡心。那顯者從旁看了半日，卻是不解甚麼緣故，走向前來問道：『此嫗是汝之何人？』那定兒上前道：『尊官且請迴避。吾母今日千秋之辰，弗得驚動！』顯者笑道：『螬食之李⓭，鼠蝕之瓜，釜底餘羹，瓶中濁酒，遂足為母壽乎？』定兒道：『官人謬矣。我雖讀書不深，古

---

❼ 馳驛：古時官員奉召入京或外出，由沿途驛站供給夫馬糧食，兼程而進，稱「馳驛」。

❽ 七秩：指七十歲。十年為一秩。

❾ 杪：末尾。

❿ 稱觴：舉杯祝酒，此處指為其母祝壽。

⓫ 凡百：概括之詞，泛指一切。

⓬ 鼗鼓：小鼓，猶今之撥浪鼓。

聖先賢之語亦嘗聞之。聖門有個曾子⑭，養那父親曾皙，每日三餐，酒肉俱備，吃得醉飽之餘問道：「還有麼？」曾子連連應聲道：「有。」就是沒時，決答是有的。倘或父親要請別人，也立時設備。這教（叫）做養志之孝。到那曾元⑮手裏，卻不解得這個意思。供養三餐之外，雖酒肉照常不缺，若問說「還有麼」，那曾元就應道「沒了」。不是沒了，卻要留在下頓供養。這只教（叫）做養體，如何稱得孝字？我輩雖用破瓢土碗，與那金鑲牙筯、寶嵌玉盃有何分別？就擺些濁醪敗汁，與那海錯山珍又有何各樣？牽著黃犬，播著鼗鼓，唱著歌兒，舞蹈於前，便是虞廷⑯百獸率舞，老萊⑰戲綵斑衣，我也不讓過他的。』顯者聽了這段說話，連聲讚道：『有理，有理！』那瞽嫗在上喚道：『是誰稱讚？快請過來奉一巨觴！』定兒遵了母命，請過顯者。那顯者一時感動自己孝母之心，就不推托，竟盡歡一飲而盡。遂對定兒道：『見汝至誠純孝，何不隨我到府中，受用些安耽衣飯，度汝母親殘年？也免得朝夕離披匍匐之苦。』定兒搖手道：『不去，不去！母親百歲之後，我日則沿門持鉢，夜則依宿草廬，不離朝夕，宛若生前。若一入富貴之家，官人雖把我格外看待，那宅內豪僮悍婢能不輕賤吾母哉？今見富貴縉紳之家，一膺新命，雙親遠離。雖有憶念之心，關河阻隔，徒望白雲，一番悲嘆。不幸一朝見背⑱，即有同僚當道，綾錦弔奠

⑬ 螬食之李：語出孟子滕文公下：「井上有李，螬食實者過半矣。」螬，金龜子的幼蟲。
⑭ 曾子：春秋時魯國人，名參，字子輿，孔子弟子。
⑮ 曾元：曾參之子。
⑯ 虞廷：此處指大舜統治期間。
⑰ 老萊：春秋時楚國隱士，相傳行年七十，父母猶存，常身著五色彩衣，作小兒態，以娛悅雙親。
⑱ 見背：指父母或長輩去世。

輓章，及朝廷賜有焚黃⑲祭葬，優恤重典，也只好墓頂誇張，墳頭熱鬧。及至拜掃之餘，兒女歸家，燈前笑語；狐狸塚上，向月哀鳴。那從古來種柏居廬⑳、聞雷撲墓的孝子能有幾人？九泉之下，一滴難到。家中縱有黃金百萬，能買我母親生前一笑哉？』說得顯者熱鬧胸中，化作一團冰雪，連底凍的相似，垂頭嘆息。尚要開言說些甚麼。定兒道：『吾母醉矣！』背負簪嫗，竟自去了。那顯者怏怏而回，不在話下。

且說定兒背了母親回到舊日安身去處，照常乞食。過了年餘，那母親也就故了。眾乞兒俱來相弔，歌著薤露㉑之詞，掩埋在一空闊不礙之地；墳前左右也植了幾株松柏，結個草棚，便於藏身。日裏如常乞食，供奉三餐。整整三年，同於一日。那近處村中市上、舍北橋南，都道他是個孝子，人人起敬。況且遇著成熟之年，一方一境，那布施的、供養的都搶著先頭，把定兒吃得肥肥胖胖，比那游方僧鋪單打坐、人家輪流齋供的勝如十分。定兒心滿意足，也沒有別的奢念。一日遇著母親忌辰，清早起來備了些香燭，從人家討了些葷素東西，一直來到墳前擺下，將香燭點起，仍似生前模樣，把鼗鼓搖將起來，唱了許多歌兒。又哀哀慘慘哭了一回，把那供養的殘酒也就一一飲在肚裏。眼角乜斜，酒意漸漸湧上，一跤放倒，就在墳上睡了一覺。醒來不覺日色蹉西，睜眼一看，信步便走。不上行有半里之程，要過一道

⑲ 焚黃：封建時代，凡品官新受恩典，祭告家廟祖墓，告文用黃紙書寫，祭畢即焚去，謂之「焚黃」。後亦稱祭告祝文為「焚黃」。

⑳ 居廬：指古時因父母去世另居別室守喪的喪禮。

㉑ 薤露：古代輓歌名。

斷頭小河，脫了破鞋，踏著水沙，將近對岸上涯所在，腳指頭忽然觸著，疼痛異常，只道撞了石頭。恐怕又撞了後來之人，帶著疼痛，彎腰一摸，將欲丟棄道旁。原來不是石頭，拿起看時，卻是一個大大青布包袱。即便提到岸上樹陰之下，打開看時，卻是白屑屑、亮光光許多松紋雪花在內。定兒看了，點點頭道：『此不知何人所失？此時又不知如何懊恨，無處追尋；只怕那人性命未知如何了也！』仍舊包裹好了。天色將晚，一面將銀包悄悄埋在枯樹之下，就在左近廟宇廊下宿了一夜。早間討些早飯吃了，卻也不往別處去，依舊走到那斷頭河口、陰涼所在，癡癡對著那一泓清水，眼也不合，且等甚麼人來。那個所在是個背路，卻也過往的少。直待日色中時，只見一人披著頭髮，散開襟袖，失張失智，赤著兩腳，下過河來。定兒道：『此必是矣。』立起身走向前去，問著那人何往。那人看是乞兒，恐怕他化錢財逗留身子，一言不答，只往前奔。定兒道：『老兄如此慌張，莫不失了甚麼東西？』那人回身即問道：『你莫不拾得麼？』定兒道：『試說何物。』那人道：『在下出門三年，受了許多艱難辛苦，掙得幾兩銀子。近來聞得母親有病，心急行程，不料遺失中途。尊兄撿得，若有高懷，憐憫在下，情願將一半奉酬。』定兒道：『可有甚麼包裹的麼？』那人道：『是一個青布雙層夾包，千針百線紉捺成的。』定兒道：『是矣，是矣。可隨我來。』走到枯樹之下，原封不動，雙手交還。那人打開分了一半，送與定兒。定兒道：『得此一半，何不全以匿之？』斷不肯受。那人跪謝再三。不覺路上行人聚了一堆，從旁看見推遜不已，定兒執意如初。眾人說：『送他二兩，當個酒資，難道你也不收？』定兒見眾人說得有理，勉強收了，藏之懷中。個個嘆道：『乞丐下賤，如此高義，直薄雲天，真真難得！』從此定兒的名頭，遠近也就尊重許多。

又一日，聞得北山之下一個僧人募造白衣觀音寶閣，塑了金相，待要開光㉒。無數善男信女拜經禮懺。一則隨喜㉓，再則趕鬧佛會，也得幾日素飽。行到中途，望著茂林之間，聊且歇腳。只聞得竹篠叢裏，忽有呻吟之聲，上前一看，卻見一個年紀幼小婦人，瘦骨如柴，形容枯槁，瞬息垂斃。定兒見了，唬了一驚，想道：『無人去處，如何有此一物？莫非山魈木客㉔，假扮前來，哄我人頭，打算我的性命？』又道：『既要哄我，如何作此尫羸之狀？也還是人，斷不是鬼，其中必有緣故。』復轉身上前細看，那婦人口裏也還說得話出。定兒問道：『你是何人？須要直言細說，我方救你。』那婦人徐徐道：『我是黃州麻城人家一個女子，自愧不端，乃被負心薄倖誘我潛逃。不料所帶衣資盤纏殆盡，中途染了一病，旅店中住了幾時，欠下房錢，沒可佈擺。那負心人昨夜把我背負至此，拋棄荒林，不知去向。倘得恩人救援，死不忘恩！』定兒聽了這些說話，信是真的。也就扶掖起來，將他馱在背上，走到近處一座古廟之中，輕輕放下。一面尋些軟草攤放地上，教他睡得穩了；一面尋個半破砂鍋，拾些柴枝竹梗，煎些湯水小食，早晚接濟。送畢飲食，那定兒即便住在門外，另自宿歇，宛如賓客相似。不半月間，那婦人肌肉漸生，略堪步履，願以身嫁。定兒道：『娘子差矣！汝雖是不端之婦，我自具救人之心。若乘人之危而利之，非義也！責人之報而私之，非仁也！這段念頭與我迥然不合，你自早晚調護身體，那個姻緣千萬不可從此作想。你的父母家鄉去此不遠，何不同你漸漸訪問，回家便了。』不數日間，就到了麻城。

㉒ 開光：佛家於佛像落成後，擇日致禮而供奉之，謂之「開光」，亦稱「開眼」。

㉓ 隨喜：佛家以行善布施可生歡喜心，隨人為善稱為「隨喜」，後來也指遊覽佛寺。

㉔ 木客：傳說為山中怪獸，形類似人，手腳爪如鉤。

查問住居明白。那父母只得密密收下，感服異常，贈他盤費二兩。定兒固辭，勉強再三，只得收了藏之懷中，依舊乞食而去。

偶然行到黃梅市上，看見一老者愁眉蹙額，攜著一子，約有十一二歲，頭上插一草標，口稱負了富室宿逋㉕五金，願鬻此子以償前債。走來走去，卻也不見有人喚動。定兒凝睛看了半晌，嘆口氣道：『富室豪門，那裏在此些須五兩之負？畢竟鬻子以償，何忍心也！』因出懷中之金，謂其人道：『吾將為子往請。』因同見富翁。閽者㉖入報，富翁道：『喚經手問其取足本利，還其原券是矣。見我何為？』閽者道：『又有一乞兒在外候見。』富者道：『是必拉取乞兒，將欲向我作無賴事也。』閽者道：『聞得乞兒持銀在外，代其償還。』富者心疑其事，因出廳前。那負債者同著定兒立在階下。負債者道：『員外恩債，子母應償。但老病家貧，實無所抵。還求員外㉗開恩，寬限幾時。』富者道：『此話說已久矣！前許鬻兒償我，今見我何得又是前說？』定兒上前道：『員外家如倚頓㉘，富比陶朱㉙。五兩之負，直太倉一粟耳！何必要人賣子以償？吾不忍見。我雖行乞道上，懷中積有四金，代彼償之。尚欠一金，須望寬恩。若必不肯蠲除，我情願在貴地行乞，漸漸填補。』富者聽了大怒道：『分明此人將這四兩銀子

㉕ 宿逋：積久的賦稅。

㉖ 閽者：指守門人。

㉗ 員外：指正員以外的官員，可用錢捐買，故舊時小說戲曲中常用以通稱有財有勢的豪紳。

㉘ 倚頓：即猗頓，春秋時代的富豪，以經營鹽業致富。

㉙ 陶朱：指范蠡。范蠡佐越王句踐滅吳後，棄官遠去，至陶，稱朱公，以經商致富。

挽他出來將我奚落，情實可恨！就是乞兒，安得懷中積貯四兩？我前日聞得莊丁夜間被盜，失去糧銀四兩，此必無疑！速寫一呈送去黃梅縣裏，併那欠債老兒指作窩家。追贓正法，刺配㉚他鄉，方平吾氣！』那些左右家人聽見家主指揮，即刻寫成狀紙，將那幾個人一條繩子連雞相似，火速送到縣裏。

彼時縣主乃是新選甲科，姓包名達，聰察異常，不肯徇情枉法，聞名的「賽閻羅」。將狀收進，即刻升堂。把那前情一問，一邊卻是一人欠債鬻子，一人仗義代償；一邊道是賊情原贓，執獲在官。正在踟躕，只見門外許多良耆里老魚貫相似，一班約有三四十人跪向門外。縣主早已看見，俱喚進來。不待縣主開口，那些跪下之人口裏喊道：『一個義士！一個義士！眾百姓們俱目擊的，不可被那為富不仁的陷害了。』包大尹道：『我也不憑你們人多說的就信了。快退下去，待我一一問來。』先叫那欠債老子將負債賣子原由說了一遍，又叫定兒將仗義代償，及將說話觸犯了員外情由說了一遍。包大尹詳情道：『乞兒抄化之銀不過糠粃碎米，零星不多，如何有這四兩大塊銀子？』正欲動刑，那眾人上前把定兒抱住，將當初還金、還婦兩段情節說得真真實實。大尹道：『也難憑信。若說還金、還婦得來之銀，此地相去不甚相遠。』兩處行文，不幾日都拘到案前。那失金之人與那失婦之人，說得鑿鑿有據。大尹先暗取四兩銀子試那二人，那二人看了不認；復取那四兩銀子驗看，那兩人上前連聲道：『是！是！』將一包零碎之銀信手撮開兩處，上那櫃上等子一秤，恰恰都是二兩之數，一毫不差。大尹即將富者取出頭號大板，打了四十，發在監中，要問扳誣之罪，富者再三求憐叩免。大尹姑息，於富者名下罰銀三百兩，旌賞定兒；那婦尚未嫁人，即斷她為夫婦。後來生有三子，仍習書香一脈，至今為黃州巨家。

㉚ 刺配：處以黥刑，遣送到邊地服役。

列位尊兄，可信幽冥之事原不爽的？前邊說判官簿上，註著吳賢名下委身雖屬卑微，品地還他高潔。今看將來，一字全然不差。皆因吳賢無心說這兩句放肆之語，那知就落了這個輪迴，可見說話用謹慎的。我們今日在此說些果報之語，都是有益於身心學問的。若群居在豆棚之下，不知豆棚之上就有天帝玉皇過的；萬一說些淫邪之話，冥冥之中，我輩也就折罰不盡也。」眾人合掌道：「佛菩薩之真言，不是過也。」俱躬身唯唯，作禮而退。

總評：

儒者立說不同，要歸於全良心、敦本行而已。是篇天人感應在其中，親仁及物在其中，義利貞淫在其中。雖起先喆先儒，擁皋比㉛，聚學徒，娓娓談道叩玄，亦不出良心大孝，辨明人禽之關而已。然則何以舉乞人也？蓋為上等人指示，則曰舜、曰文㉜、曰曾㉝、曰閔㉞，及與下等人言，則舉一卑賤如乞人者，且行孝仗義如此，凡乞人以上俱可行孝仗義矣。人而不行孝仗義，是乞人不如云耳。冷水澆背，熱火燒心，煞

㉛ 皋比：虎皮的坐席。指教席。

㉜ 文：指周文王姬昌。

㉝ 曾：指孔子的弟子曾參。

㉞ 閔：指孔子的弟子閔子騫。

今人唏噓感慨，寤寐永言，孝義之恩油然生、勃然興矣。予尤喜定兒對顯者十數行，宛轉激切，見得仕宦人棄家而錦歸，難道是顯親揚名，何如膝下依依，觴酒豆肉，為手舞足蹈之樂也！況普天抱終天之恨者不少，覽此一則，能不拊膺浩嘆也哉！

第六則　大和尚假意超昇

是日也，天朗氣清，涼風洊至。只見棚上豆花開遍，中間卻有幾枝，結成蓓蓓蕾蕾相似許多豆莢。那些孩子看見嚷道：「好了，上邊結成豆了。」棚下就有人伸頭縮頸，將要採他。眾人道：「新生豆莢是難得的。」主人道：「待我採他下來，先煮熟了。今日有人說得好故事的，就請他吃。」眾人道：「有理，有理。」棚下擺著一張椅子，中間走出一個少年道：「今日待我坐在椅上，說個世情中有最不服人的一段話頭，叫列位聽了，猛然想著，也要痛恨起來。我想天上只有一個日月，東升西墜，所以萬古長明；地上生物只有一個種子、一條本根，所以生生無盡。至於人生天地間，偏偏有許多名目：君王是治天下的，臣子是輔佐君王的，百姓是耕種田地養活萬民的，這叫做無君子莫治野人，無野人莫養君子。因此古聖先賢立個儒教，關係極大。剖判天地陰陽道理，正明人倫萬古綱常，教化文明，齊家、治國、平天下俱虧著他。這是天地正氣一脈，不可思議的了。又有一個道教，他也不過講些玄微之理，修養身心，延年益壽，這種類還也不多，且慢議論著他。獨有釋教，這個法門參雜得緊。自漢明帝十二年佛入中國，道是西方來了聖人。拈著一個『空』字立論，也不過勸化世人看得萬事皆空，六根清淨；養得心境玲瓏，毫無罣礙，原沒有甚麼果報輪迴之說。只因後來的人無端穿鑿，說出許多地獄天堂，就起了騙人章本。此是後話未提。

只說這些和尚，我始初也道都是為生死事大，發願修行，乃是聰明上智之人勾當。那知其中不論賢愚好歹及奸盜詐偽之人，都因日常間走了盡頭路，天將不容，地將不載，沒奈何，將這幾根頭髮剃下，頸上掛著數珠，肩上褡著褊衫，手裏拿著木魚，就道是個和尚。從前過惡，人也就恕他一分。看得這條道路寬綽有餘，那無賴之徒逃竄入門，不覺一日一日逐漸多得緊了。沒處生發衣食，或者截段竹頭，鑄口銅鐘，買根鎖條，城市上、鄉村中，天未曾亮，做生意的尚未走動，他便乒乒乓乓的敲得頭痛，叫得耳聾。指東話西，或是起建殿宇，修蓋鐘樓，裝塑金相，印請藏經，趁口胡嘲，騙錢騙米，從此做去。若只守著本分度此一生，也不惹人厭惡。那知竟有窮兇極惡，具那覆地翻天伎倆，躲閃於中。人預先卻不識他，只道是佛祖菩薩，致誠供養。末後做出事來，拖累人身家性命不保，以此連那好的也不信了。此是佛門變種敗類，我也不必說他。難道一派都是歹人不成？其中也有度世金仙，現身佛子，登壇說法，救拔沉迷。如達摩❶西來，生公❷出世，他卻在心性上參悟道理，點化世人。說幾句偈語，留幾句名言，千古人所不及，委實足以服人，歷代以來，希世有的。從來佛祖傳道的拂子，也不曾見他輕輕付與那個。如今這些孽畜卻另翻出一個局面，不論肚裏通也未通，只要粗粗認得幾字，叢林中覓幾本語錄，買幾本註疏，坐在金剛腳下練熟聲口，就假斯文，結識幾個禪友，互相標榜，拜過幾個講師，或自立個宗派，道是幾年上某處大和尚付過拂的。悄悄走到外州他縣，窺見冷落所在一個破壞寺院，就聯絡地方上幾個

---

❶ 達摩：古天竺人，於梁普通元年入華，武帝迎至金陵。後渡江往魏，止嵩山少林寺，面壁九年而化。

❷ 生公：南朝梁僧，名竺道生，原名魏道生。相傳曾於蘇州虎丘寺講涅槃經，人皆不信。後聚石為徒，宣講至理，石皆點頭，故世傳「生公說法，頑石點頭」。

佛總師婆，稱說某處來了善知識，看得此寺當興；或埋藏些古時碑版，偶然掘出；或裝誣本山伽藍❸，在外顯靈；或灑些糖水，假名甘露。騙人之法，百計千方。不半月間，那一方一境，愚夫愚婦，說得轟轟熱熱。略略有些錢糧。道：『我們備辦表禮，去請一位大和尚來。』開期結制，那個不尬❹不尬的和尚也就糾合許多隨堂行者❺，公然裝模作樣，將別處叢林的作為，一一摹倣。或央人討了巡簡司❻的告示，或結識冷鄉宦護法的名頭，抄了許多偈語，學些宗門棒喝❼，房廊下貼了幾張規條，齋堂前寫出長篇參語。那些來來往往，看了一些也摸不著頭，便道：『大和尚學問深遠，一時領悟不來。』分明白日裏被他瞞過，這些愚人死也不知。

叢林中還有一件人所不曉得的。大凡大和尚到一處開堂❽，各處住靜室❾的禪和子❿，日常間都是打成一片，其中花巧名目甚多，如

---

❸ 伽藍：梵文「僧伽藍摩」音譯的略稱，意為「眾園」或「僧院」，即僧眾居住的園林，後因以稱佛寺。此處指「伽藍神」，即寺院的守護神。

❹ 尬：此處當為「尷」字。

❺ 行者：佛寺中服雜役而未剃髮出家者的通稱。

❻ 巡簡司：官署名，掌緝捕盜賊，盤詰姦偽等職。

❼ 棒喝：指佛教禪宗祖師重觸機，在接待初學者時常當頭一棒，或大喝一聲，提出問題令答以考驗其悟境。

❽ 開堂：佛教儀式。本為譯經院之儀式，後指宗門長老住持宣講教義。

❾ 靜室：佛家供禪修的清靜之室。

❿ 禪和子：和尚；修禪的出家人。

西堂　維那　首座　悅眾　書記　都講　堂主　侍者　監院　知客　知浴　化主　點座　副寺
貼庫　行堂　殿主　值歲　值科　香燈　下院　知藏　知隨　鋪堂　巡照　總管　都管　知眾
知山　庫頭　菜頭　鍾頭　田頭　飯頭　茶頭　園頭　火頭　水頭　圊頭

這些名目科派出來，寫下一張榜文，貼在茶寮卻也好看。到那登壇時節，細吹細打；兩邊排列許多僧眾，捧著香花燈燭，磕頭禮拜，裝點得不知怎樣尊重。及至開講，也不過將編成的講章念了一遍，那個解悟得來？又請了幾個廢棄的鄉宦、假高尚的孝廉、告老打罷的朋友，從旁護法，出身子做個招頭，暗地分些分例。鄉愚之人，越發尊信得緊。如有那外方僧眾，有意思的要到壇前辯駁佛法，那些侍者齊來，拿去打得臭死。各處寺院遞了知單，認定面貌；不但走遍路頭不許安單，在那地方化碗飯吃也不得了。還有一個規矩，大殿緣簿上寫來佈施，及在外抄化錢糧，方歸常住；那道場上來的宰官⑪、居士⑫及婆婆媽媽的錢糧，都是大和尚隨來僧眾一併收貯。只待場期一畢，次日即照股金分，走得一個沒影，各各回去受用。常住欠了木料、油鹽、米帳，一些不管，請自支撐；再打聽得別處開期，又去生發。你道這些和尚卻不比合夥的強盜又狠三分麼？

考得『大和尚』三字，乃是晉朝石勒⑬的時節，有個佛圖澄⑭，自己稱道。其實他是個聖僧，看那

⑪ 宰官：泛指官吏。
⑫ 居士：梵語「迦羅越」的意譯，後專稱在家奉佛的人。
⑬ 石勒：東晉列國後趙的創建者。羯族，字世龍。

石勒皇帝就如海上鷗鳥一般；神通廣大，能知過去未來，儼然一尊燃燈古佛⑮，自然動人欽敬。請問這些和尚華嚴經⑯尚未念著，不過設局騙人是其本願，如何就便僭稱為大和尚？時上有個笑話，卻是嘲那大和尚的。說有個相公，乘著一隻小船去訪那大和尚。進方丈茶話畢，作別起身。大和尚直送出來到那水口，相公仍下小船。西邊日色曬來，相公脫下裙子掛著。大和尚道：『直看相公之船篷葉大了，小僧方敢進去。』那相公坐在船裏，也把遮的裙子揭開看那和尚。船已漸遠，那管家道：『大和尚立在水口，望去只有七八寸長了，請相公放下裙子罷。』只因和尚叫得大了，所以嘲他。這是諢話⑰。

卻又有一段閒話，乃是真真實實的。這話出在那湖廣德安府應山縣，與那河南信陽州交界地方，叫做『恨這關』。乃是一座陡峻高山，四面葱蘢樹木，雖是要道，行人過往稀疎。山岡之上有一古剎，也是唐宋末的香火，誌書上叫名普明寺。寺內只有二三十眾僧人，都是茹葷飲酒的羅刹⑱。不知邇來十五六年之間，卻坐化⑲十餘位長老。四邊傳說，寺內風水原是聖地，所以禪師佛祖屢屢現身。各處佈施倒也年年接湊。不期一日，有個採藥醫人到彼求宿，那僧人抵死不容，醫者只得乘月而行。走了一二十里，卻忘了一把鋤頭放在山門外石碑亭中。猛然省起，恐怕有人取去，只得跌身轉去，來到碑亭尋那鋤頭。

⑭ 佛圖澄：晉時僧人，天竺罽賓小王的長子，西晉懷帝永嘉四年東來洛陽，取得石勒信任，稱「大和尚」。
⑮ 燃燈古佛：佛名。其生時周身有光如燈，又稱「定光佛」。
⑯ 華嚴經：佛經名，全名為大方廣佛華嚴經。
⑰ 諢話：引人發笑的話。
⑱ 羅刹：佛經中惡鬼的通稱。
⑲ 坐化：佛教稱和尚安坐而死為「坐化」。

只聽得牆內一人叫苦連天，口口叫道：『老爺們，容我再活幾日，然後上座罷。』醫者覺得有些古怪，爬上牆頭，挽著樹枝，仔細一看：只見堂前燈光射出，卻見幾個禿子把一老僧綑縛端正，將他扛上一個坐處，看不明白。那老僧殺豬般大叫數聲，就不響了。醫者挨了一夜，到次日看甚動靜。到了天亮，只聽得佛堂鐘鼓齊鳴，佛號震天。道人出來說道：『了明禪師昨晚坐化了。』四邊分了齋帖，來了許多佛頭，正要開張做大法事。那醫者進去仔細一看，卻見一個愁慘之容。面皮黃如菜葉，一些血色沒有。醫者乘著空隙將手從那座下一摸，只見滿手鮮血，穀道⑳中卻生一個根的模樣。醫者即到信陽州裏，將這段情節一一報知。那知州夜有一夢，也見一個老僧渾身帶血，聲聲叫苦。知州省得，即便乘了快馬，領了鄉兵，將寺圍住。進到裏邊，叫住持出來相見。那住持道是大和尚，不肯出來，只有一個當家的迎接。州官問道：『昨日又坐化了一位禪師，特來頂禮㉑，就便與他合缸造塔。』那當家也叩一首謝了。州官道：『寺內多少僧人，一一點過，都要施些襯錢㉒。』那幾個如狼似虎的，俱出來低著頭兒，垂下雙手，聽州官點過上名。每個和尚俱叫鄉兵看守，一面叫手下請起坐化的僧人，看他手足是怎樣的。兩個鄉兵上前推移不動，用力一抬，那穀道中一個二尺長的鐵釘登時翻落，下邊缸裏卻有一桶鮮血，凝結於內。許多和尚，一一即將綁縛帶到州內；還把僧房層層拆將進去，卻跑出十數個婦女來，大聲喊屈。知州喚皂隸一一帶過，問道：『你這幾個婦人在內幾時了？』婦人一一招道：『有三五年不等的，有本年的。

⑳ 穀道：指直腸。
㉑ 頂禮：跪地以頭承尊者的腳，為佛教徒的最敬禮。
㉒ 襯錢：施捨的錢。

都是這些和尚勾合光棍，在外詐作客商模樣，不論銀錢，只說娶親做夫妻回家過活的。那知逐漸騙到家鄉，忽一日托名探親，帶了直送到此處，藏於重牆複壁、深房曲室之中，天日也不得一見。也有近村人家十來歲女兒在外閒耍，乘人不見抱來藏在其中，待得十二三歲就受用了。』州官問道：『這許多年怎麼沒有一人往州縣中首告？』那婦人道：『手下使用的道人，俱是平昔殺人做賊之輩，無處投奔，四下收拾進來。日常間也各各自有去路，騙來錢米，平半均分；鄰近村中也俱日常沾些恩惠，因此內內外外，沒有人與他作對。內中若有一人說些刁俏之話，眾人也就登時結果去了。所以到今，眾口一心絕無發覺。』州官問道：『歷年來如何有這許多人坐化？』婦人招道：『俱是過往單身客人，把他圈進裏面，不容脫身。先把蒙汗藥與他吃了，後將網子除下，綁縛了曬在日中，額角與面目都黧黑了，然後把他頭髮齊眉剪下，扮作頭陀模樣；或將身子上下綑縛做跏趺坐法，餓了三五日，頭骨俱軟。衣袂之中灌上硫磺焰焇，扶在柴樓龕座之上。糾喚地方舊日做佛頭佛總的，謠言開去。四處俱來觀看，攢錢設供，造塔看經，不知騙了多多少少，也照舊規分頭派用。花費盡了，就要幹這活佛勾當。』州官正在查問之際，門子報道：『竹園內又掘出許多女人腳骨！』州官問道：『都是女人腳骨為何？』一婦人道：『男人死了，枯骨都無用處。唯有新死女人，這雙腿骨血氣不散，將來鋸解碎了，加上水磨工夫，充作象牙筯子，無人認得，每得厚利。寺中道人無處生發錢鈔，每每打聽新死婦人，盜取來幹這勾當。腿骨用去，所以存的都是腳骨。』州官審得其情慘毒，每個和尚打了五十板，心窩裏加上一釘，登時命絕。備將情節申聞上司，一一將來除個淨盡，併那普明寺一火焚之，卻是除了大害。這也是近日大和尚的故事。

更有一段故事，也是聞得來的。說是唐朝開元[23]年間，河南懷慶府河內縣地方，開元寺有個僧人，法名死灰，這名就先奇了。生得相貌奇古，氣宇昂藏，博通經典，貫串百家；兼識天文地理，能知過去未來、生人壽數；做得幾句詩，寫得幾家字，畫得幾筆畫，賽過海內名公，抹殺四方清客。四遠慕名來求見的，須備了出奇方物㉔供養，送進禪堂，上了號簿，候了三日，纔出方丈見人一次。許多僧眾簇擁出來，升在層臺高座之上；兩旁侍者，提爐執拂，捧杖持瓶；面前擺的花尊燭臺，當中爐內焚起沉檀降速；內外香煙寶篆，結成華蓋㉕相似，好不熱鬧。三聲雲板㉖，纔許那問話的人依次上前跪下，方將要問的話頭一一說了。他在上面纔把那囫圇提四面光的話兒開示了幾句，即叫退下；再欲開言，就是欄頭一棒，打得發昏倒暈，由你自去猜度。然後又輪到第二班的上去，也照前是個模樣。或說下幾句話頭，或留下幾行詩偈，一般也有撞著之處。也有病人上前得病原說了一番，問他請方。他胸中難經脈訣、本草藥性原是明白；也便寫些與人，服去卻有靈驗。不多時，四方之人說得長老活龍活現；連這長老也自不信自起來，公然道是活佛祖師出世來了。因此四下錢糧，雲蒸霧集。重建叢林，前後山門殿宇，層層蓋造。天下除了四大名山㉗，也就數這開元寺了。

誰料那年僕固懷恩㉘反了，朝廷起兵發馬，要往征勦。河北地方乃是要地，設立藩鎮，領兵元帥點

㉓開元：唐玄宗李隆基的年號（七一三～七四一）。

㉔方物：土產。

㉕華蓋：帝王或貴官所用的傘蓋。

㉖雲板：報時報事之器，板形鑄作雲狀，故名。

㉗四大名山：此處指四大佛山，即山西五臺山、安徽九華山、浙江普陀山與四川峨嵋山。

㉘僕固懷恩：唐時鐵勒部族首領，因平安祿山等功，累官尚書左僕射，封太寧郡王。後以怨望，誘合諸蕃入寇，

了李抱真㉙。此公膂力過人，謀多智足，領了五萬人馬屯紮河北，頗有紀律，不擾民間一草一木，各各相安，民間感激不啻父母。將那兵丁三日一操，五日一練，寸步不離營伍。李元帥聞得長老大名，到任三日，即備許多佈施，執弟子之禮，前去拜他。長老接見，看得元帥尊重了他，他反拿腔做勢，要做那佛圖澄對那石勒的光景，十分傲慢。李元帥早已窺破這個和尚是個仗著資質做起來的，其實性地上的工夫全無把捉，這也不在話下。那知這個和尚也是合該數盡。那河北一帶地方遇了天時不湊，顆粒無收。朝廷月糧，壓欠七八個月不來接濟。軍中洶洶，暗地謠言將有楚歌吹散八千㉚之意。李元帥無計設處，只得去到寺中，稱說大和尚大有應變之才，合掌頂禮，跪在面前，虛心下意，請問和尚。那長老日常間，具那騙小人的伎倆卻是有餘，那兵馬呼吸㉛待變，實實要湊處錢糧將來支放，卻也一時窘定，沒有甚麼計策答那元帥。其實李元帥胸中成算早已定之，只要宛宛說將進去，口口奉承大和尚長、大和尚短，卻使長老墮在計中，毫無知覺，纔有妙處。李元帥故意做那攢眉蹙額形容，停了一會問道：『寺中常住錢糧，不知現有多少積貯，可以暫借目前救濟一兩月麼？』那和尚的心腸，與伽藍菩薩一樣生成，拿進喜歡，拿出卻不中意。說道：『近來常住不彀十日支撐；虧得小僧有些福緣，到那不足時節，就有人緊著

㉙ 李抱真：唐名將，本姓安，賜姓李，字太玄。德宗時官至同中書門下平章事。途中病死。

㉚ 楚歌吹散八千：楚漢相爭時，項羽被漢軍圍於垓下，兵少食盡。入夜，四面漢軍皆楚歌，項羽八千子弟兵均動思鄉之念，大多逃散。

㉛ 呼吸：此處用以形容時間短促。

送來，纔度得這些日子。若說有積聚多少，卻是沒有。』李元帥接口道：『如今我也不要借常住錢糧。有個算計，只求大和尚「福緣」二字，我弟子就有生路了。』長老聽說不借錢糧，只借『福緣』，精神抖擻起十倍，問道：『如何？如何？』李元帥道：『弟子領著兵馬南征北討，處處走過，看來無如此地百姓好善的多。如今弟子倒有一個粗念，欲仗著大和尚福緣，明日寺前出張榜文，說是弟子奉請大和尚開講華嚴法寶，並彈孔雀真經，聚集些善男信女，化些錢糧，也可將來答救幾時。』那長老道：『這個道場也動不得人頭，就是來也不多，如何得彀？』元帥道：『弟子還有計較。』附耳低言，如此如此。那長老笑了一笑，連忙點首。

即於寺內寬敞所在，高搭起七層蓮臺，重重俱已遮蔽好了。外邊化些松柴，周圍疊起；臺下掘個地道，可容一人走得出來的。到了開期第一日，講經完畢，大和尚開口說道：『大眾們須要速速用心理會，我在此也不久了，只待四十九日道場圓滿，我就要回首㉜西方去了。』那些善信聽見大和尚就要回首，卻是異事。一時鬨動，四遠傳聞，那些佈施錢糧的堆山塞海而來。李元帥密密著落幾個長老上了簿籍，一一收貯在內。看看到那圓滿之期，人也晝夜不散。四圍松柴越發疊得多了。四面的人好像似看戲的，只等那時上臺，不知大和尚顯出怎麼活佛的神通、聖僧的證果。長老心事：『有那臺下的地道出路，只說外邊放起火來，我自有影身法兒，出了地道。日後隨了元帥，天涯海角受用不了。』那知元帥日常間一片機心，原是要算計那長老的。到了放火的時節，將那地道關閉緊了，長老方悟得元帥騙他；也說不得硬著身軀，不一時頓成灰燼。元帥在下至誠禮拜，就有附會的說道：『親見大和尚穿著大紅袈裟，五

㉜ 回首：死亡的婉稱。

色祥雲，許多幢旛寶蓋，接引西方去了。』」次日元帥又在火堆中放些細白石頭，都道撿得許多舍利子。元帥收去，即欲與『死灰』祖師造塔，這也就應著當初取那法名讖㉝了。那一方不論男女，都有佈施。不上一月，積了三十餘萬。元帥一一收去，充作兵餉，並無一人知覺。這也是一個大和尚超昇故事。若是這長老日常裏只是苦行焚修，不裝這個模樣，那李元帥也不來下此刻薄之著。後來說出這段情節，天下之人齊口稱快。假使大和尚果能知得過去未來，怎麼被人暗算到這地位？可見大和尚都是假鈔，人自癡迷，將自己血汗掙的錢財被他騙去。」

眾人道：「如今大和尚挨肩擦背，委實太多。那能個個登壇，人人說法？近來人也有些厭薄，不大十分的興他。聚做一團，無有齋吃，只好一個頂著一個，猶如屋角頭的臭老鼠，扯長一串，拿個引磬，托著鉢盂，沿街化食，單單學那釋迦乞食舍衛城中光景。這卻是大和尚做出來的下場頭也！」豆棚主人道：「仁兄此番說話，果然說得痛快。豆已煮熟，請兄一嘗何如？」

總評：

舉世佞佛，孰砥狂瀾？有識者未嘗不心痛之。韓文公㉞佛骨一諫，幾罹殺身之禍。然事不可止，而其表則傳，千古下讀之，正氣凜凜。及為京兆尹㉟，六軍㊱不敢犯法，

㉝讖：指預言吉凶得失的文字或圖記。

㉞韓文公：即唐代文學家韓愈。韓愈任刑部侍郎時，因上書諫遣使往鳳翔迎佛骨事，幾被殺，後貶為潮州刺史。

指之曰：「是尚欲燒佛骨者。」噫嘻！闢佛之神亦威矣。今世無昌黎[37]其人，所賴當事權者，理諭而法禁之，猶可懲俗，乃復為之張其焰，何也？夫彼以為咄嗟[38]檀施，抑以懺悔罪孽而已，豈知上好下甚，勢所必然也。縱不能如北魏主毀佛祠數萬區[39]，又不能如唐武宗驅髡者而盡髮[40]。第稍為戢抑，以正氣風之，庶可安四民、靜異端矣。

此篇拈出李抱真處分死灰事，為當權引伸觸發之機。雖不必如此狠心辣手，所謂法乎上，僅得乎中。代佛家之示現忿怒，即其示現哀憫也。猶夫梵相獰異，正爾低眉垂手矣。讀者且未可作排擊大和尚觀，謂之昌黎原道篇可，謂之驅鱷魚文亦可。

---

35 京兆尹：掌治京師之長官。

36 六軍：此處為軍隊的統稱。

37 昌黎：指韓愈。韓愈郡望為昌黎，故有此代稱。

38 咄嗟：猶言出口即至。

39 北魏主句：北魏太平真君七年（四四六），魏太武帝納崔浩言，禁佛教，毀經像塔寺，坑殺僧人。

40 唐武宗句：唐會昌五年（八四五），唐武宗令禁佛教，毀天下寺四千六百餘所，僧尼二十六萬五百人還俗。

第七則 首陽山叔齊變節

昨日，自這後生朋友把那近日大和尚的陋相說得盡情透快，主人煮豆請他；約次日再來說些故事，另備點心奉請。那後生果然次日早早坐在棚下。內中一人道：「大和尚近來委實太多，惹人厭惡。但仁兄嘴尖舌快，太說得刻毒。我們終日吃素看經，邀人做會，勸人布施，如今覺得再去開口也難；即使說得亂墜天花，人也不肯信了。今日不要你說這世情的話，我卻考你一考。昨日主人翁煮豆請你，何不今日把煮豆的故事說一個我們聽聽，也見你胸中本領，不是勦襲來的世情閒話也。」那後生仰天想了一想，道：「不難，不難。古詩有云：『煮豆燃豆萁，豆在釜中泣。本是同根生，相煎何太急。』此曹子建之詩。子建乃三國時魏王曹操之子。弟兄三人，伯曰曹丕，字子桓；仲曰曹彰，字子文；季曰曹植，字子建，乃是嫡親同胞所生。曹彰早已被曹丕毒藥鴆害了。子建才高，曹丕心又忌刻，說他的詩詞俱是宿構❶現成記誦來的。彼時偶然席上吃那豆子，就以豆子為題，教他吟詩一首。子建剛剛走得七步，就把煮豆之詩朗朗吟出。雖只五言四句、二十個字，其中滋味關著那弟兄相殘相妒之意，一一寫出。曹丕見他如此捷才，心益妒忌。其如子建才學雖高，福氣甚薄，不多時也就死了，天下大統都是曹丕承接。可見才與福都是前生定的，不必用那殘忍忌刻，徒傷了弟兄同氣之情。這是三國時事，偶因豆棚之下正及煮豆

❶ 宿構：預先構思。

之時，就把豆的故事說到弟兄身上。其實天下的弟兄和睦的少，參商❷的多。

三國前邊有個周朝。周文王之子、武王之弟周公旦，乃是個大聖人。武王去世，他輔著成王幼主坐了天下。周公攝行相事，真心實意為著成王，人人都是信的。獨有弟兄行中有個管叔❸，他雖是與周公同胞生將下來，那肚腸卻是天淵相隔。周公道是自家弟兄，心腹相托，叫他去監守著殷家子孫。那知管叔乘著監殷之舉，反糾合蔡叔❹、霍叔❺，揑造許多流言，說周公事權在握，不日之間將有謀叛之心，卻於孺子成王有大不利之事。周公在位聽了這些不利之言，寢食不安。夢寐之間，心神䠶䠊❻，也就不敢居於相位。當在商末之世，四方未服，朝廷京東適值起了一股人馬，在商說是義兵，在周道是頑民，周公也就借個東征題目，領了兵馬坐鎮東邊，卻好避那流言之意。彼時流言四布，不知起於何人之口；周公也不忍疑心在管叔身上。後來成王看見管叔與蔡叔、霍叔都幫著商家武庚❼幹事，纔曉得乃是奸黨流言。況且打開金縢櫃❽中，看見父親武王大病之時，周公曾納一冊，願以身代，方曉得周公心曲。青天白日，無一毫曖昧難明之事。先日周公居東之時，大風大雨，走石飛砂，把郊外大樹盡行吹倒，或是

---

❷ 參商：二星名。「參」在西，「商」在東，此出彼沒，永不相見。後常以「參商」喻兄弟不睦或雙方隔絕。

❸ 管叔：名鮮，周武王弟，封於管。後因叛亂而被殺。

❹ 蔡叔：名度，周武王弟，封於蔡。後因助管叔之亂而被放逐。

❺ 霍叔：名處，周武王弟，封於霍。因助管叔之亂降為庶人，後復封為霍侯。

❻ 䠶䠊：動搖不安。

❼ 武庚：商紂王之子，名祿父。周武王滅紂，封武庚以續殷祀，後因叛亂被殺。

❽ 金縢櫃：用金屬製成的藏書櫃。

連根拔了起來。是日成王迎請周公歸國，那處處吹倒大樹，仍舊不扶自起。此見天地鬼神亦為感動。若是當謗言未息之日，周公一朝身死，萬載千秋也不肯信。可見一個聖人，遇著幾個不好的弟兄，也就受累不小。此又是周時一個弟兄的故事。

還有一個故事，經史上也不曾見有記載，偶見秦始皇焚燒未盡稗官野史中，卻有一段奇事。即在周朝未定之時，商朝既燼之日，有昆仲兩個，雖是同胞，卻有兩念，始雖相合，終乃相離。乃兄叫做伯夷，令弟叫做叔齊。他是商朝分封一國之君，祖為墨胎氏，父為孤竹君。夷、齊二人一母所生，原是情投意合，友於恭敬得無上的。只因伯夷生性孤僻，不肯通方❾，父親道他不近人情，沒有容人之量，立不得君位，承不得宗祧❿。將死之時，寫有遺命，道叔齊通些世故，諳練民情，要立叔齊為君。也是父命如此，那叔齊道：『立國立長，天下大義。父親雖有遺命，卻是臨終之言，是亂命也。』依舊遜那伯夷。而伯夷又道：『父親遺命，如何改得？』你推我遜不已，相率而逃，把個國君之位，看得棄如敝屣，卻以萬古綱常為重了。忽因商紂無道，武王興兵來伐。太公呂望⓫領了軍馬前來，一路人民無不倒戈歸順，還挈著簞食壺漿⓬，沿路恭迎。不消鎗刀相殺，早已把天下定了。伯夷、叔齊看見天命、人心已去，思

---

❾ 通方：通曉為政之道。

❿ 宗祧：即宗廟。祧，遠祖之廟。

⓫ 太公呂望：周初人。本姓姜，祖先封於呂而從其封姓，故名呂尚，也稱「呂望」。輔助武王滅商。周朝既建，封於齊。

⓬ 簞食壺漿：言踴躍犒勞軍隊。簞，盛飯竹器。漿，以米所熬的汁。

量欲號召舊日人民起個義師，以圖恢復，卻也並無一人響應。這叫做孤掌難鳴的事，只索付之無可奈何。彼時武王興師，文王去世，尚未安葬。夷、齊二人暗自商量道：『他是商家臣子，既要仗義執言，奪我商家天下，把君都弒了。父死安葬為大，他為天下，葬父之事不題，最不孝了。把這段大義去罪責他，如何逃閃得去！』正商酌間，那周家軍馬早已疾如風雨，大隊擁塞而來。夷、齊看得不可遲緩，當著路頭，弟兄扣馬而諫道：『父死不葬，爰及干戈，可謂孝乎？以臣弒君，可謂仁乎？』這兩句話說將過去，說得武王開口不得。左右看見君王顏色不善，就要將刀砍去。剛得太公與武王並馬而馳，武王所行之師，乃是弔民伐罪⑬之師，太公急把左右止住，心裏也知是夷、齊二人，不便明言，只說：『此義士也，不可動手。』急使人扶而去之。夷、齊這兩句話，雖然無濟於事，那天地綱常倫理，卻一手揭出，表於中天。那天下人心，曉得大義的，也就激得動了。其如紂王罪大惡極，人心盡去，把這兩句依舊如冰炭不同爐的。夷、齊見得如此，曉得都城村鎮，處處有周家兵馬守住，無可藏身。倘或將這有用之軀，無端葬送，不若埋蹤匿跡，留著此身，或者待時而動也不可。知反覆無算，只得鼓著一口義氣，悄悄出了都門，望著郊外一座大山投奔而去。

此山喚名首陽⑭，即今蒲州地面。山上有七八十里之遙。其中盤曲險峻，卻有千層，周圍曠野，何止四五百里。山上樹木稀疎，也無人家屋宇，只有玲瓏孤空巖穴可以藏身；山頭石罅有許些薇蕨⑮之苗，

⑬ 弔民伐罪：撫慰人民，討伐有罪。

⑭ 首陽：山名，即雷首山，又名「首山」，在今山西永濟南。

⑮ 薇蕨：指巢菜，又名「野豌豆」。蔓生，莖葉似小豆，可生食或作羹。

清芬葉嫩，可以充飢；澗底巖阿，有幾道飛瀑流泉，澄泓寒洌，可以解渴。夷、齊二人只得輸心貼意，住在山中。始初只得他弟兄二人，倒也清閒自在。那城中市上的人也聽見夷、齊扣馬而諫，數語說得詞嚴義正，也便激動許多的人，或是商朝在籍的縉紳、告老的朋友，或是半尷不尬的假斯文、偽道學，言清行濁。這一班始初躲在靜僻所在，苟延性命，只怕人知。後來聞得某人投誠，某人出山，不說心中有些懼怕，又不說心中有些艷羨，卻表出自己許多清高意見，許多谿刻⑯論頭。日子久了，又恐怕新朝的功令追逼符來，身家不當穩便。一邊打聽得夷、齊兄弟避往西山，也不覺你傳我，我傳你，號召那同心共志的走做一堆，淘淘陣陣，魚貫而入。猶如三春二月燒香的相似，都也走到西山裏面來了。

且說山中樹木雖稀，那豺狼虎豹平日卻是多得緊的。始初見些人影，都在那草深樹密之處張牙露爪，做勢揚威，思量尋著幾個時衰命苦的開個大葷。後來卻見路上行人稠稠密密，那些孽畜也就疑心起來，只道來拿他們的，卻也不見網羅鎗棒。正在躊躇未定之間，只見走出一個二三尺高、龐眉皓齒、白髮銀鬚老漢，立在山嘴危峭高巔喚道：『那些孽畜過來聽我吩咐：近日山中來了伯夷、叔齊二人，乃是賢人君子，不是下賤庸流。只為朝廷換了新主，不肯甘心臣服，卻為著千古義氣相率而來。汝輩須弭毛斂齒，匿跡藏形，不可胡行妄動！』那眾獸心裏恍然大悟，纔曉得如今天下不姓商了。因想道：『我輩雖係畜類，具有性靈。人既舊日屬之商家，我等物類也是踐商之土，茹商之毛。難道這段義氣只該夷、齊二人性天稟成，我輩這個心境就該頑冥不靈的麼？』只見虎豹把尾一擺，那些玃狗狐狸之屬，也俱鼓著一口義氣，齊往山上啣尾而進，望著夷、齊住處躬身曲體，垂頭斂足，俱像守戶之犬，睡在山凹石洞之中，

⑯谿刻：刻薄；苛刻。

全不想撲兔尋羊、追獐趕鹿的勾當。後來山下之人，異言異服，奇形怪狀，一日一日越覺多了。伯夷的念頭介然如石，終日徜徉⑰嘯傲，策杖而行，採些薇蕨而食，口裏也並不道個『飢』字。看見許多人來挨肩擦背，弄得一個首陽本來空洞之山，漸漸擠成市井。伯夷也還道：『天下尚義之人居多，猶是商朝一個好大機括⑱。』不料叔齊眼界前看得不耐煩，肚腹中也枵⑲得不耐煩。一日幡⑳然動念道：『此來我好差矣！家兄伯夷乃是應襲君爵的國主，於千古倫理上大義看來，守著商家的祖功宗訓是應該的。那微子㉑奔逃，比干㉒諫死，箕子㉓佯狂，把那好題目的文章都做去了。我們雖是河山帶礪㉔，休戚世封，不好嘿嘿蚩蚩㉕，隨行逐隊。但我卻是孤竹君次子，又比長兄大不相同，原可躲閃得些。前日撞著大兵到來，不自揣量，幫著家兄觸突了幾句狂言，幾乎性命不免。虧得軍中姜太公在內，原與家兄東海北海大老一脈通家，稱為「義士」，扶棄道旁，纔得保全；不然這條性命也當孤注一擲去了。如今大兵已過，

⑰ 徜徉：徘徊。

⑱ 機括：原指弩上發箭的機件，後用以比喻治事的權柄。此處作機會、動力解。

⑲ 枵：空虛。

⑳ 幡：通「翻」。

㉑ 微子：商紂王庶兄，名啟。入周後被封於宋，為宋國始祖。

㉒ 比干：商紂王叔伯父，因犯顏強諫，紂怒，剖其心而死。

㉓ 箕子：商紂王叔伯父，因諫不聽，乃披髮佯狂為奴。

㉔ 河山帶礪：比喻國基堅固，國祚長久。

㉕ 嘿嘿蚩蚩：嘿嘿，沉默貌。蚩蚩，敦厚貌。

眼見得商家局面不能瓦全。前日粗心浮氣，走上山來，只道山中惟我二人，也還算個千古數一數二的人品。誰料近來借名養傲者既多，而托隱求徵者益復不少。滿山留得些不消耕種、不要納稅的薇蕨資糧，又被那會起早佔頭籌的採取淨盡。弄得一副面皮薄薄澆澆，好似曬乾癟的菜葉，幾條肋骨彎彎曲曲，又如破落戶的窗櫺㉖。數日前也好挺著胸脯，裝著膀子，直撞橫行。怎奈何腰胯裏、肚皮中軟當當、空洞洞，委實支撐不過。猛然想起人生世間，所圖不過「名」、「利」二字。我大兄有人稱他是聖的、賢的、清的、仁的、隘的，這也不枉了丈夫豪傑。或有人兼著我說的，不過是順口帶挈的。若是我趁著他的面皮，隨著他的跟腳，即使成得名來，也只做個趁鬧幫閒的餓鬼。設或今朝起義，明日興師，萬一偶然腳蹋手滑，未免做了招災惹禍的都頭㉗。如此算來，就像地上拾著甘蔗柤的，漸漸嚼來，越覺無味。今日回想，猶喜未遲。古人云：「與其身後享那空名，不若生前一杯熱酒。」此時大兄主意堅如金石，不可動搖。若是我說明別去，他也斷然不肯。不若今日乘著大兄後山採薇去了，扶著這條竹杖，擕著荊筐，慢慢的捱到山前，觀望觀望；若有一些空隙，就好走下山去。』

彼時伯夷已餓得七八分沉重，原不隄防著叔齊。叔齊却是懷了二心多日。那下山的打扮先已裝備停當，就把竹杖、荊筐隨地撇下；身上穿著一件紫花布道袍，頭上帶著一頂蔴布孝巾，腳下踹一雙八耳蔴鞋，纔與山中面貌各別，又與世俗不同，即使路上有人盤問，到底也不失移孝作忠的論頭。不說叔齊下山的話。且說那豺狼虎豹，自那日隨了夷、齊上山，畜生的心腸，倒是真真實實守在那裏，毫無異念。

㉖ 窗櫺：亦作「窗欞」，窗戶上雕花的格子。

㉗ 都頭：此處意為頭目、首領。

其中只有狐狸一種，善媚多疑，想也肚裏餓得慌了，忽然省悟道：『難道商家天下換了周朝，這山中濟濟蹌蹌的人都是尚著義氣，毫無改變念頭？只怕其中也有身騎兩頭馬、腳踏兩來舡的，從中行姦弄巧。』一面就喚著幾個獐兒、麂兒、猿兒、兔兒分頭四下哨探些風聲，打聽些響動，報與山君知道。『或者捉個破綻，將些語言挑動，得他一個回心轉意，我輩也就有肚飽之日了。』商量停當，即便分頭仔細踹探。只見前山樹陰堆裏遮遮掩掩而來，那些打哨的早已窺見，閃在一邊。待他上前覿面看時，打扮雖新，形容不改，原來不是別人，就是前日為首上山的令弟叔齊大人。眾獸看見卻也嚇了一跳，上前一齊抓住，遂作人言道：『叔齊大人，今日打扮有些古怪。你莫不有甚麼改易的念頭？』叔齊道：『其實不敢相瞞，守到今日也執不得當時的論頭了。』眾獸道：『令兄何在？』叔齊道：『家兄是九死不渝的。我在下另有一番主意。昨日在山上正要尋見你們主人，說明這段道理，約齊了下山。不料在此地相會，就請到這山坡碎石頭上大家坐了，與你們說個暢快。就煩將此段情節轉達山君㉘，一齊都有好處。』眾獸聽見叔齊說得圓活，心裏也便鬆了一鬆，就把衣服放了，道：『請教，請教。』叔齊道：『我們乃是商朝世冑子弟㉙，家兄該襲君爵，原是與國同休的。如今尚義入山，不食周粟，是守著千古君臣大義，卻應該的。我為次子，名分大不相同，當以宗祧為重。前日雖則隨了入山，也不過幫襯家兄進山的意思，不日原要下山。他自行他的志，我自行我的事。不消說，我懊悔在山住這幾時。如眾位及山君之輩，既不同於人類，又不關係綱常，上天降生汝輩，只談殘忍慘毒，飲血茹毛，原以食人為事。當此鼎革之際，世人的

㉘ 山君：此處指老虎。

㉙ 世冑子弟：世家、貴族的子弟。

前冤宿孽消弭不來，正當借重你們爪牙吞噬之威，肆此吼地驚天之勢，所謂應運而興，待時而動者也。為何也學了時人虛矯氣質，口似聖賢，心同盜跖。半醒半醉，如夢如癡，都也聚在這裏，忍著腹枵，甘此淡薄，卻是錯到底了。你們速速將我這段議論與山君商酌，他自然恍然大悟。想了我這段好話，萬一日後世路上相逢，還要拜謝我哩！』眾獸聽了這一番說話，個個昂頭露齒，抖擻毛皮，攙天撲地，快活個不了。叔齊也就立起身，拱手道：『你們卻去報與山君知也。』眾獸一齊跳起，火速星飛，都不見了。叔齊伸頭將左右前後周圍一看，道：『我叔齊真僥倖也！若不是這張利嘴，滿口花言，幾根枯骨幾乎斷送在這一班口裏，還要憎嫌瘪氣哩。』

叔齊從此放心樂意，踹著山坡，從容往山下走了二三十里。到一市鎮人煙湊集之處，只見人家門首俱供著香花燈燭，門上都寫貼『順民』二字。又見路上行人有騎騾馬的，有乘小轎的，有挑行李的，意氣揚揚，卻是為何？仔細從旁打聽，方知都是要往西京朝見新天子的。或是寫了幾款條陳去獻策的，或是敘著先朝舊職求起用的，或是將著幾篇歪文求徵聘的，或是營求保舉賢良方正㉚的，紛紛奔走，絡繹不絕。叔齊見了這般熱鬧，不覺心裏又動了一個念頭道：『這些紛紛紜紜走動的，都是意氣昂昂，望著新朝揚眉吐氣，思量做那致君澤民的事業。只怕沒些憑據，沒些根腳，也便做不出來。我乃商朝世臣，眼見投誠的官兒都是我們十親九戚，雖然前日同家兄衝突了幾句閒話，料那做皇帝的人決不把我們錙銖㉛計較。況且家兄居於北海之濱，曾受文王養老之典，我若在朝，也是一個民之重望㉜，比那些沒名目小

㉚ 賢良方正：漢文帝二年詔舉賢良方正、能直言極諫者，為科舉名目「賢良方正」所自始。

㉛ 錙銖：喻輕微、微小。

家子㉝騙官騙祿的，大不相同矣！』一邊行路，一邊思想。正在虛空模擬之際，心下十分喧熱。抬頭一望，卻見五雲深處縹緲皇都。叔齊知道京城不遠，也就近城所在尋個小寓，暫且安身，料理出山之事。諸般停當，方敢行動。整整在那歇客店裏想了一夜。

次日正要到那都城內外覓著鄉親故舊，生發些盤費，走不上一二里路，只見西北角上一陣黑雲推起，頃刻暗了半天，遠遠的轟轟烈烈，喧喧闐闐，如雷似電，隨著狂風捲地而來。叔齊也道是陣暴風疾雨陡然來的，正待要往樹林深處暫為躲避，那知到了面前，卻是一隊兵馬。黑旗黑幟，黑盔黑甲，許多兵將也都是黑袍、黑面的。叔齊見了，先已閃得神魂顛倒。不料當著面前大喊一聲道：『拿著一個大奸細也！』不由分說，卻把叔齊蒼鷹撲兔相似一索綑了，攢著許多刀斧手，解到營內。叔齊還道是周家兵馬，大聲喊道：『我是初出山來投誠報效的！』上邊傳令道：『既是投誠報效的，且把繩索鬆了。』叔齊神魂方定。抬頭一看，卻見上面坐的都是焦頭爛額、有手沒腳、有頸無頭的一班陣上傷亡。中間一人道：『你出身投誠報效，有何本事？』叔齊也就相機隨口說道：『我久住山中，能知百草藥性。凡人疾病，立能起死回生。』眾傷亡聽見這話，正在負痛不過的時節，俱道：『你有藥，速速送上來，替我輩療治一治。隨你要做甚麼官，都是便的。』言之未已，忽見左班刀斧手隊裏走出一人，上前將叔齊頭上戴的孝巾一把扯落，說道：『你既要做官，如何戴此不祥之物？就是做了官兒，人也要把你做匿喪不孝理論！』那右班又走出一個人來，把叔齊面孔仔細一認，大叫道：『這是孤竹君之子，伯夷之弟，叫做叔齊。近來

㉜ 民之重望：在民眾間極有聲望的人。

㉝ 小家子：出身低微的人。

臉嘴瘦削，卻就不認得了。』眾人上前齊聲道：『是是，若論商家氣脈，倒是與我們同心合志的。但是這樣衣冠打扮，又不見與他令兄同行，其中必有緣故。』中間坐的道：『近來人心奸巧，中藏難測，不可被他逞著這張利口脫漏了去！』吩咐眾人帶去，正待仔細盤詰個明白。叔齊心裏纔省得這班人就是雒邑頑民了。不覺手忙腳亂，口裏尚打點幾句支吾的說話，袖中不覺脫落一張自己寫的投誠呈子稿兒。眾人拾起從頭一念，大家拳頭巴掌雨點相似，打得頭破腦開。中間的罵道：『你世受商家的高爵厚祿，待你可謂不薄，何反蒙著面皮，敗壞心術，就去出山做官。即使做了官兒，朝南坐在那邊，面皮上也覺有些慚愧。況且新朝規矩，你扯著兩個空拳怎便有官兒到手？如此無行之輩，速速推出市曹㉞斬首示眾！』眾人把叔齊依舊綑縛，正要推出動手，且未說畢。

只說前日眾獸得了叔齊這番說話，報與山君。山君省道：『有理，有理！我輩若忍餓困守山中，倒做了逆天之事。』一個個磨牙礪齒，一個個奮鬣張威，都在山頭撼天振地，望著坡下一隊一隊踹踱而來。行到山下，適值撞著那些頑民營裏，綁著叔齊押解前來。將次行刑之際，那前隊哨探的狐兔早已報與山君，道：『前日勸我們出山的叔齊，前途有難。』那山君即傳令眾獸上前救應，卻被那頑民隊裏將弓箭刀鎗緊緊佈定。眾獸道：『拜上你家頭領，叔齊乃是我輩恩主，若要動手，須與我們山君講個明白，方可行刑。不然，我們併力而來，你們亦未穩便。』不一時那頑民的頭目與那獸類的山君，兩邊齊出陣前，俱各拱手通問一番。然後山君道：『叔齊大人乃我輩指迷恩主，今日正要奉上天功令，度世安民，刈除惡孽，肅清海宇，敷奏㉟太平。你如何把他行害？』那頑民道：『天無二日，民無二王。叔齊乃商朝世

㉞ 市曹：市中通衢。古代常在此行刑。

動，他既上欺君父，下背兄長，是懷二心之人。我輩仗義興師，不幸彼蒼不佑，致使我輩淪落無依。然而一片忠誠天日可表，一腔熱血萬載難枯。今日幸得狹路相逢。若不勦除奸黨，任他衣紫腰金㊱，天理何存？王綱㊲何在？』兩邊俱各說得有理，不肯相讓。

正在舌鋒未解之時，只見東南角上祥雲冉冉，幾陣香風，一派仙樂齊鳴。前有許多珍禽異獸跳躍翱翔，後有許多寶蓋幢幡飄飄飛舞，中間天神天將簇擁著龍車鳳輦而來。傳呼道：『前邊的畜生、餓鬼，俱各退避！』那頑民獸類也先打聽得來的神道乃是玉皇駕前第一位尊神，號為『齊物主證世金仙』，專司下界國祚興衰、生人福祿修短，併清算人世一切未完冤債等事。今當國運新舊交接之時，那勾索的與填還的正在歸結之際。兩邊頑民、獸類與叔齊見了，一齊跪下，俱各訴說一番。齊物主遂將兩邊的說話仔細詳審，開口斷道：『眾生們見得天下有商周新舊之分，在我視之，一興一亡，就是人家生的兒子一樣，有何分別？譬如春夏之花謝了，便該秋冬之花開了，只要應著時令，便是不逆天條。若據頑民意見，開天闢地，就是個商家到底不成？商之後不該有周，商之前不該有夏了？你們不識天時，妄生意念，東也起義，西也興師，卻與國君無補，徒害生靈。況且爾輩所作所為俱是腌臢齷齪之事，又不是那替天行道的真心，終甚麼用！若偏說爾輩不是，把那千古君臣之義便頓然滅絕，也不成個世界。若爾輩這口怨氣不肯消除，我與爾輩培養，待清時做個開國元勳罷了。』眾頑民道：『我們事雖不成，也替商家略略吐

㉟ 敷奏：陳述奏進。

㊱ 衣紫腰金：身穿紫袍，腰束金帶，指做官。

㊲ 王綱：朝廷綱紀。

氣。可恨叔齊背思事仇，這等不忠不孝的人，如何容得！」齊物主道：『道隆則隆，道汙則汙。從來新朝的臣子，那一個不是先代的苗裔？該他出山，同著物類生生殺殺，風雨雷霆，俱是應天順人❸❽，也不失個投明棄暗。』眾頑民道：『今天下塗炭❸❾極矣，難道上天亦好殺耶？』齊物主道：『生殺本是一理。生處備有殺機，殺處全有生機。爾輩當著場子，自不省得！』眾頑民聽了這番說話，個個點首。忽然虎豹散去，那頑民營伍轡嘵一聲，恍如天崩地裂。那一團黑雲黑霧俱變作黃雲，逍遙四散，滿地卻見青蓮萬朵，湧現空中。立起身來，卻是叔齊南柯一夢。省得齊物主這派論頭，自信此番出山卻是不差，待有功名到手，再往西山收拾家兄枯骨未為晚也。」

眾人道：「怪道四書上起初把伯夷、叔齊並稱，後來讀到逸民這一章書後，就單說著一個伯夷了。其實有來歷的，不是此兄鑿空之談❹⓿。敬服，敬服！」

總評：

滿口詼諧，滿胸憤激。把世上假高尚與狗彘行的委曲波瀾，層層寫出。其中有說盡處，又有餘地處，俱是冷眼奇懷，偶為發洩。若腐儒見說翻駁叔齊，便以為唐突西

❸❽ 應天順人：適應天命，順從人心。封建王朝更迭時常用此語。

❸❾ 塗炭：爛泥和炭火。喻災難困苦。

❹⓿ 鑿空之談：捏造；憑空立論。

施矣。必須體貼他幻中之真，真中之幻。明明鼓勵忠義，提醒流俗，如煞看著虎豹如何能言，天神如何出現，豈不是癡人說夢！

第八則　空青石蔚子開盲

孔聖人之門有個弟子樊遲，曾向夫子請學為圃。那為圃之事，乃是鄉莊下人勾當，如何樊遲要去學他？這是樊遲諷勸夫子之意。看見夫子周流天下，道大莫容，不知究竟何似；不如尋個一丘一畝，種些瓜茄小菜，倒也有個收成結實的時節。若論地畝上收成最多而有利者，除了瓜蔬之外，就是羊眼豆了，別的菜蔬都是就地生的，隨人踐踏也不計較。惟有此種在地下長將出來，長得三四寸就要搭個高棚，任他意兒蔓延上去，方肯結實得多。若隨地抛棄，盡力長來，不過一二尺長也就黃枯乾癟死了。譬如世上的人，生來不是下品賤種，從幼就要好好滋培他，自然超出凡品，成就的局面也不淺陋。若處非其地，就是天生來異樣資質，其家不得溫飽，父母不令安閒，身體不得康健，如何成就得來？此又另是豆棚上一樣比方了。昨日主人採了許多豆莢，到市上換了果品，打點在棚下請那說書的吃。那知這些人都是鄉愚氣質，聽見請吃東西，恐怕輪流還席，大半一哄走了。只有十餘人大雅坐在那裏，正經說過書的一個不在。卻有一位少年半斯不文，略略像些模樣。主人請過來坐，他也就便坐了。後來眾人上前道：「今日主人興致甚佳，不要被那班俗老掃盡了。」指著這位少年道：「看來今日別無人了，卻要借重尊兄，任意說一回故事點綴點綴。」那少年道：「在下雖是這個模樣，人道是宦門子弟，胸中畢竟有些學問。其實從小性子養驕，睜著兩隻亮光光眼睛，卻是一個瞎字不識。日常間人淘裏挨著身子。聽人說些評話；

即使學得幾句，只好向不在行的面前胡言亂道，潦草壓俗而已。今日若要我上場說那整段的書，萬萬不敢！」眾人道：「不管前朝後代、真的假的，只要說個熱鬧好聽便了。」少年道：「昨日房下❶叫我撿個日子，卻把曆日顛倒拿了，被人笑話。若今日說出些沒頭腦柄的故事，被側邊尖酸朋友嗅嗅鼻頭、睏眼睛做鬼臉，捉別字，笑個不了，下遭連這個清涼所在坐也坐不成了。列位諒不是那浮薄之輩。若畢竟要說，沒奈何也只得獻醜。但說過，我是聽別人嘴裏說來的；即有差錯，你們只罵那人嚼蛆亂話罷了。」眾人道：「只是這個話柄也就圓活波瀾得緊，自然妙的。」

少年道：「我上年到蘇州城裏北寺中間耍，聽得和尚打著鐃鈸說道：天地開闢以來，一代一代的皇帝都是一尊羅漢下界主持。唐虞時揖讓，湯武時征誅；後來列國紛爭，秦漢吞併。有以仁義得國的，有以奸雄得國的，其間千態萬狀，不可名數，總是那冥冥中一位羅漢作主。這也是個輪來苦差，推不去的。當初不知那個朝代交接之際，天上正在那裏撿取一位羅漢下界。內中卻有兩個羅漢，一尊叫做雷光尊者，一尊叫做自在尊者。都不知塵世齷齪，爭著要行；往見燃燈古佛，求他作主。古佛道：『下界這一遭都是不可免的，只差個先後來去。我也沒個別法，只將我面前鐵樹二株，各人移一本去，種在東西山上，先開花的就去。』兩尊者俱各領命而行。雷光尊者心裏急躁，看得西方背陰處好培植，即將樹種在西山。隨從的羅剎們道：『鐵樹須要用火去鍛鍊，他就有花了。』頃刻移那萬丈火光中的烈焰，一霎時順風捲去。那花頓然迸發，卻是空花，眼前一幌就不見了。自在尊者心性從容，看得東方近著生氣，將樹種在東方，待他自然長大開花。卻候了許久，纔發出一些萌芽，眼見得開花尚有幾時也。那古佛早已看見，

❶房下：對別人謙稱自己的妻子。

道：「電光，你見識差了，只圖到手得快，卻是不長久的。既有花在先，你先去罷。自在且略緩些，也隨後就來了。」電光尊者即下塵凡，降生西牛賀州❷，姓焦名薪。任著火性把一片世界如雷如電焚灼得東焦西烈；百姓如在洪爐沸湯之中，一刻難過。也是這個劫運該當如此，不在話下。

且說自在尊者，不慌不忙也隨即下了雲端，降生東勝神州❸，姓蔚名藍，生來性子極好清淨。一日正在山中做那調神養氣的工夫。那曉得焦薪行那些殘忍暴虐之政。處處禁受不得。積怨深怒，上達天庭。上帝震怒，即喚天神天將糾集風伯、雨師、雷公、電母，領著火輪、火部一切神祇，從空豁喇一聲，霎時山崩地裂，拔木飛砂，連崑崙天柱也迸作兩截；世界人民物畜，一半都被震裂飄颺，化作纖悉微塵，不知去向。那山中蔚藍也被唬得魂不附體，看見世界這場大變，不知甚麼緣故，竟往山外，奔出命來。忽見天上五花迸裂，就像一座極大高山傾圮半邊，這半邊也像就倒下來的光景。雖有十分懼怕，卻也無處投奔，勉強看著腳下，隨高逐低檢路而去。只見地上一塊斗大圓石，裏外通明，青翠可愛。蔚藍原是天生智慧的，曉得此石喚名空青。當初女媧氏煉石補天，不知費了多少爐錘煉得成的。今日天上脫將下來，也是千古奇緣。此石中間只有一泓清水，世間一切瞽目，金針蘸點，無不光明。緊緊抱在懷中，立願點開世人瞎眼，盡還光明，纔為正果。信步而行，不覺走到中州❹地面。漸漸琢開那塊青石，正欲普

❷ 西牛賀州：當作「西牛賀洲」，佛經所說的四大部洲之一，在須彌山西，形如半月。多牛，以牛為貿易的貨幣。

❸ 東勝神州：當作「東勝身洲」，佛經所說的四大部洲之一，地形如滿月，居民身形殊勝，體無諸疾，故名「勝身」。

❹ 中州：古豫州地處九州中間，稱為「中州」。今河南為古豫州地，故相沿亦稱河南為「中州」。

度人間黑暗地獄，逢著瞽目之人，一點就亮。不兩日間，四下瞽者俱已傳遍，來了許多，俱要求點。只見雲端裏現出一位金甲神人，大聲呼著蔚子道：『你卻違了天心也！』蔚子跪下請問其故。那神人道：『當今時世，乃是五百年天道循環輪著的大劫，就是上八洞神仙也難逃遁。這些世上盲子，都是前冤宿孽，應該受的。你如何一概與他點明？將上天折罰之條是不得行於人世了。速速藏過，日後自有用頭。不可濫用了！』言訖，漸漸雲掩攏來就不見了。蔚藍大仙省得上天之意，就把空青收拾好了。訪得陝西華山是天下名境，中有陳摶❺老祖，整整睡了千年，忽然醒了，能知世間過去未來之事，指點愚人吉凶禍福先機。人往叩之，無不響應。不若就往華山，尋個靜室，皈依老祖，也好就近做那訪道修真之事，不在話下。

再說中州有個先兒，那地方稱瞎子，叫名先兒。這瞎子姓遲名先。有人問道：『你怎麼叫做遲先？』那瞎子道：『我不是先兒之先，卻另有個意思。如今的人眼明手快，捷足高才，遇著世事，如順風行船，不勞餘力。較之別人受了千辛萬苦撐持不來，他卻三腳兩步，早已走在人先，佔了許多便宜。那知老天自有方寸，不肯偏枯曲庇著人。惟是那腳輕手快的，偏要平地上吃跌，畢竟到那十分狼狽地位，許久闌闠❻不起。倒不如我們慢慢的按著尺寸，平平走去。人自看我蹭蹬❼步滯，不在心上；那知我倒走在人

❺ 陳摶：真源人，字圖南。五代時曾舉進士不第，先後隱居於武當山、華山，自號扶搖子，宋太宗賜號希夷先生，後成為傳說中的仙人。

❻ 闌闠：爭取；掙扎。

❼ 蹭蹬：本指海水近陸，水勢漸次減弱之貌。後常用以喻人的困頓失意。

的先頭，因此叫做遲先。』那人道：『你何苦閉著雙眼，終日嘿嘿癡癡坐在家裏？當此艷陽天氣，何不走在市上生發幾貫錢來買酒吃也好。』遲先道：『我也悶得極了，昨日獨自睡在冷草鋪上，聽得屋簷外桃柳樹上燕語鶯啼，叫得十分嬌媚。又聽得東邊賣花聲，西邊沽酒聲，兒歡女笑，成團結隊，或是上墳的，或是踏青的，好不喧轟熱鬧。自恨前生不知作何罪孽，把我失卻雙眼；上前不得，退後不得，一個黑漆漆囫圇空影，不知何時踹得他破。昨日有人傳說，市上來了一個雲游道人，手持空青，點開了許多雙瞽。偏我沒緣，急急尋他，又不知那裏去了。如今欲打聽個實信，四下找尋。那有眼的，如何肯扶掖我到前路去？今想一個道理在此，站在十字路口，等個同伴走過，先去撞他個頭昏腦暈，然後漸漸與他說入港❽去。』言之未畢，只聽得西邊巷裏咯支咯支的，明杖響處，卻有個先兒來也。遲先把個頭頸伸放在左臂膊上，仔細側著耳朵聽到將次面前，便把肩膀橫衝過去。卻好把那先兒的太陽❾撞得十生九死，仰面一跤跌在地下。那先兒手也伶俐，就把遲先左腿抱定，死也不放。少覺甦醒轉來，就把遲先腿上咬了兩口，罵道：『你又不是我的兒子，如何也學我把人亂撞！』一氣的連珠貫串，罵個不了。遲先連忙道：『得罪，得罪！』那先兒右手一摸，方曉得也是同道中人。帶怒問道：『同在黑暗地獄中人，有何心事要緊，走得這般莽撞？』遲先道：『只怕對你說了，連你也莽撞起來。你不曉得市上有個仙人，拿著空青，點開了許多瞽眼。因要尋他，如此性急。』那先兒道：『奇哉，奇哉！我昨日耳邊又聞得華山頂上陳摶老祖千年睡醒，能言人過去未來現在禍福。往問者紛紛，因此我出門，也要覓個夥計前往一遭。

❽ 入港：談話深入，意氣相投。

❾ 太陽：此處指人體穴名，在兩眉側邊低下處。

今既與兄同病，自合與兄同調。不若就在此地盟心設誓，併膽同心，互相幫扶；一面去訪點眼仙人，一面上山拜問老祖，豈不一舉兩得？」遲先道：『極妙，極妙！』那先兒道：『老兄高姓大名？』遲先就把先邊所以取名遲先的話兒說了一遍。也讚道：『「遲」字上說出個「先」字來大有意理。』遲先道：『也要請教尊兄姓名。』那先兒道：『弟姓孔，名明。』遲先道：『孔明是個後漢時劉先主的軍師，你如何盜竊先賢名姓？』孔明道：『我不是那三國的孔明，卻另有個取意。如今的人胡亂眼睛裏讀得幾行書，識得幾個字，就自負為才子。及至行的世事，或是下賤卑污，或是逆倫傷理；明不畏王章國法，暗不怕天地鬼神，竟如無知無識的禽獸一類。倒不如我們一字不識，循著天理，依著人心，隨你古今是非、聖賢道理，都也口裏講說得出，心上理會得來，卻比孔夫子也還明白些，故此叫做孔明。』遲先道：『難得我與你一對兒合拍的。但是同行合伴前去，途中日子正長，也要彼此預先計較停當，譬如行商坐賈，也要對看本兒。如今我們出路的勾當，不過空雙白手本領賺錢，不知你我伎倆何如？不若尋個空處，大家得本事講論明白，試演一番，省得前途你推我諉，漏了破綻，被人譏誚。』孔明道：『有理。尋個僻靜去處方好。』兩個捱查了半日，剛得一個冷落的廟宇。兩個走進廟裏，放了拐兒，朝著神道連唱數喏，相率坐下。遲先道：『我的本領多著哩，有個西江月說與你聽：

挑水擔泥做瓦，搧爐磨粉駝鹽。子平⑩易課準如仙，鐵口人人誇羨。』

⑩ 子平：此指星命占卜之術。宋徐子平精於星命之學，撰珞琭子賦注，以人的生年、月、日、時八個干支算命，後世術士尊其為宗，故云。

孔明道：『我的伎倆比你高貴哩，也有一個西江月：

品竹彈絃打鼓，說書唱曲皆能。祈神保福與禳星，牌譜棋經俱勝。』

遲先道：『我與你合了夥計，一路行去，不論高低貴賤都用得著，不怕前途沒處尋飯吃。但各人俱要放出本心來相處，一路有福同享，有苦同受，不要退悔。就是今日各出少許，在神聖前燒一陌紙，盟一明心，彼此各有個相信處。』孔明道：『妙，妙！』兩個就各問了生年月日，孔明卻長遲先一歲，認做哥哥，先在肚兜內摸出十個錢來，六個錢買塊豆腐，四個錢買了蠟燭。遲先身邊也取出錢十文，買一小瓶黃酒，又買一股線香。擺列端正，各各禱祝一番，立了一誓，拜了四拜方完。孔明即伸手悄悄的摸那酒瓶，私自呼了一口。遲先也去偷那豆腐，兩個以手觸手，登時便喉急嚷將起來。一個說『你偷來吃』，一個說『你先動手』。可笑兩個盟兄盟弟，登時就變轉臉來，氣吼吼的俱要動手相打。惹動了地方兩個光棍，一個叫做『油裏滑』，一個叫做『滑裏油』，立在旁邊看了許久，道：『兩個盲囚不知來歷，路上相逢，就要拜盟；一言不合，登時嚷鬧，倒也是個近日好耍子的世情。我們趁他爭競之際，一個裝做官兒，一個扮作皂隸，拏他過來，問個明白，卻不好麼！』油裏滑即裝皂隸，開聲吆喝道：『不要嚷！』滑裏油道：『甚麼人喧嚷，快拿過來！』遲先、孔明信道真的，即便跪將過去，說了一遍。官道：『這樣小事也來驚動上官。本待各打二十，問個罪名，罰幾兩銀子。憐你廢疾之人，各罰本領，試演一出，饒你去罷！』遲先就請官兒的八字，皂隸的勾當，將子平易課推算了半晌；孔明也就把當時編就的李闖⑪犯神京⑫的故事說了一回，又把半日天的戲本唱了一出。弄得兩個唇乾舌燥，又嗑了許多頭方纔釋放。遲先道：『此地怎麼有這位好老爺？若經別的衙門，這官司不知何時歸結。今又不動刑、不問罪，立刻發落，真難得的。這樣清廉的官，若在大府大縣裏，就該造一個極大的生祠⑬了。』孔明道：『我與你依舊相好如初。天下拜弟兄的，打場官司也是常事。若不經這爭論一番，你我心事都未見得。今後把這齷齪心腸，大家洗滌乾淨，卻就好了。』兩個從此你敬我愛，一程一程，仗著技藝趁些飯食。一路來，點空青的道人尚未尋著。不覺的已到華山腳下。進了山門，一步一拜到了山頂。那山上乃是仙家藏真修煉之處，山花果木，猿鶴禽魚，都非人間所有，藥爐丹灶俱有仙童看守。那些求仙問福的雖有許多，也俱在彼靜心守候；直待老祖講道之餘，方去叩問。遲、孔二人虔心不遠千里而來，巴不得立時討個下落回去，那裏等得！兩個忽然大哭起來。老祖念他心誠，吩咐仙童扮作採樵漢子，故意作難他道：『你們既要來此問仙，須把舊日肺腸先在山下洗刷淨盡，方好問道。何得粗心浮氣，剛剛來得就哭泣起來！』遲、孔二先心知自己不誠，求懇樵子領路，走下山來，在那池邊將雙手掬水入口，噴漱不了。樵子道：『肺腸如何洗得淨的？我有小白石子數枚，從口吞入，待他在內磨礪一番，就乾淨了。』遲、孔二先如法吞下。不一時卻吐出許多腌臢血肉之類，頓覺心地空靈。樵子又每人與棗一枚，食之也竟不知飢餓。忽有一個仙童立在山頂稜峭崖嘴之上招呼道：『兩俗子速上山來，聽候發付！』遲、孔二先仍復匍匐而上，依著

⑪ 李闖：指明末時的闖王李自成。
⑫ 神京：即帝都，此處指北京。
⑬ 生祠：為活著的人所立的祠廟。

仙童之言，叩倒老祖講席之下。高聲道：『小子罪孽深重，獲怒上天，削奪雙明，糊塗一世。今聞老祖睡足千年，覺開萬古，弟子虔心拜叩，求問生前有何惡孽，致使五行蹭蹬，一隙無明，受此迷離顛倒之苦？』老祖道：『二子遠來叩問，性靈中也就開了一線光明。那知你本來惡孽，卻與常人不等。人身受病，各有不齊，如聾者、跛者、瞽者、瘸者，不過一世二世。天資刻薄、小佔便宜，或面是背非，或阻人善事，猶與倫常彝理之上不相關涉，乃有當身結束，或轉世承當，這一盤零星小帳也就勾銷盡了。若鑿去雙睛，沉淪白晝，這孽障更覺重些。今世界大矣，一雙腳走不盡；寶貝多矣，一雙手拿不完；滋味美矣，一個臭皮囊裝不滿。只因世人心雄意狠，走出娘懷，逞著聰明，要讀盡世間詩書；憑著氣力，要壓倒世間好漢。錢財到手，就想官兒；官兒到手，就想皇帝。若有一句言語隔礙，便想以暗箭驀地中傷；若有一個勢利可圖，便想個出妻獻子求媚。眼見得這些焰頭上根基，都是財築起的；強梁的口嘴，都是勢裝成的；雄威的體面，都是黨結就的。遇著有識見的，到此地位，早早抽身，跳出圈外；略不濟的，便是糞裡蛆蟲和身鑽入。你在前世兩隻眼睛早已盲矣，今世怎麼又肯把你一對眼睛？你若今世曉得自己罪孽非輕，急圖修省，後世還把你做明眼人看待；若癡迷錮塞，不肯回頭，那天條瞽目一款之外，更有泥犁⓮不盡地獄之苦矣！』老祖說得痛切，那遲、孔二先仰天號咷大哭，覺得此生不得開眼看那光明世界，便要尋個陡險山崖從空跳下，做個捨身之計。老祖道：『那「捨身」二字不過喚醒愚人脫那「貪戀」二字，原不叫人將身跳下。爾輩既要開眼看那光明世界也不難的。我有個道友蔚藍大仙，現在西山茅茨菴，可前往求他便了。』遲、孔二人叩謝而下。未題。

⓮ 泥犁：梵語，漢譯為「地獄」，意為無喜樂。

卻說蔚藍大仙，自那日來到華山與老祖終日講論，看得世界擾擾攘攘，東紛西裂，尚無定所。觀那天星，該是他的氣候，方肯出山。一路上訪著那孝子、順孫、義夫、節婦，都已收載輪迴簿上，以待天運轉時應世而起，一一用著他的。那一塊空青封錮好的，終日藏在枕下。忽見遲、孔二先，仙童領著，自東山一步一拜而來。到了面前，依舊是前日模樣，放聲大哭。蔚藍見了心上就發出了一點仁慈，道：『既是老祖送來見我，我卻無別的說話。只有枕下那一點空青可救得你。』即往睡處取出那一塊石來，開了封皮，將瞳神上每人蘸上一點。那四個眼珠子豁然而開。朝著蔚藍叩頭就拜。蔚藍道：『去暗還明，乃是上天所主。只該拜謝上天罷了。但此乃是仙家所在，你塵俗之子速速下山，不可在此久住。』那遲、孔二先立在山頂從空一望，世界上紅塵碌碌、萬徑千谿都在目前，反又哭將起來，道：『向來閣著雙眼，只道世界上不知多少受用。如今開眼一看，方晤得都是空花陽焰，一些把捉不來。只樂得許多孽海冤山，劫中尋劫，倒添入眼中無窮芒刺；反不如閉著眼的時節，倒也得個清閒自在。弟子沒眼時，倒好走上山來；如今有了眼，卻不肯走下山去。』蔚藍大仙被他哀求不過，卻又說道：『此與塵世相隔，不時有天曹仙使往來宣召，爾輩不便容留。向日曾在彌勒⓯大師處借得布袋一個，此中空空洞洞，可容三千大千世界⓰。所培養者都是忠孝節義正氣一脈，日後應運而興，正可仗他扶持世道。爾輩乃上天刑餘之夫，不過碌碌等輩，又不便與正人君子同居。勉強另顯一個神通。』吩咐仙童往杜康⓱處借一大埕⓲，叫這

⓯ 彌勒：佛名。梵語。意譯為「慈氏」，即慈姓；字阿逸多，義為無勝。

⓰ 三千大千世界：佛教語。謂以須彌山為中心，以鐵圍山為外郭，是一小世界；一千小世界合起來就是小千世界；一千個小千世界合起來就是中千世界；一千個中千世界合起來就是大千世界，總稱「三千大千世界」。

二人投身入內。始初暹、孔二人看得埕口甚小，將頭近埕一望，只見埕內尚自寬大。兩個就和身鑽入。舉頭四顧，俱是平坡曠野，不見城廓宮室。趁著風和日暖，走到一個市上。覺得風俗甚醇；相與之人俱欣欣揖讓，和和藹藹，絕無喜怒愛憎之色。散誕⑲開懷，脫帽露頂。或歌詩唱曲，或擲色猜枚，或張拳較力，或肆口詈人，彼此沒有成心，爾我俱無仇恨。衣服不須布帛，飲食不須五穀。憨憨呼呼，天不知高，地不知厚，四時不知寒暑，朝夕不知晦明。要行即行，不必舟車驢馬；要睡便睡，不須床席枕衾。與鳥獸魚鱉雜處而不覺，無痛癢疾病之相關。耕作不相為謀，租稅不來相逼。正所謂『壺中日月常如此，別有天地非人間』也。只叫那暹、孔二人坐在崑崙山頂，大著兩眼，看那雷光尊者雷、風、雹、雨過那一陣，地面上把那些孽火劫灰括得淨盡；然後隨著自在尊者，出來逍遙世道，安享太平之福爾。

此段說話實是玄虛，原不堪入尊耳。既承主人有興，又復承列位雅愛，冒昧而談，便好請教別位朋友，當個拋磚引玉之意。」眾人道：「承領高談，不覺兩脇風生，通體透快。乘著天氣涼爽，各且別去，今夜我等且到杜康埕裏世界安享一夜何如？」

總評：

⑰ 杜康：傳說中最早造酒的人。

⑱ 埕：此處指酒罈。

⑲ 散誕：逍遙自在。

此則說得刺心駭目。注腳遲先、孔明二義，及老祖一番機鋒棒喝，蓋三教清言，亦不出此。終之以酒尤是非非想矣。凡天下事到無可如何處，惟醉可以銷之。所以劉伶荷鍤⑳、阮籍一醉六十日㉑，俱高人達見，不徒沉酣麴糵㉒而已。吾聞艾衲老人又立於酒，而有奇術，開人錮盲，夫亦寓言於斯乎？

⑳ 劉伶荷鍤：劉伶字伯倫，西晉時人，竹林七賢之一。縱酒放達，乘鹿車，使人荷鍤相隨，曰：「死便埋我。」

㉑ 阮籍句：阮籍字嗣宗，三國魏人，竹林七賢之一。常借酣飲避禍。晉書阮籍傳云：「文帝初欲為武帝求婚於籍，籍醉六十日，不得言而止。」

㉒ 麴糵：麴、糵皆為釀酒的酵母。此處代指酒。

第九則　漁陽道劉健兒試馬

金風一夕，繞地皆秋。萬木梢頭蕭蕭作響，各色草木臨著秋時，一種勃發生機俱已收斂。譬如天下人成過名的，得過利的，到此時候也要退聽謝事了。只有藊豆一種，交到秋時，西風發起，那豆花越覺開得熱鬧，結的豆莢俱鼓釘相似，圓湛起來；卻與四五月間結的癟扁無肉者大不相同。俗語云：「天上起了西北風，羊眼豆兒嫁老公。」也不過說他交秋時豆莢飽滿，漸漸到那收成結實，留個種子，明年又好發生。這幾時秋風起了，豆莢雖結得多，那人身上衣服漸單，肩背上也漸颯颯的冷逼攏來。那有家業的，衣服整備，只要開箱籠取出穿上，登時溫煖。那些遊手好閒的，風來風盡，雨來雨盡，缾中尚無隔宿之米，身上那得禦寒之衣。四下裏沒處擺佈，未免就起一個無賴之想、不良之心。小意思逞著自己一身伎倆，做個掏摸；隨著造化，偷得或多或少，也有幾時口嘴肥甜，還圖個徼倖，不到那敗露之日。那大意思的，就去勾合了許多狐朋狗黨，歃血盟心，覓了些刀鎗弓箭，聚在一處。預先打聽了某家豪富，某家殷實，某家有備，某家無備。或乘月黑風雨之夜，或乘人家忙倦之時，帶著火草、軟梯，爬牆上屋，劈門挖洞，大聲發喊，逞著雄威；持著利刃，捉住財主，活逼獻寶。口氣略鬆，便綁縛起來，或將弓絃捎揊，火焰炙烙，不論金珠緞匹、器皿衣服，裝抬包裹而去。倘遇外邊風聲緊急，即便放起火來，奪路而走；揀個僻靜所在，贓物照股瓜分，一時星散。這些勾當，全憑時運撞著為數。有劫得金銀寶貝的，有劫得破爛衣服的，也有用了許多氣力，一毫不曾拿得，反被殺傷捉獲的。一文錢不曾沾手，一碗麵不曾下肚，倒問了已行而但得財，不論首從皆斬之律。本等清清白白一個百姓，把這條性命骯骯髒髒葬送去了。這都是日常間不尊父母伯叔之教，不聽弟兄朋友之勸，終日游花閒賭，口嘴吃慣，身上穿慣，手裏用慣，氣質使慣，以致到這田地。難道祖、父生將下來，限定幹這勾當不成？所以人家子弟從小時就要擇交，遇著儳懶的小廝，不可容他近身。難道小子就有甚麼行害著他？但是孩子家心性不要容他習學慣了，也是防微杜漸之意。

「在下向在京師住了幾年，看見錦衣衛❶、東廠❷及京營捕盜衙門，管著禁城內外地方，奉旨嚴緝賊盜。屬著錦衣衛、東廠的，叫做伙長儅頭，俱是千百戶官兒出身；屬著東西南北中五城兵馬司❸的，叫做番子手。逢著三六九日立限比較，若官府不甚緊急，那比較也是虛應故事。如地方失事，上邊官府嚴追，不消幾個日子，那盜賊一一的捉將來了。卻像甕中捉鱉，手到拿來，不知甚麼神通。偶然相會一個番子，無心間請問著他。那番子倒也口直，說道：『這強盜多沒有真的；近日拿來的，都是我們日常間種就現成有的，所以上邊要緊，下邊就有。』在下一聞此言，不覺十分驚駭，道：『怎麼盜賊也像瓜兒、菜兒種得就的？』那番子道：『我們京城裏夥伴不下萬人。日常裏，伙長儅頭出些盤費，吩咐小番

❶ 錦衣衛：明官署名，「即錦衣親軍都指揮使司」。原掌護衛皇宮的親軍，後漸被賦予兼管刑獄、巡察緝捕的權力。

❷ 東廠：明官署名，掌緝訪謀逆、妖言、大姦惡事，採用特務手段，監視官員。該官署由親信宦官掌管。

❸ 五城兵馬司：官署名，掌京城治安事。

子三兩個一夥，或五六個一夥，走出京城四五百里之內外，到了村頭鎮腦，或大集大會所在，尋個菴堂寺觀居住。逢著賭場、妓店，捱身進去，或幫嫖捉賭，大手花費，裝著光棍模樣，看得銀子全不在心。逢人就拜弟兄，娼妓就拜姊妹。自然有那不肖之子親近前來，日日酒肉，夜夜酣歌。遇著有錢的子弟，乘空就騙他的錢財；無錢的小夥，就拐來做了龍陽❹，到處花費。看見他身邊沒了銀子，故意哄他輸了賭錢，人上與他炒打，然後夥中替他代應。自從得他應了銀子，只當這身子賣與他的一般，過了幾日變轉臉來，要他本利算還，卻無抵手。一邊就挽幾個積賊，暗地哄說錢財便利，手到拿來。不知不覺勾到空間之處，做了一帳兩帳，手便滑利，心便寬間，吃得肥肥胖胖，也就像個好漢。設或北京城上其處失事比較得緊，即便暗地捉他頂缸。雖然贓物不對，說不得也冤屈了他。那些小夥子亦拚送這條性命，絕無怨心。所以綁在法場之上，還要唱個歌兒。正經那大夥打劫人的本根老賊，倒在家中安享；每月每季只要尋些分例進貢他們。若把本賊緝獲盡了，這班番子、儅頭所靠何來？這都是京城積年的流弊，惟有番子心裏知道，外邊人卻不曉得。」

如今在下再說一個少年，沒要緊聽信人一句說話，到底躲閃不過，把個性命輕輕送了。這人姓劉名豹，住在順天府遵化縣地方。父親叫做劉藎臣，萬曆庚子❺科舉人出身，初任淮安府山陽縣知縣。宦囊居積也有一二萬金。只因居官性子傲僻，臨民苛刻，冤死多人。後來陞了工部主事。吏部大計❻考察，

❹ 龍陽：戰國時魏王有寵臣號龍陽君。後因稱男色為「龍陽」。
❺ 萬曆庚子：即萬曆二十八年（一六〇〇）。
❻ 大計：官吏每三年一次的考績。

處了貪酷，閒住在家。妻妾五人，只生此子，平素驕養壞了。到得十五六歲，父親瘋（風）疾在家，起身不得。家中用度出入，俱付此子經營。始初年紀不多，不過在家使些氣質，逞些公子威風，打大罵小，卻也沒甚破壞。不料交十九歲上，其父一命歸陰。嫡庶之母日常威服下的，不敢喘息。卻就有許多惡少拜結弟兄，誘嫖、誘賭。家中跟了僮僕一二十人，兼著幫身篾片，將槽上馬騾就騎了三十來匹。或上京城，或到通灣，或到天津，處處自有那等吃白食、捱幫閒的朋友招接，哄著劉豹放手費錢。若只用在婊子門中倒也有限。那知做了嫖客，就做賭客；若只自己輸錢也還有限。那知自己輸了，幫客又輸。若是幫客果然輸的，代他清償也還有限。那知自己真正輸了，那幫客假裝作輸，這就沒清頭、沒底止了。所以出門的時節，皮箱拜匣中帶了幾千兩銀子，不𣪍十餘日，潑撒精光。一面寫信回家拿來接濟；一面又等不得到手，就將馬騾爛賤准折去了。可憐一個潑天的家私，不上三兩年間蕩廢淨盡。嫡庶之母無計挽回，未幾兩年，俱氣死了。只存得僮僕三人，卻也終日捱飢受餓，別處逃生。剛剛剩得一個本身，流來灤去。親眷朋友俱已深惡痛絕。

一日，聞得薊鎮乃古漁陽地方，添設一個總督團練衙門，增了五六萬兵馬，人煙湊集，貨物俱齊，好不熱鬧。遵化與薊州相去只隔得七八十里。那劉豹思想起來，本地香火所在，並無一人憐惜，只當個客處他鄉一般。如今看看清晨至晚，一碗稀粥也沒處搜尋。不若忍著空肚慢慢的捱到州裏。或者有人推我向日情面，東邊西邊捱頓飽飯也不可知。思量已定，即刻抽身出了城門，望著西邊州裏大路，迤逦而行。也是劉豹合該交運，也是劉豹合該倒運。走不上二里多路，卻遇著一個熟識的人，乃是三五年前在天津衛城裏薛鴾子家的嫖客。身子生得長大，有些膂力，總督看他模樣雄雄糾糾，是個將材。又當用人之際，就賞他做個紅旗千總。各處招人，尚無頭緒，無心中坐在馬上，劈頭撞著，仔細看了一會。劉豹也覺有些熟識，把頭臉佯佯低著。那馬已走過了一段，仍舊勒將轉來問道：『那走路的可是劉兄麼？』劉豹聽見，躲避不過，正在落寞之際，巴不得有人問他。他也便抬頭答道：『小子便是。』那人即跳下馬來，唱了一喏，問道：『劉兄，你如何到此田地？』劉豹道：『小子向日不才，淪落至此。』即問那人姓名。那人道：『你彼時豪華灑落，正是焰頭上富貴之人，原也不知我的姓名。小弟姓李名英，號定山，山西太原府人。當年在天津薛老鴇家相會，不覺又五年了。看你光景像個支撐不來的，不若同我到薊州住下。若識得字，就在我營中做個字識；若有力氣，就在我營中補名月糧，寬住幾時，再與你漸漸圖個出身。只要悔改前邊過失，況且年紀不多，正是日出之光，守定程墨❼，依著本分做去，將來未可料也！』即喚伴當將後邊一匹空馬予他騎上，竟往薊州進發。跟到營裏住下。李千總即尋幾件衣服與他穿了，酒飯與他吃了。不上半月間，也就居移氣，養移體，依舊成個精壯子弟模樣。那知這種人犯了漂流的命運，吃了飽飯便生出事來。遇著三朋四友扯去店上，大肆嚼作。始初人也憐他，不要還席。及至過了月餘，李千總把個空糧名字頂上。待得月糧到手，等不得天亮就去請人還席。不上半月，都費去了。李千總道他有了月糧使用，別項衣食也就不來照管。卻仍舊窘迫得沒奈何。

一日正睡在冷草舖中，大聲嘆氣道：『我劉豹直恁荒涼得手裏一文也無，不如尋條繩子，做個懸梁❽的蘇秦；一把青鋒❾，做個烏江的楚霸，倒也乾淨！』不料隔壁房裏也住著一個營裏家丁，叫名黃雄，

❼ 程墨：科舉時代的應試文字，以有一定的程式，故稱「程墨」。此處是指規矩、法度。

❽ 懸梁：蘇秦失意時曾拴頭髮於屋梁上，以防入睡，稱「懸梁」，是指苦學。但此處所指的意思是指自縊。

遂接聲道：『老劉，老劉！莫要長吁短嘆，攪我睡頭。可過我房裏來，指引你一條好路。』劉豹信是好話，即便跳起身，走將過去，聽他說些甚麼。黃雄道：『我看你又不矬，又不跛，又不聾，又不瞎，雖在這個營裏掛名月糧，那裏彀我們好漢子用度的！一般我們當家丁，也只這些月糧。那早早晚晚的花費儘多，也還靠些別處來路，方得彀用。』劉豹聽了此言，卻是丈二長和尚摸頭不著。再三請問。黃雄道：『你這癡人，何須細說。難道我們帶著純陽呂祖的指頭不成？只要臂膊上彎著一張弓，腰胯裏插著幾條箭，一馬跑去，隨你金珠財寶都有，任你浪費。只要投在營裏，依傍著將官的聲勢，就沒有人來稽查了。如今眼面前穿紅著綠、乘輿跨馬的，那個不是從此道中過來？』劉豹道：『我心裏早已有這意思，只是沒有這條腿，奈何？』黃雄道：『滿地是腿，那一處不尋條來？不難，不難。我的馬這幾日該操，卻是不空。中右營有個弟兄的馬尚未該操，卻是空的。待我說了，你就好與他借騎。』劉豹耳朵裏聞了此言，心裏想道：『目前這班好漢果然囊中銀錢便意，衣服鮮明。若非從此道中來，卻是那裏來的？』一時也不敢認是好話，遽然應承。就與黃雄別道：『承老哥把這話開示我，我曉得乃是耍獃子的。萬一聽了這句沒來頭的話，設使那人依了做去，日後被你挾制著。倘不依你的性兒，或是不滿你的心願，在人前露些不乾不淨的話頭，我這一生一世只好做你名下的貼戶⑩也不彀了。不去，不去，不去！』口裏雖把幾句乾淨話兒回覆，也是劉豹的賊星照了，一時發露的乖處。恐怕遽然應允幹這勾當，被人知道，不當穩便。口裏一邊說，腳下一邊走，仍舊歸在自己窩鋪。把房門撲的一關，嘆口氣道：『我道你有甚麼好話說，卻

---

⑨ 青鋒：指劍。

⑩ 貼戶：元明時兵制的一種稱謂。正軍戶，合二三而出一人為兵。別有貼戶，出錢津貼正軍。

原來是哄我的。』睡倒連聲嘆氣。黃雄又道：『癡小子，明明指你一條道路，不肯信我。只怕日後我們幹得勾當興頭，你人在旁看得眼熱，倒反說三道四，漏泄風聲，那時你的性命就不保了。』劉豹又賣乖道：『老哥，你怎麼又把這幾句利害的話恐嚇著我？你也不是疑我的心腸轉來疑你；卻只是要哄我信這話兒，上那條道去。我有主意在肚裏，不要哄我。』說言未畢，天已大亮，即起身走到李將主宅內，聽候指使去了。黃雄自言自語道：『這小子口裏雖如此說，心裏卻要做的；恐怕我日後挾制著他，倒說這不做的假話。如今邊關上兵馬用得多了，處處行人俱帶著腰刀弓箭，一時落巧幹些勾當，卻也偶湊不著。正要勾合這小子上路，做個幫手；他又假惺惺說那白地上撇清的話。如今安心牢籠著他，畢竟誘他上這條路去。』

過了半月有餘，又該領那月糧之際，劉豹指星望月，到手要做一件夾布箭衣，身面上也得光鮮。不料走到衙門鹿角⓫邊，撞著一個醉漢，姓朱名龍，綽號叫做紅臉老虎。平素最是無賴，仗著有些氣力，晦氣的撞著他，定要破費幾錢，極不濟也要吃個醉飽方肯放手。次日劉豹候著本官尚未開門，不期被朱龍著實打一鶻膀。劉豹猛然驚起，也就還他一拳，嚷道：『你吃酒放在肚裏，如何把個臂膊鯱地打我一下？』那朱龍斜著眼睛看道：『你這小子為何穿我袍子不還？』劉豹道：『我與你並無半面，此言從那裏說起？』眾人齊近前來拆解，對著朱龍道：『想是你醉後誤認了人。』朱龍一口咬定不差。眾人俱曉得他的舊規，任他結扭做一堆，沒人勸解。少刻，只見黃雄走來道：『朱哥，這個後生是我的兄弟，千萬看我分上，放了手罷。』劉豹實要與他併力打鬧一場；倒為黃雄說了這話，只得放手。旁邊又有幾個

⓫ 鹿角：古時陣地營寨前的一種防衛工事，把帶枝的樹木削尖，半埋入地，以阻截敵人闖入。

人將話兒𢳆著劉豹道：『你在營中吃糧，難道朱哥也不曾認得？適纔即有些得罪你處，你也不該就舉手回拳。雖朱哥不受你打，你也是得罪的了。』劉豹聽了這話愈加氣忿，卻不知眾人為何護庇著他。黃雄道：『劉兄弟，你不要動氣。如今好好陪他一個禮兒，且到鋪中坐下。你快回去收拾幾錢銀子來；若一時不便，就是衣服到印子鋪裏押幾錢來亦可。』劉豹聽了此言，爽利口也不開，眼見得身無半文，憑他發付便了。黃雄道：『想你身邊沒得擺佈；不然把一分月糧，頂與別人，胡亂消繳罷了。』眾人俱如此說。劉豹是初入營頭的，不知其中有何忌諱，大家俱讓著他。沒奈何，只得將月糧指名揭了六錢銀子與他，按日加一起利。不兩日間月糧屬之烏有。劉豹仔細打聽，原來朱龍乃是本官的舅子，又是宗室出身，所以人人讓他一分。但是不尋別人，偏偏尋著劉豹，恰好又遇著黃雄解勸陪禮。這明是黃雄懷著歹心，故意使他顛倒破費，不容他身邊積趲一些。後來劉豹猜破，也就懷個念頭算計黃雄。日日晚頭到他房裏說話，早間同他出門，情意甚篤。

一日黃雄感冒風寒，本官處告假在家，那馬放出城外吃草。劉豹覷個落空，只說：『明日有弟兄央我到兵道衙門過隊，要借黃哥號衣鞓帶⑫一用。』黃雄正在煩躁之際，就應允了。併那壁上掛的弓箭撒袋也除在手裏。一面將鞍轡悄悄運出城外。不到天亮，就在城外把馬備上一兩個轡頭，走了七八十里，到了三河縣邦均店地方，在個黑樹林裏閃著。不多時，只見一個骨瘦老者騎一匹大叫驢，身下坐著一個被囊，覺得有些沉重。劉豹認道是個鄉間財主，囊中有貨。一馬躍出，裝著西人⑬聲氣喝道：『下來快

---

⑫ 鞓帶：皮帶。

⑬ 西人：指陝西、山西一帶人。

送些盤纏與老子！』那老者不慌不忙，拿著鞭梢指道：『盤纏倒也彀你用了。但我年紀七旬有餘，不要驚嚇，待我慢慢下了牲口，你自過來取去。我兩臂軟弱，實提不起來。』劉豹信是實言，果然在馬上側著身子向驢背取那被囊。不料老者一手做個千金下墜之勢，把他拉倒在地，鞭幹中抽出一把鋒利尖刀，指著罵道：『乳臭庸奴！老漢在漁陽道上往返五十餘年，不知結果多少毛賊。將視我為雞皮老翁可啖耶？』言未畢，即欲將刀挖那兩眼。劉豹大聲哀告道：『小子有眼不識！原不敢作此行藏⑭，只因八十老母抱病臨危，無計策救，勉強行之。不意冒瀆天威，乞求饒恕！』老漢道：『齷齪小子，不足污我之刃！只剁你兩指以警將來。』

彼時劉豹正在危急之際，只見林內又一馬躍出。馬上坐著一位雄糾大漢，黑面虬髯，說道：『老翁處之非過，但他為著母病一語似屬可矜。若去兩指，則終身不復贖矣。』袖中出銀五兩，為老漢壽，即請問老漢姓名。老漢以一笑謝之，不受其金，亦不言其姓名；只將營馬烙印馬尾刀割下來。馬亦負痛逩回原路。老漢上驢，昂然而去。劉豹起來，拜謝大漢。大漢道：『我有空馬在後，你快騎上，少遲便有番役至矣。』劉豹著忙，坐了空馬緊緊隨著大漢而行。大漢道：『我輩馳騁於邯鄲道上已念餘年，凡有舉動，必先從發腳處踹聽著實，窺其護從，尾其後者；沿途又有四五人扮作商旅，三十里一換，或五十里一換，同其歇宿，使之不疑；然後於中途一矢加之，無不應弦拱手從命。若如此冒昧而前，未有不敗者也。今已到栢鄉縣，與漁陽隔絕千里，諒沒有人知覺。』遂引入一荒僻古寺，佛座之下取出元寶四錠、碎銀十兩與之潛歸。但云：『汝善藏之，母病尚可藥也。』劉豹脫下裏衣包裹好了。正待叩謝，請問姓

⑭ 行藏：本意為出仕即行其所學之道，否則退隱藏道以待時機，後因以「行藏」指出處或行止。此做行為解。

名。大漢騎上馬，牽著空的，一溜煙不別而去。劉豹得了大寶，悄悄的變易做村莊下人，也不敢回到薊州居住，直到永平府遷安縣地方。始初代人耕種；過一二年，漸漸置起田地。自知徼倖全身，改過前非，做個莊家百姓。就近娶了一妻，將就過活不題。卻說那營馬被老漢割去尾印，飛迸回營。邦均店地方得知此事，具一報單，各衙門登時知道。薊鎮總督即批守道查報。那老者拿了馬尾烙印也到道裏報了。即時查出，乃是黃雄的馬。黃雄卻在病中，推個不知，只說劉豹借去騎的。那劉豹又拿不著，黃雄也推不去，只得代他認罪。申詳總督，把黃雄依律問罪，立刻梟示。這也是黃雄立心不善，反累其身的報應了。

再說那劉豹避居遷安地方，做個守分百姓，也是改過自新的人，上天也該恕他一分。那知這年遇著大旱，苗地俱如龜背裂開，秋成無望。只要喚些長年漢子開墾一番，還有指望。不期人工忙促，沒處尋覓。忽然鎮上遇著十餘個鳳陽府點來築修邊牆的班軍完工回去，原是空閒身子。劉豹叫他趁工幾日，照例算錢。那一夥班軍也就應允。不兩日地上開墾完了，都到家中等算工銀。劉豹一時手頭不湊，把廚灶下埋著當日剩下兩個元寶，悄悄乘著月夜掘出，將些炭火燒紅，鏨鑿開來。不意那些班軍聽見鏨銀的聲，爬起屋簷，望見大錠，眾人就起心，擁將進去。一罟而取，不知去向。劉豹也只得嘆幾口氣。正所謂得之易，失之易也。不題。

卻說班軍得了這兩大錠，喜喜欣欣從真、保等府將到汴梁地方，眾人卻要照股分用。無計佈擺，大膽走到鐵舖鏨開，卻遇著一班捕役，捱身進去問道：『鏨開要虧折四五錢，何不到我舖中換些碎銀，分使兩便？』眾人就擕了元寶，跟著捕人走到一個大宅子內。接取元寶一看，認出字號，大聲叫道：『拿賊，拿賊！』倏忽走出二三十人，把這夥班軍鎖鍊起來。原來這元寶乃是三年前江西差官解的金花銀兩，在汴梁城外被大盜劫去，至今貽害地方官民賠補未完。獄中雖捉了幾起大盜，卻不是這案內人犯。至今捕役監禁，三日一比，卻無原贓。今見錠上印鑿分明，有何疑案？一夥送到大梁守道衙門，那些班軍大聲喊冤道：『我們俱是築修邊牆班軍領來的鹽菜銀兩。』官道：『你們雖是班軍鹽菜錢糧，彼處零星分給，那有大錠的？況且這宗錢糧尚未解到，如何有得發出？』用起刑來，然後將那遷安劉豹家中劫來情節一一招出。守道就申文撫院，撫院即移文薊督衙門，差人登時押往河南質對。劉豹將從前試馬及大漢相贈之言，從頭訴說，一一備入文內，沿途撥兵護解。行至順德府地方，忽然遇著大漢半醉單騎而來。劉豹上前泣訴始末。眾人聽了，就曉得是劫元寶的大盜，向來四下靈緝，沒處蹤跡著他。內中一人乖巧，滿口稱讚：『好個豪俠！萍水相逢，能救人性命，反又贈他銀子。今日他自己運蹇，到此敗露。你這種高義甚是可敬！』眾人要請他店上敘情，大漢推托。一人乘其空隙，用力將那馬腿一砍，倒墜下地。一齊用力上前，就把大漢綁了。地方人道：『你們雖拿住他，卻要謹慎。倘有風聲漏洩，不上三十里就有追騎搶奪，連你們性命亦不可保。』一人道：『我們有個處法，此賊害人多矣，不便遠解。若綁縛少鬆，就要脫去。將他顛倒綁在馬上，用小刀把他彀道鏇割出來，再用繩子拴在樹上，把馬一鞭揮去，馬跑腸出，我們豈不放心快意！』眾道：『有理，有理！』如是而行，割下頭來，丟棄五六里之外，始終無人知覺。然後把劉豹解到汴梁，一一承認。問了不待時的死罪，方結這五六年劫鞘公案。那前邊錯拿的，已死過了一半，其餘因其無贓，盡行釋放。可見天地間非為之事，萬無沒有報應之理。劉豹少年孟浪，正當危急，忽遇李大漢片言排解，憐其母病一言，即贈之金，令其速遁。藏之五六年廚灶之下，神鬼不知，可謂密矣。偏偏遇著鳳陽班軍，乃於夜半塹鑿聲一朝漏洩。李大漢二十年邯鄲道上惡孽多端，偏在救人施惠之際，卻好途中撞著劉豹起解而來，畢命於群解之手。前邊黃雄設心不善，早受冤誅。天道報施之巧，真如芥子落在針孔，毫忽不差。可見人處於困窮之時，不可聽信歹人言語。一念之差，終身只在那條線上，由你乖巧伶俐，躲閃不過，只爭在遲速之間。天上算人，好似傀儡套子，撮弄得好不花簇哩。」

眾人道：「我們坐在豆棚下，卻像立在圈子外頭，冷眼看那世情，不減桃源另一洞天也。」

總評：

古來天下之亂，大半是盜賊起於飢寒。有牧民⓯之責者，咸思量弭盜。鉛槧家揣摩窗下，誰不把弭盜尋此策料。也有說得是的，或勦襲前人，或按時創論，非不鑿鑿可聽。然問策答策，不過看做制科故事，孰肯舉行。及至探丸⓰滿市，萑苻⓱震驚，乃始束手無策，坐視其潰裂，而莫可誰何。甚至開門揖盜，降死比比，卻悔從來講求弭盜有何相干。嗟乎！此迂儒懈弛之禍也。

⓯ 牧民：治民。以牧民養畜，比喻人君之治民，故曰牧民。

⓰ 探丸：拈出彈丸。漢書尹賞傳云：「長安中姦猾浸多，閭里少年，群輩殺吏，受賕報仇，相與探丸為彈，得赤丸者斫武吏，得黑丸者斫文吏，白者主治喪。」故此處以「探丸」代指盜賊。

⓱ 萑苻：指葭葦叢密之澤，易於藏身，故常以此指盜賊聚眾出沒之地。

倒不如道人此則源委警切，可醒愚人，可悟強橫。大盜無不歐刀⑱，王章⑲猶然星日。真是一篇弭盜古論也。

---

⑱ 歐刀：刑刀。

⑲ 王章：帝王之典禮制度。此指朝廷法律政令。

第十則　虎丘山賈清客聯盟

「食物志云：藊豆二月下種，蔓生延纏，葉大如杯，圓而有尖；其花狀如小蛾，有翅尾之形；其莢凡十餘樣，或長，或圓，或如豬耳，或如刀鐮，或如龍爪，或如虎爪，種種不同。皆累累成枝，白露後結實繁衍。嫩時可充蔬食茶料，老則收子煮食。子有黑、白、赤、斑四色。惟白者可入藥料，其味甘溫無毒，主治和中下氣，補五臟，止嘔逆，消暑氣，暖脾胃，除濕熱，療霍亂、泄痢不止，解河豚酒毒及一切草木之毒。只此一種，具此多效，如何人家不該種他？還有一件妙處，天下瓜茄小菜有宜南不宜北的，有宜東不宜西的，惟藊豆這種天下俱有。只是豬耳、刀鐮、虎爪三種，生來厚實闊大，煮吃有味。惟龍爪一品，其形似乎厚實，其中卻是空的，望去表裏照見，吃去淡而無味，只生於蘇州地方，別處卻無。偶然說起，人也不信，今日我們閒話之際，如有解得這個原故，也好補在食物、本草之內，備人參考。」內一人道：「這也是照著地土風氣長就來的。天下人俱存厚道，所以長來的豆莢亦厚實有味。唯有蘇州風氣澆薄，人生的眉毛尚且說他空心，地上長的豆莢越發該空虛了。」眾人道：「姑蘇也是天下名邦，古來挺生豪傑，發祥甚多；理學名儒，接踵不少，怎見得他風氣澆薄？畢竟有幾件異乎常情、出人意想之事，向我們一一指說。倘遇著蘇州人嘴頭刻薄，我們也要整備在肚裏尖酸答他。」那人道：「蘇州風俗全是一團虛譁，一時也說不盡。只就那拳頭大一座虎丘山，便有許多作怪。閶門外山塘橋到虎丘只得七里，除了一半大小生意人家，過了半塘橋，那一帶沿河臨水住的，俱是靠著虎丘山上養活，不知多多少少扯空砑光❶的人。即使開著幾扇板門，賣些雜貨或是吃食，遠遠望去挨次鋪排，倒也熱鬧齊整。仔細看來，俗語說得甚好，翰林院文章、武庫司刀鎗、太醫院藥方，都是有名沒實的。一半是騙外路❷的客料，一半是哄孩子的東西。不要說別處人叫他空頭，就是本地有幾個士夫才子，當初也就做了幾首竹枝詞或是打油詩，數落得也覺有趣。我還記得幾首，從著半塘橋堍下那些小小人家，漸漸說到斟酌橋頭鋪面上去：

路出山塘景漸佳，河橋楊柳暗藏鴉。欲知春色存多少，請看門前茉莉花。

骨董攤

清幽雅致曲闌干，物件多般擺作攤。內屋半間茶灶小，梅花竹笪避人看。

清客店 並無他物，止有茶具爐瓶。手掌大一間房兒，卻又分作兩截，候人閒坐，兜攬嫖賭。

❶ 扯空砑光：有名無實之意。砑光，指用石碾磨紙、皮、布帛等物，使之密實光澤。

❷ 外路：指外地。

外邊開店內書房，茶具花盆小榻床。香盒爐瓶排竹几，單條半假董其昌❸。

茶寮兼麵餅

茶坊麵餅硬如磚，鹹不鹹兮甜不甜。只有燕齊秦晉老，一盤完了一盤添。

酒館紅裙當壚

酒店新開在半塘，當爐嬌樣幌娘娘。引來游客多輕薄，半醉猶然索酒嚐。

小菜店種種俱是梅醬酸醋，餳糖搗碎拌成。

虎丘攢盒最為低，好事猶稱此處奇。切碎搗虀人不識，不加酸醋定加飴。

蹄肚蔴酥

❸ 董其昌：明松江華亭人，字玄宰，號香光。萬曆十七年進士，天啟間官至禮部尚書。工詩文，尤精書畫。

向說蘇酥虎阜山，又聞蹄肚出壇間。近來兩件都嘗遍，硬肚粗酥殺鬼饞。

海味店

蝦鮝先年出虎丘，風魚近日亦同侔。鯽魚醬出多風味，子鱭鰟皮用滾油。

茶葉

虎丘茶價重當時，真假從來不易知。只說本山其實妙，原來仍舊是天池。

蓆店

滿床五尺共開機，老實張家是我哩。看定好個齊調換，等頭銀水要添些。

花樹

海棠謝子牡丹來，芍藥山鵑次第開。紫梗草根人勿識，造些名目任人猜。

盆景

曲曲闌干矮矮窗，折枝盆景繞迴廊。巧排幾塊宣州石，便說天然那哼生。

黃熟香

一箱黃熟盡虛胞，那樣分開那樣包。道是唵叭曾製過，未經燒著手先搔。

相公

舉止軒昂意氣雄，滿身羅綺弄虛空。拚成日後無聊賴，目下權稱是相公。

時妓

妓女新興雅淡粧，散盤頭髮似油光。翠翹還映雙飛鬢，露出犀簪兩寸長。

老妓

塗朱抹粉汗流斑，打扮蹺蹊說話彎。嫖客奋多幫襯少，拉拉扯扯虎丘山。

窠子

機房窠子半村粧，皂帕板曾露額光。古質似金珠似栗，後鷹喜鵲尾巴長。

和尚

三件僧家亦是常，賭錢吃酒養婆娘。近來交結衙門熟，篾片行中又慣強。

花子

蓬頭垢面赤空拳，藍縷衣衫露兩肩。短薄祠前朝暮立，聲聲只說要銅錢。

老龍陽

近來世道尚男風，奇醜村男賽老翁。油膩嘴頭三寸厚，賭錢場裏打蓬蓬。

後生

輕佻賣俏後生家，遍體綾羅網繡鞋。毡帽砑光齊鍪靨，名公扇子汗巾揩。

大腳嫂

大家嫂子最蹺蹊，抹奶汗巾拖子鬚。敞袖白衫翻轉子，一雙大腳兩鯿魚。

孝子 舉殯者多在山塘一帶，孝子無不醉歸。

堪嗟孝子吃黃湯，面似蒲東關大王。不是手中哭竹棒，幾乎跌倒在街坊。

以上說的都是靠著虎丘做生意的，雖則馬扁居多，也還依傍著個影兒；養活家口，也還恕得他過。更有一班卻是浪裏浮萍、糞裏臭蛆相似，立便一堆，坐便一塊，不招而來，揮之不去，叫做「老白賞」。這個名色，我也不知當初因何取意。有的猜道，說這些人光著身子隨處插腳，不管人家山水、園亭、骨董、女客，不費一文，白白賞鑒的意思。一名篾片，又叫「忽板」，這都是嫖行裏話頭。譬如嫖客本領不濟的，望門流涕，不得受用，靠著一條篾片幫貼了方得進去，所以叫做篾片。大老官嫖了婊子，這些篾片陪酒夜深，巷門關緊不便走動，就借一條板凳，一忽睡到天亮，所以叫做忽板。這都是時上舊話，不必提他。只想這一班做人家的，開門七件事，一毫沒些抵頭。早晨起來就到河口洗了面孔，隔夜留下三四個青蚨，買了幾朵茉莉花簪在頭上，便戴上一個帽子，穿上一件千針百補的破爛道袍出門去，也沒成心，任著十腳指頭撞著為數。有好嫖的就同了去，撞寡門，覓私窠，騙小官。有好賭的就同去入賭場，或鋪牌，或擲色，或鬥搠，件件皆能。極不濟也跟大老官背後撮些飛來頭，將來過活。如今且說正文。

彼時正當五月端午之後，大老官纔看過龍船，人頭上不大走動。一班老白賞卻也閒淡得委實無聊，聚在山塘一帶所在，或虎丘二山門下茶館上、骨董攤邊，好像折腿鷺鷥立在沙灘上的光景，眼巴巴只要望著幾個眼熟的走到。忽然大山門外走了幾個人來。前邊乃是一位相公，頭戴髮片凌雲方巾，身穿官綠硬紗道袍，腳踹醬色挽雲緞鞋，手裏拿著螺甸邊檀香重金扇子，年可三十上下，面方耳大，沿鬢短鬚。後邊隨著四個戴一把抓毡帽、小袖箭衣的管家；俱拿著毡包、拜匣、扶手、雨傘之類，擺擺踱踱走上山來。眾白賞們道是個西北人，不甚留意。看他走到千人石上，周圍觀看，徑上天王殿去，對著彌勒佛相拜了四拜。有幾個油花和尚挾了疏簿上前打話，求他佈施。就在一條椽木上寫著：『山西平陽府信官馬才捨銀十兩。』那些和尚即刻慇懃勢利起來，請馬爺方丈奉茶。馬才道：『咱也不耐煩呷茶。有句話兒問你，這裏可有唱曲匠麼？』和尚語言不董❹，便回道：『這裏沒有甚麼鮨魚醬。若要買玫瑰醬、梅花醬、蝦子鮝、橄欖脯，俱在城裏清街坊戈家鋪子裏有。』馬才道：『不是。咱今日河下覓了個船兒，要尋個彈絃子撥琵琶唱曲子的。』和尚方懂得，打著官話道：『我們蘇州唱曲子的不叫做匠，凡出名掛招

❹ 董：此處當為「懂」字。

牌的叫做小唱，不出名、蕩來蕩去的叫做清客。』馬才道：『小唱咱知道的，卻不要他。只要那不掛招牌、蕩來蕩去的罷了。咱問你，怎麼叫做「清客」？』和尚道：『虎丘乃天下名山，客商仕宦聚集之處，往來游玩作耍的人多。凡遇飲酒游山時節，若沒有這夥空閒朋友相陪玩弄，卻也沒興。』馬才道：『陪酒也算不得「清」，玩弄也算不得「客」。』和尚道：『這班人單身寄食於人家，怎麼不叫「客」？大半無家無室，衣食不周的，怎麼不叫「清」？』馬才道：『咱今日要尋幾個相陪玩弄的，可有麼？』和尚道：『有，有。』疾忙在殿前門檻上往下一招。只見那五十三格大石磯礤上跑起三兩個來，道：『可是那位官兒要尋吵白賞朋友麼？我去，我去！』和尚道：『弗要❺亂竄，一夥做淘❻走去，憑渠揀罷哉。』這幾人都有個綽號，一個叫做『油炸猢猻強舍』，當日強夢橋之子。因他日常手零腳碎，坐不安閒，身材短小，故有此名。一個綽號叫做『皮畫眉徐佛保』，因他沒些竅頭❼，大老官問他一句纔響一聲，沒人理他，就自家吃得頭紅面赤，鼾鼾的就睡著桌上。一個老的叫做『祝三星』，年紀將已望七，面皮格縐，眼角眊瞘，鬢髩染得碧綠，腰背半似彎弓。他恃著是個先輩伯伯，卻佔著人的先頭，人也厭他，改他『三星』的號為『三節』。因他少年人物標致，唱得清曲，串得好戲，人去邀他，裝腔作勢卻要接他三次方來，乃是『接請』之『接』。中年喉嗓粃啞，人皆嫌鄙。清明走到人家，推他不去，直過端午、中秋，方肯轉動，為是『時節』之『節』。如今老景隳頹，人又另起他個笑話：說小時出身寒薄，乃是呂蒙正❽上截；

❺ 弗要：不要。
❻ 一夥做淘：一塊兒之意。
❼ 沒些竅頭：意謂不靈活。

中年離披❾不堪，乃是鄭元和中截；如今老朽龍鍾，溝壑之料，卻是蔡老員外❿下截。又是『竹節』之『節』。和尚引了三人，馬才見了喜之不勝，說道：『貴處多才之地，怎的把手一招，就有幾位來了？』眾白賞道：『晚生們乃無貝之才，還仗爺們有貝之才培植培植。』馬才一手拉了強舍，將與和尚作別。強舍就把和尚一手扯定，向馬才道：『馬爺既有興玩水登山、尋花問柳，斷斷少不得一位長老纔是勝會。今日相湊，乃是奇緣。難道就與馬爺別了不成？況且馬爺寫了佈施，你也該去領來投在櫃內，韋馱神⓫前也要銷繳這個大諱。』馬才道：『有理，有理。同行，同行。但我們還要尋個婊子，只怕長老有些不便。』祝老道：『敝處這些人家，倒是長老無甚忌諱，原走慣的，正所謂「色即是空，空即是色」了。』一邊嚼蛆⓬，一邊已走到顧家園上。徐佛保道：『這是揚州新來葚賽官住在裏面。待我敲門進去。』裏面回道：『昨日滸墅關上幾個相公接去了。』又走到山塘橋韓家園上尋那吳老四。說：『太倉徐鄉宦設席，不便接見。』連走三四家，不見人影。馬才便焦躁起來，道：『這些蹄子淫婦，分明見咱故意躲著，

❽ 呂蒙正：河南人，字聖功，太平興國二年進士第一，後三任宰相，封萊國公。此處呂蒙正是指元人王德信所撰雜劇破窰記中人物，早年一貧如洗。

❾ 離披：散亂貌。

❿ 蔡老員外：元人高明所撰傳奇琵琶記中人物，其子蔡伯喈進京趕考後音訊全無，且又遇荒年，蔡老員外最後窮困潦倒而死。

⓫ 韋馱神：佛教護法神名。屬增長天王的八大將軍之一；又屬四天王，為三十二將之首。著甲胄，捧金剛杵，貌作童子相。

⓬ 嚼蛆：對胡言亂語的諷刺說法。

難道咱是吃人的麼！』眾白賞齊勸道：『馬爺勿要焦躁。敝處是個客商馬頭去處，來往人多。近來又添了營頭上人，吵鬧得慌，婊子們存扎不定。只有這幾個婊子，委實不得空閒。』強舍道：『許老一就在這裏，身段極介泖溜⑬，面孔也介花臊。馬爺與他相處極好，是介對咱個哉⑭。你們陪著馬爺橋上略坐一坐，待我先進去看一看；只怕此時還睡著哩。』卻不知老一早已梳洗停當，正在廚房下就著一個木盆洗腳，連聲道：『不要進來。』強舍早已到了面前，吃了一驚道：『老一，我向來在你個邊走動，卻不曉得你生子⑮一雙乾腳。』老一道：『小烏龜又來嚼蛆哉！那亨⑯是雙乾腳？』強舍道：『若勿是⑰乾腳，那亨就浸漲子一盆？』老一抄起腳來，把水豁了強舍一臉。（強舍）笑道：『臭連肩花娘，好意特別送個孤老⑱把你，倒弄出多河水來。』老一道：『真個？』即便拭了腳，穿上鞋與那衫子⑲，出來接著。歡天喜地，拂塵看座，連口喚茶，一番熱鬧。馬才也不通名道姓，便開口道：『咱不吃那撞門寡茶，到就去舡上呷酒罷。』眾白賞也就攙掇⑳下了酒船。馬才一邊就在腰下取出銀包，拿了一塊銀子遞與家人，

⑬ 極介泖溜：意為極其苗條。介，語助詞，無實義。
⑭ 是介對咱個哉：意為極其相配。
⑮ 子：語助詞，無實義。
⑯ 那亨：怎麼。
⑰ 勿是：不是。
⑱ 孤老：此處指非正式夫婦關係中女性所結識的男子。
⑲ 衫子：衣服。
⑳ 攙掇：牽扶。

叫買菜取酒。馬才等不得，就要老一唱個曲子。老一道：『我們只會睡覺，那裏知道唱甚麼曲子。』祝三星道：『他的哭皇天、山坡羊、銀絞絲、玉河郎是此間第一無賽的了。』馬才道：『你會唱，怎說不會？想是初會面生麼？咱們自今日相知了，早上便要唱到晚，晚上還要唱到天亮哩。』眾白賞道：『別人不敢誇口。若是老一這個力量，卻是不讓人的。除了老一，蘇州也便沒第二個了。』老一被這幾個偈㉑得快活，也就直了喉嚨喊個不住。少間擺上一桌菜蔬：燒豬頭、煸牛肚、薰蹄踵、滷煮雞，約有七八碗，大盤大塊，堆上許多。裝出幾壺燒酒，斟了幾巡，馬才舉杯道：『請！』老一就一氣飲了數盃。佛保也就隨著照杯。強舍看見老一脫介家懷㉒，就照老一做了幾個鬼臉，連篇的打起洞庭市語㉓，機哩嘮嚕，好似新來營頭朋友打番話的一般，弄得馬才兩眼瞪天，不知甚麼來歷。那管家刻落了些東道使費，心裏恐怕主人算帳，懷著鬼胎，卻到主人耳邊一擦，說道：『這幾個蠻子罵老爺哩。』馬才性氣勃發，將桌上一碗醬煮肥肉照著眾白賞頭臉一潑，抽出拳頭乒乓亂打。徐佛保躲出船外，祝老老直僵僵靠著壁立。許老一油膩污了衣服，嘵嘵的哭個不了。強舍坐在老一上首，一時跑不脫身，一手按著桌角，口裏說道：『大殺風景哉！』那管家又對主人道：『他還打殺封君來。』馬才越覺怒發，提起腳凳打去。強舍拚命跑到稍上，卻往水中一跳，就不見了。管家道：『老爺惹出人命來也。』馬才也著急，到稍上問那船家。船家道：『無事，剛才隨風飄過對河去哉。』管家道：『怎麼不沉下去？』船家道：『個些人渾身是海

㉑ 偈：此處意為奉承。
㉒ 脫介家懷：爽快的意思。
㉓ 洞庭市語：指蘇州土話。

嫖蛸㉔樣的，那亨肯沉呀。』此是一班白賞偶然出醜譁話，不題。

再說一個老白賞叫做賈敬山，自幼隨著主人書房伴讀；文理雖未懂得，那一派文瘋卻也渾身學就。一日聽見強舍同徐佛保、祝三星受了一番狼藉，人頭上越發形容得不像人樣。他就拉了十餘個白賞們的前輩，齊行的相似，都到虎丘千頃雲亭上，挨次坐了，創起一個論來道：『我哩㉕個行業，說高原弗高，說低也弗低。昨日聞得個些小夥子們受子許多狼狽，多因技藝弗曾講習，竅竇弗介㉖玲瓏，身分脫介㉗寒賤，所以人上有得我哩脫介輕薄。如今我們也要像秀才們，自己尊重起來，結起一個大社，燒介一陌盟心的紙。』眾白賞道：『請吵㉘神道做個社主？』敬山道：『我哩吹簫唱曲，幫襯行中，別的也沒相干。想道當初只有個伍子胥吹簫吃食於吳市，傳了這個譜兒。伯嚭大夫掇臀捧屁，傳了這個身段。這卻是我輩開山始祖，我哩飲水不要忘了源頭。』眾人道：『弗可，弗可。伍子胥是個豪傑丈夫。伯嚭是個臭俗個小人，弗好同坐。』敬山道：『我哩個生意，弗論高低，儕好同坐。得子㉙時，就要充個豪傑；弗得時，囫圇是個臭俗，神明是弗計較個㉚。』眾白賞道：『伍子胥弗敢勞動。倒換子鄭元和與我哩親

㉔ 海嫖蛸：烏賊（墨魚）的骨名，輕可浮。
㉕ 我哩：蘇州語，意為「我們」。
㉖ 弗介：不那麼。
㉗ 脫介：太。
㉘ 吵：意與「啥」同。
㉙ 子：語氣詞，無實義。
㉚ 弗計較個：不計較的。

切點罷。請問那亨打扮？』敬山道：『頭上戴頂過文。』眾人道：『那亨叫做過文？』敬山道：『我哩向來戴著鬃帽，卻坐弗出。若竟換子高巾闊服，人家見子儕做鬼臉。只戴一頂弗方弗扁個過文，大家儕弗覺著。身上穿介一件油綠玄青半新弗破個水田直裰，人看子也弗介簇簇，自也道弗介倡狂。腳上盡穿介宕口黃心草鞋，也介斯文，弗當破費。路上相喚，儕叫老社盟兄；小一輩個，儕稱老社盟伯；見子大官府，儕稱公相；差點個，便稱老生；或在人家教曲，儕稱敝東尊館；學戲個小男，儕叫愚徒門生；弗拘吵人品、物件，都以仙人稱喚；撞著子管家大叔，總也叫他先生。』

正在講論之際，只見前日打壞的強舍道：『河口來了兩隻捲稍二號座船，上邊擺著深簷黃傘，想是過往仕宦，在此停泊。老伯伯走動走動，或者尋個線絡挈帶挈帶。』敬山聽見，即便奔落山去。卻見船上打著扶手，主人頭上雲中㉛、山繭道袍、大紅雲履，同著閶門街裏餛飩書舖兩個鄉親，一路打著鄉談，走上山來。敬山悄悄挨著管家輕輕動問，纔知是萬曆癸丑㉜科進士，吉安府吉水人，姓劉名謙，官至通政㉝，告致㉞回家。要在蘇州買些文玩骨董，置些精巧物件，還要尋添幾個青秀小子、標致丫頭，教習兩班戲子哩。敬山聽了，不覺顛頭簸腦，不要說面孔上增了十七八個笑靨，就是骨節裏也都扭捏起來，連聲大叔長、先生短，乘個空隙就扯進棚子裏吃起茶來。又打聽此地那個年家，那個同鄉，那個親戚，

㉛ 雲中：當為「雲巾」之誤。

㉜ 萬曆癸丑：萬曆四十一年（一六一三）。

㉝ 通政：官名，「通政司通政使」的簡稱，掌內外章奏、封駁和臣民密封申訴。

㉞ 告致：辭官歸居。

一一兜搭㉟在心裏，轉身就到餛飩書舖，求他轉薦。那人也就對劉公說了。劉公道：『你們在此做生意，端是客居，若用此輩，須要本地有身家的作個中保方好。』敬山得了口氣，卻道這個題目甚難，整整候了兩日，猶如熱鍋灶上螻蟻，扒不上來，硬骨頭裏蛆蟲鑽不進去。卻好管家同了閶門德盛號開緞舖吳松泉，乃是舊日相與，為買貨批帳請來。又遇著劉公拜客未回，敬山乘著半面之識，一霎時熱鬧趨奉，求他鼎言推薦。那徽人是好勝的，竟應承了。不多時就同下船，一邊引見，一邊極口稱讚道：『他技藝皆精，眼力高妙，不論書畫、銅窰、器皿，件件懂入骨裏。真真實實，他就是一件骨董了。』劉公笑了一笑，叫書童卷箱內取那個花罇來與敬山賞鑒。那書童包袱尚未解開，敬山大聲喝采叫好。劉公道：『可是三代㊱法物麼？』敬山道：『這件寶貝青綠俱全，在公相宅上收藏，極少也得十七八代了。』劉公笑道：『不是這個三代。』敬山即轉口道：『委實不曾見這三代器皿，晚生的眼睛只好兩代半，不多些的。』劉公又取一幅名公古筆畫的雪裏梅花出來與看，四下卻無名款圖書。敬山開口道：『此畫公相可認得是那個的？』劉公道：『宋元人的。不曾落款，倒也不知。』敬山道：『不是宋元，卻是金朝張敞㊲畫的。』劉公又笑一笑，道：『想是這書畫骨董足下不大留心。那宮商音律乃是究心的了。我要尋幾個秀氣小女子，教得戲的，可有麼？』敬山道：『有，有。只是近年四鄉成熟，一時尋也費力。即便尋得有時，也

㉟ 兜搭：原指路程的曲折崎嶇，此處為留意、牢記的意思。

㊱ 三代：指夏、商、周三代。

㊲ 張敞：漢代平陽人，字子高，歷任京兆尹、冀州刺史等，敢直言，嚴賞罰。嘗為妻畫眉，後成為夫妻恩愛的典故。此處言「金朝張敞」，是諷刺賈敬山的不學無術。

弗得草草，面目腳手第一要緊，弗須說起。還要問渠㊳爺娘曾出痘瘖未，身上有唦暗疾，肚裏有哱脾氣，夜間要出尿否，喉音粃亮何如。爺娘弗肯割捨寫遠。只有晚生當日曾與幾位老生輕手幾個，後來出跳㊴伶俐，收在房中，生了公子，至今親戚往來。所以人家俱道晚生得託，有唦囡兒儕肯放心。公相不問，晚生也弗敢說。公相既要尋覓幾個，弗是晚生誇口，別人也勿敢應承。』劉公道：『正要借重。』敬山又問：『公相有幾時停泊？』劉公道：『這也不論時日，只要就緒方行。』一面就與松泉開了緞疋帳目，即便同敬山別了。敬山即去會了許多朋友，四處搜尋，卻也沒有頭路。沒奈何只得把個外甥女兒同著鄰舍的小囡，哄說陪到虎丘頑耍，就引到船上。劉公看了道：『總之生、旦、淨、丑俱是用得，不必細看。只問多少身價。』敬山道：『如今成熟年歲，人家俱捨不得出身。聞得公相府內極肯優待，又是晚生居間，方肯領來。在當日只消念兩一個，如今須得四十兩方肯。』劉公道：『比當日加十兩罷。』敬山初意不過喚來搪塞，以為進身之計。那知劉公登時就發銀子，著管家同到吳松泉處立契成交。敬山心裏又轉了一念道：『即使立了文契，還要我領去教他。不若將計就計，直騙到手轉動轉動。』立刻寫了文契，收了價錢，連中人酒水也乾折了，並求松泉著個保押。敬山仍舊拿了銀子，走到船中稟道：『公相，女子雖然買下，他的父母還要做幾件衣服、鞋子與他，須在晚生身上少待五六日。公相若要教戲，不若就在晚生家下。晚生雖在公相門下奔走，房下也是會教的。恐怕公相不肯放心，連銀子也留在公相處。』劉公道：『吳松老所舉，斷然不差。就煩尊閫費心，容日總酬罷。』敬山欣然拿了銀子回去，一時花哄

㊳ 渠：此處作第三人稱代詞。

㊴ 出跳：當作「出挑」，指青年男女的容貌、體態越長越漂亮。

起來，不在話下。

不料此輩鑽心極密，看見賈敬山謀身進去有些想頭，卻又走出一個顧清之來，也在船邊伸頭探腦。打聽得劉公差人去請醫生楊沖菴來合藥。清之與沖菴也有一面。一口氣即奔到楊家，求其薦舉。沖菴就與他同下船來。劉公接見，說了許多閒話，乘便就把清之讚揚起來。劉公也極藹然，留待午飯。劉公道：『昨日有個賈敬老來相會，我已托他覓了兩個女子，就留在他家教曲。尚有幾個小价，都不過十五六歲，如今也要教他學唱，不知可教得否？』清之道：『十五六的孩子正是喉音開發之際，極不費力，晚生斗膽效勞。』劉公道：『賈敬山曾相識否？』清之一邊看沖菴在那邊寫方甚忙，一邊低聲答道：『敬山雖係識認，晚生們從來不便與他同坐。』劉公道：『他人品差池㊵，行止有甚不端麼？』清之舉手便把鼻子摸了一摸，手也做個勢子還道：『老爺所托他買的女子，也要留心查看要緊。』劉公也就把頭點了一點。沖菴將藥方過來說了一遍。劉公平素極好男風，那幾個要教唱小子，就是劉公的龍陽君。清之看見劉公照管得緊，也就要圖謀這館。佯佯的對沖菴道：『晚生年紀不多，近來得了痿症，人道㊶俱絕。』劉公信道這話是真，即就托他教那幾個小子。一兩日間，把這小館就坐定了。一面就去尋著敬山要看女子，還要分他媒錢。敬山道：『是我在劉老爺處薦你教曲。』也要分他束修㊷。兩個鬼炒鬧了一場。次日齊到劉公船中坐了一回。早飯已畢，就同隨了閶門外買些貨物；專諸巷裏買些玉器。兩邊面面相覷，

㊵ 差池：不齊，引申為差錯。
㊶ 人道：指男女交合。
㊷ 束修：十條乾肉，後多指致送教師的禮金。

背地裏仍舊伸了幾個指頭。各人悄地討了趁錢，各自心照去了。劉公抵暮赴席而回，坐著一隻小船。敬山悄悄渡船趕上，見了劉公開口指道：『今日小管家如何不帶出門？若單留清之在船上，也真悄悄留心體訪。若引誘壞了身子，那喉音再不得亮了。』劉公卻是專心此道，極要吃醋的。自聽了敬山這句話，就動了覺察的念頭。只因他說陽道痿絕不去隄防。那日也是清之合當敗露。當著劉公午睡，不聽見小子唱響，悄地窺他。只見清之正當興發，挺著那件海狗腎的東西相似，頗稱雄猛，與小子幹那勾當。卻被劉公看見，即時喚出，將小子打了三十，把清之去了衣巾，一條草繩牽著脖子，只說偷盜銀盃，發張名帖送在縣裏。血比監追，打得伶伶仃仃。直待把自己十五六歲青秀兒子送進宅內，方准問了刺徒，發配京口驛擺站去訖。

敬山自從拔去眼中之釘，卻也十分得意。凡有賣字畫、骨董物件的，俱要抽頭。先來與他說通，方成交易。就是討書求分上的，先要與他後手，管家小費一網包羅。就有幾個門生故舊走來，他也要插身奉陪，還要掉句歪文，讀些破句，惹人笑得鼻塌嘴歪。那知福過災生，蒼蒼之天，毒毒的偏要與此輩弄個花巧。不期敬山驟然騙了許多銀兩，不敢出手交與妻子，藏在床下一酒罈內。連日得意，夫妻女兒三口多吃了幾盃，一覺睡熟。卻被一個偷兒撬落門臼，就是臥房廚灶。周圍一摸，摸著床下兩個酒甕。一個滿滿盛的是米，一個半空不空，上面壓著一塊大磚，中間不知何物，一手摸下，拿著就是。將要出門，神堂前一個香爐跌在馬桶上，響亮一聲。床上夫妻兩個一覺驚醒，將罈口一摸，大叫起來，賊已去得遠了。正在喉急之際，劉公宅內催要兩個丫頭進去伏侍，急得敬山上天無路，入地無門。鄰舍街坊娓娓傳說：前日丫頭原是指空騙的；銀子失去卻是真的。那管家不容寬縱，一直扭到船上說知原故。劉公大怒，即刻發了名帖，送到府裏追要丫頭。敬山兩隻空拳，泥也揑不成團，如何措手？追出原契，卻又著落保頭一一代償，仍說敬山拐帶子女。身在監中，敲朴不過，也只得將自己親女十二三歲，送到船內做了使女。也照顧清之一案，問了站徒，送到京口驛去。仍舊使他二人打個幫鬼，在那南北碼頭送迎官長，也不枉老白賞靠著虎丘山得這一場結果。至今說起，留了一個笑聲。」

總評：

蘇白賞佻達尖酸，雖屬趣行，害同虺蜴，乃人自知之而自迷之。則虎丘乃虎穴矣，何足為名山重也。艾衲遍遊海內名山大川，每每留詩刻記，咏嘆其奇，何獨於姑蘇勝地，乃摘此一種不足揣摹之人，極意搜羅，恣口詼謔？凡白賞外一切陋習醜態、可笑可驚、可憐可鄙之形，無不淋漓活現。如白賞諸人讀之，不知何如切齒也。雖然，艾衲言外自有深意存乎其間。畫鬼者令人生懼心，設穽者令人作避想，知之而不迷之。此輩人無處生活，具則自返浮而樸，剷偽為真。後之游虎丘者，別有高人逸士相與往還。雪月風花，當更開一生面矣，雖日日游虎丘也何傷。

第十一則 党都司死梟生首

農家祝歲，必曰「有秋」❶。何以獨說一個「秋」字？春天耕種，不過菜、麥兩種，濟得多少？若到四五月夏天耘耨時節，遇著天雨久澇❷，大水淹沒，或天晴亢旱，苗種乾枯，十分收拾便減五分；也還好趁著未立秋時，另排苗秧，望那秋成結實。若到秋來，水大不退，旱久無雨，這便斷根絕命，沒得指望。所以豐年單單重一「秋」字。張河陽田居詩云：「日移亭午熱，雨打豆花涼。」寒山子農家詩云：「紫雲堆裏田禾足，白豆花開鴈鶩忙。」為甚麼說著田家詩偏偏說到這種白豆上？這種豆一邊開花，一邊結實。此時初秋天氣，雨水調匀，只看豆棚花盛就是豐熟之年。可見這個豆棚也是關係著年歲的一件景物。當著此時，農莊家的工夫都已用就，只要看那田間如雲似錦，不日間「汙邪滿車」、「穰穰滿家」是穩實的。大家坐在棚下，心事都安閒自在的了。若是荒亂之世，田地上都是蓬蒿稗草，那裏還有甚麼豆棚？如今豆棚下連日說的都是太平無事的閒話，卻見世界承平久了，那些後生小子，卻不曉得亂離兵火之苦。今日還請前日說書的老者來，要他將當日受那亂離苦楚從頭說一遍，也令這些後生小子手裏練習些技藝，心上經識些智著。萬一時年不熟，轉到荒亂時，也還有些巴攔，有些擔架。眾人道：「有理，

❶ 有秋：有收穫。指豐收。
❷ 勞：當為「澇」字之誤。

有理。我們就去請那老者。」

卻好那老者是個訓蒙教授，許久在館未回。這日乘著風涼，回家探望。眾人請來棚下坐定，就道：「老伯多時不在，覺得棚下甚是寂寞。雖有眾人說些故事，也不過博古通今的常話。老伯年齒高大，聞得當年歷過許多兵荒離亂之苦。要求把前事敘述一番，令小子們聽著，當此豐熟之際也不敢作踐了五穀，蹧壞了身軀。」老者道：「若說起當初光景，你們卻唬殺也！記得萬曆四十八年，遼東變起❸。泰昌❹一月短祚，轉了天啟❺登基，年紀尚小，癡癡呆呆，不知一些世事。天下募兵徵餉，被魏太監❻將內帑弄得空空虛虛。彼時的炒鬧還在山海關外，內地尚自平靜。不料換了崇禎皇帝，他的命運越發比天啟更低。遇著天時不是連年亢旱，就是大水橫流；不是瘟疫時行，就是蝗蟲滿地。兼之賦性慳嗇，就有那不諳世務的科官❼，只圖逢迎上意，奏了一本，把天下驛遞夫馬錢糧盡行裁革。使那些游手無賴之徒絕了衣食，俱結黨成群，為起盜來。始初人也不多，不過做些響馬，邀截客商，打村劫舍。日後上官知道，遣兵發馬，護衛地方。這些盜黨或嘯聚山林，或團結水泊。那時若得一位有膽勇智謀的元戎出來招安，沒有在朝的官兒逼索他賄賂當道的上司，掣肘他事權，也還容易消滅的。不料國運將促，用了一個袁崇

---

❸ 遼東變起：指萬曆四十八年（一六二〇），熊廷弼整頓遼東防務，而屢為朝臣所劾，罷去，以袁應泰代之。次年，袁應泰兵敗自殺。

❹ 泰昌：明光宗朱常洛的年號（一六二〇），此處為明光宗的代稱。

❺ 天啟：明熹宗朱由校的年號（一六二一～一六二七），此處為明熹宗的代稱。

❻ 魏太監：指魏忠賢。天啟時魏忠賢勾結熹宗乳母客氏，專權亂政，後大戮東林黨人。

❼ 科官：指吏、戶、禮、兵、刑、工六科給事中。

煥❽，使他經略遼東。先在朝廷前誇口說，五年之間便要奏功，住那策勳府第。後來收局不朱，定計先把東江毛帥殺了。留下千餘原往陝西去買馬的兵丁，聞得殺了主帥之信，無所依歸，就在中途變亂起來。四下飢民雲從霧集，成了莫大之勢。或東或西，沒有定止，叫名『流賊』。在先也還有幾個頭腦假仁仗義，騙著愚民。後來所到之處，勢如破竹。關中山右❾地土遼闊，各州府縣既無兵馬防守，又無山險可據，失了城池村鎮，搶了牛馬頭畜，不論情輕情重，朝廷發下廠衛❿，緹騎⓫捉去，就按律擬了重辟⓬，決不待時。那些守土之官權衡利害，不得不從了流賊，做個頭目快活幾時，即使有那官兵到來，幹得甚事？那時偶然路上行走，卻聽得一人唱著一隻邊調曲兒，也就曉得天下萬民嗟怨，如燬如焚，恨不得一時就要天翻地覆，方遂那百姓的心願哩。他歌道：

老天爺，你年紀大，耳又聾來眼又花。你看不見人，聽不見話。殺人放火的享著榮華，吃素看經的活活餓殺。老天爺，你不會做天，你塌了罷！你不會做天，你塌了罷！

---

❽ 袁崇煥：崇禎間任兵部尚書，督師薊遼，後被誣通敵，下獄，被磔於市。

❾ 山右：舊稱山西省為「山右」，因在太行山之右，故云。

❿ 廠衛：指東廠與錦衣衛，兩者均是明代的特務機關。

⓫ 緹騎：此處指逮治犯人的錦衣衛校尉。

⓬ 重辟：此處指處以死刑。

四下起了營頭，枝派雖不記清，那名字綽號也還省得。如：

大傻子劉　通	王老虎王國權	老回回馬進孝
過天星徐世福	闖　王高汝岳	闖　將李自成
沒遮攔閻　洪	掃地王惠登相	平世王賀　景
闖塌天韓國基	革天王賀一龍	混十萬劉國龍
活閻羅馬守應	一秤金牛成虎	虎拉海范世壽
賽金剛薛有功	紅　狼劉希堯	巴山虎李　園
草上飛徐世寶	紫金梁馮進孝	鬼子母董國賢
革里眼孫　仁	金翅鳥王國曜	曹　操羅汝才
九條龍郭大成	一斗穀孫承恩	獨腳虎劉興子
金錢豹柳夫成	莽張飛楊世威	蝎子塊白廣恩
八大王張獻忠	李公子李　巖	鄧天王鄧廷臣
閻王鼻劉　越	雲裏虎張得功	三猴兒劉　紹
老當家坤一魁		

許多頭目在那沒有城池、鄉兵、寨堡的地方，兵馬一到，老小隨著俱行。憑著力氣，搶得驢馬，收得小

子多的，就是管隊。凡四十歲以上，不論男婦一概殺了，只留十二三歲到二十四五歲上下的當作寶貝，或結義做弟兄，或拜認作父子。你道他營中為何不要那老成的？因他年紀大了，多有係戀家小財產，恐生外心。惟是這些小夥子，奮著少年血氣，身家父母俱無掛礙，不知天高地下。遇著打仗，不避利害；即使炮火打來，壞了前邊的，後邊的就湧上去。撞著堅厚城池，小子們拿著雲梯、遮陽、撓鉤、套索，搭著一個個扒頂而上。一日不破攻一日，十日不破攻十日。日間一隊一隊更番攻打，夜間又有一班專扒地洞的，在於城壕一二里外，用著捲地蜈蚣、穿山鐵甲，繞地而進。或刨了一兩個空隙，加上炮火，一聲砟（炸）烈，登時城牆倒塌，一擁入城。城內人民殺戮之外，剩下小子都率領而去。始初破城只擄財帛婆姨，後來賊首有令，凡牲口上帶銀五十兩，兩個婆姨者，即行梟示。殘破地方，拋棄的元寶不計其數。有那貪心的只好暗地埋藏，記認明白，希圖日後事平，掘取受用。誰知性命不保，那裏輪得你著？日久埋沒，聽人造化而已。所以彼時小子看得錢財如糞土一樣，只要搶些吃食、婆姨，狼藉一番。還有那忍心的，將有孕婦人賭猜肚中男女，剖看作樂。亦有剜割人的心肺，整串燻乾以備閒中下酒。更有極刑慘刻，如活剝皮、鑿眼珠、割鼻子、剁手腕、刖腳指，煅煉人的法兒不知多少。只好粗枝大葉說些光景，叫人在太平時節想那離亂苦楚，凡事俱要修省退悔一番。

前日有個客人從陝西、河南一路回到湖廣地方，遇著行人往往有割去鼻耳的，有剁去兩手的，見了好不寒心。後來見得多了，不甚稀罕。更有一個受傷之人，說來人也不信。大凡人的耳目口鼻手足四肢有些殘缺，還不傷命；只那頭顱砍了，登時便死，沒甚麼法兒補救得的。有個人卻在河南府雒（洛）陽縣地方荒村小鎮之上，偶然騎著牲口走到彼處，遇著疾風暴雨，無處躲閃，要借人家屋簷之下，暫時避雨。不料大雨滂沱，到晚不住，只得要求人家屋內借宿。裏邊走出個老者道：『屋宇蝸小，不敢相留，須往前村二三十里方有歇店。』那客人因天色漸晚，不便趲程，看見老者家裏尚有側屋二間空閒閉著，再三相懇。那老者道：『側房雖是空的，客官借宿何難？此中有個舍弟在內，不便同居。』客人道：『既是令弟單身在內，有何不便？』老者道：『窮途相值也是奇緣，但你見了不要害怕。』客人道：『我也在江湖上走了一二十年，隨你甚麼尊官貴客、窮兇極惡之人，何處不遇！怎便到你宅上就害怕起來？』嘴裏一頭說，腳下一頭走。將近側門，老者輕輕叩了一聲，裏邊響動，把門閂拔脫，一手推開。客人隨著老者進內，猛然抬頭一看，只見門左側站著一個沒頭的人。那客人一見就大聲叫道：『不好，有鬼，有鬼！』口尚張著未曾闔閉，兩腳也就倒下地去。老者連忙扶起道：『預先我已說明，莫要害怕。你也口強說道不怕，如何便怕到這個地位？』那客人呆了半晌，問道：『怎麼緣故？』老者道：『你且坐定，待我慢慢說與你聽。』一手指著沒頭人道：『這個舍弟，向在潼關賣布生理，前年被流賊一路追趕逃回。不料到家只離得三十里地面，卻被土賊從旁殺出，把舍弟一刀將頭砍落，倒在地上。夜間就有許多豺狼把死屍一半殘食。將次食到弟屍，那魂靈只聽得耳邊一聲喝道：「畜生快走！督陣功曹尚未查勘，如何就食！」少間卻見許多人馬簇擁而來，將陣上傷亡，一一照名驗過。點到舍弟，簿上無名；換個簿子查看，乃是受傷不死，尚有陽壽四載。次日舍弟心上卻就明白起來，將手摸那頭時，只有一條頸骨挺出在外。是夜我尚躲在村中僻處，卻聽見有人叩門，乃是舍弟聲音。荒村中又無燈火，只得從黑影子裏扶進屋內。他就將前村遇害緣故說得明明白白。捱到天亮，纔見是沒頭的，卻原來與沒頭的說了半夜，始初也吃了一驚，只見身體尚暖，手足不僵，喉嚨管裏唧唧有聲，將麵糊、米湯茶匙挑進，約及飽了便沒聲息，如此年餘。近來學得一件織席技藝，日日做來，賣些錢米，倒也度過日子。』客人聽見說得明白，心下方安。畢竟那脫惺忪一夜不敢睡著，到底是個『怕』字。這也是亂世來的奇事，說做活人不得，說做死人也不得。如今再說一個分明是死人，倒做了活人的事。

此事卻在陝西延安府安塞縣地方，姓党名一元。生平性子剛直，膂力過人，家業也極豐足。地方上有那強橫霸道的人做那不公不法的事，他也就去剪除了他。凡有貧窮阨難之人，他便捐費貲財，立為提挈。遠近村方⑬俱感激他的義氣。一兩年間，處處仰慕他的聲名，不減太平莊上柴大官⑭、鄆城縣的宋押司⑮了。此時流寇尚未充斥，州縣地方聞有賊警，鄉紳士庶俱各糾集莊丁，措辦月糧、器械，以為固守之計。上司又恐民間有那不軌之徒乘機生事，也就上了一本：凡流賊蠢動地方，俱要舉一智力兼備之人，在郡城立為都統，州縣立為團練，村堡鎮寨立為防守。俱各從公選舉。若才行不足的，也就不敢擔承。那時朝廷公令雖嚴，世風惡薄。有前程的做官，尚要費許多資財；若沒前程的百姓，夢也夢不見了。不料時下有團練之舉，人頭上也就當做真正官職一般。彼時公道在人，地方紳衿保甲齊聲推薦党一元堪當此任。文書申上，撫按司道即便發落。党一元也就承其職任。凡一應城守事務，調停設備，俱各得宜。不在話下。

卻說延安府清澗縣也有個團練，姓南名正中，乃是鄉紳子弟，家業富厚，通縣稱為巨族。平日好弄

---

⑬ 方：當為「坊」字之誤。

⑭ 柴大官：小說水滸傳中的小旋風柴進。

⑮ 宋押司：小說水滸傳中的及時雨宋江。

鎗棒，行些假仁仗義之事。只是心性好淫，見了人家美色婦女，卻便魂不附體；不論錢財，畢竟要弄到手方住。若論其素行，怎麼將團練舉他？因他平日耑好結識市井無賴小民。地方村鎮稍有不平，便成群聚黨攪地翻天起來，依著他的行為方罷。故此地方上大大小小都是懼怕他的。背後起他一個綽號，叫做『花花太歲』。這個團練之職，除了此君，別人也不敢指望。一日吩咐人城外打掃演武廳，選了日子操練莊丁。極早備了鮮明旗幟、鋒利刀鎗，大吹大擂，擺列行伍，一路整齊，迎到教場內去。那些鄉民卻從來未曾經見。有在市上住的，預先請了親眷住在家裏，門前垂了簾兒，看那行兵耍子。不料南團練坐在馬上，舉頭望進簾內，見了一個如花似玉的女人。團練即便勒住了馬，故意道：『前隊兵丁如何稀少？』忙叫營中字識取那冊來查點；吩咐地方速備圍屏公座，緊緊對著簾內。擺設停當，下馬坐定，叫那字識逐名唱過。那團練一眼只射在簾內，做出許多身分，賣弄風騷。倒費了兩三個時辰纔到教場內去，也不過虛應故事，即便回衙。眠思夢想，正沒尋個頭路。卻有門下一個伴當頭李三，綽號叫做『鐵裏蛀蟲』。曉得本官意思，即便摘了兩朵玫瑰花，故意走到本官前道：『小的偶在前街張鄉宦宅內採來，一朵進獻老爺，一朵進上奶奶。』團練道：『三四位奶奶，一朵怎彀？』李三道：『這花不能多得，老爺只好送得意的一位奶奶戴罷。』團練道：『有甚麼得意的！昨日我倒看見一個十分得意，卻難得到手。』李三佯作不知，問道：『住在何處？』團練就把簾內住處說知。李三道：『小的曉得了。這是本縣儒學齋長⑯朱伯甫相公之妻党氏，就是党團練的妹子。如何能彀到手？』團練道：『你為我設一計策，重重賞你！』李三貪著重賞，左思右算，想了一回道：『容小的三日後來回話。』團練便欣然笑道：『我心裏如熱鍋

⑯ 齋長：學舍的教師。

灶上螞蟻，恨不今日就來回話纔好。』李三隨口應著，即便走出宅門。打聽得朱伯甫平素好酒賭錢，李三就帶了幾十貫錢，尋到彼處，與他相賭。故意賣個撒漫⑰，勾引著他同去見那團練，往來卻好是三日。團練正在懷想之際，李三先進去附耳低聲，如此如此。團練一見朱伯甫果然是個酒糟頭沒傝㑩⑱的朋友，即便留茶，稱讚了許多，道『舍下少一位幕賓相公』，立刻備了齊整聘禮，即日起館。午後排了極盛酒席，與他痛飲，直到五更。朱伯甫心中十分快活，次日即將聘禮送與李三作酬。住了三四日，朱伯甫卻要回家說知，也就要料理些安家糧食。團練道：『我知兄有內顧，早已著人送去。若不棄我武途出身，就今日與老兄結義，拜了兄弟。尊嫂即請到舍下同住，豈不兩便？』伯甫乃是糊塗糟塊，即便應承。就叫李三到家與朱宅娘子說知。娘子道：『我前日在門首看見團練舉動輕輕狂狂，只怕到宅同住，卻是不便。不若我在城內舍親處覓間小房，與宅內相近些罷了。』李三見娘子如此說話，卻像有三分知覺的，若說得太緊，不肯進城，卻不誤事？只得含糊應允。一面備了車兒裝載些要緊家伙，到城中親眷處住下。團練看得光景十分寬緩，即便同了朱伯甫過門邀請，說是通家⑲盟弟兄嫂，必要請見。朱伯甫也攛掇娘子出來見了。團練假裝出十分老成恭敬。党氏不覺墮其術中，依他搬到宅內。供給周全，自不必說。卻就有些眉來眼去，党氏也不在意。過了數日，李三卻遣妻子擕了酒盒，假以探望為由，吃酒中間露些風情說話。娘子聽得不甚耐煩，不言不語。李三妻子只道娘子有暗允之意，乘著酒意將團練思慕、設局移來

---

⑰ 撒漫：本作「撒鏝」，猶言揮霍、闊綽。

⑱ 傝㑩：當作「傝僠」，意為惡劣、沒出息、不謹慎。

⑲ 通家：世代有交誼之家或姻親。南正中為套接近，故也如此稱呼。

之意，一一說個詳悉。袖中拿出一枝金鑲碧玉搔頭⑳、白玉同心結一枚遞與党氏。党氏心知是計，也不推辭，且留在手中做個指證。即喚丈夫出來，商量早早脫身。無如伯甫口嘴肥甜，一心信這團練是個好人，反把妻子罵個不賢不慧，生出事來。党氏無計可施，只得寫了一信，將前後情節通知哥哥党團練處。

党團練聞知此信，怒髮衝冠。心下想了一想道：『三日後新總督老爺到任，他必同我一處迎接。』乘著空隙，密密差了十數名伴儅，帶了馬騾，相隔不過二百餘里，火速就到。進了南宅大門，門上牢子攔擋不住，直入花園之內，竟將娘子攙扶上馬。那酒徒朱伯甫尚在醉鄉，也不管他，竟自出門來了。宅內登時差人報與南團練知道。彼時就在接官亭上與党團練爭嚷起來。同僚相勸尚未息口，李三一馬就跑到党宅前後探聽娘子下落。南團練也不回家，帶了二三百個健丁，出其不意竟到党宅，把娘子搶了便行。党團練路上聞知，即帶隨從不多兵丁，登時追去。百里之外，狹路相湊，打了一仗。党團練膽勇過人，反把南處人馬傷了許多。南團練無心搦戰，只抱著娘子先跑。娘子看見仍落賊手，披髮顛狂，罵不絕口。轉到陡峻山坡，將身亂迸，馬忽驚跳。南團練手腳略鬆，娘子墮落重崖。可憐一個如花似玉之人，眼見得粉憔玉悴。南團練抱恨不已。党團練知道妹子全節而死，即在督臺下馬放告㉑之日，寫狀併朱伯甫一齊告准。督臺看見狀上情節，拍案大怒，立刻差了八個旗牌找拿。南團練自揣罪孽重大，對頭又狠，後頭收拾不來。平日強橫霸道慣的，向來原有反叛之心，今朝攢促攏來，無計可脫。那鐵裏蛀蟲又在旁十分挑激，遂開聲道：『反了罷！』那些手下兵丁似虎如狼的，一哄就起。先把本縣知縣殺了，劫了庫藏，

---

⑳ 搔頭：簪的別稱。

㉑ 放告：舊時官府每月定期開衙受理訴訟，稱「放告」。

燒了城樓。一路逢人就殺；怕殺的，一路就跟隨了許多。提督早已知道，點兵發馬，就把党團練加陞都司㉒，差他領了二千兵丁，上前撲勦。南團練十餘日間就擁了六七千人馬。雖則人眾，其實難民居多。日間放搶，夜間只怕官兵趕來，晝夜不睡，卻都是疲倦的，怎當得党都司奮勇當先？部下又是練熟人馬，一齊抄出小路。兩下撞著，大砍一番，將南團練兵馬殺了十之六七。負傷大敗，領了殘兵，逃入深山躲避，整整餓了七日。不料李三起手之時，就將本城內所搶輜重，帶了許多騾馬，前往流賊『老回回』營中，先已投順，做個家當在彼。一時聞得南團練被官兵殺敗躲在山中，即便請了五千賊黨，抬營前來接應。南團練得這救兵解了重圍，即投入賊營，做個前隊。

党都司得了大捷，督臺甚是喜歡。正在休息之際，忽報賊兵已抵界上，仍復疾忙披掛，領兵應敵。只見有賊兵千餘在前誘敵，党都司不知是計，奮力追上。轉過樹林深處，四面盡是砍倒樹枝塞著去路。急得回軍，那賊兵漫山遍野而來。党都司逞著雄威，左衝右突，東攩西搪。雖則殺了多人，自己牌殺到酉刻，終是氣力有盡；不料蹇湊山凹之處，馬足一蹶，墮落崖中。草窠裏伸出許多撓鉤，將党都司綑縛而去。解到營內，正當老回回陞帳。遠遠望見解進，即便下位，親解其縛，口口叫道：『哥哥，弟有罪了！』党都司忠烈成性，怒目張牙，大聲罵道：『逆賊，逆賊！朝廷何負於你？如此跳梁；且又護庇淫惡之賊，無端擾害地方。大兵不日勦除，尚不知死！』張拳就打，卻被兩邊牙爪上前擠住。党都司回身一附，幾個掀翻。老回回嚇道：『左右與我依舊綑了，發到剝皮亭上，就差南團練細細擺佈他罷。』南團練得了這句，就像奉了聖旨一般。換了一件紅袍，吩咐手下擺了公座。兩班牢子大聲喝起堂來，將党

㉒ 都司：官名，即「都指揮使司」，掌一方之軍政。

都司攙進營來，要他下跪，党都司挺身罵不絕口。南團練故意搖搖擺擺，做那得意形狀，上前數數落落。党都司將自己舌頭嚼得粉碎照臉噴去。南團練掩了面目，復去坐在位上，罵道：『你如此性烈，如今插翅難飛，少不得受我磨折。』道言未了，那党都司咽喉氣絕，覺得怒氣尚然未平。左右報道：『党都司已死，手足如冰。』南團練徐徐走近前來，上下摸看，果然死了。忙叫左右備起幾桌酒席，請了許多弟兄，開懷吃個得勝之盃。一邊叫人將党都司騎的馬籠將過來，扶他屍首坐在馬上；那口雁翎刀也插在他懷裏，然後大吹大擂起來。南團練手持一盃，走到党都司屍前罵道：『党賊，党賊！你往日英雄何在？今日也死在我手！』將酒盃往他臉上一澆，依舊轉身將往上走。口中雖說，心下卻不隄防。不料那馬縱起身來，將領鬃一抖，大嘶一聲。党都司眉毛豎了幾豎，一手就把懷中所插之刀掣在手內。兩邊盡道：『党都司活了！党都司活了！』南團練急回頭看時，那雪亮亮刀尖往上一幌，不覺南團練之頭早已落地。眾人吃了一驚，党都司僵立之尸纔仆倒在地。那馬猛然一躍而起，衝出營門，正撞李三騎馬回來，卻當面一口把李三咬翻在地，心頭踢了幾踢。眼見李三已死，那馬即跳了幾跳也就死了。眾人盡道：『忠臣義士之魂至死不變，說已死了尚且如此英靈報了仇去。這個人比那死作厲鬼殺賊更爽快許多了。』老回回看見英魂如此猛烈，也就退兵而去。後來世界平靜，屢屢顯靈；至今蓋個廟宇香火不絕。起初說的是活人做死人的事，這回說的死人做活人的事。可見亂離之世異事頗多，彼時曾見過亂世的已被殺去，在世的未曾經見，所以淹沒無人說及。只有在下還留得這殘喘，尚在豆棚之下閒話及此，亦非偶然。諸公們乘此安靜之時，急宜修省！」眾人聽罷，俱各凜然，慨嘆而散。

總評：

人能居安思危，處治防亂，雖一旦變生不測，不致錯愕無支。明季流賊猖狂，肝腦塗地，顛連困苦之情，離奇駭異之狀，非身歷其境者不能抵掌而談。至於奸淫、忠義，到底自有果報。如南團練以縱淫謀叛，党都司以血戰被擒，邪正判然矣。不意狹路相逢，陷落仇人之手。小人得志，將欲抒宿恨以博新歡。誰知精靈閃爍，乘此扶屍數罪之時，即顯死鍛斷生顱之舉，天之報施忠佞，果若是其不爽耶！乃知世間儘多奇突之事，人自作井底蛙爾。得此敘述精詳，一開世人聾瞽耳目。

第十二則　陳齋長論地談天

天下事不論大小，若要不知，除非莫為。即如豆棚上生了幾個豆莢，或早或晚，採些自吃；或多或少，賣些與人。不費工本，不佔地方，鄉莊人家其實便利，也是小小意思。只因向來沒人種他，不曉得搭起棚來可以避暑乘涼，可以聚人閒話。自從此地有了這個豆棚，說了許多故事，聽見的四下揚出名去，到了下午漸漸的捱擠得人多，也就不減如庵觀寺院擺圓場、搬桌兒說書的相似。昨日老者說到沒頭人還會織蓆、死的人還會殺人，聽見的越發稱道「奇怪之極」。回去睡在床上，也還夢見許多敗陣傷亡、張牙舞爪、弄棒拖鎗追撲將來，沒處躲閃。醒來雖則心裏怦怦驚恐，那聽說話的念頭，卻又比往日更要緊些。此是豆棚下的人情，大率如此。不料這個說書的名頭，看看傳得遠了。忽然傳到城中一個人耳朵裏，聽見城外有人在那裏說故事，即便穿了一件道袍，戴上一頂方巾，遠遠走出城來，捱村問信。彼時從人頭上聽得不真，竟不提起豆棚的話；卻誤說了一個「寶朋友」在村中講書，特來請教。東邊西邊捱村問過，那裏有人曉得。將次問到那村中前後，有一人笑道：「先生差矣。此地並沒有『寶朋友』會得講書。只有這邊村裏，偶然搭個豆棚，聚些空閒朋友，在那裏談今說古，都是鄉學究的見聞，何足以瀆高賢清聽。」那人卻也笑將起來道：「我委實誤矣。」即便走到這邊村裏去，果然看見豆棚下有許多人坐著，他也便捱身進去。坐內一個人看見這人捱進棚來，隨即起身扯著一人，附耳低言道：「此老乃城中住的一位齋長，姓陳名剛，字無欲，別號叫做『陳無鬼』。為人性氣剛方，議論偏拗。年紀五十餘歲，胸中無書不讀。聽他翻覆講論天地間道理，口如懸河一般，滔滔不絕，通國之人辯駁不過。不知那個勾引他到這鄉村裏來的？」道言未了，那齋長也就對面拱了一拱，開口道：「聞得這裏有一位大學問的朋友講論古往今來的道理。小弟不遠數十里特來求教。」眾人俱也面面相覷，不知甚麼來歷。只有昨日說書的老者道：「小弟輩偶然乘著風涼，說些閒話，都是耳目前的見聞，道路間的事實，不通經書，不入理路，就像念那勸世文一般的。幸而今日天氣還早，諸友尚未來齊，萬一小弟不知先生到來，在此放肆胡說，只怕污了先生之耳，連清晨的早飯也要噴出來哩。」陳齋長道：「老仁翁言之太謙。小弟此來也不是好事。只因近來儒道式微，理學日晦，思想起來，此身既不能闡揚堯、舜、文、武之道于朝廷，又不能承接周、程、張、朱❶之脈於吾黨。任天下邪教橫行，人心顛倒，將千古真儒的派，便淹沒無聞矣。」老者道：「今日幸荷先生降臨，亦生平難遘之會。先生如不棄老朽，請登上席，賜教一二，大開眾人茅塞。在先生具有救世婆心，想斷無所吝教。」

齋長聽老者這番說話，卻似挑動疥癩瘡窠一般，連聲道：「予豈好辯哉？亦不得已也。」對眾人將手一拱，竟到中央椅上坐了，道：「老仁翁要我從那裏說起？」眾人道：「從未有天地以來說起何如？」齋長道：「未有天地以前，大空無窮之中渾然一氣，乃為無極；無極之虛氣，即為太極之理氣；太極之理氣，即為天地之根荄。天地根荄化生人物，始初皆屬化生；一生之後，化生者少，形生者多。譬如木中生蟲，人身上生蝨，皆是化生。若無身上的汗氣、木中朽氣，那裏得這根荄？可見太極的理氣就是天

❶周程張朱：周指周敦頤，程指程顥、程頤兄弟，張指張載，朱指朱熹，他們均為宋代理學大家。

地的根荄。或說來未必明白，取一張紙來畫一圖你們去看。」

太極初分時，陽氣輕清，包旋於周圍；

天地初分之圖

四圍皆虛氣

陰氣重濁，沉聚於中間。

眾人道：「太極理氣怎麼就有陰陽、日月、星辰?」齋長道：「陽之精為日，陰之精為月。星辰浮運於天，俱以象顯。陰氣聚會於中為地。五行萬物承載於地，俱以形顯。譬如人鼻中氣息，出者發揚而溫，屬陽；入者收斂而寒，屬陰。陰凝聚於中，而水泥變化，五行皆備。陽浮動包羅於外，運旋上下，形如雞蛋。地乃雞黃，浮奠於中而不動。天如雞青，運動於外而不已。天行常健，自無一息之停。隨氣運動，自成春夏秋冬、風雲雷雨，人物之化化生生，而世界乃全矣。天地靈秀之氣充溢滿足，自生聖人，以助造化所未備。故『聖人與天地參』者，正謂此也。你們未必明白，再畫一圖你們細看。」

天清地甯之圖

四圍俱氣

日所到處即為時，如日到午則為午，餘時皆然。

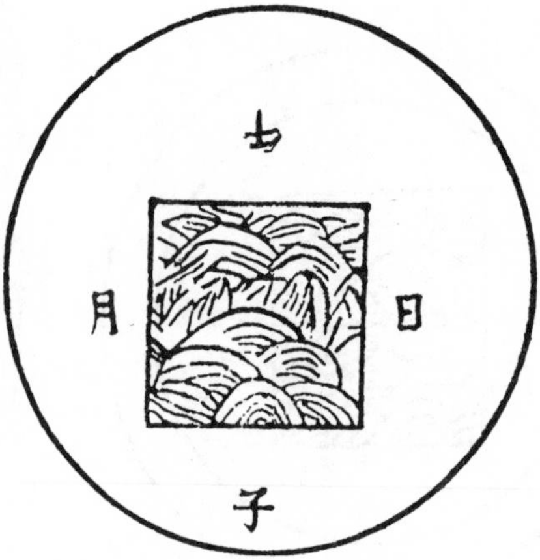

日為陽主，當子之正中，日上升，則陽氣皆升，所以屬陽。午之正中，日下降，則陽氣皆降，而陰氣升矣，所以屬陰。

天包地而左旋，有南北，而無東西上下。

眾人道：「天體輕清，那玉皇大帝在於何處？地體重濁，那閻王鬼獄又在何處？」齋長道：「天體輕清，時時運行，豈容一物？物既不容，安得容神道居之？晝在上者，夜必隨時序而漸轉於下；夜在下者，晝必隨時序而漸轉於上。若有玉皇等神果在天宮，必因時刻運轉，難道神道也隨著倒轉來不成？地體極厚，下皆水泥土石，重重積聚。若有閻王鬼獄，難道住在水泥土石之中不成？」眾人道：「聖人與天地並立而為三。天地在，聖人亦該在，如何羲皇、堯、舜、孔子也就隨世而沒？」齋長道：「未生聖人之時，此理此氣在天地。既生聖人之後，此理此氣即在聖人。雖聖人壽考而終，那道德教化垂範萬世，與天地同其悠久。可見聖人之身雖沒，那理道依舊還之天地。天地常在，即聖人亦常在也。」眾人道：「孔子是個聖人，也還去請教那太上老君❷，想也是個怕死的緣故。」齋長道：「老子乃是個貪生的小人。其所立之論尚虛、尚無、尚柔。觀其訓弟子曰：『觀吾舌。舌在，非以其柔耶？觀吾齒。齒亡，非以其剛耶？』天地生物，宜剛自剛，宜柔自柔。如使人口中牙齒皆像那舌根柔軟，連飯也不能吃了，何以生長於世？又如金有五色，有黃金，有白銀，有黑鐵，有銅錫，若說金銀性柔而貴，金銀不過打造首飾、器皿、玩物等類。在剛鐵，用於耕，則有粒食養命之功；用於廚，則有烹庖斷割之功；用於兵，則有安民禦盜之功。其他難以盡述，總之，為其剛而可用也。人之貪色者，必以柔而眷戀；貪財者，必以柔而彌縫；小人之徒，必以柔而趨利避害。假如女人性剛，誰敢調戲得他？火性至烈，誰敢玩弄得他？羲經、易理專重『剛』字，老子說個『柔』字，則已違悖聖經天道矣。且人生不過百年，老子貪生於百歲之外，又欲陽神不滅，以盜造化之氣。故其尚虛無者實欲貪其有也，尚柔者實欲勝其剛也，與天地正

❷ 太上老君：道教附會黃帝、老子，推為宗主，並尊稱老子為「太上老君」。

理不大相悖乎？

考得老子生於周末，即今河南府靈寶縣地方。其父名廣，乃鄉野貧人。幼與富家傭工，年過七十尚未有妻；其母亦鄉之愚婦，年過四十尚未有夫。偶在山中苟合，得了天地靈氣，懷胎八十個月。主人惡其胎久，不容於家，不得已走於曠野大李樹下，生下一白髮白眉之子。其母亦不知廣為何姓，遂指樹為姓。見其耳大，遂名李耳。世人見其髮白，呼為老子。及長而為周天子看藏書，做個卑官，所以多知古事、古禮。故孔子有問禮問官之舉。及後來年老，見周室將亂，遂騎青牛西入函谷關，遇關尹名喜者師之，作道德經五千言於秦川盩厔縣。遂卒於此，其墓在焉。此老子之始終也。生前不能救周室之亂，又不建一毫功業於世，死後返為天上三清❸，豈有是哉？」

眾人道：「佛子西來之教如何？」齋長道：「佛氏亦貪壽之小人。其說尚空，一切人道世事皆棄而不理，並欲絕滅其念慮，使心常空空無我。有耳目滅其視聽，使耳目常空。有口、體、手、足、陰陽之形，必盡制之不動，使百體常空。務要精、氣、神三者完足，會而為一，性靈不滅，常存於世。此以貪生貪有之心由真空而成其真實也。盜天地之精華，不肯還之天地，是天地間之大賊也，豈得謂之真空？考得佛未生之先，其母夢一大白象來夢中投生，自此懷胎。日日漸大，腹不能容，及生時裂其母腹，死而後生。此天生怪異之人，將亂宇宙，故先殺其母耳。世間惡物如梟鳥，如蝎子，如毒蛇，其生也，母必先死而後出。佛之生也，豈與惡類之相同乎？因其初生而先傷其母，世人乃設齋打醮，百方為母祈福，是佛之不保己母者，反能保他人之母乎？又考得佛在西域為梵王國主，有美妻、美妾，稱為菩薩。金帛

❸ 三清：道家認為人天兩界之外，別有三清，即「玉清」、「太清」、「上清」，是神仙居住的仙境。

財寶極多，國雖殷富而地方狹小，氣勢甚弱。四鄰之國皆強橫暴虐，常常被他侵淩，佛國兵馬微少，不能抵敵，遂棄國而逃。沒奈何倡一修行好善之說，又立出許多四生❹六道❺、報應輪迴的榜樣，以愚弄那四鄰。他的意思不過說道：『你等今世殺我人民，搶我財物，後世必轉變犬馬填還我的。』是以十二年間，四鄰果被愚惑，佛復歸國與妻子完聚，其國仍舊富強起來，子子孫孫方得保全。佛本以智術說個真空，倒得了許多實利。他原不以術化我中國，只因中國聖人之教化不行，人的欲心勝了，則惑心益勝。不敢向堯、舜、周公、孔子闡明道義，惟向佛子祈求福澤。聖人教人無欲，教人遠鬼神，以盡人道之常。佛子惟知有己，把天下國家置之度外，以為苦海，而全不思議。自以為真空，而其實一些不能空，誘人貪欲，誘人妄求，違誤人道之正。總此求空之一念也。」

眾人道：「四大皆空，陽神不滅，佛老之論，總無沾滯。不過存此真性，可以長生永命，亦天人之正理也。先生言之，何其僻歟？」齋長道：「老子貪生，壽過百歲，而又欲陽神不滅；佛子貪生，只活六十三歲，而廼要真性常存。世上人壽數皆有定期，而佛老獨要長生；舉世死皆滅亡，而佛老獨要常存。此身之外，又說一個陽神之靈，又有一個真性之靈，故佛氏一身而有三像，老氏一身而分三清。分明地上一株柳樹，又變一個柳精出來；洞裏一個狐狸，又變一個狐精出來。一個佛老，又能分身出世，豈不與樹木禽獸之成精作怪的有何分別？不惟如此，我還把佛老邪說、向來世人受其大惑、大亂，皆屬迷而

❹ 四生：佛教分世界眾生為四大類，即胎生，如人與畜；卵生，如飛鳥與魚鱉；濕生，如蟲、蝎與飛蛾等；化生，謂無所依託，唯借業力而忽然出現者，如諸天與地獄等。

❺ 六道：佛教用語，指「天道」、「人道」、「阿修羅道」、「餓鬼道」、「畜生道」、「地獄道」。

不悟。我今歷歷指出，約有十件，你們細心領會著：

一件，佛經舍利子之說。以此身為房舍，性靈常存，世世輪迴。吃母之乳，如江水無窮，遂以父母為房舍，特借其房以轉生。此則輕視親身，比之土木，啟天下萬世以不孝之罪。其滅天性一體之大惑，一可恨也。

一件，佛經視此身為房舍，而不知愛惜。故求福利者，今生如不遂意，欲來生受用，乃因朝山進香捨身，投之千丈崖下，跌碎骨體。又如蕩子與娼妓，淫男與狂童，情濃愛厚，一時不能割捨，遂同自縊投河者往往有之。蓋謂今生不常相守，欲祈來生做夫安❻也。此則信了轉身之謬，一旦輕棄此身。其妄自殺身之大惑，二可恨也。

一件，世人視此身為房舍，而不知珍重，故信神奉佛的婦女被僧道奸徒欺哄，以為此身一客房耳，極不要緊。女體多與男相交，通龍脈，會佛根，今生陰形，來生必轉為男身。往往富室良家婦女，每被奸淫，甘喪羞恥而隱昧終身。此其淫亂閨門之大惑，三可恨也。

一件，世人迷于前生報應之說，故強盜兇徒執刀奪人財物，曰：『你前世少我債負，我今來討！』或恃勢逼人之姦，或巧言誘人之淫，曰：『我與你原有宿緣，今世所以遇我。』其他種種惡積，皆可以藉口前生為解。又有那好學仙人鍊丹養汞，每被方士將銀盜去。此其陰助奸盜之大惑，四可恨也。

❻夫安：當為「夫妻」之誤。

一件，世人迷惑佛經，信其懺悔罪過。故奉佛者白晝百方為惡，無所不至，及夜間焚香誦經，祈免罪獲福。日日作惡，夜夜懺悔。甚者有一盜入午門樓上，及內官拿住，把他衣服剝開搜看，渾身皆是佛經。蓋彼酷信佛經免禍超脫，故穿在身上以作盜耳。此陷害世情之大惑，五可恨也。

一件，世人迷惑于奉佛敬道，朝山進香。每月苦力攢錢積米，而父母凍餓，衣食不足，全不在心。又家家設立神龕供奉佛仙外神，而祖宗先代反無祠堂。此其滅親背祖之大惑，六可恨也。

一件，世人惑于清淨苦空之說，以為修仙學佛者必無妻子家產而後可。不知人乃血氣骨肉以成此身，豈是土木水石，豈無陰陽配合之欲？彼佛老雖倡清空之論，亦何曾無妻妾子孫財產？彼乃虛說這個箍圈，天下後世之人反實實遵行著他，終久戒守不定，仍舊那情欲妄動，無所不為。奸拐徒弟，哄誘良婦，其心為禽獸而不恤。此其敗壞廉恥之大惑，七可恨也。

一件，佛老倡欺世異說，使後世人人迷于求福，不修人事。故前有賊兵圍了京都，君臣猶穿了戎馬之服聽講老子，聽講佛法者不可勝數。不只於梁武帝餓死臺城❼，宋徽宗被擄沙漠❽，唐玄宗播遷蜀道❾。此其欺君誣國之大惑，八可恨也。

一件，假佛老神術仙方，燒香聚眾。始令人照水盆，看見自己乃一貧病乞兒；後將家財罄捨，照

---

❼ 梁武帝餓死臺城：太清二年（五四八）八月，侯景叛梁，次年攻陷臺城，梁武帝蕭衍幽死。

❽ 宋徽宗被擄沙漠：靖康二年（一一二七），金兵攻陷汴京，宋徽宗趙佶及其子宋欽宗趙桓被擄至北漠，後死於五國城。

❾ 唐玄宗播遷蜀道：天寶十四年（七五五），安祿山叛唐，次年攻破長安，唐玄宗李隆基逃至四川。

見盆內男則王侯將相，女則皇后嬪妃冠裳珮玉之狀。久之起兵造反，屠城陷陣。如漢時張陵、張角❿；元時韓林兒、徐增受⓫；及明時唐賽兒、趙古元、徐鴻儒⓬等類。流毒天下，傷命數萬。雖綁在法場，那師師弟弟，猶說『我等往西天去』，至死不悟。此其陷世斬殺之大惑，九可恨也。

一件，士農工商各修職業，無非接濟衣食居室之利，盡倫理教化之常，缺一不可。彼佛老倡修行謬說，僧道姑尼四等，男女游手游食，騙錢安享，做那淫逸不道之事。上逆天倫，下廢人事，消磨世間財物，與豬羊魚鱉相同。如達摩西來，在嵩山面壁九年，安享世間衣食，以自修證。使天下人人皆面壁九年，則職業盡廢，誰人肯去耕織？衣食無所從出，則舉世之人皆凍餓死矣，豈是天地造化之正！況其修廟宇、貼金像、醮祭齋會，費財無窮。此其廣業蠹財之大惑，十可恨也。

我乃聊舉十件，他類尤多，不可勝述，即此可以相推。彼佛老仙神果可以勸化愚俗，我亦何苦舉此十件說他許多違悖正經道理？但我自有生以來凡所聞見，皆其惑世誣民、蠹財亂倫之事，深可厭惡。諸君果能體察此情，則知我不得已之心，甚於孟子繼堯、舜、周、孔以解豁三千年之惑矣。」

---

❿ 張陵張角：張陵即張道陵，東漢末年人，天師道的創始者。張角，東漢末年人，創太平教，聚眾數十萬人起事，為黃巾軍主要首領之一。

⓫ 韓林兒徐增受：韓林兒為元末紅巾軍首領韓山童之子，被擁為「小明王」，後溺死瓜步，或云為朱元璋所害。徐增受，疑指徐壽輝。徐壽輝為紅巾軍主要創立者之一。

⓬ 唐賽兒趙古元徐鴻儒：以上三人分別於明永樂、萬曆、天啟時聚眾起事，後均被政府軍鎮壓。

眾人道：「如先生之說，佛老俱不足取，則天堂、地獄、鬼神一道亦滅絕矣。」齋長道：「世俗之人醉生夢死，於神鬼之說沈溺而不可解，總起於貪利邀福之心，成其迷惑。佛老乘其迷惑之見，假捏天堂、地獄、水府等神，及鬼怪人妖、長生錫福等事，騙人之財，惑人之心，亂人之倫，欲與堯、舜、周公、孔子之教爭立於世。說天上有玉皇仙官，如封神降雨，賞善罰惡，皆奉玉皇敕旨後行。玉皇經云，西方有淨德國王，四十無子，寶月皇后與君同祈於三清老君。老君送一子，生即玉皇。玄武經云，西方有淨樂國，國君無子，祈於老君。老君送一子，即玄武祖師。佛經云，西方有淨善國，生太子名佛，娶妻耶陀氏，生子摩睺羅。後出家十二年，得道成佛。如此看來，釋氏之始，實生在周家七百年之後。古即是今，今即是古。今時之所無，豈古時之所有？如今查考西方皆腥臊羶臭之夷人，何得以『淨』字名之？今時所見並無三頭六臂、四眼八手之人，何得信其為天王神將？亦並無二百三百歲之人，何得信其為長生不老乎？」眾人道：「玉皇即上帝也。書上說，武丁⓭夢上帝賜傅說⓮，孟子說齋戒沐浴可祀上帝，明明的是有上帝矣。」齋長道：「唐虞之世，已惑於鬼神之說，就傳得有上帝之象。武丁好賢，極其誠篤，夢中見一個傅說的形貌，未曾知其名姓，遂畫形像訪而求之。如此上人不曾見生龍活鳳，夢寐中卻常見之，亦畫像中見過，故能形於夢寐。若說真有上帝，冕旒冠裳模樣，那黃帝方制衣裳，可見上帝乃在黃帝後所生，黃帝前卻不曾有上帝矣。若說黃帝前就有的，難道始初赤著身體，到黃帝時重複冠

⓭ 武丁：商代第二十三代君主商高宗之名。

⓮ 傅說：相傳說曾築於傅巖之野，武丁訪得，舉以為相，出現商中興之局面。因得說於傅巖，故命為傅姓，號傅說。

裳乎？所謂帝者，天地萬物之主宰也，故名之為帝。曰上帝者，自統體一太極者言也。太極即上帝，有何形像可見？可以祀上帝者，即此心清淨可以對上天也。」

眾人道：「地獄閻羅掌管生死，生時有鬼送他來，死時有鬼勾他去，受罪有鬼拷打他。人之為善，轉生富貴；物之為善，亦能轉生為人；人之為惡，轉為禽獸；物之為惡，滅其性靈。其說果否？」齋長道：「此戒訓愚俗之人則可，其實道理不然。彼男女交媾，父精母血聚而成胎，母腹中本自生生。若待有了胎，然後鬼魂來投。不知從孕婦口中投的，還從孕婦腰間投的？向來肚中血塊岌岌而動者，又是何物？人有此身，必形與氣相合，而後知疼痛。今有半身不遂癱瘓之夫，火攻針刺尚不知痛。若人死後形氣相離，都化為飛塵，蕩為冷風矣。有何軀殼形質可以加其刀山、劍樹、油鍋、碓磨之刑？即使說黑風把惡人的既散之魂，依舊吹合攏來再受罪起，那陰司鬼判也沒這樣細細工夫。」眾人道：「閻王鬼判註人生時即註死期，一切妻子、富貴、窮通等項皆註定在簿上，不容改移，這卻有的麼？」齋長道：「玄武傳上說妖魔吃人無數，玄武收之，人間方除得害。若果然吃人無數，則閻王處不曾註定人應死之數矣。若說註定妖魔該吃，此報應正當之法，玄武出力救之，反不是註定生死之說矣。又說八百歲的彭祖曾娶過妻七十二人。第七十二之妻將死之時問彭祖：『何故享壽大多，想不在閻王簿上麼？』彭祖曰：『我的姓名判官將來做紙撚兒釘在簿上。』妻見閻王，閻王問道：『彭祖何妻之多？』妻對云：『他姓名做紙撚了。』閻王拆簿看之，方勾取彭祖而去。這樣看來，彭祖之妻也是溷亂生的，閻王不曾註定。彭祖一生衣食窮通，不曾註定，別人的偏註定不成？況孔孟時世無紙書，俱以竹簡、木板為之，此地獄尚在水泥土石之下，那得有個簿籍藏這個紙撚？此說大荒唐矣！」

眾人道：「城隍土地之神乃是處處有的，難道也有甚麼別說？」齋長道：「唐虞之際尚無城池，夏商以後方建城池以禦盜賊。後人遂立城隍廟，祀城隍、土地，總稱地祇。是人與萬物之母也。分之在田土，謂其功生五穀，祀之為社神；在鄉村街市，謂其功能尊安，祀之為土地之神；在一家宅院，謂其功能承載，祀之為中霤⑮之神；在一方山陵，謂其功出百貨，祀之為山嶽之神；在城牆池濠，謂其有禦盜捍患之功，故祀之為城隍之神，皆此一土耳。在人心中，無非飲水思源、感恩報德之意，豈可以前殿塑男，後殿塑女，在家又塑一老頭子之像？分明以人身之小形像，輒敢誣枉天地自然之正神也！此說更又荒唐矣。」眾人道：「城隍土地往往顯靈，實實有個人像活現出來。怎麼總說一個『土』字？」齋長道：「顯靈者又有一種道理：世間忠義英雄烈士，或抱冤枉屈死，或無子早年猛死，其英靈之氣不散，多依神廟顯應。如元時殺了文天祥，明時殺了于忠肅⑯，謂其為今之都城隍。天地間生為正人，死為正氣。正氣之靈為河嶽山川城隍等神，自然而然，不消勅封，不由人捏，皆造化正理之妙運耳。其實山川土地本自個神靈，不可耑指某人為某神也。」眾人道：「正人固是以氣為主，天地間儘有妖人異事不常顯將出來。我數年在中州，看見柳樹上生一二寸人形；江西天上落下黑米；徐州天上落下人頭細豆，眼目口鼻俱完全的。世間異事妖物信有之矣。」齋長道：「孔子不語『怪力亂神』，也曉得世間非常之變，間或有之，乃是災禍徵兆。聖人只道其常，不肯信此怪事，以啟人迷惑之端。若佛老專專以此嚇人，所以為邪道耳。如世界將變，或萬物將死於兵荒，故五行皆成妖怪，不獨柳樹、石塊、狐狸、猴子已也。在人

⑮ 中霤：古代五祀之一，即後來之宅神。

⑯ 于忠肅：明兵部尚書于謙。于謙遭誣被殺，後平反昭雪。弘治初追諡肅愍，萬曆中改諡忠肅。

只有正身修德以消化之耳。」眾人道：「妖術怪事，不是神仙也造作不出。明朝成化⑰年間，河南偃師縣一個百姓叫名朱天寶，死了埋後三日，其妻三翠兒拿了些葷素酒食往去祭祀。走過高嶺，遇見一塊大石，高有二丈。翠兒剛到石邊，忽然一聲響亮，山石崩倒，露出石匣一個。翠兒上前看時，石匣開有一縫，露出寶劍一口，妖書一本。翠兒悄悄持回，誦習數日，便知人家未來之事。鄉人稱其奇異，奉為佛母，拜從的不及一年，約有萬人。他有法術，田中苗葉吹氣變為刀鎗，板凳變成虎豹，布圍變作城池。一旦反亂起來，官兵勦捕，兩下殺傷甚多，方得拿獲。翠兒監禁在獄，不出三日，枷鎖繚肘俱在，翠兒不知去向。此等法術不是仙人具此神通，也不能有此靈異。」齋長道：「妖人亦神仙之類，盜天地一種化工之巧，為此妖術，藏在山間。世運將變，人民應該遭劫，一旦付之妖人，助以為亂，彼時殺死、餓死、屈死者不可勝數。雖天地氣數所致，萬民生靈所遭，然自神仙作之，其逆天之罪難逃。信乎神仙非惟無益於世，而實有損於世者也。」眾人道：「金主渡揚子江⑱，水不及馬腹。元太子北逃⑲至大河無船，空中獻一金橋渡河而去。非怪事乎？」齋長道：「天地造化之氣，不足者助之，有餘者損之。夏、商以前，人生極少，故天運多生聖賢，以生養萬民。至周家八百年太平以後，人生極多，則暴惡亦多，良善極少。天道惡惡人之多，故生好殺之人，彼爭此戰。如生白起⑳，坑趙卒四十萬人；柳盜跖橫行天

⑰ 成化：明憲宗朱見深的年號（一四六五～一四八七）。

⑱ 金主渡揚子江：宋紹興三十一年（一一六一），金廢帝完顏亮大舉伐宋，於楊林渡入江。

⑲ 元太子北逃：明洪武二十一年（一三八八），藍玉於捕魚兒海大破元軍，斬獲無數。元主與太子天保奴數十騎遁去。

下，壽終於家；助金主返江以亂中原，賜元太子金橋以存其後。原非天道無知，乃損其有餘故也。即如天意欲復漢業，故光武㉑有冰堅可渡之異。天道窮則變通，怪異之事亦或有之，不可一概拘拘論也。」

眾人道：「先生之言，俱是窮源探本之論，大醒群迷。我輩聞所未聞，開盡從來茅塞。但佛老之教盈滿天地，浸灌人心久矣，先生一人獨持其說，排以斥之，佛骨表㉒、無鬼論㉓不足奇也。竊恐外道之羽翼居多，先生之唇舌有限。先生未必能為世人福，而世人實能為先生禍也。」齋長覺得眾人之論牢不可破，乃云：「日將暮矣，余將返駕入城。」老者送過溪橋，回來對著豆棚主人道：「閒話之興，老夫始之。今四遠風聞，聚集日眾。方今官府禁約甚嚴，又且人心叵測，若盡如陳齋長之論，萬一外人不知，只說老夫在此搖唇鼓舌倡發異端曲學，惑亂人心，則此一豆棚未免為將來釀禍之藪㉔矣。今時當秋杪㉕，霜氣逼人，豆梗亦將槁也。」眾人道：「老伯慮得深遠，極為持重。」不覺膀子靠去，柱腳一鬆，連棚帶柱一齊倒下。大家笑了一陣，主人拆去竹木竿子，抱蔓而歸。眾人道：「可恨這老齋長執此迂腐之論，把世界上佛老鬼神之說掃得精光。我們搭豆棚，說閒話，要勸人吃齋念佛之興一些也沒了。」老者道：「天下事被此老迂僻之論敗壞者多矣，不獨此一豆棚也。」

---

⑳ 白起：戰國時秦將，善用兵，因功封武安君。長平之戰，坑殺趙降卒四十萬。

㉑ 光武：指東漢世祖光武帝劉秀。

㉒ 佛骨表：指韓愈所著之諫迎佛骨表。唐元和十四年（八一九），唐憲宗遣使往鳳翔迎佛骨，韓愈上此表反對。

㉓ 無鬼論：即南朝梁時人范縝所著之神滅論。

㉔ 藪：比喻人或物聚集的地方。

㉕ 秋杪：秋將盡時。杪，末。

總評：

滔滔萬言，舉混沌滄桑、物情道理，自大入細，由粗及精，剖析無遺。雖起仲尼、老聃㉖、釋迦三祖同堂而談，當亦少此貫串、博綜也。且漢疏宋注，只可對理學名儒，不能如此清辨空行，足使庸人野老沁心入耳。不寧惟是，即村婦頑童從旁聽之，亦有點頭會意處，真可聚石而說法矣。篇中闢佛老數條，是極力距詖行㉗，放淫辭，一片苦心大力。艾衲所云「知我不得已之心，甚於孟子繼堯、舜、周、孔以解豁三千年之惑」，豈不信哉！著書立言，皆聖賢發憤之所為作也，亦在乎後學之善讀。如不善讀，則王君介甫㉘，以經術禍天下，所必然矣。即小說一則，奇如水滸記，而不善讀之，乃誤豪俠而為盜趣；如西門傳㉙，而不善讀之乃誤風流而為淫。其間警戒世人處，或在反面，或在夾縫，或極快極艷，而慘傷寥落寓乎其中，世人一時不解也。只雖作者深意，俟人善讀。而吾以為不如明白簡易，隨讀隨解，棒喝悟道，只在片時，殊有關乎世道也。艾衲道人胸藏萬卷，口若懸河，下筆不休，拈義即透。凡詩集傳奇，剞劂而膾炙天下者，亦無數矣。邇當盛夏，謀所以銷之者，於是豆棚閒話

㉖ 老聃：即老子。
㉗ 詖行：偏頗不正的行為。
㉘ 介甫：指宋人王安石，介甫為其字。
㉙ 西門傳：指小說金瓶梅。

不數日而成。爍石流金，人人雨汗，道人獨北窗高枕，揮箑（扇）構思。憶一聞，出一見，縱橫創闢，議論生風，獲心而肌骨俱涼，解頤而蘊隆不虐。凡讀之者，無論其善與不善也，目之有以得乎目，耳之有以得乎耳。無一邪詞，無一頗說。凡經傳子史所闡發之未明者，覽此而或有所觸長焉；凡父母師友所教之未諭者，聽此而或有所恍悟焉。則人人善讀之矣。則成十二，先示人間；續有嘉言，泚筆伊始。

照世盃

酌元亭主人編撰
陳大康校注
王關仕校閱

總目

引言

陳大康

在清初眾多的短篇小說集中，僅含四則故事的照世盃可算是篇幅最短的作品集之一。它在中國本土原已散佚，直至一九二八年陳乃乾據董康由日本攜歸之本，用活字排印，收入古佚小說叢刊後，才又在中國流傳。陳乃乾在古佚小說叢刊總目提要中對此書有很高的評價：「明末短篇小說盛行，二拍、三言其尤著焉。此書雖僅四篇，其描寫社會狀態、人情世故，深刻周至，凡二拍、三言所選，皆非其匹。」將其歸為明末作品是誤判，而所謂「皆非其匹」，讚揚似也有過當之嫌。不過，這部短篇小說集的確有其引人注目的特點。

照世盃中的作品都沒有描寫軍國大事，甚至沒有像許多由明入清的作家那樣，明顯或隱約地以當時的歷史巨變，即明清鼎革為故事展開的背景。作品中的主人公又都是社會上的小人物，如秀才、童生、妓女、小商人與土財主之類，他們的經歷與社會大事件或眾口相傳的奇聞相比，實在算不了甚麼。而且作者敘述時，也沒有在故事中插入神仙鬼怪之類的超現實力量；情節的發展也沒有刻意一波三折，以增加傳奇色彩。作者酌元亭主人只是平實地描寫普通人生活中的故事，而這正是他所追求的目標。作品集的序言也先作過明確的宣示，就是「採閭巷之故事，繪一時之人情」。

從通俗小說的發展歷程來看，提出這樣的創作觀點，是一種進步。通俗小說的第一個創作流派是以三國演義為代表的講史演義；其次則是以西遊記為代表的神魔小說。雖然這其間的優秀作品中，的確合有作者所處時代的人情物理；但直接描寫的對象，則或是遙遠的古代，或是虛無飄渺的天國，與人們的現實生活畢竟有著不小的距離。文學創作當然應該有不同風格、不同題材的作品；但其發展趨勢，終究要貼近現實生活。於是隨著創作的進步與作家認識的深化，在講史演義與神魔小說之後，又出現了人情小說、擬話本與時事小說等創作流派。越來越多的作家，開始以直接描寫現實生活為己任。著名小說家凌濛初在拍案驚奇序中更進一步提出了這樣的見解：「今之人但知耳目之外，牛鬼蛇神之為奇，而不知耳目之內，日用起居，其為譎詭幻怪，非可以常理測者固多也。……所謂必向耳目之外索譎詭幻怪以為奇，贅矣。」當時作家的創作轉向現實，與明末政局的動盪有著很大的關係。而其後的明清鼎革之變則是更為強烈的刺激，因此在入清不久的順治朝與康熙朝前期，從現實生活中擷取題材已是創作的主流；人們評論作品也往往著眼於這一點。如杜濬在評論李漁的作品時，就曾指出：「無聲戲之妙，妙在回回都在說人，再不肯說神說鬼。」這位杜濬，就是諧野道人在照世盃序中提到的好友「睡鄉祭酒」。由此可見，酌元亭主人決定描寫現實生活中小人物的故事，並不是他個人一時的心血來潮，而是通俗小說創作經過長期發展後的一種帶有必然性的表現。當然，志同道合的朋友的互相勉勵、切磋，也是他決定如此創作的重要原因之一。

雖然作者沒有去描寫社會上的重大事件，甚至也沒有用為故事發生的背景，但是通過作品的描述，我們仍然可以感受到那些人物、事件所散發出的時代氣息。其實，作者在書中第二回百和坊將無作有中對時代背景曾經有過一個雖無意寫來但又很明確的提示：「且說明朝叔季年間」。所謂「叔季年間」，是

「叔世」與「季世」的合稱，通俗點說，是亂世與末世的合稱。也就是說，儘管該書的第一回與第三回曾被作者暗示為明初發生的故事，但是實際上他作品中的描寫都是對明末社會現實的反映。明末是中國歷史上最腐朽黑暗的時代之一。當時內憂疊生，外患不已，吏治敗壞，貪污橫行；且維繫統治的封建倫理綱常遭到了日甚一日的衝擊，越來越多的人自覺或被迫地接受一切以金錢為中心運轉的觀念。這樣折騰了幾十年，大明朝也終於滅亡了。動盪的年代為小說創作提供了極為豐富生動的素材，而小說中的短篇作品尤能迅速及時地反映現實。因此在明末與入清不久之時，短篇小說的創作就顯得特別繁榮，而且其內容又多與時代相平行。不過，雖然同是對明末的社會現實嬉笑怒罵、暴露批判，明末時作家的立意大多是借此警惕國人，還希望能挽頹運於萬一。而由明入清的作家面對歷史定局，則是痛定思痛，著力於反思與總結教訓；其中也包括糾正自明末延續而來的澆薄世風。照世盃的作者酌元亭主人，顯然是屬於後一類作家。

「百年古墓已為田，人世悲歡只眼前；日暮子規啼更切，閒修野史續殘編。」作品集第三回篇首的這首小詩頗能顯示酌元亭主人的創作宗旨。也正因為如此，他創作時的心情並不平靜，特別是當涉及明末的人情風俗時，激憤之語便每每冒將出來。在作品集第一回七松園弄假成真中，作者有意將高貴的夫人小姐與低賤的青樓妓女作對比，並且又稱前者為「摧殘才子」的「慁佳人」，而惟有後者才知情識意，這實為反常的情節安排。其實，作品開篇處對妓女的那一段議論足以表明，作者並非不知這樣安排的不合情理。他又偏作如此描寫是另有用意，即想通過刺目的反襯，使當時以金錢權勢論婚嫁風氣的醜惡顯得更為突出。果然，他借一心要在青樓中尋覓知音伴侶的阮江蘭之口，激憤地抨擊時尚：

近來風氣不同，千金國色，定要揀公子王孫纔肯配合；閭閻之家間有美女，又皆貪圖厚貲嫁作妾媵；間或幾個能詩善畫的閨秀，口中也講擇人，究竟所擇的也未必是才子。可見佳人心事，原不肯將才子橫在胸中，況小弟一介寒素，那裏輪流得著？真辜負我這一腔癡情了。

秀才們津津樂道的是佳人合配才子，這在原先也並非是妄想。在封建社會裏，人們的地位次序原本是按士農工商排列。秀才即使是一介寒素，胸中的才學卻是他足以自傲的資本；而腰纏萬貫的商賈，在他們面前，則只能自慚形穢。可是到了明末時，一切以錢論斤兩卻成了相當普遍的社會風氣；「才學」二字已不足道，就連佳人也不能免俗。正是在這一背景之下，作者才會寫出秀才堅信惟有青樓中方可覓得知音伴侶的看似反常的故事，並借此宣洩他對知識分子身價暴跌的無可奈何的哀傷。

知識分子原本堅信的價值觀念正在被轟毀，現實迫使他們中的許多人不願再死抱著「子曰詩云」不放，而是趨附潮流而動，去尋覓別的進身之階。於是在第二回百和坊將無作有之中，便出現了不講氣節操守、無恥鑽營的歐滁山的形象。這篇作品敘述了歐滁山投機取巧、招搖撞騙，最後自己又被騙落難、家破人亡的故事。如開篇處針砭明末世風而發的那一段議論便十分引人注目：

丈夫生在世上，偉然七尺，該在骨頭上磨鍊出人品，心肝上嘔吐出文章，胼胝上掙扎出財帛。若人品不在骨頭上磨鍊，便是庸流；文章不在心肝上嘔吐，便是浮論；財帛不在胼胝上掙扎，便是虛花。

歐滁山跑到做知縣的朋友那兒去做遊客、打抽豐。他只要收了錢財，「也不管事之是非，理之屈直」，就擺出名士腔調，強要朋友按照自己的意思審斷案件；若有半點不依，便糾纏不休。而當官的「只圖耳根乾淨」，居然說一件，准一件。歐滁山接連干預了幾個案子的審斷，不多時就收入了七百多兩銀子。作者雖然沒有具體介紹那些案子及其審理過程，然而其時士風之墮落、吏治之腐敗、冤獄之普遍，單憑那一堆白花花的銀子也就不難想見了。

如果說，作者在第二回中對那位知縣還只是一筆帶過的虛寫，那麼在第三回走安南玉馬換猩絨中，他對獨霸一方的胡安撫就可算是工筆實描了。這則故事的主體是寫杜景山的安南之行。但他冒險南下，卻完全是因為胡安撫逼迫的緣故，後者既要為兒子報仇，又想攫取橫財，可說是一箭雙鵰。倘若不是僥倖地結意外之緣，杜景山無論如何也逃脫不了家破人亡的厄運。作者對那位胡安撫曾有過概括的介紹：

> 他生性貪酷，自到廣西做官，不指望為百姓興一毫利，除一毫害，每日只想剝盡地皮自肥。總為天高聽遠，分明是半壁天子一般。

待讀完這則故事，讀者們都會同意作者對胡安撫所作的考評；而明末世道的黑暗，也由此可見一斑。

第四回掘新坑慳鬼成財主則是講述了穆家靠經營糞坑而成財主的故事。以如此內容為題材，這在中國古典小說中大概可算是絕無僅有的。然而這則奇特故事涉及的社會生活面卻較為廣泛。作者從山村寫到縣城，又從賭場寫到官場，而隨著故事的展開與場景的變換，土財主、小童生、新媳婦、惡少、無賴、賭棍、幫閒、宦家子弟與現任官員均一一現身紙上，聲態並作，各色人等糾纏不清、明爭暗鬥的核心，則又不外乎「金錢」二字。作者論及穆太公的生活態度及其與兒子的關係時，寫出這位吝嗇鬼為了積攢金錢，竟自覺地放棄了作為一個人的正常生活：

臉也不洗，口也不漱，自朝至夜，連身上冷暖、腹內飢飽都不理會，把自家一個血肉身體當做死木槁灰。……既不養生，便是將性命看得輕；將性命既看得輕，要他將兒子看得十分鄭重，這那裏能夠。

金錢作祟，連父子之間的關係都尚且如此，又遑論其他？金有方煞費苦心地算計姐夫家的財產，自然也就成了情理中的事。明末的有識之士時時感慨世風的澆薄，而金錢勢力的暴長，不僅衝擊了維繫封建社會秩序的三綱五常；甚至還顯出咄咄逼人的取而代之的趨勢。這實為致使他們長太息的重要原因之一。

掘新坑慳鬼成財主是一篇喜劇性的諷刺文章，它明顯地表現出了一種嘻笑怒罵的風格。作者並不讚賞或喜愛自己筆下的人物，而是投以超然地冷眼鄙笑與揶揄調侃。穆太公掘坑斂財的種種醜態，鄉人如廁時的眾生相，糞坑前偏又赫然掛著「齒爵堂」的匾額，這一切作者都是一一如實寫來，而在那些客觀的描寫中，又自透出一股冷嘲熱諷的意味。這股冷嘲熱諷的意味實際上也貫穿於照世盃的整個創作過程，只不過其第四回給人的感受更為集中，更為強烈罷了。為了與這種冷嘲熱諷的意味相適應，作者創作時又有意以詼諧的手法寫實。如第一回中阮江蘭受眾美人的逼迫，不得不喝下三大杯酒時，作者就寫他「嘴唇雖然領命，腹中先寫了璧謝的帖子，早把樊噲吃鴻門宴的威風，換了畢吏部醉倒在酒甕邊的故事」。第三回寫胡衕內偷丫頭不成又挨一陣打，終於臥床不起時則云：「想是這一員小將，不久要陣亡了。」語言幽默俏皮，同時又是強烈的諷刺。至於第二回中為了凸現歐滁山的醜態，這一類描寫更是不勝枚舉。從這一角度來看，照世盃也可稱作為一部諷刺小說集。中國古典小說中最優秀的諷刺小說是清代乾隆年間的儒林外史，可是在此書之前，包括照世盃在內的明末清初的短篇小說中，已經出現了一些較為出色的諷刺作品，而那些作家在這方面的探索與創作經驗的積累，則可視為終於會有吳敬梓那部力作問世的必要準備。

現在，我們可以明白這部作品集為何取名為「照世盃」了。明朱國楨湧幢小品卷一有云：「撒馬兒罕在西邊，其國有照世盃，光明洞達，照之可知世事。」作者酌元亭主人取其意而命名，照世盃序中有段關於小說功用的議論，其實也可看作是對如此命名的解釋：

妍媸不爽其報，善惡直剖其隱，使天下敗行越檢之子，惴惴然側目而視曰：「海內尚有若輩，存好惡之公，操是非之筆，盍其改志變慮，以無貽身後辱。」

所謂「妍媸不爽其報，善惡直剖其隱」，是當時的作家對諷刺小說藝術描寫方面的一種認識，也是創作轉向現實生活後作家們的經驗總結之一；而希望「天下敗行越檢之子」讀了那些作品以後能「改志變慮」，則是酌元亭主人創作的重要目的。在這一篇序言中，又有「豈通言儆俗，不足當午夜之鐘、高僧之棒、屋漏之電光耶」等語，既現其自視甚高，同時也使人體會到作者對小說教化功用的重視。

然而，正由於這一緣故，作者創作時又好作垂戒之語。在作品的篇首篇末發一通議論是明末以來擬話本固有的格式，此處暫且不論。可是當故事情節進行到一半時，作者有時也要插入自己的感慨或批評。這一類文字對於了解作者的心態、好惡或明末某種社會現象的概況確實是有所幫助，但是插入這些話畢竟是中斷了情節的發展。若以藝術創作的標準來衡量，用抽象的議論取代具體的形象以訴諸讀者，這實在不能算是高明之舉。此外還應該指出，作者的有些議論在今日看來又顯得很迂腐。如讀者閱讀走安南玉馬換猩絨這篇文章時，他們看到的是胡安撫的貪酷，胡衙內的流蕩，以及杜景山赴安南尋覓猩猩絨的千辛萬苦；然而作者對於這則故事所總結的教訓卻是：「可見婦女再不可出閨門招是惹非，俱由於被外人窺見姿色，致啟邪心。容是誨淫之端，此語真可以為鑑。」胡衙內貪圖杜景山妻子的姿色，調戲不成，生計迫害，確實是致使杜景山南行的重要原因，但是將這篇揭露封建衙門的黑暗與描寫異國風光的作品的意義僅歸結於此，卻與讀者閱讀時所感受到的主題對不上號。這部作品集的每篇文章之後都有評語，但基本上都是鼓吹教化一類的議論，而且又都是當作最重要的意見鄭重其事地提出。在中國古典小說中，時常有作者主觀的創作主旨與作品客觀的實際效果不完全一致的情形，而我們面前的這部照世盃，似也正可以歸入這一類。

照世盃考證

陳大康

照世盃四回，題「酌元亭主人編次」。此書刊本世間罕見，就目前所知，僅日本佐伯文庫藏有一康熙間刊本。此外，大連圖書館藏有一鈔本。一九二八年，海寧陳乃乾據董康自日本攜歸之本用活字排印，收入古佚小說叢刊，這部短篇小說集才重新又在中國本土流傳。

佐伯文庫所藏的照世盃刻本的內封，右上鐫「諧道人批評第二種快書」，其左下則鐫「酌元亭梓行」。所謂「第二種快書」，是指對於小說閃電窗而言。該書內封的右上鐫「諧道人批評第一種　書」（「書」字前原空一格，似漏刻「快」字），左下則鐫「酌玄亭梓」。將兩部書內封上的題署互作比較，可以得出兩個判斷。第一，酌玄亭在刻印閃電窗時，應該已有刻印照世盃的計劃，故而才會在顯著的地位刻上「諧道人批評第一種　書」的字樣，以向讀者們暗示其後還將有「第二種」的問世。第二，閃電窗是題「酌玄亭梓」，可是照世盃卻題「酌元亭梓」，這一字之差，正為了解作品的刊行年代提供了線索。因為改「玄」為「元」，顯然是為了避康熙帝玄燁之諱。既然刻印這兩部小說是同一計劃內的事，那麼二書的刊行並不會相距太長的時間，就前者無須避諱而後者卻必須避諱這件事實來看，表明照世盃的刊行應該是康熙初年的事。細觀佐伯文庫的藏本，其中「元」的字體異於其他字，似是挖改所致。若果是如此，那麼該書在順治末年業已剞劂完畢，發行時則正逢康熙改元，故而須將「玄」字挖改為「元」。當然，這裏還存在著另一種可能性，即照世盃在順治年間已經刊行，康熙時又重新再印，此時自然也需要挖改避諱。很顯然，不管是兩種可能中的哪一種，照世盃創作的完成都應該是在康熙朝之前。

那麼，照世盃的寫作會不會早於順治年間，即它是一部明時的作品呢？回答只能是否定的。最有力的證據，是此書第二回中的「且說明朝叔季年間」一語。「叔季年間」是「叔世」與「季世」的合稱，前者指衰亂的時代，後者意為末世、衰世，它們都是指明代末年。作者不像明時人那般稱「國朝」或「皇明」，而是直以「明朝」呼之，這顯然是意味著他已奉大清為正朔矣。

判斷照世盃是順治年間的作品還有一個依據，那就是該書第一回序言中的「今冬過西子湖頭，與紫陽道人、睡鄉祭酒縱談今古，各出其著述」等語。睡鄉祭酒是杜濬的別號，李漁的短篇小說集無聲戲與十二樓的書首都有他撰寫的序；紫陽道人則是指丁耀亢，他是續金瓶梅的作者。不言而喻，照世盃序的寫作以及該序提及的西湖冬日聚會，應是在照世盃創作完成之後。而根據序中的介紹以及序末「吳山諧野道人載題於西湖之狎鷗亭中」的題署可知，這篇序言其實就產生於三人聚會之時。因此，弄清楚這次西湖冬日聚會的時間，也就等於知道了照世盃成書的時間下限。可惜的是，那篇序言並未注明寫於何時，不過通過對丁耀亢當時活動情況的排比，我們仍可較準確地考定那次西湖冬日聚會的時間。

丁耀亢，字西生，號野鶴，山東諸城人，生於明萬曆二十七年（一五九九）。入清以後，他曾先後任鑲白旗教習、容城教諭等職。順治十六年（一六五九），因被任命為福建惠安的知縣而南下。這是他入清以後唯一一次來到杭州的機會，而且這一次他在西子湖畔還逗留了較長時間。丁耀亢在自己的著述中曾經多次提及此事，如康熙三年（一六六四）所作的自述年譜以代挽歌中云：「己亥十月，由吳而越，借居湖舫，衰病日增。」此處的「己亥」，即是指順治十六年。丁耀亢在續金瓶梅書首那篇太上感應篇陰陽無字解序中又寫道：「亢不敏，病臥西湖，既不克上膺簡命，而效職於民社。」這裏後兩句是說他尚未去福建惠安赴任，而這篇序的末尾則題為「時順治庚子孟秋，西湖鷗吏惠安令瑯琊丁耀亢謹序」。「順治庚子」為順治十七年（一六六〇），「孟秋」是指七月，即丁耀亢此時在西子湖畔已住了十個月，小說續金瓶梅正是完成於此時。由於丁耀亢在順治十八年（一六六一）正月已經獲准辭職北還，因此他在西湖邊經歷過兩個冬天；又由於照世盃序中的「各出其著述」一語，那次冬日聚會又應是在續金瓶梅創作完成以後，由此可以斷定，所謂「今冬」，是指順治十七年的冬天。據此又立即可以推斷，照世盃的創作應完成於此年或稍早。

照世盃中有「酌元亭主人編次」的題署，「酌元亭主人」為作者的別號可以確定無疑。而如前所述，他原先的別號是「酌玄亭主人」，小說閃電窗的題署就是「酌玄亭主人編輯」。不過，此人的真實姓名及其生平現在都無法考知；只是根據閃電窗的「酌玄亭梓」以及照世盃的「酌元亭梓」可以推知，這位作者還自辦刊刻與發行，或許，他本來就是一位書坊主也未可知。

閃電窗與照世盃都有諧道人的批評，二書卷首序言的題署分別為「吳山道人諧野書於半塘之釣魚舫中」與「吳山諧野道人載題於西湖之狎鷗亭中」。這裏的「諧道人」、「吳山道人諧野」與「吳山諧野道人」毫無疑問地應該是一個人。而我們更感興趣的是，他與酌元亭主人又是甚麼關係。從表面上的題署來看，閃電窗與照世盃都是一人創作，另一人作序兼評論，兩人至少是曾經有過較長時期的合作。如果再仔細閱讀照世盃序，特別是其中「今冬過西子湖頭，與紫陽道人、睡鄉祭酒縱談今古，各出其著述」那一段話，就可以發現這兩人的實際關係遠比題署所顯示的親密得多。「過西子湖頭」的是諸野道人，可是他拿出的「著述」卻是照世盃，這等於在向世人暗示，作序兼評論者，其實就是作者！這真有點像李白「舉杯邀明月，對影成三人」的詩句，讀來煞是熱鬧，然而活生生的人卻只有一個。

問題被簡化了，而且以「吳山」為線索，現在又可以對作者的籍貫有一個大概的了解。從照世盃的內容來看，作者當為江浙人氏，而在江浙地區，又有兩座吳山：其一位於浙江杭州西湖東南，又名胥山，上有子胥祠；其二則位於江蘇吳縣西南。說來也巧，諸野道人的好友丁耀亢也很與吳山有點關係，其作品續金瓶梅的第六十二回中有這樣一段文字：

臨安西湖有一匠人善於鍛鐵，自稱為丁野鶴。棄家修行，至六十三歲，向吳山頂上結一草庵，自稱紫陽道人。

野鶴與紫陽道人均為丁耀亢之號，他寓居西湖時也正是這個年齡，因此這段話可以看作是他的夫子自道。聯繫到前面曾經提及的「病臥西湖」，看來丁耀亢當年就住在西湖邊的吳山。那麼，這座吳山是否就是諸野道人的那座吳山呢？換言之，諸野道人是不是杭州人氏？譚正璧先生在古本稀見小說匯考中，曾經根據照世盃序題署中的「題於西湖之狎鷗亭中」，就判斷「諸野道人或為杭州人」。此判斷似乎下得有點輕率，因為該題署只是指明了作序的地點，並不能將它作為判斷作序人為何方人氏的依據。而且，如果諸野道人果真是居住於西湖邊的吳山，那麼序中的「今冬過西子湖頭」一語又該如何解釋呢？

由此看來，我們尋覓的吳山便只能是蘇州吳縣西南的那一座了，作品裏也有一些支持此判斷的內證。作者在照世盃中沒有寫到過杭州人；甚至對於杭州，也只是在第一回中有兩次簡略地提及：

阮江蘭一路無事，在舟中不過焚一爐香，讀幾卷古詩。到了杭州，要在西湖上賞玩，又止住道：「西湖風景不是草草可以領會；且待山陰回棹，恣意受用一番。」遂渡過錢塘江。

（阮江蘭）遂喚焦綠收拾歸裝，接淅而行，連西湖上也只略眺望一番。

作者在這裏寫的都是路過杭州的感受，那位阮江蘭又正是蘇州人氏。在該卷中，作者對蘇州風土人情的描寫較為細膩。他對這一帶生活的熟悉，似也可以作為此吳山位於蘇州而非杭州的一個佐證。

綜上所述，我們可以得出這樣的結論：一、照世盃至遲在順治十七年（一六六〇）的冬天業已成書；二、作者酌元亭主人與作序兼評論的吳山諧野道人實為一人，其姓名、生平現已無考，僅可推知為蘇州人氏。

序

客有語酌元亭主人者曰：「古人立德立言慎矣哉。胡為而不著藏名山待後世之書，乃為此游戲神通也？」余曰：「唯唯否否。東方朔善恢諧，莊子所言皆怪誕，夫亦托物見志也。與嘗見先生長者正襟斂容而談，詵詵有目之為學究，病其迂腐，相率而去者矣。即或受教，亦不終日聽之，且聽之而欲臥。所謂正言不足悅耳，喻言之可也。」今冬過西子湖頭，與紫陽道人、睡鄉祭酒縱談今古，各出其著述，無非憂憫世道，借三寸管為大千世界說法。昔有人聽婦姑夜語，遂歸而悟弈，豈通言儆俗，不足當午夜之鐘、高僧之棒、屋漏之電光耶？且小說者，史之餘也。採閭巷之故事，繪一時之人情，妍媸不爽其報，善惡直剖其隱，使天下敗行越檢之子，惴惴然側目而視曰：「海內尚有若輩，存好惡之公，操是非之筆，盍其改志變慮，以無貽身後辱。」是則酌元主人之素心也哉，抑即紫陽道人、睡鄉祭酒之素心焉耳。

吳山諧野道人載題於西湖之狎鷗亭中

侍女爭各拿了硃筆、墨筆，不管橫七豎八，把阮江蘭清清白白賽潘岳、似六郎的容顏，倏忽便要配享冷廟中的瘟神痘使。

（第一回）

防守市上的官兵，見這騎馬漢子在人叢裏放轡頭，又見後面漢子追他是「偷馬賊」，一齊喊起來，道是「拿奸細」。

（第三回）

回目

第一回　七松園弄假成真

美人家住莫愁村，蓬頭粗服朝與昏。門前車馬似流水，戶內不驚鴛鴦魂。
座中一自識豪傑，無限相思少言說。有情不遂莫若死，背燈獨扣芙蓉結。

這首古風是一個才子贈妓女的。眾人都道妓女的情假，我道是妓女的情最真；眾人都道妓女的情濫，我道是妓女的情最專；眾人都道妓女的情薄，我道是妓女的情最厚。這等看起來，古今有情種子，不要在深閨少艾❶中留心注目，但在青樓羅綺內廣攬博收罷了。只是妓女一般也有情假、情濫、情薄的。試看眼前那些倚門買（賣）笑之厎娼、搽脂抹粉之歪貨，但曉得親嘴咂舌是情，拈酸吃醋是情，眼挑腳勾是情，賠錢貼鈔是情，輕打悄罵是情。那班輕薄子弟初出世做嫖客的，也認做這便是情。更有一種假名士的妓女，倩人字畫，居然「詩伯」、「詞宗」，遇客風雲，滿口「盟翁」、「社長」。還有一種學閨秀的妓女，喬稱小姐，入門先要多金；冒托宦姬，見面定需厚禮。局面雖大，取財更巧。其被窩浪態，較甚於娼家；而座上戲調，何減於土妓。可憐把一個情字，生生汩沒了，還要想他情真、情專、情厚，此萬萬決不可得之理。我卻反說妓女有情，反說妓女情真、情專、情厚，這是甚麼緣故？蓋為我輩要存天理，

❶ 少艾：美貌的少女。

存良心，不去做那偷香竊玉、敗壞閨門的事；便是閨門中有多情絕色美人，我們也不敢去領教。但天生下一個才子出來，他那種癡情雖不肯浪用，也未必肯安於不用，只得去寄跡秦樓❷，陶情楚館。或者遇得著一兩個有心人，便可償今生之情緣了。所以「情」字必須親身閱歷，纔知道個中的甘苦。惟有妓女們他閱人最多，那兩隻俏眼、一副俊心腸，不是揮金如土的俗子可以買得轉。倘若看中了一個情種，便由你窮無立錐，少不得死心塌地，甘做荊釵裙布❸。決不像朱買臣的阿正，中道棄夫❹；定要學霍小玉那冤家，從一而死❺。看官們聽在下這回小說，便有許多人要將花柳徑路從今決絕的；更有許多人將風月工夫從今做起的。

話說蘇州一個秀士，姓阮諱苣，號江蘭，年方弱冠，生得瀟灑俊逸，詩詞歌賦，舉筆驚人，只是性情高傲，避俗如仇。父母要為他擇配。他自己忖量道：婚嫁之事，原該父母主張。但一日絲蘿❻，即為百年琴瑟，比不得行雲流水，易聚易散；這是要終日相對、終身相守的。倘配著一個村姬俗婦，可不憎嫌殺眉目，辱沒殺枕席麼。遂立定主意，權辭父母道：「孩兒待成名之後再議室家。」父母見他志氣高

❷ 秦樓：此為妓院的代稱。下文中的「楚館」也是指妓院。

❸ 荊釵裙布：以荊枝當髻釵，用粗布製衣裙，為貧家婦女的裝束。

❹ 朱買臣二句：朱買臣為漢吳縣人，歷任中大夫侍中、會稽太守。朱初家貧，其妻嫌發達無日，棄夫別嫁。阿正，舊時對正妻的稱呼。

❺ 霍小玉二句：霍小玉為唐蔣防霍小玉傳中人物。淪為妓女，與隴西進士李益有盟約。後李負約不往，霍積思致疾。一日有黃衫客強挾李至。霍既見李，慟極而死。

❻ 絲蘿：即菟絲與女蘿，均為蔓生植物，纏繞於草木，不易分開，故常被用以比喻男女結成婚姻。

大，甚是歡喜。且阮江蘭年紀還小，便遲得一兩年，也還不叫做曠夫。

有一日，阮江蘭的厚友張少伯約他去舉社。這張少伯家私雖不十分富厚，愛走名場，做人還在慷慨一邊。是日舉社，賓朋畢集，分散過詩題，便開筵飲酒。演了一本浣紗記❼。阮江蘭嘖嘖羨慕道：「好一位西施！看他乍見范蠡，即訂終身，絕無兒女子氣，豈是尋常脂粉。」同席一友叫做樂多聞，接口道：「西施不過一沒廉恥女子耳，何足羨慕。」阮江蘭見言語不投，並不去回答。演完半本，眾人道：「浣紗是舊戲，看得厭煩了，將下本換了雜齣罷。」扮末❽的送戲單到阮江蘭席上來，樂多聞道：「不消扯開戲目，演一折大江東❾罷。」阮江蘭道：「這一齣戲不許做。」樂多聞道：「怎麼不許做？」阮江蘭道：「平日見了關夫子聖像，少不得要跪拜。若一樣妝做傀儡，我們飲酒作樂，豈不褻瀆聖賢？」樂多聞大笑道：「老阮，你是少年人，想被迂夫子過了氣，這等道學起來。」對著扮末的道：「你快吩咐戲房裏妝扮。」阮江蘭冷笑一笑，便起身道：「羞與汝輩為伍。」竟自洋洋拂袖去了。

回到家裏，獨自掩房就枕，翻來覆去，忽然害了相思病，想起戲場上的假西施來。意中輾轉道：「死西施只好空想，不如去尋一個活跳的西施罷。聞得越地產名姝，我明日便治裝出門，到山陰去尋訪，難道我阮江蘭的時運就不如范大夫了？」算計已定，一見窗格明亮，披著衣服下床，先叫醒書童焦綠打點行囊，自家便去稟知父母。

---

❼ 浣紗記：明人梁辰魚創作的崑腔傳奇，敘吳越興亡與范蠡、西施的愛情故事。
❽ 末：傳統戲劇腳色名，一般扮演中年以上男子。
❾ 大江東：元人關漢卿所著雜劇單刀會中的一折。

纔走出大門，正遇著張少伯。阮江蘭道：「兄長絕早往那裏去？」張少伯道：「昨日得罪足下，不曾終席奉陪，特來請罪。」阮江蘭道：「小弟逃席，實因樂多聞惹厭，不干吾兄事。」張少伯道：「樂多聞那個怪物，不過是小人之雌，一味犬吠正人，不知自家是井底蛙類。吾兄何必計較。」阮江蘭道：「這種小人，眼內也還容得，自然付之不論不議之列。只是小弟匆匆往山陰去，不及話別。今日一晤，正愜予懷。」張少伯道：「吾兄何時言歸？好翹首佇望。」阮江蘭道：「丈夫遨遊山水，也定不得歸期。大約嚴慈❿在堂，不久就要歸省。」張少伯握手相送出城，候他上了船，纔揮淚而別。

阮江蘭一路無事，在舟中不過焚一爐香，讀幾卷古詩。到了杭州，要在西湖上賞玩，又止住道：「西湖風景不是草草可以領會；且待山陰回棹，恣意受用一番。」遂渡過錢塘江。覺得行了一程，便換一種好境界。

船抵山陰，親自去賃一所花園，安頓行李，便去登會稽山，遊了陽明第十一洞天。又到宛委山眺望，心目怡爽。腳力有些告竭，徐徐步入城來。

見一個所在，無數帶儒巾穿紅鞋子的相公擁擠著盼望。阮江蘭也擠進去，抬頭看那宅第上面是石刻的三個大字，寫著「香蘭社」。細問眾人，知道是婦女做詩會。阮江蘭不覺呆了，癡癡的踱到裏面去。早有兩三個僕從看見，便罵道：「你是何方野人，不知道規矩！許多夫人小姐在內裏舉社，你竟自闖進來麼？」有一個後生怒目張牙，趕來叱叱道：「這定是『白日撞』⓫，鎖去見官，敲斷他脊梁筋。」一派

❿ 嚴慈：指父母。

⓫ 白日撞：白日闖入人家行竊的小偷。

喧嚷，早驚動那些錦心繡口的美人。走出珠簾，見眾人爭打一位美貌郎君，遂喝住道：「休得亂打！」僕從纔遠遠散開。阮江蘭聽得美人來解救，上前深躬唱偌⓬，彎著腰再不起來，只管偷眼去看。眾美人道：「你大膽擾亂清社，是甚麼意思？」阮江蘭道：「不佞是蘇州人，為慕山陰風景，特到此間。聞得夫人小姐續蘭亭雅集⓭。偶想閨人風雅，愧殺儒巾，不知不覺擅入華堂，望乞憐恕死罪。」眾美人見他談吐清俊，因問道：「你也想入社麼？我們社規嚴肅，初次入社，要飲三叵羅酒，纔許分韻做詩。」阮江蘭聽見許他入社，踴躍狂喜道：「不佞還吃得幾盃。」美人忙喚侍兒道：「可取一張小文几放在此生面前。準備文房四寶，先斟上三叵羅入社酒過來。」阮江蘭接酒在手，見那叵羅是尖底巨腮小口，足足容得二斤多許，乘著高興，一飲而盡。眾美人道：「好量！」阮江蘭被美人讚得魂都掉了，愈加抖擻精神，忙取過第二叵羅來，勉強掙持下肚，還留下些殘酒不曾吃得乾淨。侍兒執著壺在旁邊催道：「吃完時好重斟的。」阮江蘭又嚥下一口去，這一口便在腹肚內轆轤了。原來阮江蘭酒量原未嘗開壑過，平時吃肚臍眼的鍾子，還作三四口打發；略略過度，便要害起酒病來。今日雄飲兩叵羅，倒像樊噲撞鴻門宴⓮、后酒安足辭的吃法。也是他一種癡念，思想夾在明眸皓齒隊裏，做個帶柄⓯的婦人；挨入朱顏翠袖叢中，

⓬ 唱偌：叉手行禮，同時揚聲致敬。

⓭ 蘭亭雅集：晉永和九年三月三日，王羲之與謝安等四十一人會於會稽山陰之蘭亭，修祓禊之禮。王羲之有蘭亭序記其事。

⓮ 樊噲撞鴻門宴：西元前二〇六年，項羽在鴻門宴請劉邦，欲殺之。劉邦部將樊噲闖入宴會，面責項羽，劉邦得以脫走。

⓯ 柄：此處指男子的陽具。

做個半雄的女子。拚著書生性命，結果這三大巨羅。那知到第三盃上，嘴唇雖然領命，腹中先寫了璧謝的帖子，早把樊噲吃鴻門宴的威風，換了畢吏部醉倒在酒甕邊⑯的故事。眾美人還在那裏讚他量好，阮江蘭卻沒福分頂這個花盆，有如泰山石壓在頭上，一寸一寸縮短了身體，不覺蹲倒桌下去逃席。眾美人大笑道：「無禮狂生，不如此懲戒他，也不知桃花洞口，原非漁郎可以問信。」隨即喚侍女：「塗他一個花臉。」侍女爭各拿了硃筆、墨筆，不管橫七豎八，把阮江蘭清清白白賽潘岳⑰、似六郎⑱的容顏，倏忽便要配享冷廟中的瘟神痘使。僕從們走來，抬頭拽腳，直送到街上。

那街道都是青石鋪成的。阮江蘭濃睡到日夕方醒，醉眼朦朧，只道眠在美人白玉床上。漸漸身子寒冷，揉一揉眼，周圍一望，纔知帳頂就是天面，薦褥就是地皮。驚駭道：「我，如何攔街睡著？」立起身來，正要踏步歸寓，早擁上無數頑皮孩童，拿著荊條，拾起瓦片，望著阮江蘭打來。有幾個喊道：「瘋子，瘋子！」又有幾個喊道：「小鬼，小鬼！」阮江蘭不知他們是頑是笑，奈被打不過，只得抱頭鼠竄。歸到寓所，書童焦綠看見，掩嘴便笑。阮江蘭道：「你笑甚麼？」焦綠道：「相公想在那家串戲來？」阮江蘭道：「我從不會串戲，這話說得可笑。」焦綠道：「若不曾串戲，因何開了小丑的花臉？」阮江蘭也疑心起來，忙取鏡子一照，自家笑道：「可知娃童叫我是小鬼，又叫我是瘋子。」焦綠取過水來，

⑯ 畢吏部醉倒句：晉人畢卓，太興末為吏部郎。鄰宅釀熟，卓至其甕間盜，為掌酒者所縛。明晨知為畢吏部，即解縛。因與主人共飲甕側，醉後始去。

⑰ 潘岳：晉人，字安仁，曾任河陽令。姿容美貌，深受婦女愛慕。

⑱ 六郎：唐武則天的寵臣張宗昌，排行第六，貌美。後亦作為美男子的代稱。

淨了面。

阮江蘭越思想越恨，道：「那班蠢佳人，這等惡取笑，並不留一毫人情，辜負我老阮一片憐才之念。料想苧蘿村[19]也未必有接代的夷光[20]；便有接代的夷光，不過也是蠢佳人慕名結社、摧殘才子的行徑罷了。再不要妄想了，不如回到吳門，留著我這乾淨面孔，晤對那些名窗淨几，結識那些野鳥幽花，還不致出乖露醜。倘再不知進退，真要弄出話巴來。難道我面孔是鐵打的，累上些瘢點，豈不是一生之玷？」遂喚焦綠收拾歸裝，接淅而行，連西湖上也只略眺望一番。正是：

乘興而來，敗興而返。

前有子猷[21]，後有小阮。

話說阮江蘭回家之日，眾社友齊來探望，獨有張少伯請他接風吃酒。中間因問阮江蘭道：「吾兄出遊山陰，可曾訪得一兩個麗人？」阮江蘭道：「說來也好笑。小弟此行，莫說麗人訪不著，便訪著了也只好供他們嬉笑之具。總是古今風氣不同，婦女好尚迥別。古時婦女還曉得以貌取人，譬如遇著潘安貌

[19] 苧蘿村：在今浙江諸暨南，相傳為西施的出生地。

[20] 夷光：即西施，春秋時越國的美女。

[21] 子猷：王徽之之字。為王羲之之子。居山陰時，雪霽月朗，乘小船訪戴逵，至門不入而返。人問其故，答曰：「吾本乘興而來，興盡而返，何必見戴！」

美就擲果，左思㉒貌醜就擲瓦。雖是他們一偏好惡，也還眼裏識貨。大約文人才子有三分顏色，便有十分風流；有一種蘊藉，便有百種俏麗。若只靠面貌上用工夫，那做戲子的一般也有俊優，做奴才的一般也有俊僕，只是他們面貌與俗氣俗骨，是上天一齊秉賦來的，任你風流俏麗殺，也只看得吃不得——一吃便嚼蠟了。偏恨此輩，慣會敗壞人家閨門。這皆是下流婦女，天賦他許多俗氣俗骨，好與那班下賤之人浹洽氣脈，浸淫骨髓。倘閨門習上流的，不學貞姬節婦，便該學名媛俠女，如紅拂之奔李靖㉓，文君之奔相如㉔，皆是第一等大名眼大俠腸的裙釵。近來風氣不同，千金國色，定要揀公子王孫纔肯配合；閭閻之家間有美女，又皆貪圖厚貲嫁作妾媵；間或幾個能詩善畫的閨秀，口中也講擇人，究竟所擇的也未必是才子。可見佳人心事，原不肯將才子橫在胸中，況小弟一介寒素，那裏輪流得著？真辜負我這一腔癡情了。」張少伯笑道：「吾兄要發洩癡情，何不到揚州青樓中一訪？」阮江蘭道：「若說著青樓中，那得有人物？」張少伯道：「從來多才多情的，皆出於青樓，如薛濤㉕、真娘㉖、素秋㉗、亞仙㉘、湘

㉒ 左思：西晉臨淄人，字太沖。官祕書郎。貌陋口訥而博學能文。曾作三都賦，十年始成，豪貴之家競相傳寫，洛陽為之紙貴。

㉓ 紅拂之奔李靖：相傳隋末李靖以布衣謁越國公楊素，楊侍婢羅列，中有一執紅拂者，貌美，深情矚目李。李歸逆旅，夜五更，紅拂妓特來投，兩人相與奔歸太原。

㉔ 文君之奔相如：卓文君為漢臨邛大富商卓王孫女，寡居在家。司馬相如過飲於卓氏，以琴心挑之，文君夜奔相如，同歸成都。

㉕ 薛濤：唐名妓，熟諳音律，工詩詞，與倡和者如元稹、杜牧、白居易等皆當世詩人名士。

㉖ 真娘：唐代吳地名妓，時人比之蘇小小，死後葬於吳宮之側。文人好事者過吳，大多有過真娘墓憑弔之作。

蘭㉙、素徽㉚，難道不是妓家麼？」阮江蘭拍掌大叫道：「有理，有理！請問到處有妓，吾兄何故獨稱揚州？」張少伯道：「揚州是隋皇歌舞、六朝佳麗之地，到今風流一脈，猶未零落。日前一友從彼處來，曾將花案詩句，寫在扇頭，吾兄一看便知。」阮江蘭接扇在手，讀那上面的詩道：

畹客幽如空谷蘭，鏡憐好向月中看。
棠嬌分外春酣雨，燕史催花片片摶。

阮江蘭正在讀罷神往之際，只見樂多聞跑進書房來，嚷道：「反了，反了！我與老張結盟在前，老張與小阮結盟在後。今日兩個對面吃酒，便背著我了。」張少伯道：「小弟這席酒，因為江蘭兄自山陰來，又要往揚州去。一來是洗塵，二來是送行。倘若邀過吾兄來，少不得也要出個分子，這倒是小弟不體諒了。」樂多聞道：「揚州有個敝同社在那裏作宦，小弟要去望他，同阮兄聯舟何如？」阮江蘭道：「小弟還不就行，恐怕有誤尊冗。」樂多聞道是他推卻，酒也不吃，作別出門去了。阮江蘭還寬坐一會纔別。

㉗ 素秋：明徐復祚所作傳奇紅梨記中人物，敘北宋末年才子趙汝州與教坊名妓謝素秋悲歡離合的愛情故事。
㉘ 亞仙：唐人白行簡作傳奇李娃傳，敘妓女李娃與世家子弟鄭元和相愛故事。後元人石君寶據此作雜劇曲江池，但劇中女主人公改名為李亞仙。
㉙ 湘蘭：即馬湘蘭，明萬曆時金陵名妓。名守貞，字玄兒，小字月嬌。工詩，善畫蘭。
㉚ 素徽：明末時袁于令所作傳奇西樓記中人物，該劇敘解元于鵑與名妓穆素徽相愛的曲折歷程。

且說樂多聞回家，暗惱道：「方纔小阮可惡之極！我好意挈他同行，怎便一口推阻？待我明日到他家中一問，若是不曾起身便罷；倘若悄悄兒去了，決不與他干休！」那知阮江蘭的心腸，恨不得有縮地之法，霎時到了揚州，那裏管樂多聞來查謊。這樂多聞偏又多心，道是阮江蘭輕薄，說謊騙他，忙忙喚船也趕到揚州，遍問關上飯店，並不知阮江蘭的蹤跡。

原來阮江蘭住在平山堂下七松園裏。他道揚州名勝，只有個平山堂，那畫船簫鼓、遊妓歌郎皆集於此。每日吃過飯，便循著寒河一帶覽芳尋勝，看來看去，都是世俗之妓，再不見有超塵出色的女子。正在園中納悶，書童焦綠慌慌走來道：「園主人叫我們搬行李哩。說是新到一位公子，要我們出這間屋與他。」阮江蘭罵道：「我阮相公先住在此，那個敢來奪我的屋！」還不曾說完，那一位公子已踱到園裏，聽見阮江蘭不肯出房，大怒道：「眾小廝，可進去將這狗頭的行李搬了出來。」阮江蘭趕出書房門正要發話，看見公子身邊立著一位美貌麗人，只道是他家眷，便不開口，走了出來。園主人接著道：「阮相公莫怪小人無禮，因這位公子是應大爺，住不多幾日就要去的。相公且權在這竹閣上停下，候他起身，再移進去罷了。」阮江蘭見那竹閣也還幽雅，便叫書童搬行李上去，心中只管想那麗人，道是世間有這等絕色，反與蠢物受用。我輩枉有才貌，只好在畫圖中結交兩個相知，眼皮上飽看幾個尤物。那得能夠沐浴脂香，親承粉澤，做個一雙兩好。總之，天公不肯以全福予人。隔世若投人身，該投在富貴之家，平平常常學那享癡福的白丁，再不可做今世失時落運的才子了。正是：

天莫生才子，才人會怨天。

牢騷如不作，早賜與嬋娟。

阮江蘭自此之後，時常在竹籬邊偷望。有時見麗人在亭子中染畫；有時見麗人憑欄對著流水長嘆；有時見麗人蓬頭煎香；有時見麗人在月下吟詩。阮江蘭心魂蕩漾，情不自持，走來走去，就像走馬燈兒點上了火，不住團團轉的一般。幾番被應家下人呵斥，阮江蘭再不理論。這些光景早落在公子眼裏了。公子算計道：「這個饞眼餓丕，且叫他受我一場屈氣。」忙叫小廝研墨，自家取了一張紅葉箋，杜撰幾句偷情話兒，用上一顆鮮紅的小圖印，鈐封好了，命一個後生小廝，叫他送與竹閣上的阮相公：「只說娘娘約到夜靜相會，切不可露我的機關。」小廝笑了一笑，竟自持去。纔走出竹籬門，只見阮江蘭背剪著手，望著竹籬內嘆氣。小廝在他身後，輕輕拽一拽衣袖。阮江蘭回頭一看，見是應家的人，恐怕又惹他辱罵，慌忙跑回竹閣去。小廝跟到閣裏，低低叫道：「阮相公，我來作成你好事的。」阮江蘭還道是取笑，反嚴聲厲色道：「胡說！我阮相公是正經人，你輒敢來取笑麼？」小廝嘆道：「好心認做驢肝肺，乾折我娘娘一片雅情。」故意向袖中取出情書來，在阮江蘭面前略幌一幌，依舊走了出去。阮江蘭一時認真，上前扯住道：「好兄弟，你向我說知就裏，我買酒酬謝。」小廝道：「相公既然疑心，扯我做甚麼？」阮江蘭道：「好兄弟，你不要怪我，快快取出書來！」小廝道：「我這帶柄的紅娘，初次傳書遞柬，不是輕易打發的哩。」阮江蘭忙在頭上拔下一根金簪子來送他。小廝接在手裏，將書交付阮江蘭，又道：「娘娘約你夜靜相會，須放悄密些。」說罷，打閣外去了。

阮江蘭取書在鼻頭上嗅了一陣，就如嗅出許多美人香來。拆開一看，書內寫道：

妾幽如斂衽拜具書　阮郎臺下：素知　足下鍾情妾身，奈無緣相見。今夜乘拙夫他出，足下可於月明人靜之後，跳牆而來。妾在花陰深處，專候張生也。

阮江蘭手舞足蹈，狂喜起來。坐在閣上呆等那日色落山，死盼那月輪降世。又出閣打聽消息，只見應公子穿著簇新衣服，喬模喬樣的，後面跟著三四個家人，夾了氈包，一齊下小船裏去了。又走回一個家人大聲說道：「大爺吩咐，早早閉上園門，今夜不得回來。這四面曠野，須小心防賊要緊。」阮江蘭聽得暗笑道：「獃公子，你只好防園外的賊，那裏防得我這園內的偷花賊。」將次更闌，挨身到竹籬邊。推一推門，那門是虛掩上的。阮江蘭道：「美人留意，何等周緻。你看他先把門兒開在這裏了。」跨進門檻，靠著花架走去，阮江蘭原是熟路，便直達臥室。但第一次偷婆娘，未免有些膽怯，心欲前而足不前，趦趦趄趄，早被一塊磚頭絆倒。眾家人齊聲喊道：「甚麼響！」走過來不問是賊不是賊，先打上一頓，拿條索子綁在柱上。阮江蘭喊道：「我是阮相公，你們也不認得麼？」眾家人道：「那個管你軟相公、硬相公，但寅夜㉛入人家，非奸即賊，任你招成那一個罪名。」阮江蘭又喊道：「綁得痲木了，快些放我罷！」家人道：「我們怎敢擅放，待大爺回來發落。」阮江蘭道：「我不怕甚麼，現是你娘娘約我來的。」忽見裏面開了房門，走出那位麗人來罵道：「何處狂生，平白冤我寅夜約你。」阮江蘭道：「現有親筆書在此，難道我無因而至？你若果然是個情種，小生甘心為你而死。你既擯我於大門之外，毫不憐念，我豈輕生之浪子哉？」那麗人默然不語，暗地躊躇道：「我看此生風流倜儻，磊落不羈，倒是可

㉛ 寅夜：深夜。

託終身之人。只是我並不曾寫書約他。這樣孟浪而來，必定有個緣故。」叫家人搜他的身邊，那些家人一齊動手，搜出一幅花箋來。麗人看了，卻認得是應公子筆跡。當時猜破機關，親自替阮江蘭解縛，送他出去。正是：

多情窈窕女，愛殺可憐人。
不信桃花落，漁郎猶問津。

你道這麗人是那一個？原來是揚州名妓，那花案上第一個，叫做畹客的便是。這畹娘性好雅淡，能工詩賦。雖在風塵中，極要揀擇長短，留心數年。莫說鄭元和是空谷足音，連賣油郎也是希世活寶。擇來擇去，並無一毫著己的。畹娘鎮日閉戶，不肯招攬那些語言無味、面目可憎之人，且詼諧笑傲，時常弄出是非來。老鴇本意要女兒做個搖錢樹，誰知倒做了惹禍胎，不情願留他在身邊。得了應公子五百餘金，瞞神瞞鬼，將一乘轎子抬來交付應公子。畹娘落在火坑，也無可奈何，不覺染成一病。應公子還覺知趣，便不去歪纏，借這七松園與他養病。

那一夜放走阮生之時，眾家人候公子到來，預先下石畹娘，說是綁得端端正正的，被畹娘放了。公子正要發作，畹娘反說出一篇道理來，道：「妾身既入君門，便屬君家妻妾，豈有冒名偷情，辱沒自家閨閫32之理？風聞自外，不說君家戲局，反使妾抱不白之名，即君家亦蒙不明之誚，豈是正人君子所為？」

32 閨閫：婦女的居室。

應公子目定口呆，羞慚滿面。

畹娘從此茶飯都減，病勢轉劇。應公子求神請醫，慌個不了。那知畹娘起初害的還是厭惡公子、失身非偶的病痛，近來新害的卻是愛上阮江蘭、相思抑鬱的症候。這相思抑鬱的症候，不是藥餌可以救得，針砭可以治得；必須一劑活人參湯，纔能回生起死。畹娘千算萬計，扶病寫了一封書，寄與那有情的阮郎。指望阮郎做個醫心病的盧扁㉝，那知反做了誤殺人的庸醫。這是甚麼緣故？

原來阮江蘭自幼父母愛之如寶，大氣兒也不敢呵著他。便是上學讀書，從不曾經過一下竹片，嬌生嬌養，比女兒還不同些。前番被山陰婦女塗了花臉，還心上懊悔不過。今番受這雨點的拳頭腳尖，著肉的麻繩鐵索，便由你頂尖好色的癡人，沒奈何也要回頭熬一熬火性。又接著畹娘這封性急的情書，便真正滴筆，阮江蘭也不敢認這個犯頭㉞。接書在手，反拿去出首，當面羞辱應公子一場。應公子疑心道：「我只假過一次書，難道這封書又是我假的？」拆開一看，書上寫道：

足下月夜虛驚，皆奸謀預布之地，雖小受折挫，妾已心感深情。倘能出我水火，生死以之，即白頭無怨也。

應公子不曾看完，勃然大發雷霆，趕進房內，痛撻畹娘。立刻喚了老鴇來，叫他領去。阮江蘭目擊這番

㉝ 盧扁：即古代良醫扁鵲，因家於盧國而有是稱。

㉞ 認這個犯頭：惹這個麻煩。

光景，心如刀割，尾在畹娘轎後，直等轎子住了，纔納悶而歸。

遲了幾日，阮江蘭偷問應家下人，備知畹娘原委，放心不下，復進城到畹娘家去詢視。老鴇回說女兒臥病在床，不便相見。阮江蘭取出三兩一錠，遞與老鴇。老鴇道：「銀子我且收下。待女兒病好，相公再來罷。」阮江蘭道：「小生原為看病而來，並無他念，但在畹娘臥榻邊容我另支一榻相伴，便當厚謝媽媽。」老鴇見這個雄兒㉟是肯出手的，還有甚麼作難，便一直引到床前。畹娘一見，但以手招阮江蘭，啣淚不語。阮江蘭道：「玉體違和，該善自調攝，小生在此欲侍奉湯藥，未審尊意見許否？」畹娘點頭作喜。從此阮江蘭竟移了鋪蓋來，寓在畹娘家裏，一應供給，盡出己貲。且喜畹娘病好，下床梳洗，艷妝濃飾，拜謝阮江蘭。當夜自薦枕席，共歡魚水。正是：

銀釭照冰簟，珀枕墜金釵。
雲散雨方歇，佳人春滿懷。

兩個在被窩之中，訂了百年廝守的姻緣。相親相愛，起坐不離。但小娘愛俏，老鴇愛鈔，是千百年鐵板鑄定的舊話。阮江蘭初時還有幾兩孔方㊱，熱一熱老鴇的手，亮一亮老鴇的眼，塞一塞老鴇的口。及至囊橐用盡，漸漸要拿衣服去編字號㊲，老鴇手也光捏了，眼也勢利了，口也零碎了。阮江蘭平日極有性

㉟ 雄兒：此處指缺乏社會經驗的年輕嫖客。
㊱ 孔方：錢的別名。古錢幣中多有方孔，故云。

氣，不知怎麼到了此地，任憑老鴇嘲笑怒罵，一毫不動聲色，就像受過戒的禪和子㊳。

有一日，揚州許多惡少，同著一位下路㊴朋友來鬧寡門。老鴇正沒處發揮，對著眾人一五一十的告訴道：「我的女兒已是從良過了。偏他骨頭作癢，又要出來接客。應公子立逼取足身價，老身東借債，西借債，方得湊完。若是女兒有良心的，見我這般苦惱，便該用心賺錢。偏又戀著一個沒來歷的窮鬼，反要老娘拿閒飯養他。許多有意思的主客，被他關著房門，盡打斷了。眾位相公思想一想，可有這樣道理麼？」那班惡少裸袖揮拳道：「老媽媽，你放心，我們替你趕他出門！」一齊擁進房裏正要動手，那一個下路朋友止住道：「盟兄不須造次，這是敝同社江蘭兄。」阮江蘭認了一認，纔知道是樂多聞。眾人坐下，樂多聞道：「小弟謬託在聲氣㊵中，當日相約同舟，何故拒絕過甚，莫不是小弟身上有俗人氣習，怕過了吾兄麼？」阮江蘭道：「不是吾兄有俗人氣習，還是小弟自諒，不敢奉陪。」樂多聞譏誚道：「這樣好娘娘，吾兄也該做個大老官，帶挈我們領一領大教，為何閉門做嫖客？」阮江蘭兩眼看著畹娘，只當不曾聽見。樂多聞又將手中一把扇子，遞與畹娘道：「小弟久慕大筆，粗扇上要求幾筆蘭花，幸即賜教。」畹娘並不做腔㊶，取過一枝畫筆，就用那硯池裏殘墨，任意畫完了。眾人稱羨不已。樂多聞道：

㊲ 編字號：指典當。
㊳ 禪和子：參禪的人；和尚。
㊴ 下路：外地。指吳中，即蘇州地方。
㊵ 聲氣：此處指意氣相投的朋友。
㊶ 做腔：扭捏作態。

「這一面是娘娘的畫，那一面少不得江蘭兄的詩，難道辭得小弟麼？」江蘭胡亂寫完，樂多聞念道：

古木秋厚散落暉，王孫叩犢不能歸。
驕人慚愧稱貧賤，世路何妨罵布衣。

畹娘曉得是譏刺樂多聞，暗自含笑。樂多聞不解其中意思，歡歡喜喜，同著眾人出門。那老鴇實指望勞動這些天神天將退送災星出宮，那知求詩求畫，反講做一家，心上又添一番氣惱。只得施展出調虎離山之法，另置一所房屋，將畹娘藏過。弄得阮江蘭似香火無主冷廟裏的神鬼。正是：

纍纍喪家之狗，皇皇落湯之雞。
前輩元和㊷榜樣，卑田院㊸裏堪棲。

不提阮江蘭落寞。話說樂多聞回到蘇州，將那一把扇子到處賣弄。遇著一個明眼人，解說那阮江蘭的詩句，道是明明笑罵，怎還寶貝般拿在手裏出自己的醜態。樂多聞啣恨，滿城布散流言，說阮江蘭在揚州嫖得精光，被老鴇趕出大門，親眼見他在街上討飯。眾朋友聞知，也有惋惜的，也有做笑話傳播的。

㊷ 元和：即鄭元和，唐人白行簡李娃傳中人物，曾因迷戀妓女李娃而流落街頭。

㊸ 卑田院：「悲田院」的語訛，即養濟院。為收容乞丐的地方。

獨有張少伯著急，向樂多聞處問了女客名姓，連夜叫船趕到揚州。訪的確了畹娘住居，敲進門去，深深向老鴇唱偌。老鴇問道：「尊客要見我女兒麼？」張少伯道：「在下特地相訪。」老鴇道：「尊客莫怪老身，其實不能相會了。」張少伯詢問來歷，老鴇道：「再莫要提起。只因我女兒愛上一個窮人，一心一念要嫁他。這幾日那窮人不在面前，啼啼哭哭，不肯接客，叫老身也沒奈何。」張少伯道：「既是你令嫒不肯接客，你們行戶人家，可經得一日冷落的？他既看上一個情人，將來也須防他逃走。稍不遂他的意，尋起一條死路來，你老人家貼了棺材，還帶累人命官司哩！不如趁早出脫這滯貨，再討一兩個賺錢的，這便人財兩得。」老鴇見他說得有理，沉吟一會道：「出脫是極妙的，但一時尋不出主客來。」張少伯道：「你令嫒多少身價？」老鴇道：「是五百金。」張少伯道：「若是減價求售，在下還要得起。倘要索高價，便不敢擔當。」老鴇急要推出大門，自家喊價道：「極少也須四百金，再少便那㊹移不去。」張少伯道：「你既說定四百金，我即取來兌與你，只是即日要過門的。」老鴇道：「這不消說得。」張少伯叫僕從卸下背廂㊺來，老鴇引到自家房裏，配搭了銀水㊻，充足數目。正交贖身文契，忽聽得外面敲門響。老鴇聽一聽，卻是阮江蘭聲氣，便不開門。張少伯道：「敲門的是那個？」老鴇道：「就是我女兒嫁他的那窮鬼，叫做甚麼阮江蘭。」張少伯道：「正是我倒少算計了。你雖將女兒嫁我，卻不曾與你女兒講通；設使一時不情願出門，你如何勉強得？」老鴇道：「不妨。你只消叫一乘轎子在門前，我

㊹ 那：當作「挪」。
㊺ 背廂：一種可揹的小箱子。
㊻ 銀水：指銀子的成色。

自有法度。可令一位大叔遠遠跟著，不可露出行徑來。」張少伯道：「我曉得了。」忙開門送出來，老鴇四面一望，不見阮江蘭在門外，放心大膽，回身進去。和顏悅色對女兒說道：「我們搬在此處，地方太偏僻，相熟朋友不見有一個來走動。我想坐吃山空，不如還搬到舊地，你心下何如？」畹娘想一想道：「我那心上人久不得他音信，必是找不到此處。若重到舊居，或者可以相會。」遂點頭應允。老鴇故意收拾皮箱物件。畹娘又向鏡前掠鬢梳頭，滿望牛郎一度。老鴇轉一轉身，向畹娘道：「我在此發家伙，你先到那邊去照管。現有轎子在門前哩。」畹娘並不疑心，蓮步慢那，湘裙微動，上了轎。

老鴇出來與張家小廝做手勢，打個照會。那轎夫如飛的抬了去，張家小廝也如飛的跟著轎子，後面又有一個人如飛的趕來，扯著張家小廝。原來這小廝叫做秋星，兩隻腳正跑得高興，忽被人曳了衣服，急得口中亂罵。回過頭來，只見後面那一個人破巾破服，好似乞食的王孫、不第的蘇子㊼，又覺有些面善。那一個人也不等秋星開口，先自通名姓道：「我是阮相公，你緣何忘了？」秋星哎喲道：「小人眼花，連阮相公竟不認得。該死，該死！」阮江蘭道：「你匆忙跟這轎子往那裏去？」秋星道：「我家相公新娶一個名妓，我跟著上船去哩。」阮江蘭還要盤問。秋星解一解衣服，露出胸脯，洒腳的去了。原來阮江蘭因老鴇拆開之後，一心尚牽掛畹娘，住在飯店裏，到處訪問消息。這一日正尋得著，又閉門不納。阮江蘭悶懨懨在旁邊寺院裏閒踱，思想覷個方便好進去。雖一條肚腸放在門內，那一雙餓眼遠遠射在門外。見了一乘轎子出來，便像王母雲車㊽，恨不得攀轅留駕。偏那兩個轎夫，比長興腳子㊾更跑得

㊼ 蘇子：此處指戰國時的蘇秦。

㊽ 雲車：傳說中神仙以雲為車。

迅速。阮江蘭卻認得轎後的是秋星，扯著一問，終知他主人娶了畹娘。一時發怒，要趕到張少伯那邊拚個你死我活。爭奈著了這一口氣，下部盡軟了。那不上三兩步，恰恰遇著冤家對頭。那張少伯面帶喜容，搶上前來深躬大偌道：「久別吾兄，渴想之極！」阮江蘭禮也不回，大聲責備道：「你這假謙恭哄那個！橫豎不過有幾兩銅臭，便如此大膽，硬奪朋友妻妾。」張少伯道：「我們相別許多時，不知你見教的那一件？」阮江蘭道：「人兒現已抬在船上，反佯推不知麼？」張少伯哈哈大笑道：「我只道那件事兒得罪，原來為這一個娼家。小弟雖是淡薄財主，也還虧這些臭銅換得美人來家受用，吾兄只好想天鵝肉吃罷了。」阮江蘭道：「你不要賣弄家私，只將你倒弔起來，腹中看可有半點墨水？」張少伯道：「我的腹中固欠墨水，只怕你也是空好看哩！」阮江蘭道：「不敢誇口說，我這筆尖兒戳得死你這等白丁㊿哩！」張少伯道：「空口無準，你既自恃才高，便該中舉、中進士，怎麼像叫化子的形狀，拿著趕狗棒兒罵皇帝，貴賤也不自量。」阮江蘭冷笑道：「待我中一個舉人、進士，好讓你們小人來勢利的！」說罷，竟走去了。正是：

相惡無好友，相罵無好口。
我見綢繆時，平昔肉與酒。

㊾ 腳子：指擔任傳遞文書或遞運貨物的差役或民丁。

㊿ 白丁：平民；沒有功名的人。猶言白身。

話說阮江蘭被老張一段激發，倒把思想畹娘之念丟在東洋大海了。一時便振作起功名的心腸，連夜回去，閉關讀書。一切詩詞歌賦，置之高閣。平日相好朋友，概不接見。父母見他潛心攻苦，竭力治辦好飲食，伺前伺後，要他多吃得一口，心下便加倍快活。埋頭三年，正逢大比[51]，宗師[52]秉公取士，錄在一等[53]。為沒有盤纏動身，到了七月將盡，尚淹留家下。父母又因坐吃山空，無處借貸，低著頭兒納悶。忽然走一個小廝進來，夾著朱紅拜匣[54]，阮老者認得是張家的秋星。揭開拜匣一看，見封筒上寫著「程儀十兩」。連忙叫出兒子說：「張家送了盤費來。」阮江蘭不見猶可，見了分外焦躁，道是張少伯分明來奚落他。拿起拜匣，往堦墀上一擲。秋星搗鬼道：「我相公送你盤費，又不希圖甚麼，如何裝這樣嘴臉？」拾起拜匣，出門去了。阮老者道：「張少伯是你同窗好友，送來程儀，便該領謝纔是。如何反去抵觸他？」阮江蘭切齒道：「孩兒寧可沿路叫化進京，決不受這小人無義之財。」阮老者不知就裏，只管再三埋怨。又見學裏門斗[55]顧亦齋走來催促道：「眾相公俱已進京，你家相公怎麼還不動身？」阮老者道：「不瞞你說，前日在縣裏領了盤費來，又糴米買柴用去，如今向那個開口？」顧亦齋道：「不妨，不妨。我有十兩銀子，快拿去作速起身罷！」阮江蘭感激了幾句，別過父母，帶領焦綠上京應試。

[51] 大比：明清兩代每隔三年舉行一次鄉試，名曰「大比」。

[52] 宗師：清代對提督學政的尊稱。

[53] 錄在一等：清代每屆鄉試前，各省學政巡迴所屬會舉行科試，以選送優等的生員參加鄉試。此處指科試被錄在一等。

[54] 拜匣：放置柬帖或禮品的小長方木匣。

[55] 門斗：官學中的僕役，「門子」和「斗級」的合稱。教官有學田，供役者以司門兼司倉，故稱「門斗」。

剛剛到得應天府56，次日便進頭場。果然篇篇擲地作金石，筆筆臨池散藥花。原來有意思的才人，再不肯留心舉業。那知天公賦他的才分寧有多少，若將一分才用在詩上，舉業內便少了一分精神；若將一分才用在畫上，舉業內便少了一分火候；若將一分才用在賓朋應酬上，舉業內便少了一分工夫。所以才人終身博不得一第，都坐這個病痛。阮江蘭天分既好，又加上三年苦功，還怕甚麼廣寒宮57的桂花，沒有上天梯子去拿利斧頭折他麼？正是：

為學如務農，粒粒驗收成。
不勤則不穫，質美宜加功。

阮江蘭出場之後，看見監場御史告示寫道：「放榜日近，生員毋得歸家，如違拿歇家重究。」阮江蘭只得住下，寓中閒寂不過，走到街上去散悶。撞到應天府門前，只見搭棚掛綵綢緞，紮就一座龍門。再走進去，又見一座亭子，內供著那踢斗的魁星58，兩廊排設的盡是風糖膠果。獨有一張桌子上，更覺加倍擺列得齊整。只見：

56 應天府：明初建置，即今南京。
57 廣寒宮：傳說中月中的仙宮。
58 踢斗的魁星：魁為北斗之一星，科舉時以魁星踢斗為文運之兆，於是就「魁」字取象，塑造鬼舉足踢斗之形。

顫巍巍的風糖，酷肖樓臺殿閣；齊臻臻的膠果，恍如花鳥人禽。蜂蝶聞香而繞座，中心好之；猿猴望影而垂涎，未嘗飽也。須自尚方稱盛典，移來南國晏春元。

阮江蘭問那承值的軍健，纔知道明日放榜，預先端正下鹿鳴宴[59]；那分外齊整的是解元[60]桌面。阮江蘭一心羨慕，不知自己可有這樣福分；又一心妒忌，不知那個有造化的吃他。早是出了神，往前一撞，搖倒了兩碗風糖。走攏兩三個軍健，一把扯住，要捉拿見官。阮江蘭慌了，情願賠還。軍健道：「這都是一月前定做下的，那裏去買？」阮江蘭再三哀告，軍健纔許他跟到下處[61]，逼取四兩銀子。又氣又惱，一夜睡不著。略閉上眼，便夢見風糖膠果排在面前，反驚得一身冷汗。嘆口氣道：「別人中解元，我替他備桌面，真正晦氣。徼倖中了還好；若是下第，何處措辦盤費回家？」翻來覆去，輾轉思量。忽聽耳根邊一派喧嚷，早有幾個漢子從被窩裏扶起來，替他穿了衣服鞋襪，要他寫喜錢。阮江蘭此時如立在雲端裏，牙齒捉對兒的打交，渾身發痁兒[62]的縮抖，不知是夢裏是醒裏。看了試錄，見自家是解元，纔叫一聲慚愧，慌忙打點去赴宴。一走進應天府，只見地下跪著幾個帶紅氈帽的磕頭搗蒜，只求饒恕。阮江蘭知道是昨日扯著要賠錢的軍健，並不較論。吃宴了畢，回到寓所，同鄉的沒一個不送禮來賀。

---

[59] 鹿鳴宴：科舉時考試後舉行的宴會，由州縣長官宴請考官、學政以及中式諸生。
[60] 解元：科舉時，鄉試第一名稱為「解元」，也稱「解首」。因鄉試本稱「解試」，故名。
[61] 下處：臨時歇息的地方、住所。
[62] 發痁兒：發瘧疾。二日一發瘧曰「痎」，多日之瘧曰「痁」。

阮江蘭要塞張少伯的口，急急回家。門前早已豎了四根旗竿，相見父母，各各歡喜。少頃，房中走出一個標致丫鬟來說道：「娘娘要出來相見哩。」江蘭只道是那個親戚家的，呆呆的盤問。父母道：「孩兒你倒忘記了？當初在揚州時，可曾與一個畹娘訂終身之約麼？」阮江蘭變色道：「這話提他則甚！」父母道：「孩兒，你這件事負不得心，張少伯特特送他來與你成親，豈可以一旦富貴，遂改前言！」阮江蘭指著門外罵道：「那張少伯小畜生，我決不與他干休！孩兒昔日在揚州，與畹娘訂了同衾同穴之約，被張少伯挾富娶去，反辱罵孩兒一場。便是孩兒奮志讀書，皆從他辱罵而起。若論畹娘，也只好算一個隨波逐浪的女客，盟誓未冷，旋嫁他人。雖然是妓家本色，只是初時設盟設誓者何心，後來輸情服意薦他人枕席者又何心？既要如此，何苦在牝牡驪黃63之外結交我這窮漢，可不辜負了他那隻眼睛？如今張少伯見孩兒徼倖，便想送畹娘來贖罪。孩兒至愚不肖，決不肯收此失節之婦，以污清白之軀！」正說得激烈，裏面走出畹娘來，嬌聲婉氣的說道：「阮郎，你不要錯怪了人，那張少伯分明是押衙64一流人物。」阮江蘭背著身體笑道：「好個為自家娶者婦的古押衙！」畹娘道：「你不要在夢裏罵人，待奴家細細說出原委來。昔日郎君與妾相暱，有一個姓樂的撞來，郎君曾做詩譏誚他，他啣恨不過，便在蘇州謊說郎君狹邪狼狽，做了鄭元和的行止65。張少伯信以為真，變賣田產，帶了銀子，星夜趕來，為妾贖身。妾為老鴇計賺，哄到他船上，一時間要尋死覓活。誰知張少伯不是要娶我，原是為郎君娶下的。」阮江蘭

63 牝牡驪黃：本謂求駿馬不必拘泥於性別毛色，此處為諷刺畹娘只看表面而擇人。
64 押衙：此指俠義之士。唐薛調無雙傳中的古押衙曾捨生救人，成人之好，後多作為俠士的代稱。
65 行止：行為舉動。

又笑道：「既為我娶下，何不彼時就做一個現人情？」畹娘道：「這又有個話說。他道郎君是天生才子，只不肯沉潛讀書，恐妾歸君子之後，未免流連房闈，便致廢棄本業，不是成就郎君，反是貽害郎君了。所以當面笑罵，總是激勵郎君一片踴躍功名的念頭。妾到他家裏，另置一間房屋安頓妾身，以弟婦相待。便是張宅夫人，亦以妯娌相稱。後來聽得郎君閉關讀書，私自慶幸。見郎君取了科舉，曉得無力進京，又餽送路費。郎君乃擲之大門之外，只得轉托顧門斗送來。難道郎君就不是解人：以精窮之門斗，那得有十金資助貧士？這件事上不該省悟麼？前日得了郎君發解之信，朝天四拜道：『是姻緣擔子，此番纔得卸肩。』如此周旋苦心，雖押衙亦不能及。若郎君疑妾有不白之行，妾亦無足惜；但埋沒了熱腸俠士，妾惟有立死君前，以表彰心跡而已！」阮江蘭汗流浹背，如大夢方醒。兩個老人家嘖嘖稱道不絕。阮江蘭纔請過畹娘來，拜了公婆，又交拜了。隨即叫兩乘轎子，到張少伯家去請他夫婦拜謝。從此兩家世世往來，竟成了異姓兄弟。

諧道人評曰：子弟一落情障，只有兩條生路：一曰遂其欲為之念，一曰激其欲為而不能即遂之念。遂其欲為之念，則此外並無他想，精神才力反有著落，功名事業反有根據。何也？其欲為者既已遂之矣。激其欲為而不能即遂之念，則試問汾陽歌妓滿前，必非寒酸一介；東山舞袖在御，必非庸碌常人。何也？其欲為而不能即遂者，則必思有以遂之矣。張少伯亦祇用一個激法。

第二回　百和坊將無作有

造化小兒強作宰，窮通切莫怨浮沉；使心運智徒勞力，掘地偷天枉費心。
忙裏尋閑真是樂，靜中守拙有清音；早知苟得原非得，須信機深禍亦深。

丈夫生在世上，偉然七尺，該在骨頭上磨鍊出人品，心肝上嘔吐出文章，胼胝❶上掙扎出財帛。若人品不在骨頭上磨鍊，便是庸流；文章不在心肝上嘔吐，便是浮論；財帛不在胼胝上掙扎，便是虛花。且莫提起人品、文章，只說那財帛一件。今人立地就想祖基父業，成人就想子祿妻財。我道這妄想心腸，雖有如來轉世，說得天花亂墜，也不能斬絕世界上這一點病根。

且說明朝叔季年間❷，有一個積年在場外說嘴的童生❸，他姓歐，單名醉，自號滁山。少年時有些臨機應變的聰明，道聽塗說的學問。每逢考較，府縣一般高高的掛著❹；到了提學衙門，就像鐵門檻再

❶ 胼胝：手掌腳底因長期勞動摩擦而生的繭。
❷ 明朝叔季年間：叔季為「叔世」、「季世」之合稱。叔季年間指晚期。此即明末衰亡時期。
❸ 童生：明清科舉，凡入學以前，無論年齡老幼，皆稱「童生」；入學以後則稱「生員」。
❹ 府縣一般高高的掛著：此句意為縣試、府試均能被錄取，榜上有名。

爬不進這一層❺。自家雖在孫山之外，脾味卻喜罵人。從案首❻直數到案末，說某小子一字不識，某富家多金寅緣❼，某鄉紳自薦子弟，某官府開報神童。一時便有許多同類你唱我和，竟成了大黨。時人題他一個總名，叫做「童世界」；又起歐滁山綽號，叫做「童妖」。他也居之不疑，儼然是童生隊裏的名士。但年近三十，在場外誇得口，在場內藏不得拙。那摘不盡的髭鬚，漸漸連腮搭鬢；縮不小的身體，漸漸偉質魁形。還虧他總不服老，卷面上「未冠」❽兩個字，像印板刻成的，再不改換。眾人雖則曉得他功名淹蹇❾，卻不曉得他功名愆期。

他自父母亡後，留下一個未適人❿的老丫頭，小名秋葵，做了應急妻室。家中還有一個小廝，一個蒼頭。那蒼頭耳是聾的，只好挑水燒鍋。惟有那小廝叫做鶻淥，眼尖口快，舉動刁鑽，與秋葵有一手兒。歐滁山時常拈酸吃醋，親戚們勸他娶親，只是不肯。有的道他志氣高大，或者待進學後纔議婚姻。不知歐滁山心事全不為此。他要做個現成財主女婿，思量老婆面上得些油水。橫了這個見解，把歲月都蹉跎過了。又見同社們也有進學⓫的，也有出貢⓬的，再不得輪流到自己。且後進時髦，日盛一日，未免做

---

❺ 鐵門檻句：此句意為在由提督學政主持的院試中總是被淘汰。按清制，童生在縣試、府試與院試均被錄取後，才能取得入學資格，確定「生員」的身分。

❻ 案首：童生參加縣試、府試、院試，凡名列第一者，習稱為「案首」。

❼ 寅緣：當作「夤緣」，指憑藉關係，進行鑽營。

❽ 未冠：古禮男子二十而冠，故未滿二十歲稱為「未冠」。

❾ 淹蹇：沉抑於下而不得升進。

❿ 適人：出嫁。

了前輩童生；要告致仕⑬，又恐冤屈了那滿腹文章，十年燈火。忽然想起一個出貢的朋友姜天淳，現在北直真定作縣⑭，要去秋風。

他帶了鶻滁出門，留蒼頭看家。朝行暮宿，換了幾番舟車陸馬，纔抵真定。自家瞞去童生腳色，吩咐鶻滁在人前說是名士秀才。會過姜天淳，便拜本地鄉宦。鄉宦們知道是父母官的同鄉同社，又是名士，盡來送下程請酒。歐滁山倒應接不暇。一連說過幾椿分上，得了七百餘金。我道歐滁山簇新做游客，那得如此獲利？原來他走的是衙門線索，一應書辨⑮快手⑯，盡是眷社盟弟的帖子到門親拜。還抄竊時人的詩句，寫在半金半白扇子上；落款又寫「拙作請教」。每人送一把做見面人情。那班衙門裏朋友最好結交，他也不知道甚麼是名士，但見扇子上有一首歪詩，你也稱好，我也道妙。大家撿極肥的分上送來奉承這詩伯。歐滁山也不管事之是非，理之屈直，一味拿出名士腔調來，強要姜天淳如何審斷，如何鈺鎖。若有半點不依，他從清晨直累到黃昏，纏擾個不了。做官人的心性那裏耐煩得這許多？說一件准一件，只圖耳根乾淨，面前清潔便罷了。所以游客有四種熬他不得的去處：

⑪ 進學：指科舉時童生應歲試，錄取入府縣學肄業。

⑫ 出貢：生員升入國子監肄業，稱「貢生」。貢生雖未從科目出身，但也可任小官。選定貢生的方法之一是按年資挨次輪推，這一年挨著了，就叫做「出貢」。

⑬ 致仕：原意為辭官歸居，此處是對歐滁山起放棄參加科舉考試念頭的諷刺說法。

⑭ 北直真定作縣：北直即北直隸，指直屬北京的地區。真定，即今日河北正定。作縣，指任知縣。

⑮ 書辨：當為「書辦」。管辦文書的屬吏。

⑯ 快手：指衙署掌緝捕、行刑等職事的差役。

不識羞的厚臉，慣撒潑的烏嘴，會做作的喬樣，弄虛頭的辣手。

世上尊其名曰「游客」。我道：游者，流也；客者，民也。雖內中賢愚不等，但抽豐一途，最好納污藏垢。假秀才、假名士、假鄉紳、假公子、假書帖，光棍作為，無所不至。今日流在這裏，明日流在那裏，擾害地方，侵漁官府。見面時稱功頌德，背地裏揑禁拿訛。游道至今日大壞，半壞於此輩流民，倒把真正豪傑、韻士、山人⑰、詞客的車轍，一例都行不通了。歉的帶壞好的，怪不得當事⑱們見了游客一張拜帖，攢著眉，跌著腳，如生人遇著勾死鬼的一般害怕。若是禮單上有一把詩扇，就像見了大黃巴豆，遇著頭疼，吃著瀉肚的。就是衙役們，曉得這一班是惹厭不討好的怪物，連傳帖相見，也要勒掯紙包。我曾見越中一游客謁某縣令，經月不見回拜。某客排門大罵。縣令痛惡，遣役投帖送下程。某客恬不為恥，將下程全收。繳禮之時嫌酒少，叱令重易大罈三白⑲。翌日果負大罈至。某客以為得計，先用大碗嘗試，僅嚥一口，嘔吐幾死。始知罈中所貯者乃溺也。我勸自愛的游客們，家中若有一碗薄粥可吃，只該甘窮閉戶；便是少柴少米，寧可受妻子的怨謗，決不可受富貴場內的怠慢。

閒話休提。且說歐滁山一日送客，只見無數腳夫挑著四五十隻皮箱，後面十多乘轎子，陸續進那大宅子裏去了。歐滁山道：「是那裏來的宦家？」忙叫鶻淥訪問，好去拜他的。鶻淥去不多時，走來回覆

⑰ 山人：山居者，多指隱士。

⑱ 當事：指當權者。

⑲ 三白：當時江南的酒名，以吳興所釀造者為最佳。

道：「是對門新搬來的，說是河間府⑳屠老爺小奶奶。屠老爺在淮揚做道㉑，這小奶奶是揚州人，姓繆。如今他家老爺死在任上，只有一個叔子，叫做三太爺，同著小奶奶在這邊住。」歐滁山道：「既是河間人，怎麼倒在這裏住下？」鶻淥道：「打破沙鍋問到底。我那知他家的事故？」歐滁山罵了幾聲「蠢奴才」。又接著本地朋友來會，偶然問及河間屠鄉宦。那朋友也道：「這鄉宦已作古人了。」歐滁山假嗟嘆一回，兩個又講些閑話纔別。

次日，見鶻淥傳進帖子來道：「屠太爺來面拜了。」歐滁山忙整衣衫，出來迎接。只見那三太爺打扮：

頭戴一頂方巾，腳穿一雙朱履。扯偏袖，宛似書獃出相；打深躬，恰如道士伏章。主人看坐，兩眼朝天；僕子送茶，一氣入口。先敘了久仰久慕，纔問起尊姓尊名。混沌不知禮貌，老生懷葛之天；村愚假學謙恭，一團酒肉之相。

歐滁山分賓主坐下，拱了兩拱，說幾句初見面的套話。三太爺並不答應，只把耳朵側著，呆睜了兩隻銅鈴的眼睛。歐滁山老大詫異，旁邊早走上一個後生管家，悄悄說道：「家太爺耳背，不曉得攀談，相公莫要見怪。」歐滁山道：「說那裏話！你家老爺在生時，與我極相好。他的令叔便是我的叔執了，怎麼

⑳河間府：明清時府名，治所在今河北河間。
㉑做道：指任道員。道員俗稱「道臺」，為地方省和府、州之間的高級行政長官。

講個怪字?」只問那管家的姓名,後生道:「小的姓徐。」歐滁山接口道:「徐大叔,你家老爺做官清廉,可有多少宦囊麼?」徐管家道:「家老爺當時也曾買下萬金田產,至於內裏囊橐,都是揚州奶奶掌管,也夠受用半世。」歐滁山道:「這等你家日子還好過哩。」只見三太爺坐在對面,咂嘴咂舌的叫道:「小廝,拿過拜匣來送與歐相公!」又朝著滁山拱手道:「藉重大筆!」歐滁山揭開拜匣,裏面是一封銀子,寫著「筆貲八兩」。不知他是寫圍屏、寫軸子,畫山水、畫行樂。著了急,忙推辭道:「學生自幼苦心文字海中,不曾有餘暇工夫摹倣黃庭㉒,宗法北苑㉓。若是要做祭文、壽文,還不敢遜讓。倘以筆墨相委,這便難領教了。」三太爺口內唧了幾十聲,纔說出兩個字來道:「求文,求文!」倒是徐管家代說道:「家老爺死後,生平節概,無人表白。昨日聞得歐相公是海內名士,特求一篇墓誌,些微薄禮,聊當潤筆。」歐滁山笑道:「這何難!明日便有。尊禮還是帶回去。」徐管家道:「相公不收,怎麼敢動勞?」歐滁山道:「若論我的文章,當代要推大匠。就是本地士紳求序求傳,等上輪個月纔有。但念你老爺舊日相與情分,不便受這重禮,待草完墓誌,一併送還。」徐管家見三太爺在椅子上打磕睡,走去搖醒了,攙他出門。

歐滁山進來暗喜道:「我老歐今日的文章纔值錢!當時做童生,每次出去考,經營慘淡,構成兩篇,定要賠卷子,貼供給。誰知出來做游客,這般燥脾㉔。一篇墓誌打甚麼緊,也送八兩銀子來。畢竟名下

㉒黃庭:黃庭經,王羲之書法名跡之一。此指王之楷書。
㉓北苑:南唐時人董源字北苑,事李煜為後苑副使,工山水,善畫秋風遠景,多以奇峭之筆寫江南諸山。
㉔燥脾:猶言爽快。

好題詩，也不過因我是名士。這墓誌倒不可草草打發。」研起墨來，捏著一管筆，只管搖頭擺腦的吟哦，倒默記出自家許多小題來。要安放在上面，不知用那一句好。千躊躇，萬算計，忽然大叫道：「在這裏了！」取出古文必讀，用那祭十二郎文，改頭換尾，寫得清清楚楚。

叫鶻淥跟了，一直走到對門來。徐管家迎見，引至客堂，請出三太爺來相見。歐滁山送上墓誌，三太爺接在手裏，將兩眼覷在字上，極口的道好。又叫徐管家拿進去與奶奶看。歐滁山聽見奶奶是識字的，毛孔都癢將起來。徐管家又傳說奶奶吩咐，請歐相公吃一盃南酒去。歐滁山好像奉了皇后娘娘的懿旨，身也不敢動，口中先遞了誠歡誠忭的謝表。擺上酒餚，一時間山珍海錯，羅列滿前。真個大人家舉止，就如預留在家裏的。歐滁山顯出那豬八戒的手段來，件件都啖得盡興，千歡萬喜回去了。

遲不上幾日，徐管家又來相請。歐滁山嘗過一次甜頭兒，腳根不知不覺的走得飛快。纔就客位坐下，只聽得裏面環珮叮噹，似玉人甫離繡閣；麝蘭氤氳，如仙女初下瑤階。先走出兩個女婢來，說道：「奶奶親自拜謝歐相公。」滁山未及答應，那一位繆奶奶嫋嫋娜娜的走將出來。女婢鋪下紅氈，慌得歐滁山手足無措，不知朝南朝北，還了禮數。繆奶奶嬌聲顫語道：「妾夫見背，沒沒無聞。得先生片語表彰，不獨未亡人啣感，即泉下亦頂戴不朽。」歐滁山連稱不敢。偷眼去瞧他，雖不見得十分美貌，還有七種風情：

眼兒是騷的，嘴兒是甜的，身體兒是動的，腳尖兒是趫的，臉兒是側的，頸兒是扭的，纖纖指甲兒是露出來的。

歐滁山看得仔細，那眼光早射到裙帶底下。虛火發動，自家褲襠裏活跳起來，險些兒磨穿了幾層衣服。又怕不好看相，只得彎著腰告辭出來。回到寓中，已是黃昏時候。一點淫心忍耐不住，關了房門，坐在椅子上，請出那作怪的光郎頭來，虛空模擬，就用五姐作緣，閉上眼睛，伸直了兩隻腿，勒上勒下，口中正叫著心肝乖乖。不期對面桌子下躲著一個白日撞的賊——不知幾時閃進來的。蹲在對面，聲也不則，氣也不喘。被歐滁山滾熱的精華直冒了一臉。那賊「呀」的叫喊起來，倒嚇了歐滁山一跳。此時滁山是作喪之後，昏昏沉沉，四肢攤軟。纔叫得一聲「有賊」，那賊撥開門閂，已跳在門外。歐滁山趕去捉他。那賊搖手道：「你要趕我，我便說出你的醜態來了。」歐滁山不覺又羞又笑，那賊已穿街走巷，去得無影無蹤。

歐滁山只得回來，查一查銀子，尚喜不曾出脫。大罵鶻淥。原來鶻淥是繆家的大叔們請他在酒館中一樂，吃得酕醄大醉，昏天黑地，睡在椿櫈上，那裏知道有賊沒賊。歐滁山也沒奈何，自己點了燈，四面照一照，纔去安寢。睡便睡在床上，一心想著繆奶奶，道是這般一個美人，又有厚貲。若肯轉嫁我，倒是不求而至的安穩富翁。且待明日向他徐管家討些口氣；倘有一線可入，寅緣進去，做個補代，不怕一生不享榮華。翻來覆去，用心過度，再也睡不著。到四更天氣，纔閉上眼，又夢見賊來開了皮箱，將他七百兩頭裝在搭包裏。歐滁山急得眼裏冒出火來，顧不得性命，精光的扒下床來，口中亂喊「捉賊」。那鶻淥在醉鄉中，霎時驚醒了，也赤身滾起來，暗地裏恰恰撞著歐滁山。不由分說，扯起釘鎚樣的拳頭，照著歐滁山頭臉上亂打。滁山熬不過疼痛，將頭臉靠住鶻淥懷裏，把他精身體上死咬。兩個扭做一團，滾在地下。你罵我是強盜，我罵你是賊徒。累到天明，氣力用盡。歐滁山的夢神也告消乏了，鶻淥的醉魔也打疲倦了，大家抱頭抱腳的欹跨睡在門檻上。直睡到日出三竿，雞啼傍午，主僕兩人纔醒。各自揉一揉睡眼，都叫咤異。歐滁山覺得自家尊容有些古怪，忙取鏡子一照，驚訝道：「我怎麼脫換一個青面小鬼，連頭角都這般崢嶸了。」鶻淥也覺得自家貴體有些狼狽，低頭一看，好似掉在染缸裏，遍體染就個紅紅綠綠的。面面相覷，竟解不出緣故來。一連告了幾日養病假，纔敢出去會客。

那繆奶奶又遣徐管家送過四盤果品來看病。歐滁山款住徐管家，要他坐下。徐管家道：「小的是下人，怎敢陪相公坐地？」歐滁山笑道：「你好獃，敬其主以及其使。便是敝老師孔夫子，還命蘧伯玉㉕之使同坐哩。你不須謙讓。」徐管家只得將椅子移在側邊，半個屁股坐著。歐滁山吩咐鶻淥，叫他在酒館中取些熱菜來，酒兒要盪得熱熱的。鶻淥答應一聲去了。歐滁山問道：「你家奶奶性兒喜歡甚麼？待我好買幾件禮物回答。」徐管家道：「我家奶奶敬重相公文才，那指望禮物回答。」歐滁山道：「你便是這等說，我卻要盡一點孝敬。」徐管家道：「若說起我家奶奶，紗羅綢緞，首飾頭面，那件沒有！若要他喜歡的，除非吃食上橄欖、松子罷了。」歐滁山道：「你家奶奶原來是個清客，愛吃這樣不做肉的東西。」徐管家嬉的笑起來。鶻淥早取了熟菜，擺上一桌，斟過兩盃酒。二人一頭吃，一頭說。歐滁山乘興問道：「你家奶奶又沒有一男半女，年紀又幼小，怎麼好守節？」徐管家道：「正是。我們不回河間去，也是奶奶要日後好尋一分人家，坐產招夫的意思。」歐滁山道：「不知你家奶奶要尋那樣人兒？」徐管家道：「小的也不曉得。奶奶還不曾說出口來，為礙著三太爺在這裏。」歐滁山道：「我有一句梯己話兒對你講，切不可向外人說。」忙把鶻淥叫開了，說道：「我學生今年纔三十一歲，還是真正童男

㉕蘧伯玉：蘧瑗，字伯玉，春秋時衛國賢大夫，善反省過失。

子。一向要娶親，因敝地再沒得好婦人。若你家奶奶不棄，情願贅在府上。我雖是客中，要措辦千金，也還供得你家奶奶粧奩。」徐管家道：「相公莫說千金萬金，若是奶奶心肯，便一分也不消相公破費。但三太爺在此，也須通知他做主纔妙。」歐滁山道：「你家三太爺聾著兩隻耳朵，也容易結交他。」徐管家道：「相公慢慢商量，讓小的且回去罷。」歐滁山千叮萬囑一遍。正是：

耳聽好消息，眼觀旌節旗。

話說姜天淳曉得歐滁山得過若干銀兩，又見不肯起身，怕在地方上招搖出事來，忙封起八兩程儀，促他急整歸鞭。歐滁山大怒，將程儀擲在地下道：「誰希罕這作孽的錢！你家主人要使官勢，只好用在泛常游客身上。我們同窗同社，也還不大作准。試問他難道做一生知縣，再不還鄉的麼？我老歐有日子和他算帳哩！」那來役任憑他發揮，拾了銀子，忙去回覆知縣。這叫做好意翻成惡意，人心險似蛇心。我道姜天淳這個主人，便放在天平上兌一兌，也還算十足的觔兩。看官們，試看世界上，那個肯破慳送人？他吃辛吃苦的做官，擔驚擔險的趁錢，寧可招人怨，惹人怪，閉塞上方便門，留積下些元寶，好去打點陞遷。極不濟，便完贓贖罪，標著流徙，到底還仗庇孔方，保得一生不愁凍餓。我常想，古今慷慨豪傑只有兩個。一個是孟嘗君㉖，捨得三餐飯養士；一個是平原君㉗，捨得三日酒請客。這大老官的聲

㉖ 孟嘗君：戰國時齊國貴族田文。以好客著稱，門下食客至數千人。

㉗ 平原君：戰國時趙國貴族趙勝。相傳他有食客三千人，與孟嘗君齊名。

名，千古不易。可見酒飯之德，亦能使人品傳芳。假若剜出己財，為眾朋友做個大施主，這便成得古今真豪傑了。倘自負慷慨，逢人通誠，耰鋤水火的小恩惠也惡誇口，這種人便替孟嘗君廚下燒鍋，代平原君席上斟酒，還要嫌他齷齪相。但當今報德者少，負義者多，如歐滁山皆是另具一副歪心腸，別賦一種賤骨格，抹卻姜天淳的好處，反惡聲狂吠起來。這且不要提他。

話說繆奶奶屢次著人送長送短，百倍慇懃。歐滁山只得破些鈔兒，買幾件小禮點綴。一日，三太爺拉歐滁山街上去閒步，見一個簇新酒帘飄蕩在風裏。那三太爺頻頻嚥涎，像有些聞香下馬的光景，只愁沒有解貂換酒的主人。歐滁山見景生情，邀他進去，撿一副乾淨座兒，請他坐地。酒保陸續搬上餚饌來，兩個一遞一盃，直吃到日落還不曾動身。歐滁山要與三太爺接談，爭奈他兩耳又聾，只好對坐著啞飲。誰知啞飲易醉，歐滁山滿腔心事，乘著醉興，不覺吐露道：「令侄婦青年人，怎麼容他守寡？你老人家該方便些纔是。」那三太爺偏是這幾句話聽得明白，點一點頭道：「我正要尋一個好人物招他進來哩，急切裏又遇不著。」歐滁山見說話入港㉘，老著臉皮自薦道：「晚生還不曾娶親，若肯玉成，當圖厚報。」三太爺大喜道：「這段姻緣絕妙的了。我今日便親口許下，你擇日來納聘，何如？」歐滁山正喜得抓耳搔腮，側邊一個小廝眼僝著㉙三太爺道：「不知家裏奶奶的意思，太爺輕口便許人麼？」歐滁山忙把手兒搖著說道：「大叔們請在外面吃酒，都算在我帳上。」把個小廝哄開了。離席朝上作了揖，又自斟一盃酒送過去。三太爺扶起道：「你又行這客禮做甚麼？」歐滁山道：「既蒙俯允，始終不二，便以盃酒

㉘ 入港：談話深入，意氣相投。
㉙ 眼僝著：埋怨地看著。

為訂。」三太爺道：「你原來怕我是酒後戲言，我從來直腸直口，再不會說謊的。」歐滁山極口感激。算完店帳，各自回寓。

次日，打點行聘。這繆家受聘之後，歐滁山即想做親㉚。叫了一班鼓樂，自家倒坐在新人轎裏，抬了一個圈子，依舊到對門下轎。因是第一次做新郎，心裏老大有些驚跳。又見繆奶奶是大方家㉛，比不得秋葵丫頭胡亂可以用些鎗法的。只得在那上床之時，脫衣之後，求歡之際，斯斯文文，軟軟款款，假學許多風雅模樣。繆奶奶未免要裝些身分，歐滁山低聲俏語道：「吉日良辰，定要請教。」繆奶奶忍笑不住，放開手任他進去赴考。歐滁山纔入門，一面謙讓道：「唐突，唐突！」那知兢持太甚，倒把一個積年會完卷的老童生，頭一篇還不曾做到起講，便老早出場了。自家覺得慚愧，喘吁吁的賠小心道：「貽笑大方，改日容補。」繆奶奶只是笑，再不則聲。

過了數日，歐滁山見他房中箱籠擺得如密篦一般，不知內裏是金銀財寶，還是紗羅綢緞。想著要入一入眼，因成親不久，不便開口說得。遂想出一個拋磚引玉之法來，手中拿著鑰匙，遞與繆奶奶道：「拙夫這個箱內，尚存六百多金。娘子請看一看。」繆奶奶道：「我這邊的銀錢還用度不了，那個要你的。」歐滁山道：「不是這樣講。我的鑰匙交付與娘子，省得拙夫放在身邊。」繆奶奶取過來，交與一個丫頭。只見三太爺走到房門前說道：「牛兒從河間府來，說家裏的大宅子，有暴發戶戚小橋要買，已還過九千銀子。牛兒不敢做主，特來請你去成交易哩。」繆奶奶愁眉道：「我身子不大耐煩，你老人家同著姑爺

㉚ 做親：此處當是「做親」之誤。

㉛ 方家：原意指道術修養深湛的人，此處用以喻繆奶奶並非初婚而不諳床第之事。

去兌了房價來罷。」歐滁山聽見又有九千銀子，好像做夢的，恨不得霎時起身，搬了回來。這一夜加力奉承那財主奶奶。

次日備上四個頭口，三太爺帶了牛兒，歐滁山帶了鶻淥，一行人迤邐而去。纔走得數里，後面一匹飛馬趕來，卻是徐管家拿著一個厚實實的大封袋，付與歐滁山道：「你們起身忙，忘記帶了房契。奶奶特差小的送來。」歐滁山道：「險不空往返一遭兒哩，還虧你奶奶記性快。」徐管家道：「爺們不要擔擱，快趕路罷。」兩下各加一鞭，只見：

夕陽影裏馬蹄過，沙土塵中人面稀。

行了幾日，已到河間府。三太爺先把歐滁山安頓在城外飯店裏，自家同著牛兒進城，道是議妥當了，即來請去交割房契。歐滁山果然在飯店中等候。候了兩日，竟不見半個腳影兒走來，好生盼望。及至再等數天，就有些疑惑，叫鶻淥進城去探問。鶻淥問了一轉，依舊單身回來，說是城內百和坊雖有一個鄉宦，他家並不見甚麼三太爺。歐滁山還道他問得不詳細，自己袖著房契，叫鶻淥領了，走到百和坊來。只見八字牆門裏面走出一個花帕兜頭的大漢。歐滁山大模大樣問道：「你家三太爺回來了，為何不出城接我？」那大漢啐道：「你是那裏走來的鳥蠻子，問甚麼三太爺、四太爺？」歐滁山道：「現有牛兒跟著的，煩你喚出牛兒來，他自然認得我。」大漢罵道：「你家娘的牛馬兒，怎麼在我宅子門前歪纏。」這一句還不曾歐滁山情急了，忙通出腳色來道：「你家小奶奶現做了我的賤內，特叫我來賣房子哩。」

說完，大漢早劈面一個耳掌，封住衣袖，揪了進去。鶻淥見勢頭不好，一溜煙兒躲開。可憐歐滁山被那大漢捉住，又有許多漢子來幫打，像餓虎攢羊一般，直打得個落花流水。還虧末後一個少年喝住，眾漢纔各各收了拳兵。此時歐滁山魂靈也不在身上，癡了一會，漸漸醒覺，纔叫疼叫痛，又叫起冤屈來。那少年近前問道：「你這蠻子聲口，像是外方。有甚緣故，快些說來。」歐滁山帶著眼淚說道：「學生原是遠方人，因為探望舍親姜天淳，所以到保定府來，就在保定府娶下一房家小。這賤内原是屠老先生之妾。屠老先生雖在任上亡過，現有三太爺做主為媒，不是我貪財強娶。」那少年道：「那個耐煩聽你這些閑話。只問你無端為何進我的宅子？」歐滁山道：「我非無端而來，原是來兌房價的。現有契文在此，難道好白賴的麼？」少年怒道：「你這個蠻子，想是青天白日見鬼！」叫眾漢子推他出去。歐滁山受過一番狼狽的，那裏經得第二遍。聽見一聲「推出去」，他的腳根先出門了。

只得悶悶而走，回到飯店，卻見鶻淥倒在炕上坐著哩。歐滁山罵道：「你這賊奴才，不顧主人死活，任他拿去毒打。設使真個打死，指望你來收屍，這也萬萬不能夠了。」鶻淥笑道：「相公倘然打死，還留得鶻淥一條性命，也好回家去報信，怎倒怨起我來。」歐滁山不言不語，連衣睡在床上，搥胸搗枕。鶻淥道：「相公不消氣苦，我想三太爺原姓屠，他家弟男子姪，那裏肯將房產銀子倒白白送與相公麼？」歐滁山沉吟道：「你也說得是。但房契在我手裏，也還不該下這毒手。」鶻淥道：「他既下這毒手，焉知房契不先換去了？」歐滁山忙撿出房契來，拆開封筒，見一張綿紙。看看上面寫的，不是房契，卻是借約。寫道：

立借票人屠三醉，今因乏用，借到老歐處白銀六百兩。俟起家立業後，加倍奉償。恐後無憑，立此借票存照。

歐滁山呆了，道：「我被這老賊拐去了！」又想一想，道：「前日皮箱放在內屋裏，如何盜得去？」又轉念道：「他便盜我六百金，繆奶奶身邊千金不止，還可補償缺陷。」急急收拾行李，要回保定。爭奈欠了飯錢，被房主人捉住。歐滁山沒奈何，只得將被褥准算。主僕兩個，孤孤恓恓，行在路上。有一頓，沒一頓，把一個假名士，又要假起乞丐來了。趲到保定，同著鶻淥入城，望舊寓走來。只見：

冷清清，門前草長；幽寂寂，堂上禽飛。破交椅七橫八豎，碎紙牕萬片千條。就像遠塞無人烟的古廟，神鬼潛踪；又如滿天大風雪的寒江，漁翁絕跡。入其庭不見其人，昔日羅幃掛蛛網；披其戶其人安在，今朝翠閣結烟蘿。

歐滁山四面搜尋，要討個人影兒也沒得。鶻淥嗚嗚的又哭起來。歐滁山問道：「你哭些甚麼？」鶻淥道：「奶奶房裏使用的珠兒，他待我情意極好，今日不見了，怎禁得人不哭？」歐滁山道：「連奶奶都化為烏有，還提起甚麼珠兒？我如今想起來了：那借票上寫著屠三醉，分明是說三醉岳陽人不識，活活是個雄拐子。連你奶奶也是雌拐兒。算我年災月厄，撞在他手裏。罷了，罷了！只是兩隻空拳，將甚麼作盤纏回家？」鶻淥道：「還是去尋姜老爺的好。」歐滁山道：「我曾受過恩惠，反又罵他，覺得不好相見。」

鶻滐道：「若是不好相見，可寫一封書去干求他罷了。」歐滁山道：「說得有理。」仍回到對門舊寓來，借了筆硯，懇懇切切寫著悔過謀罪㉜的話，又敘說被拐致窮之故。鶻滐忙去投書，姜天淳果然不念舊惡，又送出二十兩程儀來。歐滁山製辦些鋪蓋，搭了便舡回家。

一路上少不得嗟嘆怨恨，誰知驚動了中艙內一位客人。那客人被他耳根聒得不耐煩，只得罵了舡家幾句，說他胡亂搭人。舡家又來埋怨。歐滁山正沒處叫屈，借這因頭把前前後後情節，像說書的一般說與眾人聽。眾人也有憐他的，也有笑他的。獨有中艙客人，叫小廝來請他。歐滁山抖一抖衣服，鑽進艙去。客人見歐滁山帶一頂巾子，穿一雙紅鞋，道是讀書的。起身來作揖，問了姓氏。歐滁山又問那客人，客人道：「小弟姓江，號秋雯，原籍是徽州。因今歲也曾遇著一夥騙子，正要動問老丈所娶那婦人怎的一個模樣？」歐滁山道：「是個不肥不瘦的身體，生來著實風騷，面上略有幾個雀斑。」江秋雯笑道：「與小弟所遇的不差。」歐滁山怒目張拳道：「他如今在那裏？」江秋雯道：「這是春間的事體，如今那個曉得他蹤跡？」歐滁山道：「不知吾兄如何被騙的？」江秋雯道：「小弟有兩個典舖，開在臨清，每年定帶些銀兩去添補。今春泊船宿遷，鄰舡有一個婦人，看見小弟，目成心許，將一條汗巾擲過來。小弟一時迷惑，接在手中，聞香嗅氣。那婦人不住嬉笑，小弟情不自禁。又見他是兩隻舡，一隻船是男人，一隻舡是女人。訪得詳細。到二更天，見他蓬窗尚未掩著，此時也顧不得性命，跳了過去。倒是那婦人叫喊起來，一夥僕從捉住小弟，痛打一頓，騙去千金纔放。小弟吃這個虧再不怨人，只怨自己不該偷婆娘。」歐滁山道：「老丈有這等度量，小弟便忍耐不住了。」江秋雯道：「忍耐不住便怎麼？小弟

㉜ 謀罪：當為「謝罪」之筆誤。

與吾兄同病相憐，何不移在中艙來作伴？」

自此歐滁山朝夕飲食，盡依藉著江秋雯。到了鎮江，大家上岸去走走。只見碼頭上一個弄蛇的叫化子。鶻淥端相一遍，悄悄對歐滁山說道：「這倒像那三太爺的模樣哩。」歐滁山認了一認，道：「果然是三太爺！」上前一把扯住，喊道：「捉住拐子了！」那叫化子一個頭拳撞來，打得不好開交。江秋雯勸住道：「歐兄，你不要錯認了。他既然拐你多金，便不該仍做叫化子。既做叫化子，你認他是三太爺，可不自己沒體面？」歐滁山聽了，纔放手。倒是那叫化子不肯放，說是走了他的掙錢兒子。江秋雯不曉得甚麼叫做「掙錢兒子」，細問起來，纔知是一條蛇兒。歐滁山反拿出幾錢銀償他。

次日別了江秋雯，搭了江船。到得家裏，不意蒼頭死了，秋葵捲了些值錢物件，已是跟人逃走。歐滁山終日抑鬱，遂得膨脹病而亡。

可見世人須要斬絕妄想心腸，切不可賠了夫人又折兵，學那歐滁山的樣子。

諧道人評曰：不直說拐子，到末後纔點，令觀者羨慕歐滁山遭遇非常、極人間之樂境。看完一回，冷冰直入脊背矣。又忽然插出叫化廝賴一段，亦是歐生妄根未斷，魔君不肯饒過。如江秋雯，方是達者。

第三回　走安南玉馬換猩絨

百年古墓已為田，人世悲歡只眼前；
日暮子規啼更切，閒修野史續殘編。

話說廣西地方，與安南❶交界。中國客商要收買丹砂、蘇合香、沉香，卻不到安南去，都在廣西收集。不知道這些東西盡是安南的土產，廣西不過是一個聚處。安南一般也有客人到廣西來貨賣。那廣西牙行❷經紀❸，皆有輪萬家私，堆積貨物。但逢著三七，纔是交易的日子。這一日叫做開市。開市的時候，兩頭齊列著官兵，放砲吶喊，直到天明，纔許買賣。這也是近著海濱，恐怕有奸細生事的意思。市上又有個評價官。這評價官是安撫❹衙門裏差出來的。若市上有私買私賣，緝訪出來，貨物入官，連經紀客商都要問罪。自從做下這個官例，那個還敢胡行？所以評價官是極有權要的——名色雖是評價，實

❶ 安南：今日越南之古名。
❷ 牙行：舊時為買賣雙方議價說合抽取傭金的商行，似今之仲介商行。
❸ 經紀：指牙行中經辦買賣事務的人。
❹ 安撫：指負責處理地方軍政的安撫使。安撫使自元代開始只設於邊遠地區，明清時沿置，為武職土官。

在卻是抽稅。這一主❺無礙的錢糧都歸在安撫。

曾有個安撫姓胡，他生性貪酷，自到廣西做官，不指望為百姓興一毫利，除一毫害，每日只想剝盡地皮自肥。總為天高聽遠❻，分明是半壁天子一般。這胡安撫沒有兒子，就將妻姪承繼在身邊做公子。這公子有二十餘歲，生平毛病，是見不得女色的；不論精粗美惡，但是落在眼裏就不肯放過。只為安撫把他關禁在書房裏，又請一位先生陪他讀書。你想，曠野裏的猢猻，可是一條索子鎖得住的？況且要他讀書，真如生生的逼那猢猻妝扮李三娘挑水❼、鮑老送嬰孩❽的戲文了。眼見得讀書不成，反要生起病來。安撫的夫人又愛惜如寶，這公子倚嬌倚癡，要出衙門去頑耍。夫人道：「只怕你父親不許，待我替你講。」早是安撫退堂，走進內衙來。夫人指著公子道：「你看他面黃肌瘦，茶飯也不多吃，皆因在書房內用功過度。若再關禁幾時，連性命都有些難保了。」安撫道：「他既然有病，待我傳官醫進來，吃一兩劑藥自然就好的，你著急則甚❾？」公子怕露出馬腳來，忙答應道：「那樣苦水，我吃他做甚麼？」安撫道：「既不吃藥，怎得病好哩？」夫人道：「孩子家心性原坐不定的；除非是放他出衙門外，任他在有山水的所在，或者好寺院裏閒散一番，自然病就好了。」安撫道：「你講的好沒道理。我在這地方

❺ 主：同「注」，作量詞。

❻ 天高聽遠：成語「天高聽卑」的反用，即俗語「天高皇帝遠」之意。

❼ 李三娘挑水：典出傳奇白兔記。李三娘在井邊挑水，恰遇失散十五年的兒子，從而又與丈夫劉知遠團圓。

❽ 鮑老送嬰孩：鮑老，角色名，唐稱「婆羅」，宋時為在戲劇中逗人發笑的滑稽角色。水滸傳第三十三回：「宋江看時，卻是一夥舞鮑老的。」鮑老送嬰孩事出典不詳。

❾ 則甚：做甚麼。

上現任做官，怎好縱放兒子出外頑耍？」夫人道：「你也忒糊塗，難道兒子面孔上貼著『安撫公子』的幾個字麼？便出去頑耍，有那個認得，有那個議論？況他又不是生事的，你不要弄得他病久了，當真三長兩短，我是養不出兒子的哩。」安撫也是溺愛，一邊況且夫人發怒，只得改口道：「你不要著急，我自有個道理。明朝是開市的日期，吩咐評價官領他到市上頑一會就回來。只是打扮要改換了，纔好掩人耳目。」夫人道：「這個容易。」公子在旁邊聽得眉花眼笑，撲手跌腳⑩的外邊喜歡去了。正是：

意馬心猿拴不住，郎君年少總情迷。
世間溺愛皆如此，不獨偏心是老妻。

話說次日五更，評價官奉了安撫之命，領著公子出轅門⑪來。每人都騎著高頭大馬，到得市上。那市上原來評價官也有個衙門。公子下了馬，評價官就領他到後衙裏坐著，說道：「小衙內⑫，你且寬坐片時，待小官出去點過了兵，放砲之後，再來領衙內出外觀看。」只見評價官出去坐堂，公子那裏耐煩死等，也便隨後走了出來。

此時天尚未亮，滿堂燈炬照得如同白日。看那四圍都是帶大帽持鎗棍的，委實好看。公子打人叢裏

---

⑩ 撲手跌腳：即手舞足蹈，形容喜極的情狀。
⑪ 轅門：通常指軍營營門，後來地方高級官吏的官署，兩旁作木柵圍護，亦稱「轅門」。
⑫ 衙內：唐末宋初，藩鎮相沿以親子弟領衙內之職。世俗相沿，遂稱貴家子弟為「衙內」。

擠出來，直到市上。早見人煙湊集，家家都掛著燈籠。公子信步走去，猛抬頭看見樓上一個標緻婦人，憑著樓窗，往下面看。他便立住腳，目不轉睛的瞧個飽滿。你想：看人家婦女，那有看得飽的時節？總是美人立在眼前，心頭千思萬想，要他笑一笑，留些情意，好從中下手；卻不知枉用心腸，像餓鬼一般，腹中越發空虛了。這叫做眼飽肚中飢。公子也是這樣呆想。那知樓上的婦人，他卻貪看市上來來往往的，可有半些眼角梢兒留在公子身上麼？又見樓下一個後生⓭，對著那樓上婦人說道：「東方發白了。可將那幾盞燈挑下來吹熄了。」婦人道：「燭也剩不多，等他點完了罷。」公子乘他們說話，就在袖裏取出汗巾來。那汗巾頭上繫著一個玉馬。他便將汗巾裹一裹，擲向樓上去。偏偏打著婦人的面孔，婦人一片聲喊起來。那樓下後生也看見一件東西在眼中幌一幌；又聽得樓上喊聲，只道那個拾磚頭打他。忙四下一看，只見那公子嬉著一張嘴，拍著手大笑道：「你不要錯看了，那汗巾裏面裹著有玉馬哩！」這後生怒從心上，惡向膽邊，忙去揪著公子頭髮，要打一頓。不隄防用得力猛，卻揪著了帽子，被公子在人叢裏一溜煙跑開了。後生道：「便宜這個小畜生！不然，打他一個半死，纔顯我的手段。」拿帽在手，一徑跑到樓上去。婦人接著，笑道：「方纔不知那個涎臉⓮，將汗巾裹著玉馬擲上來。你看，這玉馬倒還有趣哩。」後生拿過來，看一看道：「這是一個舊物件。」那婦人也向後生手裏取過帽子來，看道：「你是那裏得來的？上面好一顆明珠。」後生看了，驚訝道：「果然好一顆明珠！是了，是了，方纔那小畜生，不知是那個官長家的哩。」婦人道：「你說甚麼？」後生道：「我在樓下見一個人瞧你；又聽得你

⓭ 後生：年輕人。
⓮ 涎臉：嘻皮笑臉。此處代指風流子弟。

喊起來，我便趕上去打那一個人。不期揪著帽子，被他脫身走去。」婦人道：「你也不問個皂白，輕易便打人，不要打出禍根來。便由他瞧得奴家一眼，可有本事吃下肚去麼？」後生道：「他現現將物件擲上來，分明是調戲你。」婦人道：「你好獃，這也是他落便宜，白送一個玉馬。奴家還不認得他是長是短，你不要多心。」正說話間，聽得市上放砲響。後生道：「我去做生意了。」正是：

玉馬無端送，明珠暗裏投。

你道這後生姓甚麼？原來叫做杜景山。他父親是杜望山，出名的至誠經紀，四方客商都肯來投依。自去世之後，便遺下這掙錢的行戶與兒子。杜景山也做人乖巧，倒百能百幹，會招攬四方客商，算得一個克家⑮的肖子了。我說那樓上的婦人，就是他結髮妻子。這妻子娘家姓白，乳名叫做鳳姑，人材又生得柔媚，支持家務，件件妥貼。兩口兒極是恩愛不過的。他臨街是客樓，一向堆著貨物。這日出空了，鳳姑偶然上樓去觀望街上，不期撞著胡衙內這個禍根。你說惹了別個還可，這胡衙內是個活太歲，在他頭上動了土⑯，重則斷根絕命，輕則也要蕩產傾家。若是當下評價官曉得了，將杜景山責罰幾板，也就消了忿恨。偏那衙內懷揣著鬼胎，卻不敢打市上走，沒命的往僻巷裏躲了去。走得氣喘，只得立在房簷

⑮ 克家：原指能治理家族的事務，後轉意為能管理家業。

⑯ 太歲頭上動土：舊時認為太歲經行的方向為凶方，掘土興建應避開，否則會受災。後因用「太歲頭上動土」比喻觸犯強有力的人而自取禍殃。太歲，古天文學中假設的與歲星（木星）相應的星名。

下歇一歇力。不曉得對門一個婦人，蓬著頭，敞著胸，手內提了馬桶，將水蕩一蕩，朝著側邊潑下，那知道黑影內有一個人立著。剛剛潑在衙內衣服上，衙內叫了一聲「嗳喲」。婦人丟下馬桶，就往家裏飛跑。我道婦人家倒馬桶也有個時節，為何侵晨扒起來就倒？只因小戶人家，又住在窄巷裏，恐怕黃昏時候街上有人走動，故此趁那五更天，巷內都關門閉戶，他便冠冠冕冕⓱，好出來洗蕩。也是衙內晦氣，蒙了一身的糞渣香，自家聞不得，也要掩著鼻子。心下又氣又惱，只得脫下那件外套來，露出裏面是金黃短夾襖。衙內恐怕有人看見，觀瞻不雅，就走出巷門，看那巷外卻是一帶空地，但聞馬嘶的聲氣。走得幾步，果見一匹馬拴在大樹底下，鞍轡都是備端正的。衙內便去解下韁繩，纔跨上去，腳鐙還不曾踏穩，那馬如飛跑去了。又見草窩裏跳起一個漢子，喊道：「拿這偷馬賊！拿這偷馬賊！」隨後如飛的趕將來。衙內又不知這馬的繮口，要帶又帶不住，那馬又不打空地上走，竟轉一個大彎，衝到市上來。防守市上的官兵，見這騎馬漢子在人叢裏放轡頭，又見後面漢子追他是「偷馬賊」，一齊喊起來，道是「拿奸細」。嚇得那些做生意買賣的，也有擠落了鞋子，也有失落了銀包，也有不見了貨物，也有踏在泥溝裏，也有跌在店門前，紛紛沓沓⓲，像有千軍萬馬的光景。

評價官聽得有了奸細，忙披上馬，當頭迎著，卻認得是衙內。只見衙內頭髮也披散了，滿面流的是汗，那臉色就如黃臘一般。喜得馬也跑不動了。早有一個鬍鬚碧眼的漢子喝道：「快下馬來！俺安南國的馬，可是你蠻子偷來騎得的麼？」那評價官止住道：「這是我們衙內，不要囉唣！」連忙叫人抱下馬

⓱ 冠冠冕冕：此處形容大方、無顧忌。
⓲ 紛紛沓沓：紛紛亂跑。沓沓，疾行貌。

來。那安南國的漢子把馬也牽去了。那官兵見是衙內，各各害怕道：「早是不曾傷著那裏哩。」評價官見市上無數人擁擠在一團來看衙內，只得差官兵趕散了，從容問道：「衙內出去說也不說一聲，嚇得小官魂都沒了。分頭尋找，卻不知衙內在何處遊戲，為何衣帽都不見了，是甚麼緣故？」衙內隔了半晌，纔說話道：「你莫管我閒事，快備馬送我回去。」評價官只得自家衙裏取了巾服，替衙內穿戴起來，還捏了兩把汗，恐怕安撫難為他，再三求告衙內，要他包含。衙內道：「不干你事，你莫要害怕。」眾人遂扶衙內上馬，進了轅門，後堂傳梆⑲，道是衙內回來了。

夫人看見便問道：「我兒，外面光景好看麼？」衙內全不答應，紅了眼眶，撲簌簌掉下淚來。夫人道：「兒為著何事？」忙把衣袖替他揩淚，衙內越發哭得高興。夫人仔細將衙內看一看，道：「你的衣帽那裏去了？怎麼換這個巾服？」衙內哭著說道：「兒往市上觀看，被一個店口的強漢，見兒帽上的明珠，起了不良之念，便來搶去。又剝下兒的外套衣服。」夫人掩住他的口道：「不要提起罷。你爹原不肯放你出去，是我變嘴變臉的說了，他纔依我。如今若曉得這事，可不連我也埋怨起來。」正是：

不到江心，不肯收舵；
若無絕路，那肯回兵。

話說安撫見公子回來，忙送他到館內讀書，不期次日眾官員都來候問衙內的安。安撫想道：「我的

⑲傳梆：舊時官衙中掛的挖空的木頭，遇有緊急事須通報，則敲此梆以引起內室中人注意。

兒子又沒有大病，又不曾叫官醫進來用藥，他們怎麼問安？」忙傳進中軍[20]來，叫他致意眾官員，回說衙內沒有大病，不消問候得。中軍傳著安撫之命。不一時，又進來稟道：「眾官員說，曉得衙內原沒病，因是衙內昨日跑馬著驚，特來問候的意思。」安撫氣惱道：「我的兒子纔出衙門遊得一次，眾官就曉得，想是他必定生事了。」遂叫中軍謝聲眾官員，他便走到夫人房裏來，發作道：「我原說在此現任，兒子外面去不得的。夫人偏是護短，卻任他生出事來，弄得眾官員都到衙門裏問安，成甚麼體統！」夫人道：「他頑不上半日，那裏生出甚麼事來？」安撫焦燥道：「你還要為他遮瞞？」夫人道：「可憐他小小年紀，又沒有氣力，從那裏生事起？是有個緣故，我恐怕相公著惱，不曾說得。」安撫道：「你便遮瞞不說，怎遮瞞得外邊耳目？」夫人道：「前日相公吩咐說，要兒子改換粧飾。我便取了相公煙燉帽，上面釘了一顆明珠，把他帶上。不意撞著不良的人，欺心想著這明珠，連帽子都搶了去。就是這個緣故了。」安撫道：「豈有此理！難道沒人跟隨著他，任憑別人搶去？這裏面還有個隱情，連你也被兒子瞞過。」夫人道：「我又不曾到外面去，那裏曉得這些事情。相公叫他當面來一問，就知道詳細了，何苦埋怨老身？」說罷便走開了。安撫便著丫鬟，向書館裏請出衙內來。衙內心中著驚，走到安撫面前，深深作一個揖。安撫問道：「你怎麼昨日出去跑馬闖事？」衙內道：「是爹爹許我出去，又不是兒子自家私出去頑耍的。」安撫道：「你反說得乾淨！我許你出去散悶，那個許你出去招惹是非？」衙內道：「那個自家去招惹是非？別人搶我的帽子、衣服，孩兒倒不曾同他爭鬥，反迴避了他。難道還是孩兒的不是？」

[20] 中軍：軍官職名。清代綠營兵制，有督、撫、提等標，統領官由副將、參將等擔任，統稱「中軍」，性質相當於總督、巡撫、提督的衛隊長或副官長。

安撫道：「你好端端市上觀看，又有人跟隨著，那個大膽敢來搶你的？」衙內回答不出。早聽得房後夫人大罵起來道：「胡家後代只得這一點骨血，便將就些也罷！別人家兒女還要大賭大嫖，敗壞家私。他又不是那種不學好的；就是出去頑耍，又不曾為非做歹，玷辱你做官的名聲。好休便休，只管嘮嘮叨叨，你要逼死他纔住麼？」安撫聽得這一席話，連身子麻木了半邊，不住打寒噤，忙去賠小心道：「夫人，你不要氣壞了。你疼孩兒，難道我不疼孩兒？我恐孩兒在外面吃了虧，問一個來歷，好處治那搶帽子的人。」夫人道：「這纔是。」叫著衙內道：「我兒，你若記得那搶帽子的人，就說出來，做爹的好替你出氣。」衙內道：「我還記得那個人家，燈籠上明明寫著『杜景山行』四個字。」夫人歡喜，忙走出來，撫著衙內的背道：「好乖兒子，這樣聰明，字都認識得深了，此後再沒人敢來欺負你。」又指著安撫道：「你胡家門裏，我也不曾看見一個走得出會識字像他的哩。」

安撫口中只管把「杜景山」三個字一路念著，踱了出來。又想道：「我如今遽然將杜景山拿來痛打一陣，百姓便叫我報復私仇，這名色也不好聽。我有個道理了，平昔聞得行家㉑盡是財主富戶，自到這裏做官，除了常例㉒之外，再不曾取擾分文。不若借這個事端，難為他一難為，我又得了實惠，他又不致受苦，我兒子的私憤又償了。極妙，極妙！」即刻遂傳書吏，寫一張取大紅猩猩小姑絨的票子，拿硃筆寫道：「仰㉓杜景山速辦三十丈交納，著領官價。如違拿究！即日繳。」那差官接了這個票子可敢怠

㉑行家：此處指做牙行的人家，即仲介商。
㉒常例：此處指商戶定時敬送官吏的財物。
㉓仰：舊時公文用語，下行文表示命令。

慢，急急到杜家行裏來。杜景山定道是來取平常供應的東西，只等差官拿出票子來看了，纔嚇得面如土色，舌頭伸了出來，半日還縮不進去。差官道：「你火速交納，不要遲誤。票上原說即日繳的，你可曾看見麼？」杜景山道：「爺們且進裏面坐了。」忙叫妻子治酒餚款待。差官道：「你有得交納沒得交納，也該作速計較。」杜景山道：「爺請吃酒，待在下說出道理來。」差官道：「你怎麼講？」杜景山道：「爺曉得這猩猩絨是禁物，安南客人不敢私自拿來販賣。要一兩丈或者還有人家藏著的，只怕人家也不肯拿出來。如今要三十丈，分明是個難題目了。莫講猩猩絨不容易有，就是急切要三十丈小姑絨，也沒處去尋。平時安撫老爺取長取短，還分派眾行家身上，謂之眾輕易舉；況且還是眼面前的物件，就著一家支辦，力量上也擔承得來。如今這個難題目單看上了區區一個，便將我遍身上下的血割了，也染不得這許多。在下通常計較，有些微薄禮取來孝順。煩在安撫老爺面前回這樣一聲。若回得脫，便是我行家的造化，情願將百金奉酬。就回不脫，也要寬了限期，慢慢商量，少不得奉酬，就是這百金。若爺不放心，在下便先取出來，等爺袖了去何如？」差官想道：「回得脫回不脫，只要我口內稟一聲，就有百金上腰。拚著去稟一稟，決不致生出事來。」便應承道：「這個使得，銀子也不消取出來。我一向曉得你做人是極忠厚老成的。你也要寫一張呈子，同著我去，濟與不濟，看你的造化了。」杜景山立刻寫了呈子，一齊到安撫衙門前來。

此時安撫還不曾退堂，差官跪上去稟道：「行家杜景山帶在老爺臺下。」安撫道：「票子上的物件交納完全麼？」差官道：「杜景山也有個下情。」便將呈子遞上去。安撫看也不看，喝道：「差你去取猩猩絨，誰教你帶了行家來？你替他遞呈子，敢是得了他錢財？」忙丟下籤去，要綑打四十。杜景山著了急，顧不得性命，跪上去稟道：「行家磕老爺頭！老爺要責差官，不如責了小人，這與差官沒相干。況且老爺取猩猩絨，又給官價，難道小人藏在家裏不肯承應？有這樣大膽的子民麼？只是這猩猩絨久係禁物，老爺現大張著告示在外面，行家奉老爺法度，那個敢私買這禁物？」安撫見他說得有理，反討個沒趣，只得免了差官的打，倒心平氣和對杜景山道：「這不是我老爺自取，因朝廷不日差中貴㉔來取上京去，只得要預先備下。我老爺這邊寬你的限期，毋得別項推托。」忙叫庫吏，先取三十兩銀子給與他。杜景山道：「這銀子小人決不敢領。」安撫怒道：「你不要銀子，明明說老爺白取你的了！可惡，可惡！」差官到上去替他領了下來。杜景山見勢頭不好，曉得這件事萬難推諉，只得上去哀告道：「老爺寬小人三個月限，往安南國收買了回來交納。」安撫便叫差官拿上票子去換，硃筆批道：「限三個月交納，如過限拿家屬比較㉕。」杜景山只得磕了頭，同著差官出來。正是：

不怕官來只怕管，上天入地隨他遣。
官若說差許重說，你若說差就打板。

話說杜景山回到家中，悶悶不樂。鳳姑捧飯與他吃，他也只做不看見。鳳姑問道：「你為著甚麼這

㉔ 中貴：指宦官。

㉕ 比較：官府對差役限期完成差事，到期查驗。如逾期未完成，即加杖責。此處指杜景山去安南國購買，若逾期不歸，則杖責其家屬。

樣愁眉不開？」杜景山道：「說來也好笑，我不知那些兒得罪了胡安撫，要在我身上交納三十丈猩猩小姑絨，限我三個月到安南去收買回來。你想，眾行家安安穩穩在家裏趁銀子，偏我這等晦氣。天若保佑我到安南去，容容易易就收買了來，還扯一個直；若收買不來時，還要帶累你哩。」說罷，不覺淚如雨下。鳳姑聽得，也慘然哭起來。杜景山道：「撞著這個惡官，分明是我前世的冤家了。只是我去之後，你在家小心謹慎，切不可立在店門前惹人輕薄。你平昔原有志氣，不消我吩咐得。」鳳姑道：「但願得你早去早回，免得我在家盼望。至若家中的事體，只管放心。但不知你幾時動身，好收拾下行李。」杜景山道：「他的限期緊迫。只明日便要起身，須收拾得千金去纔好。還有那玉馬，你也替我放在拜匣裏，好湊禮物送安南客人的。」鳳姑道：「我替你將這玉馬繫在衣帶旁邊，時常看看，只當是奴家同行一般。」兩個這一夜，淒淒切切，講說不了。少不得要被窩裡送行，愈加意親熱。總是杜景山自做親之後，一刻不離。這一次出門就像千山萬水，要去一年兩載的光景。正是：

陽臺㉖今夜鸞膠㉗夢，邊草明朝雁斷愁。

㉖ 陽臺：典出宋玉高唐賦寫楚襄王與巫山神女幽會，神女自稱「妾在巫山之陽，高丘之岨，旦為朝雲，暮為行雨，朝朝暮暮，陽臺之下。」後遂稱男女合歡之所為「陽臺」。

㉗ 鸞膠：相傳海上鳳麟洲的仙人以鳳喙麟角合煎作膏，名「續弦膏」，能續弓弩斷弦。此處用以形容杜景山與鳳姑的如膠似漆。

話說杜景山別過鳳姑，取路到安南去。飢餐渴飲，曉行暮宿。不幾時望見安南國城池，心中歡喜不盡。進得城門，又驗了路引㉘。搜一搜行囊，曉得是廣西客人，指引他道：「你往『朵落館』安歇，那裏盡是你們廣西客人。」杜景山遂一路問那館地，果然有一個大館，門前三個番字，卻一個字也不認得。進了館門，聽見裏面客人皆廣西聲氣。走出一兩個來，通了名姓，真是同鄉遇同鄉，說在一堆，笑在一處。安下行李，就有個值館的通事官㉙，引他在一間客房裏安歇。杜景山便與一個老成同鄉客商議買猩猩絨。那老成客叫做朱春輝，聽說要買猩猩絨，不覺駭然道：「杜客你怎麼做這犯禁的生意？」杜景山道：「這不是在下要買，因為齎了安撫之命，不得不來。」隨即往行李內取出官票與朱春輝看。朱春輝看了道：「你這個差不是好差，當時為何不辭脫？」杜景山道：「在下當時也再三推辭，怎當安撫就是蠻牛，一毫不通人性的，索性倒不求他了。」朱春輝道：「我的熟經紀姓黎，他是黎季犛㉚丞相之後，是個大姓，做老了經紀的。我和你到他家去商量。」杜景山道：「怎又費老客這一片盛心？」朱春輝道：「盡在異鄉，就是至親骨肉，說那裏話。」

兩個出了朵落館，看那國中行走的，都是椎髻㉛剪髮，全沒有中華體統。到得黎家店口，只見店內走出一個連腮卷毛白鬍子老者，見了朱客人，手也不拱，笑嬉嬉的說得不明不白，扯著朱客人往內裏便

㉘ 路引：道路通行的憑證。

㉙ 通事官：指官方的翻譯。

㉚ 黎季犛：明洪武時安南國之權相，曾多次廢立國王，最後自立為王。

㉛ 椎髻：一撮之髻，其形如椎。

走。杜景山隨後跟進來，要和他施禮，那老兒居然立著不動。朱春輝道：「他們這國裏是不拘禮數的，你坐著罷。這就是黎師長了。」黎老兒又指著杜景山問道：「這是那個？」朱春輝道：「這是敝鄉的杜客人。」黎老者道：「原來是遠客。待俺取出茶來。」只見那老者進去一會，手中捧著矮漆螺頂盤子，盤內盛著些果品。杜景山不敢吃，朱春輝道：「這叫做香蓋㉜，吃了滿口冰涼，幾日口中還是香的哩。」黎老者道：「俺們國中叫做菴羅果。因尊客身邊都帶著檳榔，不敢取奉；特將這果子當茶。」杜景山吃了幾個，果然香味不同。朱春輝道：「敝鄉杜景山到貴國來取猩猩絨，為初次到這邊，找不著地頭。煩師長指引一指引。」黎老者笑道：「怎麼這位客官要做這件稀罕生意？你們中國道是猩猩出在俺安南地方，不知俺安南要誘倒一個猩猩好煩難哩。」杜景山聽得，早是嚇呆了。問道：「店官，怎麼煩難？」只見黎老者作色道：「這位客長好不中相與㉝，口角這樣輕薄。」杜景山不解其意。朱春輝陪不是道：「老師長不須見怪。敝同鄉極長厚的，他不是輕薄，因不知貴國的稱呼。」黎老者道：「不知者不坐罪。罷了，罷了。」杜景山纔曉得自家失口，叫了他「店官」。黎老者道：「你們不曉得那猩猩的形狀，他的面是人面，身子卻像豬，又有些像猿。出來必同三四個做伴。敝國這邊張㉞那猩猩的叫做捕儺。這捕儺大有手段，他曉得猩猩的來路，就在黑巒峪口，一路設著濃酒，旁邊又張了高木屐。猩猩初見那酒，也不肯就飲，罵道：『奴輩設計張我，要害我性命。我輩偏不吃這酒，看他甚法兒奈何我！』遂相引而去。

㉜ 香蓋：amara，菴羅果，俗名「香蓋」。葉似茶葉，實似北梨。
㉝ 好不中相與：意謂不通情理，不好相交。
㉞ 張：網捕鳥獸稱「張」。後文「張了高木屐」的「張」是擺設之意。

遲了一會，又來罵一陣。罵上幾遍，當不得在那酒邊走來走去，香味直鑽進鼻頭裏，口內唾吐直流出來。對著同伴道：『我們略嘗一嘗酒的滋味，不要吃醉了。』大家齊來嘗酒。那知酒落了肚，喉嚨越發癢起來，任你有主意，也拿把不定，順著口兒只管吃下去，吃得酕醄大醉。見了高木屐，各各歡喜，著在腳下，還一面罵道：『奴輩要害我，將酒灌醉我們，我們卻留量不肯吃醉了，看他甚法兒奈何我！』眾捕儺見他醉醺醺東倒西歪的，大笑道：『著手了！著手了！』猛力上前一趕，那猩猩是醉後，又且著了木屐，走不上幾步，盡皆跌倒。眾捕儺上前擒住，卻不敢私自取血。報過國王，道是張著幾個猩猩了，眾捕儺纔敢取血。那取血也不容易，跪在猩猩面前哀求道：『捕奴怎敢相犯，因奉國王之命，不得已要借重玉體上猩紅，求吩咐見惠多少。倘若不肯，你又枉送性命，捕奴又白折辛苦，不如吩咐多惠數瓢，後來染成貨物，為你表揚名聲，我們還感激你大德，這便死得有名了。』那曉得猩猩也是極喜花盆㉟，極好名的，遂開口許捕儺們幾瓢。取血之時，真一點不多，一點不少。倘遇著一箇慳鬼猩猩，他便一滴也捨不得許人，後來果然一滴也取不出。這猩猩倒是言語相符，最有信行的。只是獻些與國王，獻些與丞相，以下便不能夠得。捕儺落下的，或染西氈，或染大絨，客人買下，往中國去換貨。近來因你廣西禁過，便沒有客人去賣。捕儺取了，也只是送與本國的官長人家。杜客長，你若要收買，除非預先到捕儺人家去定了，這也要等得輪年經載纔收得起來，若性子急的便不能夠如命。」杜景山聽到此處，渾身流出無數冷汗，嘆口氣道：「窮性命要葬送在這安南國了！」黎老者道：「杜客長差了，你做這件生意不著，換了做別的有利息生意，也沒人攔阻你，因何便要葬送性命？」朱春輝道：「老師長，你不曉得我

㉟ 極喜花盆：意謂愛戴高帽子。

這敝同鄉的苦惱哩。」黎老者道：「俺又不是他肚腸裏蛔蟲，那個曉得他苦惱。」

杜景山還要央求他，只聽得外面一派的哨聲，金鼓旗號，動天震地。黎老者立起身道：「俺要迎活佛去哩。」便走進裏面，雙手執著一枝燒熱了四五尺長的沉香，恭恭敬敬一直跑到街上。杜景山道：「他們迎甚麼活佛？」朱春輝道：「我昨日聽得三佛齊國㊱來了一個聖僧，國王要拜他做國師，今日想是迎他到宮裏去。」兩個便離了店口，劈面正撞著迎聖僧的鑾駕。只見前頭四面金剛旗，中間幾百黑臉蓬頭赤足的小鬼，抬著十數棵枯樹，樹梢上燒得半天通紅。杜景山問道：「這是甚麼故事？」朱春輝道：「是他們國裏的鄉風。你看那活鬼模樣的都是獠民㊲，抬著的大樹或是沉香，或是檀香，他都將豬油和松香熬起來澆在樹上，點著了便叫敬佛。」杜景山道：「可知鼻頭邊又香又臭哩。我卻從不曾看見檀香、沉香有這般大樹。」朱春輝道：「你看這起椎髻婦女手內捧著珊瑚的，都是國內宦家大族的夫人小姐。」杜景山道：「好大珊瑚，真寶貝了。我看這些蠻娘粧束雖奇怪，面孔還是本色。但夫人小姐怎麼雜在男獠隊裏？」朱春輝道：「他國中從來是不知禮義的。」看到後邊，只見一乘龍輦，輦上是檀香雕成四面嵌著珍珠寶石的玲瓏龕子㊳，龕子內坐著一個聖僧。那聖僧怎生打扮？只見：

身披著七寶㊴袈裟，手執著九環錫杖㊵。袈裟耀日，金光吸盡海門霞；錫杖騰雲，法力捲開塵世

㊱三佛齊國：又名室利佛逝國，七世紀到十三世紀印度尼西亞蘇門答臘古國，都城約在今巨港。

㊲獠民：疑指寮人，亦稱「老人」。今為老撾國的基本居民。

㊳龕子：盛著佛像或神主的小閣。龕，音ㄎㄢ。

霧。六根㊶俱淨，露出心田㊷，五蘊㊸皆空，展施盃渡㊹。佛國已曾通佛性，安南今又振南宗㊺。

話說杜景山看罷了聖僧，同著朱春輝回到朵落館來，就垂頭要睡。朱春輝道：「事到這個地位，你不必著惱；急出些病痛來，在異鄉有那個照管？你快起來，鎖上房門，在我那邊去吃酒。」杜景山想一想，見說得有理，便支持爬起來，走過朱春輝那邊去。朱春輝便在罈子裏取起一壺酒，斟了一盃，奉與杜景山。杜景山道：「我從來怕吃冷酒，還去熱一熱。」朱春輝道：「這酒原不消熱，你吃了看。比不得我們廣西酒，他這酒是波羅蜜㊻的汁釀成的。」杜景山道：「甚麼叫做波羅蜜？」朱春輝道：「你初到安南國，不曾吃過這一種美味。波羅蜜大如西瓜，有軟刺，五六月裏纔結熟。取他的汁來釀酒，其味香甜，可止渴病。若盪㊼熱了，反不見他的好處。」杜景山吃下十數鍾，覺得可口。朱春輝又取一壺來，

㊴ 七寶：形容以多種寶物裝飾而成。

㊵ 九環錫杖：用錫做成的，杖端有九個小環的禪杖。

㊶ 六根：佛教謂眼、耳、鼻、舌、身、意六者為罪孽根源，合稱「六根」。

㊷ 心田：即心。古謂心中藏善惡種子，隨緣滋長如田地一樣，故稱「心田」。

㊸ 五蘊：佛教語，亦稱「五陰」、「五眾」，即色（形相）、受（情慾）、想（意念）、行（行為）、識（心靈）。

㊹ 盃渡：南朝宋時一僧人乘木杯渡水，故人以「盃渡」稱之。此處喻法力高強。

㊺ 南宗：佛教禪宗自五祖弘忍以後，分為南北二宗。南宗為六祖慧能所立。

㊻ 波羅蜜：即「木波羅」。常綠喬木，果長橢圓形，味甜，可食。

㊼ 盪：此處作「燙」解。

吃完了大家纔別過了睡覺。

杜景山卻不曉得這酒的身分，貪飲了幾鍾，睡到半夜，酒性發作，不覺頭暈噁心起來，吐了許多香水，纔覺得平復。掀開帳子，擁著被窩坐一會，那桌上的燈還半明不滅，只見地下橫著雪白如練的一條物件。杜景山打了一個寒噤道：「莫非白蛇麼？」揉一揉雙眼，探頭出去仔細一望，認得是自家盛銀子的搭包，驚起來道：「不好了，被賊偷去了！」忙披衣下床，拾起搭包來，只落得個空空如也。四下望一望，房門又是關的，周圍盡是高牆，想那賊從何處來？抬頭一看，上面又是仰塵板㊽。跌腳道：「這賊想是會飛的麼？怎麼門不開，戶不動，將我的銀子盜了去？我便收買不出猩猩絨，留得銀子在，還好設法。如今空著兩隻拳頭，叫我那裏去運動？這番性命合葬送了！只是我拚著一死也罷，那安撫決不肯干休，少不得累及我那年幼的妻子出乖露醜了。」想到傷心處，嗚嗚咽咽哭個不住。原來朱春輝就在他間壁，睡過一覺，忽聽得杜景山的哭聲，他恐怕杜景山尋死，急忙穿了衣服，走過來敲門道：「杜兄，為何事這般痛哭？」杜景山開出門來道：「小弟被盜，千金都失去，只是門戶依然閉著，不知賊從何來？」朱春輝道：「原來如此，不必心焦，包你明日賊來送還你的原物。」杜景山道：「老客說的話太懸虛㊾了些。賊若明日送還我，今夜又何苦來偷去？」朱春輝道：「這有個緣故，你不曉得。安南國的人，雖不曉得禮義，卻從來沒有賊盜。總為地方富庶，他不屑做這件勾當。」杜景山道：「既如此說，難道我的銀子不是本地人盜去的麼？」朱春輝道：「其實是本地人盜去的。」杜景山道：「我又有些不解了。」

㊽ 仰塵板：天花板。

㊾ 懸虛：不實在。

朱春輝道：「你聽我講來。小弟當初第一次在這裏做客，載了三千金的綢緞貨物來，也是夜靜更深，門不開，戶不動，綢緞貨物盡數失去。後來情急了，要稟知國王。反是值館的通事官來向我說道，他們這邊有一座泥駝山，山上有個神通師長，許多弟子學他的法術。他要試驗與眾弟子看，又要令中國人替他傳名，凡遇著初到的客人，他就弄這一個搬運的神通，恐嚇人一場。人若曉得了，去持香求告他，他便依舊將原物搬運還人。我第二日果然去求他，他道：『你回去時，綢緞貨物已到家矣。』我那時還半疑半信，那曉得回來一開進房門，當真原物一件不少。你道好不作怪麼？」杜景山道：「作怪便作怪，那裏有這等強盜法師？」朱春輝道：「他的耳目長，你切莫毀笑他。」杜景山點一點頭道：「我曉得。」巴不能一時就天亮了，好到那泥駝山去。正是：

玉漏㊿聲殘夜，雞人51報曉籌。
披衣名利客，都逩大刀頭52。

話說杜景山等不得洗面漱口，問了地名，便走出館去。此時星殘月昏，路徑還不甚黑。迤邐53行了

㊿ 玉漏：古代用壺滴水，以計時間，故計時器稱為「漏壺」。玉漏則是指玉製的計時器。
51 雞人：古代掌報曉之職的官員。
52 大刀頭：「還」的隱語，典出漢書李陵傳。漢使任立政等到匈奴，想暗地勸李陵還漢，故見面說話時眼睛注視著李陵，一面用手屢次摸自己的刀環。「環」、「還」音近，暗示要李陵歸漢。

一程，早望見了一座山。不知打那裏上去，團團在山腳下找得不耐煩，又沒個人兒問路。看那山嘴上有一塊油光水滑的石頭，他道：「我且在這裏睡一睡，待天亮時好去問路。」正曲臂作枕，伸了一個懶腰，恐怕露水落下來，忙把衣袖蓋了頭。忽聞得一陣腥風，刮得漸漸逼近，又聽得像有人立在跟前大笑。那一笑，連山都振得響動。杜景山道：「這也作怪，待我且看一看。」只見星月之下，立著一個披髮的怪物，長臂黑身，開著血盆大的口，把面孔都遮住了，離著杜景山只好七八尺遠。杜景山嚇得魂落膽寒、肢輕體顫，兩三滾滾下山去；又覺得那怪物像要趕來，他便不顧山下高低，在那沙石荊棘之中沒命的亂跑，早被一條溪河隔斷。杜景山道：「我的性命則索54休了！」又想道：「寧可死在水裏，留得全屍，不要被這怪物吃了去。」撲通的跳在溪河裏。喜得水還淺，又有些溫煖氣兒。要渡過對岸，恐怕那岸上又撞著別的怪物，只得沿著岸輕輕的在水裏走去。

不上半里，聽得笑語諠譁。杜景山道：「造化，造化！有人煙的所在了，且走上前要緊。」又走幾步，定睛一看，見成群的婦女在溪河裏洗浴，還有岸上脫得赤條條纔下水的。杜景山道：「這五更天，怎麼有婦女在溪河裏洗浴？分明是些花月的女妖，我杜景山怎麼這等命苦，纔脫了閻王，又撞著小鬼，叫我也沒奈何了。」又想道：「撞著這些女妖，被他迷死了，也落得受用些兒。若是送與那怪物嘴裏，真無名無實，白白齷齪了身體。」倒放潑了膽子，著實用工窺望一番。正是：

53 迤逦：當作「迤邐」，意謂曲折連綿。

54 則索：只好；只得。

洛女㊺波中現，湘娥㊻水上行。
楊妃㊼初浴罷，不敢此輕盈。

你道這洗浴的還是妖女不是妖女？原來安南國中，不論男女，從七八歲上，就去弄水。這個溪河叫做浴蘭溪，四時水都是溫和的。不擇寒暑晝夜，只是好浴。他們性情再忍耐不住，比不得我們中國婦人愛惜廉恥，要洗一個浴，將房門關得密不通風，還要差丫頭立在窗子下，惟恐有人窺看。我道婦人這些假腥腥的規模㊽，只叫做裝幌子。就如我們吳越的婦女，終日遊山玩水，入寺拜僧，倚門立戶，看戲赴社，把一個花容粉面，任你千人看，萬人瞧。他還要批評男人的長短，談笑過路的美醜，再不曉得愛惜自家頭臉。若是被風刮起裙子，現出小腿來；抱娃子餵奶，露出胸脯來；上馬桶小解，掀出那話兒來；便百般遮遮掩掩，做盡醜態。不曉得頭臉與身體總是一般，既要愛惜身體，便該愛惜頭臉；既要遮藏身體，便該遮藏頭臉。古人說得好：「籬牢犬不入。」若外人不曾看見你的頭臉，怎就想著親切你的身體？便是杜景山受這些苦惱，擔這些驚險，也只是種禍在妻子，憑著樓窗，被胡衕內看見，纔生出這許多風波來。我勸大眾要清淨閨閫，須嚴禁妻女姊妹，不要出門是第一著。若果然喪盡廉恥，不顧頭面，倒索

㊺洛女：指洛水之神，即宓妃。相傳伏羲之女溺死洛水，遂為洛水之神。
㊻湘娥：指堯的女兒娥皇、女英，兩人均為舜妃，相傳死後為湘水之神。
㊼楊妃：指唐玄宗李隆基的妃子楊玉環。
㊽規模：此處意為氣概、氣派。

性像安南國男女混雜，赤身露體，還有這個風俗。

我且說那杜景山立在水中，恣意飽看。見那些婦女浮著水面上，映得那水光都像桃紅顏色。一時在水裏也有廝打的，也有調笑的，也有互相擦背的，也有摟做一團，抱著像男女交媾的，也有唱蠻歌兒的。洗完了，個個都精赤在岸上灑水，不用巾布揩拭的。那些腰間長短闊狹、高低肥瘦、黑白毛淨，種種妙處被杜景山看得眼內盡爆出火來，恨不得生出兩隻長臂膊長手，去撫摩揉弄一遍。那曉得看出了神，腳下踏的一塊石頭踏滑了，翻身跌在水裏，把水面打一個大窟洞。眾蠻婦此時齊著完衣服了，聽得水聲，大家都跑到岸邊，道：「想是大魚跳的響，待我們脫了衣服重下水去捉起來！」杜景山著了急，忙回道：「不是魚，是人！」眾婦人看一看，道：「果然是一個人。聽他言語，又是外路聲口。」一個老婦道：「是那裏來這怪聲的蠻子窺著俺們？可叫他起來。」杜景山道：「我若是不上岸去，就要下水來捉我。」只得走上岸跪著，通誠❺❾道：「在下是廣西客人，要到泥駝山訪神通師長。不期遇著怪物，張大口要吃我，只得跑在這溪裏躲避，實在非有心窺看。」那些婦女笑道：「你這獃蠻子，往泥駝山去，想是走錯路，在枕石山遇著狒狒了。可憐你受了驚嚇，隨著俺們來，與你些酒吃壓驚。」杜景山立起了身，自家看看上半截，好像兩淋雞；看看下半截，為方纔跪在地上沾了許多沙土，像個灰裏猢猻。

走到一個大宅門，只見眾婦人都進去，叫杜景山也進來。杜景山看見大廳上排列著金瓜❻⓿鉞鈇❻❶，

❺❾ 通誠：又作「通陳」，吳地習語，祝告的意思。

❻⓿ 金瓜：古代衛士所執之兵杖，杖端作瓜形，以黃金為飾。

❻❶ 鉞鈇：裝有長柄的大斧。

曉得不是平等[62]人家，就在階下立著。只見那些婦女依舊走到廳上，一個婆子捧了衣服，要他脫下濕的來。杜景山為那玉馬在衣帶上浸濕了線結，再解不開，只得用力去扯斷，提在手中。廳上一個帶耳環的孩子慌忙跑下階來，劈手奪將去，就如拾著寶貝的一般歡喜。杜景山看見他奪去，臉都失了色，連濕衣服也不肯換，要討回那個玉馬。廳上的老婦人見他來討，對著垂環孩子說道：「你戲一戲，把與這客長罷。」那孩子道：「這個馬兒同俺家的馬一樣，俺要他成雙做對哩。」竟笑嘻嘻跑到廳後去了。杜景山疾急道：「這是我的渾家，這是我的活寶，怎不還我？」老婦人道：「你不消發急，且把乾袍子換了，待俺討來還你。」老婦人便進去。杜景山又見斟上一大瓢橘酒在面前。老婦人出來道：「你這客長，為何酒也不吃，乾衣服也不換麼？」杜景山骨都著一張嘴道：「我的活寶也去了，我的渾家也不見面了，還有甚心腸吃酒換衣服。」老婦人從從容容在左手衣袖裏提出一個玉馬來，道：「這可是你的麼？」杜景山認一認，道：「是我的！」老婦人又在右手衣袖裏提出一個玉馬來，道：「這可是你的麼？」杜景山又認一認，道：「是我的！」老婦人提著兩個玉馬在手裏道：「這兩個都是你的麼？」杜景山再仔細認一認，急忙裏辨不出那一個是自家的。又見那垂環的孩子哭出來，道：「怎麼把兩個都拿出來？若不一齊與俺，俺就去對國王說！」老婦人見他眼也哭腫了，忙把兩個玉馬遞在他手裏道：「你不要哭壞了。」那孩子依舊笑嘻嘻進廳後去。杜景山哭道：「沒有玉馬，我回家去怎麼見渾家的面？」老婦人道：「一個玉馬打甚要緊，就哭下來？」杜景山又哭道：「看見了玉馬，就如見我的渾家；拆散了玉馬，就如拆散我的渾家，怎叫人不傷心！」老婦人那裏解會他心中的事，只管強逼道：「你賣與俺家罷了。」杜景

[62] 平等：此處意為平常、普通。

山道：「我不賣，我不賣！要賣除非與我三十丈猩猩絨。」老婦人聽他說得糊塗，又問道：「你明講上來。」杜景山道：「要賣，除非與我三十丈猩猩絨。」老婦人道：「俺只道你要甚麼世間難得的寶貝，要三十丈猩猩絨也容易處，何不早說？」杜景山聽得許他三十丈猩猩絨，便眉花眼笑，就像死囚遇著恩赦63的詔、綵樓底下繡毬打著光頭，扛他做女婿的也沒有這樣快活。正是：

有心求不至，無意反能來。
造物自前定，何用苦安排。

話說老婦人叫侍婢取出猩猩絨來，對杜景山道：「客長，你且收下，這絨有四十多丈，一併送了你。只是我有句話動問，你這玉馬是那裏得來的？」杜景山胡亂應道：「這是在下傳家之寶。」老婦人道：「客長，你也不曉得來歷，待俺說與你聽。俺家是朮朮丞相，為權臣黎季犛所害，遺下這一個小孩兒。新國主登極，追念故舊老臣，就將小孩兒蔭襲64。小孩兒進朝謝恩，國主見了異常珍愛，就賜這玉馬與他，叫他仔細珍藏。說是庫中活寶，當初曾有一對，將一個答了廣西安撫的回禮，單剩下這一個。客長，你還不曉得玉馬的奇怪哩。每到清晨，他身上就是透濕的，像是一條龍駒，夜間有神人騎他。你原沒福分承受，還歸到俺家來做一對，俺們明日就要修表稱賀國主了。你若常到俺國裏來做生意，務必到俺家

63 恩赦：指封建王朝遇皇帝登極或其他大典而赦免罪犯。
64 蔭襲：封建時代子孫因先世有功勳而推恩得承襲官爵。

來探望一探望。你去罷。」

杜景山作謝了，就走出來。他只要有了這猩猩絨，不管甚麼活寶死寶，就是一千個去了，也不在心上。一步一步的問了路到朵落館來。朱春輝接著，問道：「你手裏拿的是猩猩絨，怎麼一時就收買這許多，敢是神通師長還你銀子了？」杜景山道：「我並不曾見甚麼神通師長，遇著朮朮丞相家要買我的寶貝玉馬，將猩猩絨交換了去，還是他多占些便宜。」朱春輝驚訝道：「可是你常繫在身邊的玉馬麼？那不過是玉器鎮紙，怎算得寶貝？」杜景山道：「若不是寶貝，他那肯出猩猩絨與我交易？」朱春輝道：「恭喜，恭喜！也是你造化好。」杜景山一面去開房門，道：「造化便好，只是回家盤纏一毫沒有，怎麼處？」猛抬頭往房裏一看，只見搭包飽飽滿滿的掛在床稜上。忙解開來，見銀子原封不動。謝了天地一番，又把猩猩絨將單被裹好。朱春輝聽得他在房裏詫異，趕來問道：「銀子來家了麼？」杜景山笑道：「我倒不知銀子是有腳的，果然回來了。」朱春輝道：「銀子若沒有腳，為何人若身邊沒得他，一步也行不動麼。」杜景山不覺大笑起來。朱春輝道：「吾兄既到安南來一遭，何不順便置買貨物回去，也好趁些利息。」杜景山道：「我歸家心切，那裏耐煩坐在這邊收貨物，況在下原不是為生意而來。」朱春輝道：「吾兄既不耐煩坐等，小弟倒收過千金的香料，你先交易了去何如？」杜景山道：「既承盛意肯與在下交易，是極好的了。只是吾兄任勞，小弟任逸，心上過不去。」朱春輝道：「小弟原是來做生意，便多住幾月也不妨。吾兄官事在身，怎麼並論得？」兩個當下便估了物價，兌足銀兩，杜景山只拿出夠用的盤費來。別過朱春輝，又謝了值館通事，裝載貨物。

不消幾日，已到家下，還不滿兩個月。鳳姑見丈夫回家，喜動顏色，如十餘載不曾相見，忽然跑家來的模樣。只是杜景山不及同鳳姑敘衷腸，話離別，先立在門前，看那些腳夫挑進香料來；逐擔查過數目，打發腳錢了畢，纔進房門。只見鳳姑預備下酒飯，同丈夫對面兒坐地。杜景山吃完了道：「娘子，你將那猩猩絨留下十丈，待我且挈去交納了，也好放下這片心腸，回來和你一堆兒說話。」鳳姑便量了尺寸，剪下十丈來，藏在皮箱裏。杜景山取那三十丈，一直到安撫衙門前尋著那原舊差官。差官道：「恭喜回來得早。連日本官為衙內病重，不曾坐堂。你在這衙門前略候一候，我傳進猩猩絨去，繳了票子出來。」杜景山候到將夜，見差官出來道：「你真是天大福分！不知老爺為何切骨恨你，見了猩絨，冷笑一笑道：『是便宜那個狗頭！』」就拿出一封銀子來，說：「是給與你的官價。」杜景山道：「我安南回來，沒有土儀相送，這權當土儀罷。」差官道：「我曉得你這件官差，賠過千金，不帶累我吃苦，就是萬幸，怎敢當這盛意。」假推了一會，也就收下。杜景山扯著差官到酒店裏去，差官道：「借花獻佛，少不得是我做東。」坐下，杜景山問道：「你方纔消票子，安撫怎說便宜了我？難道還有甚事放我不過麼？」差官道：「本官因家務事，心上不快活。想是隨口的話，未必有成見。」杜景山道：「家務事斷不得，還在此做官？」差官道：「你聽我說出來，還要笑倒人哩。」杜景山道：「內衙的事體，外人那得知道。」差官道：「可知好事不出門，惡事傳千里。我們本官的衙內，看上夫人房中兩個丫鬟，要去偷香竊玉65。你想偷情的事，須要兩下講得明白，約定日期，纔好下手。衙內卻不採個營寨虛實，也不問裏面可有內應，單鎗獨馬，悄悄躲在夫人床腳下安營。到夜靜更深，竟摸到丫鬟被窩裏去，被丫鬟喊

65 偷香竊玉：指男女間的偷情。偷香，指晉代賈充之女以充所得西域奇香私贈韓壽事。竊玉，古代散曲中多以鄭生與韓壽對舉，但鄭生竊玉事已無可考。

起有賊。衙內怕夫人曉得，忙收兵轉來，要開房門出去。那知纔開得門，外面婆娘丫頭齊來捉賊，執著門閂、棍棒，照衙內身上亂打。衙內忍著疼痛，不敢聲喚。及至取燈來看，纔曉得是衙內，已是打得頭破血流，渾身青腫。這一陣比割鬚棄袍❻❻還敗得詼事❻❼哩。夫人後來知道打的不是賊是衙內，心中懊恨不過，就拿那兩個丫鬟出氣，活活將他背吊起來打死了。衙內如今閉上眼去，便見那丫鬟來索命。服藥禱神，病再不脫。想是這一員小將，不久要陣亡了。」

杜景山聽說衙內這個行徑，想起那樓下拋玉馬的必定是他了，況安南國朮朮丞相的夫人，曾說他國王將一個玉馬送與廣西安撫，想那安撫逼取猩猩絨，分明是為兒子報仇。卻不知不曾破我一毫家產，不過拿他的玉馬換一換物，倒總承我做一場生意，還落一顆明珠到手哩。回家把這些話都對鳳姑說明，鳳姑纔曉得是這個緣故，後來也再不上那樓去。杜景山因買著香料得了時價，倒成就一個富家。

可見婦女再不可出閨門招是惹非，俱由於被外人窺見姿色，致啟邪心。容是誨淫之端，此語真可以為鑑。

諧道人評曰：廣西開香市一段議論，可補風俗考之未逮。胡安撫縱兒子遊街，杜景

❻❻ 割鬚棄袍：典出三國演義。馬超為了替父親馬騰報仇，起兵討伐曹操。渭水一戰，曹操戰敗，他逃跑時割鬚棄袍，以免被對方認出追殺。

❻❼ 詼事：指說來好笑的事。

山容妻子登樓，罪在胡安撫，不關涉兒子；罪在杜景山，不關涉妻子。至於拋玉馬戲良家婦女，此又罪在胡衙內，不關涉安撫矣。或謂杜景山安南之禍，皆起於打衙內。余方恨衙內輕易脫身，未嘗遭半下毒棒。然毒棒雖未嘗遭著，少不得寄在項下，後來一齊總算。攫虛帽而得真珠，杜姓也覺眼明手快。安撫查究衙內，頗有嚴君家風，極是，極是。但因閫內嚴厲，將軍即勒馬收兵，未免虎頭蛇尾。不知世間丈夫虎頭蛇尾、因閫內嚴厲即勒馬收兵者，何啻車載斗量！我不怒安撫之勒馬收兵，而怒安撫之欲害無辜，以奉承尊閫。責限取猩猩絨，是作者極言其剝民膏髓之意。安撫非真心為衙內償忿，乃巧於取物。杜姓之朵落館被盜，枕石山之遇狒狒，而得入丞相府中，皆是逢凶化吉。可見世之因禍得福者，蓋亦不少。安撫得三十丈猩猩絨遂心滿意足，其非真心為衙內報復私忿，可想見而知。衙內黑夜姦婢，未嘗一臠先遭百刃。我所云毒棒寄在項下，後來一齊總算者，此之謂也。

第四回　掘新坑慳鬼成財主

我也談禪，我也說法；不掛僧衣，飄飄儒袷。我也談神，我也說鬼；縱涉離奇，井井頭尾。罪我者人，知我者天；掩卷狂嘯，醉後燈前。

你看世上最誤事的，是人身上這一腔子氣。若在氣頭上，連天也不怕，地也不怕，王法、官法也不怕。霎時就要取人的頭顱，破人的家產。及至氣過了，也只看得平常。卻不知多少豪傑，都在氣頭上做出事業來，葬送自家性命。又道活在世間一日，少不得氣也隨他一日；活在世間百歲，氣也隨他百歲；倘斷了氣，就是死人。這等看起來，除非做鬼纔沒有氣性。我道做鬼也不能脫這口氣。試看那白晝現形、黃昏討命的厲鬼，若沒有殺氣，怎麼一毫不怕生人？只是氣也有稟得不同；用氣也有如法不如法。若稟了壯氣、秀氣、才氣、和氣、直氣、道學氣、義氣、清氣，便是天地間正氣；若稟了暴氣、殺氣、顛狂氣、淫氣、慳吝氣、濁氣、俗氣、小家氣，便是天地間偏氣。用得如法，正氣就是善氣；用得不如法，偏氣就是惡氣。所以老子說一個「元氣」，孟夫子說一個「浩氣」。元氣要培，浩氣要養。世人不曉得培氣、養氣，還去動氣、使氣，鑿喪這氣。故此范文正公❶急急說一個「忍」字出來，叫人忍氣。我嘗對

❶ 范文正公：北宋著名政治家、文學家范仲淹，死後諡號為「文正」，故有是稱。

朋友說：那阮嗣宗❷是古來第一位乖巧漢子。他見路旁有攘臂揎袖，要來摳辱他。阮嗣宗便和聲悅氣，說出「雞肋不足以容尊拳」這一句話來，那惡人便斂手而退。可見阮嗣宗不是會忍，分明是討乖。看官們曉得這討乖的法子，便終身不吃虧了。

在下要講這一回小說，只為一個讀書君子爭一口氣，幾乎喪卻殘生，虧他後邊遇著救星，纔得全身遠害，發憤成名。

話說湖州烏程縣義鄉村上，有個姓穆的太公，號棲梧，年紀五十餘歲，村中都稱他是新坑穆家。你道為何叫做新坑？原來義鄉村在山凹底下，那些種山田的，全靠人糞去栽培。又因離城窵遠，沒有水路通得糞船，只好在遠近鄉村田埂路上，拾些殘糞。這糞倒比金子還值錢。穆太公想出一個計較來，道：「我在城中走，見道旁都有糞坑，我們村中就沒得，可知道把這些寶貝汁都狼藉了。我卻如今想個制度出來，倒強似做別樣生意。」隨即去叫瓦匠，把門前三間屋掘成三個大坑，每一個坑都砌起小牆隔斷，牆上又粉起來。忙到城中親戚人家，討了無數詩、畫、斗方❸畫，貼在這糞屋壁上。太公端相一番，道：「諸事齊備，只欠齋匾。」因請鎮上訓蒙先生❹來題。那訓蒙先生想了一會，道：「我往常出對與學生，還是抄舊人詩句。今日叫我自出己裁，真正逼殺人命的事體！」又見太公擺出酒餚來，像個求文的光景。訓蒙先生也不好推卻，手中拿著酒杯，心裏把那城內城外的堂名周圍想遍，再記不起一個字。忽然想著

---

❷ 阮嗣宗：阮籍，嗣宗為其字。魏晉時竹林七賢之一。

❸ 斗方：書畫所用的一尺見方的單幅箋。

❹ 訓蒙先生：此處指教育兒童的塾師。

了，得意道：「酒且略停，待學生題過匾，好吃個盡興。」太公忙把臭墨研起來。訓蒙先生將筆頭在嘴裏咬一咬，蘸得墨濃筆飽，兢兢業業寫完三個字。太公道：「請先生讀一遍，待小老兒好記著。」訓蒙先生道：「這是『齒爵堂』三個字。」太公又要他解說。這訓蒙先生原是抄那城內徐尚書牌坊上的兩個字，那裏解說得出，只得隨口答應道：「這兩個字極切題，極利市❺，有個故事在裏面，容日來解說罷。」酒也不吃，出門去了。太公反老大不過意，備了兩盒禮到館中來作謝。訓蒙先生道：「太公也多心，怎麼又破費錢鈔？」太公道：「還有事借重哩。」袖裏忙取出百十張紅紙來。訓蒙先生道：「可是要寫門聯麼？」太公道：「不是。就為小老兒家新起的三間糞屋，恐眾人不曉得，要貼些報條出去招呼。煩先生寫『穆家噴香新坑，奉求遠近君子下顧，本宅願貼草紙』廿個字。」訓蒙先生見他做端正了文章，只要謄錄，有甚難處？一個時辰都已寫完。

太公作謝出門，將這百十張報條四方貼起。果然老老幼幼盡來賞鑑新坑；不要出大恭的，小恭也出一個纔去。況那鄉間人最愛小便宜。他從來揩不淨的所在，用慣了稻草瓦片，見有現成草紙，怎麼不動火？還有出了恭揩也不揩，落那一張草紙回家去的。又且壁上花花綠綠最惹人看；登一次新坑，就如看一次景致。莫講別的，只那三間糞屋粉得像雪洞一般，比鄉間人臥室還不同些。還有那蓬頭大腳的婆娘，來問可有女糞坑。太公又分外蓋起一間屋，掘一個坑，專放婦人進去隨喜❻。誰知婦人來下顧的，比男人更多。太公每日五更起來給放草紙，連吃飯也沒工夫；到夜裏便將糞屋門鎖上，恐怕家人❼偷糞換錢。

---

❺ 利市：吉利、好運氣的意思。

❻ 隨喜：原意指遊覽佛寺，此處借用為如廁。

一時種田的莊戶都在他家來躉買，每擔是價銀一錢。更有挑柴、運米、擔油來兌換的。太公從置糞坑之後，倒成個富足的人家。他又省吃儉用，有一分積一分，自然日盛一日。

穆太公獨養一個兒子，學名叫做文光，一向在蒙館讀書。到他十八歲上，太公就娶了半山村崔題橋的女兒做媳婦。穆文光戀著被窩裏恩愛，再不肯去讀書。太公見兒子漸漸黃瘦，不似人形，曉得是兒子貪色，再不好明說出來。因叫媳婦在一邊，悄悄吩咐道：「媳婦，我娶你進門，一來為照管家務，二來要生個孫子，好接後代。你卻年紀後生，不知道利害，只圖關上房門的快活，可曉得做公公的是獨養兒子，這點骨血就是我的活寶？你看他近日懨懨縮縮，臉上血氣都沒得，自朝至夜，打上輪千呵欠。你也該將就放鬆些。倘有起長短來，不是斷送我兒子的命，分明斷送我的老命了。」媳婦聽得這些話，連地洞也沒處鑽，羞得滿面通紅，急忙要走開，又怕違拗了公公，說他不聽教誨。只得低了頭，待公公吩咐完，纔開口道：「公公說的話，媳婦難道是癡的聾的，一毫不懂人事？只是媳婦也做不得主，除非公公分我們在兩處睡，這纔方便。」穆太公見媳婦說話也還賢慧，遂不做聲。到得夜間，叫穆文光進房道：「我老年的人，一些用頭也沒了，睡到半夜，腳後冰冷，再不敢伸直兩腿。你今夜可伴我睡。」穆文光托辭道：「孩兒原該來相伴的，只恐睡得不斯文，反要驚動了爹爹。」太公道：「不妨，我夜間睡不得一兩個時辰，就要起來開那坑上的鎖。若是你驚醒了我，我便不得失曉了。極好的，極好的！」穆文光又推托道：「孩兒兩隻腳上床難得就熱，怕冰了爹爹身體。」太公怒道：「你這不孝的逆種，難道日記故事❽上黃香扇枕❾那一段，先生不曾講與你聽麼？」穆文光見老子發怒，只得脫去鞋襪衣服，先鑽到

❼ 家人：此處當為「人家」之筆誤。

床上去。太公道：「你夜飯也不吃就睡了？」穆文光哏⑩的回道：「這一口薄粥，反要弔得人肚飢，不如不吃罷。」太公道：「你這畜生，吃了現成飯，還說這作業⑪的話。到你做人家，連粥也沒得吃哩。」太公氣飽了，也省下兩碗粥，就上床去睡。睡到半夜，覺得有冷風吹進來。太公怕凍壞兒子，伸手去壓被角，那知人影兒也不見了。太公疑心道：「分明與兒子同睡，怎便被裏空空的，敢是我在此做夢？」忙坐起來，床裏床外四圍一摸，又揭開帳幔，怕兒子跌下床去。爭奈房裏又烏天黑地，看不見一些蹤跡。總是太公愛惜燈油，不到黃昏就扒上床去；不像人家浪費油火，徹夜點著燈，稍稍不亮，還叫丫頭起來多添兩根燈草哩。可憐太公終年在黑暗地獄裏過日子，正是：

幾年辛苦得從容，力盡筋疲白髮翁。
愛惜燈油坐黑夜，家中從不置燈籠。

話說太公睡在床上失去了兒子，放心不下。披著衣服開房門出來，磕磕撞撞扶著板壁走去，幾乎被門檻絆倒。及至到媳婦房門前，叫喚道：「媳婦，兒子可曾到你房裏來？」那曉得兒子同媳婦獅子也舞

---

⑧ 日記故事：即元人虞韶編輯的小學日記切要故事，為村塾啟蒙讀物，內容以宣揚封建禮教為多。

⑨ 黃香扇枕：黃香為東漢時人。九歲失母，事父至孝，暑扇床枕，寒以身溫席。

⑩ 哏：音ㄏㄣ。兇惡的樣子。

⑪ 作業：此處意同「作孽」。

過一遍了。聽得太公聲氣，穆文光著了忙，叫媳婦回說不曾來。媳婦道：「丈夫是公公叫去做伴，為何反來尋取？」太公跌腳道：「夜靜更闌，躲在那裏去？凍也要凍死了。我老人家略起來片刻，還在此打寒噤哩！叫他少年孩子，怎麼禁得起！」依舊扶著牆壁走回來，還暗自埋怨道：「是我這老奴才不是，由他兩口兒做一處也罷，偏要強逼他拆開做甚麼！」眼也不敢閉。

直坐到天明，拿了一荅草紙走出去開門，卻不曉得裏外的門都預先有人替他開了。太公荒⑫做一堆，大叫起來道：「這門是那個開的，敢是有賊躲在家裏麼？」且不跑回內房來查點箱籠，一徑走到糞屋邊，惟恐賊偷了糞去。睜眼一看，只見門還依舊鎖著，心下纔放落千斤擔子。正要進去查問，接著那些大男小婦，就如點卯⑬的一般魚貫而入，不住穿梭走動，爭來搶奪草紙。太公著急道：「你們這般人忒沒來歷。斯文生意，何苦動手動腳。」眾人嚷道：「我們辛辛苦苦吃了自家飯，天明就來生產寶貝。老頭兒還不知感激。我們難道是你家子孫，白白替你掙家私的？將來大家斂起分子，挖他百十個官坑，像意兒⑭灑落，不怕你張口盡數來吃了去。」太公聽他說得有理，只得笑臉兒陪不是道：「諸兄何必發惱。小老兒開這一張臭口，只當放屁。你們分明是我的施主；若斷絕門徒，活活要餓殺我這有鬍子的和尚了。」眾人見他說得好笑，反解嘲道：「太公既要板留我們這般肯撒漫的施主，也該備些素飯粉湯款待一款待，後來便沒人敢奪你的門徒。」太公道：「今日先請眾位出空了，另日再奉補元氣何如？」眾人纔一齊大

⑫ 荒：當為「慌」之筆誤。

⑬ 點卯：舊時官署吏役於卯時上班，謂之「應卯」，長官按冊呼名為「點卯」。

⑭ 像意兒：意謂隨意、如意。

笑起來。太公暗喜道：「我偶然說錯一句話，險些送斷了邊蒲根，還虧蓬腳收得快，纔拿穩了主舵。」正是：

要圖下次主顧，須陪當下小心。
稍有一毫怠慢，大家不肯光臨。

你道穆太公為不見了兒子，夜裏還那樣著急，睡也不敢睡，睜著眼睛等到雞叫。怎麼起來大半日，反忘記了，不去尋找，是甚麼意思？這卻因他開了那個方便出恭的「舖子」，又撞著那班雞鳴而起搶頭籌的鄉人，擠進擠出，算人頭帳也算不清楚；且是別樣貨物還是賒帳，獨有人肚子裏這一樁貨物，落下地來就有十足的紋銀現來做了交易。那穆太公把愛子之念，都被愛財之念奪將去，自然是財重人輕了。況且我們最重的是養生，最經心的是飢寒。穆太公臉也不洗，口也不漱，自朝至夜，連身上冷暖、腹內飢飽都不理會，把自家一個血肉身體當做死木槁灰。飢寒既不經心，便叫他別投個人身，他也不會受用美酒嘉餚，穿著綾羅緞疋的。既不養生，便是將性命看得輕；將性命既看得輕，要他將兒子看得十分鄭重，這那裏能夠。所以忙了一日，再不曾記掛兒子。偏那兒子又會作怪，因是暗地溜到自家床上來睡，恐怕瞞不過太公。他悄悄開出門去，披星戴月往城裏舅舅家來藏身。

他這舅舅姓金，號有方，是烏程縣數一數二有名頭吃餛飩的無賴秀才。凡是縣城中可欺的土財主，沒勢要倚靠的典當舖，他便從空捏出事故來：或是拖水人命，或是大逆謀反，或是挑唆遠房兄弟叔侄爭家，或是幫助原業主找絕價，或是撮弄寡婦孤兒告吞佔田土屋宇。他又包寫包告包准，騙出銀子來也有二八分的，也有三七分的，也有平對分的。這等看起來，金有方倒成一個財主了。那裏曉得沒天理的錢原不禁用的。他從沒天理得來，便有那班沒天理的人，手段又比他強，算計又比他毒，做成圈套得了他的去。這叫做強盜遇著賊偷，大來小往。只是那班沒天理的人手段如何樣強，算計如何樣毒，也要分說出來，好待看官們日後或者遇著像金有方這等絕頂沒品的秀才，也好施展出這軟尖刀的法子，替那些被害之家少出些氣兒。你道為何？原來金有方酷性好弔紙牌。那紙牌內百奇百巧的弊病，比衙門內不公不法的弊病還多。有一種慣洗牌的叫做「藥牌」，要八紅就是八紅，要四賞四二肩就是四賞四二肩，要順風旗就是順風旗。他卻在洗牌的時候做端正了色樣，對面腰牌的原是一氣相識，或有五張一腰的，或有十張一腰的，兩家都預先照會，臨時又有暗訣，再不得錯分到莊上去。近來那三張一腰的叫做「薄切」，薄切就要罰了。縱有乖巧人看得破，爭奈識破他一種弊病，他卻又換一種做法，那裏當得起幾副色樣。捲盡面前籌碼，就霎時露出金漆桌面來。故此逢場弔牌，再沒有不打連手做夥計的。若是做了連手，在出牌之時，定然你讓一張，我讓一張，還要自家減去賞肩，好待他上色樣。有心要贏那一個人，一遇著他出牌，不是你打起，就是我打起，直逼得他做了孤家寡人纔歇手。你想這班打連手的還如此利害，那做藥牌相識人的，可禁得起他一副色樣麼？金有方起初也還贏兩場，得了甜滋味，只管晝夜鑽緊在裏面。後來沒有一場不輸。拼命要去翻本，本卻翻不成，反盡情倒輸一貼，將那平日害人得來的銀錢，傾囊竭底的白送與那些相識，還要賠精神賠氣惱做饒頭哩。俗語說得好：「折本纔會賺錢。」金有方手頭雖賭空了，卻被他學精了弔牌的法子。只是生意會做，沒有本錢。那些相識弔客見他形狀索莫⑮，擠不出大湯水來，也就不去算計他，反叫他在旁邊拈些飛來頭。

一日，將拈過的籌碼算一算，大約有十餘兩銀子。財多身弱，又要作起禍來，忙向頭家買了籌碼，同著三個人在旁邊小門。正鬥得高興，只見家中一個小廝跑來說道：「鄉間穆小官人到了。」金有方皺著眉頭道：「他來做甚麼？也罷，叫他這裏來相會。」小廝便走出門去請他。我想，人家一個外甥來探望，自然千歡萬喜。金有方反心中不樂，是甚麼緣故？原來穆太公喪妻之時，金有方說是餓死了妹子，因告他在官。先將穆家房奩囊橐，搶得精一無二。穆太公被這一搶，又遭著官司，家計也就淡薄起來。虧得新坑致富，重恢復了產業，還比前更增益幾倍。那金有方為著此事，遂斷絕往來。忽然聽得外甥上門，也覺有些不好相見。正是：

昔日曾為敵國，今朝懶見親人。

話說穆文光到得金有方家，舅母留他吃朝飯。小廝回來請道：「官人在間壁劉家弔牌，不得脫身，請過去相會哩。」穆文光就走出門。小廝指著道：「就是這一家。小官人請立著，待我進去通知一聲。」穆文光立在門前，見有一扇招牌，那招牌上寫著「馬弔⑯學館」。穆文光道：「畢竟我們住在鄉間，見識不廣。像平時只曉得酒館、茶館、算命館、教學館、起課館、教戲館、招商館，卻再不知道有馬弔館。」

---

⑮ 索莫：沮喪；寂寥。無生氣貌。

⑯ 馬弔：紙牌名。共四十張，四人入局，人各八張，以大擊小，變化甚多。始於明萬曆中，至崇禎時而大盛。

這馬弔館是甚麼故事？」正在那裏思量，小廝走出來道：「小官人進來罷。」穆文光轉了幾個彎，見裏面是一座花園，聽得書房裏、廳裏、小閣裏、軒子裏都有擊格之聲。聽那聲氣，又不是投壺⑰聲，又不是棋子聲，又不是蹴毬聲，覺得忽高忽下，忽疾忽徐，另是一種響法。小廝指道：「那小閣裏便是。」穆文光跨進閣門，只見內裏三張桌兒。那桌兒都是斜放的，每張桌兒四面坐著禿頭褻衣的人，每人手內拿著四寸長二寸廓的厚紙骨。那厚紙骨上又畫著人物、銅錢、索子。每人面前都堆著金漆籌兒，籌兒也有長的短的，面前也有多的少的。旁邊又坐著一個人拿了棋簍兒，內裏也盛著許多籌，倒著實好看。穆文光見了金有方，叫聲「娘舅」，深深作下揖去。金有方一面回個半禮，手中還捏著牌，口裏叫道：「我還不曾捉！」慌慌張張抽出一個千僧來。對面是椿家⑱，忙把他的千僧殿在九十子下面。眾人鬨然大笑，金有方看了壓牌，紅著臉要去搶那千僧。椿家嚷道：「牌上桌，項羽也難奪！你牌經⑲也不曾讀過麼？」按著再不肯放。金有方爭嚷道：「我在牌裏用過十年工夫，難道不曉得壓牌是紅萬，反拿千僧捉九十子麼？方纔是我見了外甥，要回他的禮，偶然抽錯了，也是無心，怎便不肯還我？」椿家道：「我正在這無心上贏你，你只該埋怨外甥，不該埋怨別人。」眾人道：「老金，你是贏家，便賠幾副罷了。」只見椿家又出。出百老，百老底下拖出二十子，成了天女散花的色樣。側坐的兩家道：「我們造化，只出一副百老，別的盡是老金包了去。」金有方數過籌碼，心中不平道：「寧輸鬥，不輸錯。我受這一遭虧不

⑰ 投壺：古人宴會時的遊戲。設特製之壺，賓主以次投矢其中，中多者為勝，負者飲。

⑱ 椿家：即莊家。

⑲ 牌經：明末馮夢龍關於馬弔的著作。

打緊，只是把千僧滅的冤枉了。」正是：

推了車子過河，提了油瓶買酒。
錯只錯在自家，難向他人角口。

原來那紙牌是最勢利的，若是一次鬥出色樣來，紅牌次次再不離手；倘鬥錯了一副，他便紅星兒也不上門。間或分著一兩張賞肩，不是無助之賞，就是受傷之肩；撞得巧拿了三賞，讓別家一賞沖了去奪錦標，倒要賠錢。可見鴿子向旺處飛，連牌也要揀擇人家，總是勢利世界，紙糊的強盜還脫不得「勢利」二字。金有方果然被這一挫，漸漸輸去大半籌碼。穆文光坐在旁邊，又要問長問短。金有方焦燥道：「你要學弔牌，廳上現有弔師在那裏開館。你去領教一番，自然明白，不必只管問我。」

穆文光是少年人，見這樣好耍子事，他怎肯放空？又聽得弔牌也有弔師，心癢不過，三步做了兩步，到得廳上。見廳中間一個高臺，上面坐著帶方巾穿大紅鞋的先生，供桌上將那四十張牌鋪滿一桌，臺下無數聽講的弟子兩行擺班坐著，就像講經的法師一般。穆文光端立而聽，聽那先生開講道：「我方纔將那龍子猶⑳十三篇條分縷析，句解明白，你們想已得其大概。只是製馬弔的來歷，運動馬弔的學問，與那後世壞馬弔的流弊，我卻也要指點一番。」眾弟子俱點頭唯唯。那先生將手指著桌上的牌說道：「這牌在古時原叫做葉子戲。有兩人鬥的，有三人鬥的。其中鬧江、打海、上樓、鬥蛤、打老虎、看豹，名

⑳ 龍子猶：明末文學家馮夢龍之別號。馮夢龍曾著有牌經一卷、馬弔腳例一卷。

色不同。惟有馬弔必用四人，所以按四方之象；四人手執八張，所以配八卦之數。以三家而攻一家，意主合從；以一家而贏三家，意主併吞。此製馬弔之來歷也。若夫不打過椿，不打連張，則謂之仁；逢椿必捉，有千必掛，則謂之義；發牌有序，殿牌不亂，則謂之禮；留張防賀，現趣圖沖，則謂之智；不可急捉，必發還張，則謂之信。此運動馬弔之學問也。逮至今日，風斯下矣。昔云閉口葉子，今人諠譁叫跳，滿座譏諷。上一色樣，即狂言出賣高牌；失一趣肩，即大罵爾曹無狀。更有暗傳聲，呼人救駕；悄滅賞，連手圖贏。小則擲牌撒賴，大則推桌揮拳。此後世壞馬弔之流弊也。爾等須力矯今人之弊，復見古人之風，庶不負壇坫講究一番。」說罷就下臺。眾人又點頭唯唯。

穆文光只道馬弔是個戲局，聽了這弔師的議論，纔曉得馬弔內有如此大道理，比做文章還精微，不覺動了一個執贄從游之意。回到小閣裏，只見母舅背剪著手，看那頭家結帳，自家還解說道：「今日威風少挫，致令無名小卒反徼倖成功。其實不敢欺我的弔法，你們邊岸還不曾摸著。」眾人道：「弔牌的手段只論輸贏。你輸了自然是手段不濟。」金有方道：「今日之敗，非戰之罪，只為錯捉了九十子，我心上懊惱，半日牌風不來。若說手段不濟，請問那一家的色樣不是我打斷？那一家的好名件不是我擠死？你們替我把現采收好，待老將明日來翻本。」說罷，領了穆文光回家。在下曾有「掛校兒」道那馬弔輸了的：

弔牌的人，終日把牌來弔，費精神，有甚麼下稍！四十張打劫人，真強盜。頭家要現采，贏家不肯饒。悶懨懨的回來，哥哥，還有個妻兒炒。

這穆文光住在舅舅身邊，學好學歹，我也不暇分說。且說那穆太公自兒子出門之後，只道兒子躲往學堂裏去。及至夜間還不見歸，便有幾分著忙。叫人向學堂裏問，道是好幾日不曾赴館。太公此時愛財之念稍輕，那愛子之念又覺得稍重，忙向媳婦問道：「我老人家又沒有親眷，兒子料沒處藏身，莫不是到崔親家那邊去麼？」媳婦道：「他一向原說要去走走，或者在我父親家也不可知。」太公道：「我也許久不看見親家。明日借著去尋兒子，好探望一番，只是放心不下那新坑。媳婦，我今夜數下三百張草紙，你明日付與種菜園的穆忠，叫他在門前給散。終久我還不放心。你若是做完茶飯，就在門縫裏看著外邊。若是餘下的草紙，不要被穆忠落下，還收了進來要緊。」媳婦道：「我從來不走到外廂，只怕不便。」太公道：「說也不該，你不要享福太過。試看那前鄉後村，男子漢散腳散手吃現成飯，倒是大婦小女在田裏做生活。上面日色蒸曬，只好紮個破包頭，下面泥水汪洋，還要精赤著兩腳去耘草。我活到五十多歲，不知見過多多少少，有甚麼不便？」媳婦見太公鎖碎，遂應承了。

太公當夜穩睡，到得次日，將草紙交明媳婦。媳婦道：「家中正沒得鹽用，公公順便帶些來。我們那半山村的鹽極是好買。」太公道：「我曉得。」遂一直走出來，開了糞屋鎖，慢慢向田路上緩步將去。約略走過十餘里，就是崔題橋家。到得中堂，崔親母出來相見。問罷女兒，又問女婿。太公見他的口氣，曉得兒子不曾來，反不好相問，要告別出門。崔親母苦留，穆太公死也不肯。辭得脫身，歡喜道：「我今日若吃了他家東西，少不得崔親家到我家來也要回禮。常言說得好，親家公是一世相與的。若次次款待，連家私也要吃窮半邊哩。還是我有主意，今日茶水總不沾著，後日便怠慢了親家，難道好說我不還席？」這穆太公一頭走路，一頭搗鬼。又記起媳婦叫他買鹽，說是半山村的鹽好買。他從來見有一毫便宜之事，可肯放空！遂在路旁店裏買了。又見那店裏將絕大的荷葉來包鹽，未免有些動火，也多討了一個荷葉拿在手裏。

走不上一箭地，腹中微微痛起來；再走幾步，越發痛得兇。原來穆太公因昨日忍過一日飢，直到夜間鎖上糞屋門，纔得放心大膽吃飽。一時多吃了幾碗，飲食不調，就做下傷飢食飽的病，肚裏自然要作起禍來。畢竟出脫腹中這一宗寶貨，滯氣疏通，纔得平復。穆太公也覺得要走這一條門路，心上又捨不得遺棄路旁；道是別人的錦繡，還要用拜帖請他上門來，瀉在聚寶盆內，怎麼自家販本錢釀成的，反被別人受用？雖是這等算計，當不得一陣陣直痛到小肚子底下，比婦人養娃子將到產門邊，醉漢吐酒撞到喉嚨裏，都是再忍耐不住的。穆太公偏又生出韓信想不到的計策，王安石做不出的新法，急急將那一個饒頭荷葉放在近山澗的地上，自家便高聳尊臀，宏宣寶屁，像那圍田倒了岸，河道決了堤，趁勢一流而下。又拾起一塊瓦片，塞住口子，從從容容繫上裙褲，將那荷葉四面一兜，安頓在中央，取一根稻草，也紮得端正，拿著就走。可煞作怪，騎馬遇不著親家，騎牛反要遇著，遠遠望見崔題橋從岸上走來。穆太公還愛惜體面，恐怕崔題橋解出這一包來不好意思，慌忙往澗裏一丟，上前同崔題橋施禮。崔題橋要拉他回家去，說是「親家公到了敝村，豈有豆腐酒不吃一盃之理」。那知穆太公在他家裏還學陳仲子㉑的廉潔，已是將到半途，可肯復轉去赴楚霸王的鴻門宴麼？推辭一會，崔題橋又問他手中所拿何物，穆太公回說是鹽。崔題橋道：「想是親家果然有公務，急需鹽用，反依尊命，不敢虛邀。」穆太公多謝了幾句，便相別回家，心中懊惱道：「我空長這許多年紀，再不思前想後，白白將一包『銀子』，丟在水裏也

㉑ 陳仲子：戰國時齊人。以兄食祿萬鍾為不義，適楚。楚王欲以為相，不就，與妻逃去，為人灌園。

不響。像方纔親家何等大方，問過一句便丟開手。那個當真打開荷葉來看。真正自家失時落運，不會做人家的老狗骨頭。」穆太公暗自數罵一陣，早已將到家了。正是：

狹路相逢，萬難迴避。
折本生涯，一場晦氣。

且說穆太公前腳出門，媳婦便叫穆忠在門前開張舖面。崔氏奉公公之命，隱著身體在門內應一應故事㉒，手中依舊做些針指㉓。忽聽得外面喧嚷之聲，像是那個同穆忠角口㉔。原來喧嚷的是義鄉村上一個無賴，姓谷，綽號樹皮。自家恃著千斤的牛力，專要放刁打詐，把那村中幾個好出尖的後生，盡被谷樹皮征服了。他便覺得惟我獨尊，據國稱王，自家先上一個徽號㉕，要村中人呼他是谷大官人。可憐那村中原是山野地方，又沒得鄉宦，又沒得秀才，便這等一個破落戶㉖，他要橫行，眾人只好側目而視。雖不帶紗帽，倒賽得過詐人的鄉宦；雖不掛藍衫㉗，反勝得多騙人的秀才。便是穆太公老年人，一見他

㉒ 應一應故事：指照例應付，敷衍了事。
㉓ 針指：亦作「鍼黹」，謂縫紉刺繡之事。
㉔ 角口：即口角，指爭吵。
㉕ 徽號：美好的稱號。古時多指加於帝后尊號上的歌功頌德的套語。
㉖ 破落戶：原意為潑辣貨。此處指無賴。
㉗ 藍衫：當作「襴衫」，明時進學為秀才者方能穿著此服。

還有六分恭敬，三分畏懼，一分奉承哩。偏那穆忠坐在坑門前給發草紙，他就拿出一副喬家主公的嘴臉，像巡檢㉘帶了主簿㉙印，居然做起主簿官，行起主簿事，肅起主簿堂規，裝起主簿模樣來。那谷樹皮特地領了出恭牌，走到新坑上，見穆忠還在那邊整頓官體。他那一腔無明火從尾脊廬㉚直鑽過泥丸宮㉛，捏著巴斗大的拳頭，要奉承穆忠幾下。又想道：「打狗看主人面，我且不要輕動褻尊，先發揮他一場。若是倔強不服，那時再打得他一佛出世，二佛升天，不怕主人不來賠禮。」指著穆忠罵道：「你這瞎眼奴才！見了我谷大官人，還端然坐著不動。試問你家太公，他見我貴足踏在你賤地來，遠遠便立起，口口聲聲叫『官人』，草紙還多送幾張，鞠躬盡禮，非常的小心。你這奴才，皮毛還長不全，反來作怪麼？」穆忠回嘴道：「一霎時有輪百人進出，若個個要立起身，個個要叫『官人』，連腰也要立酸，口也要叫乾了。」穆忠還不曾說完，那邊迎面一拳早打了個滿天星。穆忠口裏把城隍土地亂喊起來。谷樹皮揪過頭髮，就如餓鷹抓兔。穆忠身子全不敢動彈，只有一張嘴還喊得出「爹娘」兩個字。崔氏看見，只得推開半扇門，口中勸道：「小人無狀，饒恕他這一遭罷。」谷樹皮正在那裏打出許多故事㉜來，聽得嬌滴滴聲氣在耳根邊相勸。抬頭一看，卻是一位美貌小娘子。他便住手，忙同崔氏答話。崔氏見他兩個眼睛如

㉘ 巡檢：明清時州縣均置巡檢，掌地方治安，為知縣屬官。
㉙ 主簿：明清時州縣均設主簿，掌文書簿籍，為知縣佐官。
㉚ 尾脊廬：人脊柱骨的尾部。
㉛ 泥丸宮：人頭頂。
㉜ 故事：此處指花樣。

銅鈴一般，便堆下滿臉笑容來，也還是泥塑的判官，紙畫的鍾馗，怎不教人詫殺？崔氏頭也不回，氣喘喘走回臥室內，還把房門緊緊關住。那谷樹皮記掛著這小娘子，將半天的怒氣都散到爪哇國㉝去了。及至見崔氏不理他，又要重整復那些剩氣殘惱。恰遇著穆太公進門，問了緣故，假意把穆忠踢上幾空腳，打上幾虛掌，又向谷樹皮作揖賠不是。谷樹皮扯著得勝旗，打著得勝鼓，也就洋洋踱出門了。

穆太公埋怨穆忠道：「國不可一日無王，家不可一日無主，古語再說不差的。我纔出去得半日，家中便生出事端來，還喜我歸家勸住；不然，連屋也要被他拆去。你難道不知他是個活太歲、真孛星㉞，燒紙去退送還退送不及，反招惹他進門降禍麼？」又跑進內裏要埋怨媳婦。只見媳婦在灶下做飯，太公道：「我也不要飯吃，受惡氣也受飽了。」崔氏低聲下氣的問道：「公公可曾買鹽回來？」太公慌了道：「我為勸鬧，放在外面櫃桌上，不知可有閒人拿去？」急忙走出來，拿了鹽包，遞與媳婦道：「僥倖，僥倖！還在桌上，不曾動。你煎豆腐，就用這新鹽，好待我嘗一嘗滋味。」崔氏纔打開荷葉，只聞得臭氣撲鼻，看一看道：「公公去買鹽，怎倒買了『稀醬』來？」太公聞知，嚇得臉都失色。近前一看，搥胸跌腳起來，恨恨的道：「是我老奴才自不小心！」又惟恐一時眼花看得不真，重複端詳一次，越覺得心疼。拿著往地下一擲，早走過一隻黃狗來，像一千年不曾見食面的，搖頭擺尾，嘖嘖咂咂的肥嚼一會。太公目瞪口呆，爬在自家床上去嘆氣，又不好明說出來，自嘆自解道：「只認我路上失落了銀子，不曾買鹽。」又懊悔道：「我既有心拿回家來，便該傾在新坑內，為何造化那黃狗？七顛八倒，這等不會打

㉝ 爪哇國：南洋群島的爪哇島。遠在海外，古代交通不便，視為渺茫遙遠的地方，因以喻虛無之境或極遠之處。

㉞ 孛星：彗星中的一種。古人以孛星現為不祥之兆。

算。敢則日建㉟不利，該要破財的？」正是：

狗子方餐南畝糞，龍王收去水晶鹽。
公公納悶看床頂，媳婦聞香到鼻尖。

這穆太公因要尋取兒子回家，不料兒子尋不著，反送落一件日用之物，又送落一件生財之物。只是已去者不可復追，那尚存者還要著想。太公雖然思想兒子，因為二者不可得兼的念頭橫在胸中，反痛恨兒子不肖，說是帶累他賠了夫人又折兵。卻不曉得他令郎住在金有方家，做夢也不知道乃尊有這些把戲。

話說金有方盤問外甥，纔知穆文光是避父親打罵，悄悄進城的。要打發他獨自回家，惟恐少年娃子，走到半路又溜到別處；若要自家送他上門，因為前次郎舅惡交，沒有顏面相見。正沒做理會處，忽有一個莫逆賭友叫做苗舜格來約他去馬弔。金有方見了，便留住道：「苗兄來得正好，小弟有一件事奉託。」苗舜格道：「吾兄的事，就如小弟身上的事。若承見託，再無不效勞的。」金有方道：「穆舍甥在家下住了兩日。細問他，方知是逃走出來的。小弟要送他回去。吾兄曉得敝姊丈與小弟不睦，不便親自上門。愚意要煩尊駕走一遭，不知可肯？」苗舜格沉吟道：「今日場中有個好主客，小弟原思量約兄去做幫手，贏他一場，又承見託，怎麼處？」金有方道：「這個不難。你說是那個主客？」苗舜格道：「就是徐尚書的公子。」金有方道：「主客雖是好的，聞得他某處輸去千金，某處又被人贏去房產，近來也是一個

㉟日建：農民曆以本日的支辰為建，叫「日建」。沖狗。

踢皮兒哩。」苗舜格道：「屏風雖壞，骨格猶存。他倒底比我們窮鬼好萬倍。」金有方道：「我有道理。你代我送穆舍甥回家，我代你同徐公子馬弔。你曉得我的馬弔神通，只有贏，沒有輸的。」苗舜格道：「這是一向佩服，但既承兄這等好意，也不敢推卻，待小弟就領穆令甥到義鄉村去罷。」金有方叫出穆文光來。穆文光還做勢不肯去。金有方道：「你不要執性。遲得數日，我來接你。料你鄉間沒有好先生，不如在城裏來讀書，增長些學問。今日且回去。」穆文光只得同苗舜格出門。腳步兒雖然走著，心中只管想那馬弔，道是世上有這一種大學問，若不學會，枉了做人一世。回家去騙了父親贄見禮，只說到城中附館讀書，就借這名色拜在弔師門牆下，有何不可？算計已定，早不知不覺出了城，竟到義鄉村上。

只見太公坐在新坑前，眾人擁著他要草紙。苗舜格上前施禮，穆文光也來作揖。太公道：「你這小畜生，幾日躲在那裏？」苗舜格道：「令郎去探望母舅，不必責備他。因金有方怕宅上找尋，特命小弟送來。」穆太公聽得兒子上那冤家對頭的門，老大煩惱；又不好怠慢苗舜格，只得留他坐下，叫媳婦備飯出來。苗舜格想道：「他家難道沒有堂屋，怎便請我坐在這裏？」抬頭一看，只見簇新的一個齋匾懸在旁邊門上。又見門外的眾人拿著草紙進去；門裏的眾人繫著褲帶出來。苗舜格便走去一望，原來是東廁，早笑了一笑道：「是東廁，上也用不著堂名；就用著堂名，或者如混堂一樣的名色也罷，怎麼用得著『齒爵堂』三個字？」暗笑了一陣，依舊坐下。當不起那馨香之味環繞不散。取出飯來吃，覺得菜裏、飯裏，盡是這氣味。勉強吃幾口充飢，倒底滿肚皮的疑惑。一時便如數出而哇之，竟像不曾領太公這一席盛情。你道太公為何在這「齒爵堂」前宴客？因是要照管新坑，不得分身請客到堂上，便將糞屋做了茶廳。只是穆太公與苗舜格同是一般鼻頭，怎麼香臭也不分？只為天下的人情，都是習慣而成自然。譬如我們行船，遇著糞舡過去，少不得爐裏也添些香，蓬窗也關上一會。走路遇著糞擔，忙把衣袖掩著鼻孔，還要吐兩口唾沫。試看糞舡上的人，飲食坐臥，朝夕不離，還唱山歌兒作樂；挑糞擔的每日替人家婦女倒馬桶，再不曾有半點憎嫌，只恨那馬桶內少貨。難道他果然香臭不分？因是自幼至老，習這務本生意，日漸月摩，始而與他相合，繼而便與他相忘，鼻邊反覺道一刻少他不得，就像書房內燒黃熟香，閨房裡燒沉香的一般。這不是在下掉謊，曾見古詩上載著「糞渣香」三字，我嘗道習得慣，連臭的自然都是香的；習不慣，連香的自然都是臭的。穆太公卻習得慣，苗舜格卻習不慣。又道是眼不見即為淨，苗舜格吃虧在親往新坑上一看。可憐他險些兒將五臟神㊱都打口裏搬出來。穆太公再也想不到這箇緣故，慌忙送他出門，居然領受那些奇香異味。正是：

鼻孔嗅將去，清風引出來。
自朝還至暮，勝坐七香臺。

話說穆文光心心念念要去從師學馬弔。睜眼閉眼，四十張紙牌就擺在面前。可見少年人志氣最專趨向，最易得機會：進了學堂門，是一種學好的志氣；出了學堂門，就有一種學不好的趨向。穆文光不知這紙牌是個吃人的老虎，多少傾家蕩產的在此道中消磨了歲月，低賤了人品，種起了禍患。我勸世上父兄切不可向子弟面前說馬弔是個雅戲。你看這穆文光為著雅戲上，反做了半世的苦戲。

㊱ 五臟神：亦作「五藏神」，道家用語。後來戲曲小說裏多作詼諧用法，指胃口、食欲。

我且講那穆太公要送兒子進學堂。穆文光正正經經的說道：「父親不要孩兒讀書成名，便在鄉間從那訓蒙的略識幾個字也便罷了。若實在想後來發達，光耀祖宗，這卻要在城內尋個名師良友，孩兒纔習得上流。」太公歡喜道：「好兒子，你有這樣大志氣，也不枉父親積德一世。我家祖宗都是白衣人㊲，連童生也不曾出一個。日後不望中舉人、中進士，但願你中個秀才，便死也瞑目。」穆文光道：「父親既肯成就孩兒，就封下贄見禮，孩兒好去收拾書箱行李，以便進城。」太公聽說，呆了半晌道：「凡事須從常㊳算計。你方纔說要進城。我問你還是來家吃飯，是在城中吃飯？」穆文光道：「自然在城中吃飯。」太公道：「除非我移家在城中住，你纔有飯吃哩。難道為你一人讀書，叫我丟落新坑不成？」穆文光道：「這吃飯事小，不要父親經心。娘舅曾說，一應供給，盡在他家。」太公啐道：「你還不曉得娘舅做人麼？我㊴父親好端端一分人家，葬送在他手裏。你又去纏他做甚？」穆文光道：「孩兒吃他家的飯，讀自家的書，有甚麼不便？」太公見兒子說得有理，遂暗自躊躕。原來這老兒是極算小、沒主意的。想到兒子進城，吃現成飯，家中便少了一口，這樣便宜事，怎麼不做？因封就一錢重的封兒，付與兒子去做贄禮，叫穆忠挑了書箱行李入城。

穆文光便重到金有方家來，再不說起「讀書」二字。金有方又是邪路貨，每日攜他在馬弔場中去，穆文光便悄悄將贄禮送與弔師。那弔師姓劉，綽號賽桑門，極會裝身分，定要穆文光行師生禮。賽桑門

㊲ 白衣人：古未仕者著白衣，故有此稱，猶後世稱「布衣」。

㊳ 從常：似應作「從長」。

㊴ 我：當為「你」字之誤寫。

先將龍子猶十三篇教穆文光讀。誰知同堂弟子曉得他是新坑穆家，又為苗舜格傳說他坑上都用「齒爵堂」的齋匾，眾弟子各各不足老師，說是收這等糞門生，玷辱門牆。又不好當面斥逐，只等弔師進去，大家齊口譏諷。穆文光一心讀馬弔經，再不去招攬。有兩個憁友，明明嘲笑他道：「小穆，你家吃的是糞，穿的是糞，你滿肚子都是糞了。只該拿馬弔經在糞坑上讀，不要在這裏薰壞了我們。」穆文光總是不理。還喜天性聰明，不上幾日，把馬弔經讀得透熟。賽桑門又有一本十三經註疏㊵，如張閣老直解一般㊶，逐節逐段替他講貫明白。穆文光也得其大概。賽桑門道：「我看你有志上進，可以傳授心法。只是洗牌之乾淨，分牌之敏捷不錯，出牌之變化奇幻，打牌之斟酌有方，留牌之審時度勢，須要袖手在場中旁觀，然後親身在場中歷練，自然一鳴驚人，冠軍無疑矣。切不可半途而廢，蹈為山九仞㊷之轍；更不可見異而遷，萌鴻鵠將至㊸之心。子其勉旃㊹，勉旃！」穆文光當下再拜受教。

賽桑門因叫出自家兄弟來，要他領穆文光去看局。他這兄弟也是烈烈轟轟的名士，綽號「飛手夜叉」。眾人因為他神於拈頭，遂慶賀他這一個徽號。穆文光跟他在場上，那飛手夜叉移一張小凳子放在側邊，叫穆文光坐著。只見四面的弔家：一個光著頭，掛一串蜜蠟念珠在頸上，酒糟的面孔，年紀雖有三十多

㊵ 十三經註疏：原意指儒家奉為經典的十三部古書的註疏。此處指前文指及的龍子猶「十三篇」的注解。
㊶ 如張閣老直解一般：張閣老指明萬曆初內閣首輔張居正，直解意謂以白話講解經書。
㊷ 為山九仞：語出尚書旅獒：「為山九仞，功虧一簣。」喻一件事只差最後一點而未能完成。
㊸ 鴻鵠將至：語出孟子告子上：「一心以為有鴻鵠將至，思援弓繳而射之。」喻不專心。
㊹ 勉旃：勉之。

歲，卻沒得一根髫鬚，綽號叫做「弔太監」，這便是徐公子；一個凹眼睛，黑臉高鼻，連腮搭鬢，一團鬍子的，綽號叫做「弔判官」，這人是馮百戶；一個粗眉小眼，縮頭縮頸，瘦削身體，掛一串金剛念珠在手上的，綽號「弔鬼」，這人是劉小四；一個賴痲子，渾身衣服齷齷齪齪的，綽號「弔花子」，這便是苗舜格。四家對壘，鏖戰不已。飛手夜叉忽然叫住道：「你們且住手，待我結一結帳，算一算籌碼。」原來弔太監大敗，反是弔花子贏了。飛手夜叉道：「徐大爺輸過七十千，該三十五兩，這一串蜜蠟念珠，只好準折。」苗舜格便要向徐公子頸上褪下來。徐公子大怒道：「你這花子奴才！我大爺抬舉你同桌馬弔，也就折福了，怎麼輕易取我念珠？我卻還要翻本，焉知輸家不變做贏家麼？」苗舜格見他使出公子性氣，只得派樁再弔。

將近黃昏，飛手夜叉又來結帳，徐公子比前更輸得多。苗舜格道：「大爺此番卻沒得說了。」徐公子道：「另日賭帳除還，你莫妄心想我的念珠。」苗舜格曉得他有幾分賴局，想個主意向他說道：「大爺要還帳，打甚麼緊？只消舉一舉手，動一動口，便有元寶滾進袖裏來。」徐公子見說話有些蹊蹺，正要動問，苗舜格曳著他衣服從外面悄語道：「有一樁事體商議，大爺發一主大財爻，在下也發一主小財爻，這些須賭帳，包管大爺不要拿出已貲來。」徐公子聽得動火，捏著苗舜格的手問道：「甚麼發財事？」苗舜格道：「坐在橫頭看馬弔的，他是新坑穆家，現今在鄉下算第一家財主。」徐公子道：「我們打了連手，贏他何如？」苗舜格道：「這個小官人，還不曾當家，銀錢是他老子掌管。」徐公子道：「這等沒法兒算計他？」苗舜格道：「有法，有法。他家新坑上掛一個齋匾，卻用得是大爺家牌坊上『齒爵』兩個字，這就有題目好生發了。」徐公子道：「題目便有，請教生發之策。」苗舜格道：「進一狀子在縣裏，道是欺悖聖旨，污穢先考㊺。他可禁得起這兩個大題目麼？那時我去收場，不怕他不分一半家私送上大爺的門。」徐公子笑道：「好計策，好計策！明日就發兵。」苗舜格道：「還要商量，大爺不可性急。穆家的令舅就是金有方，這金有方也曾騙過穆家，我們須通知了他纔好。」徐公子道：「我絕早就看見金有方來了，不知他在那裏馬弔？」苗舜格道：「只在此處，待我尋來。」苗舜格去不多時，拉著金有方，聚在一處商議，大家計較停當始散。正是：

豺虎食人，其機如神。
無辜受穽，有屈何伸。

話說穆太公好端端在家裏，忽見一班無賴後生蜂擁進來說道：「太公，你年紀老大，怎麼人也不認得？前日谷大官人來照顧你新坑，也是好意，為何就得罪他？如今要掘官坑搶你的生意。我們道太公做人忠厚，大家勸阻。谷大官人說道：『若要我不搶他生意，除非叫他的媳婦陪我睡一夜纔罷。』」太公叫聲：「氣殺我也！」早跌倒地下。眾人都慌忙跑出門去。崔氏聽得外面人聲嘈雜，急走出來。見公公跌倒，忙扶公公進房。

太公從此著了病，一連幾日下不得床。崔氏著穆忠請小官人來家。穆文光曉得父親病重，匆匆趕到義鄉村，見太公話也說不出，像中風的模樣。看著兒子只是掉淚。穆文光心上就如箭攢的好不難過。向

㊺ 先考：指亡父。

崔氏問起病的根由，崔氏也不曉得。穆文光道：「我們該齋一齋土地。」也顧不得錢鈔，開了箱子，取出幾兩來，買些豬頭三牲果品酒餚，整治齊備。到黃昏時候，叫穆忠送到土地堂裏。穆文光正跪著禱祝，忽見一人大喊進來道：「祭神不如祭我！」穆忠看見，叫聲：「不好！小官人快迴避。」穆文光如飛的跑出來，喘定了，問穆忠道：「方纔這是那一個？」穆忠道：「這個人兇多哩！他叫做谷樹皮。小人幾被他一頓打死。前日他要同我家做對頭，如今現掘起一個丈餘的深坑，搶我家生意。」穆文光道：「他不過是個惡人，難道是吃人的老虎？何必迴避他，快轉去！」穆忠道：「小官人去罷，我曾被他打怕了，死也是不去的。」穆文光道：「你這沒用的奴才，待我獨自去見他，可有本事打我？」說罷，便從舊路上望土地堂來。聽得裏面聲氣雄壯，也便有三分膽怯，立在黑地裏窺望他。只見谷樹皮將一桌祭物嚼得琅琅有聲，又把一壺酒揭開蓋，一氣盡灌下去；手裏還提著那些吃不完的熟菜，大踏步走出土地堂來。穆文光悄悄從後跟著，行了十數步，見谷樹皮走進一個小屋裏去。遲得半會，聽得谷樹皮叫喊。穆文光大著膽也進這小屋來一看，還喜不敢深入。原來這屋裏就是谷樹皮掘的官坑，不知他怎生跌在裏面，東扒西扒，再扒不起來。穆文光得意道：「你這個惡人，神道也不怕，把祭物吃得燥脾，這糞味也叫你嘗得飽滿。」谷樹皮鑽起頭來哀求道：「神道爺爺，饒我殘生罷！」穆文光道：「你還求活麼？待我且替地方上除一個大害。」搬起一塊大石頭，覷得端正，照著谷樹皮頭上撲通的打去。可憐谷樹皮頭腦迸裂，死於糞坑之內。穆文光見坑裏不見動靜，滿意快活跑回家來，在太公床面前拍掌說道：「孩兒今日結果了一個惡人。聞得他叫谷樹皮，將孩兒齋土地的祭品搶來吃在肚裏。想是觸犯神道，自家竟跌在糞坑內，被孩兒一塊石頭送他做鬼了。」太公聽說，呵呵大笑，爬下床來，扯著穆文光道：「好孝順兒子，你小小人兒，倒會替父親報復大仇。我的病原為谷樹皮而起，今日既出了這口氣，病也退了。」自此闔家歡喜不盡。那知穆太公的心病雖然醫好，那破財的病兒卻從頭害起。

一日，太公正步到門前來，不覺嘆息道：「自谷樹皮掘了官坑，我家生意便這樣淡薄，命運不好，一至於此！」正盼望下顧新坑的，那知反盼望著兩個穿青衣的公差。這公差一進門，便去摘下齒爵堂的齋匾。太公纔要爭論，早被一條鐵索掛在頸項裏，帶著就走。太公道：「我犯著何罪，也待說出犯由來，小老兒好知道情節。兄們不須造次。」有一個公差道：「你要看牌麼？犯的罪名好大哩！」太公又不識字，叫出穆文光來。穆文光看見鐵索套在父親頸上，沒做理會；讀那牌上，纔明白是為僭用「齒爵堂」，徐公子是原告。公差又要拉太公出去。穆文光道：「諸兄從城中來，腹內也餓了，請在舍下便飯，好從容商議。」公差道：「這小官倒會說話，我們且吃了飯。」著擺出飯來，又沒大餚大酒，太公又不捨得打發差錢。公差痛罵一場，把太公鷹拿燕捉的出門去了。

穆文光哭哭啼啼，又不放心，隨後跟進城來，向娘舅家去借救兵。只見金有方陪苗舜格坐著。穆文光說出父親被告的原由，便哭個不了。金有方道：「外甥，你且莫哭。我想個計較，救你父親則個。」因拱苗舜格道：「吾兄與老徐相厚，煩出來分解一番，只認推看薄面。」苗舜格道：「老徐性情極憊懣，最難講話。如今且去通一通線索，再做主意。」苗舜格假意轉一轉身，就來回覆道：「小弟會著老徐，再三勸解一通。他的題目拿得正大。這件事我想只有兩個門路，不是拚著屁股同他打官司，就是拿出銀子向他挽回。」金有方道：「敝姊夫未必捨得銀子，只好拚著屁股去捱官司罷了。」穆文光道：「娘舅說那裏話？銀子是掙得來的，父母遺體可好損傷得！」苗舜格道：「既要如此，也須通知你令尊。」穆文光正牽掛父親不知作何下落。遂同了金有方、苗舜格到縣前來，尋到差人家裏，見穆太公鎖在門柱上，兩眼流著淚。穆文光抱頭大哭。原來差人都是預先講通，故意難為鄉下財主的。金有方假怒道：「誰不曉得我老金的親眷，這等放肆無禮！」走出一個差人來，連連賠禮，把鐵索解下。穆太公此時就像脫離了地獄升到天堂的模樣，異常感激金有方。金有方道：「你不要謝我，且去央求苗兒要緊。這苗兒與徐公子相厚，方纔我已曾著他去討口氣，你問他便知道了。」苗舜格道：「老丈這齋匾是那個胡亂題的？徐公子道是齒爵牌坊原是聖旨賜造，如今僭用聖旨，就該問個罪名；況又污穢他先考，這情罪非同小可。」金有方道：「苗兒，你莫說利害話，只是想個解救法兒出來。」苗舜格道：「要解救法兒，除非送他輸千銀子。」金有方道：「你將銀子看得這等容易！」苗舜格道：「這場官司他告得有理。且是徐公子年家㊻故舊又多，官官相護，令姊丈少不得破家吃苦。」穆太公恐怕決撒了，忙叮囑道：「老舅調停一個主意，我竭力去完局罷了。」金有方道：「這事弄到後邊，千金還費不出。依我預先處分，也得五百金送徐公子，一百金送縣裏銷狀，太少了也成不得。」穆太公道：「把我拘鎖在此也沒處措置。必須自家回去，賣田賣產，纔好設法。」金有方道：「這個容易。」隨即吩咐了差人。

太公同著兒子回家，只得將零星熬苦熬淡、積分積厘的銀□□□㊼拿出來。自家為前次鎖怕了，不敢進城，便交付與兒子，叫他托金大舅把官司收拾乾淨，一總酬謝。穆文光領著父命，一面私自籌畫道：「娘舅吩咐送五百兩與徐家，難道是少欠他的，定要五百足數？我且私取下百金做馬弔本錢，好贏那徐

㊻　年家：科舉時代，同年登第者之家互稱為「年家」。
㊼　□□□：原抄本此處殘缺不可辨識。下頁亦有相同情形。

公子的過來，也替父親爭口氣。」遂將銷狀的一封銀子，藏在腰裏，見了金有方道：「我家爹爹致意娘舅，說是拮据，只湊得五百金，千萬借重娘舅布置。」金有方道：「那一百金銷狀的是斷斷少不得！」穆文光道：「徐公子處送他四百金，便可那移出一百來。」金有方道：「待我央苗舜格送去，受與不受，再做區處。」金有方拿了銀子出門，會同苗舜格到徐公子家，每人分一百金，徐公子得了三百，拿個帖子去銷狀。金有方回家說道：「事體雖然妥當，費我一片心機，你父親也未必曉得。」穆文光道：「爹爹原說要來酬謝的。」金有方道：「至親骨肉，要甚酬謝？」

穆文光見官司結局，歡喜不盡，搖擺到馬弔館來，向飛手夜叉說道：「我要向場中馬弔一回，若是贏了，好孝順師叔的。」飛手夜叉道：「你纔初入門，只好小弔罷。」穆文光道：「大輸大贏，還有些趣味，小弔便贏了，也沒多光景。」飛手夜叉道：「你有多少來歷，就想大弔？」穆文光在腰間取出那百兩一封來。飛手夜叉看見了道：「徐公子正尋人大弔，為少腳數，你湊一腳，是極好的，只輸後不要懊悔。」穆文光道：「那懊悔的人也不算一個漢子。」飛手夜叉便引他在著內裏樓上，只見徐公子、苗舜格、馮百戶先在上面。飛手夜叉道：「我送一腳來補數了。」徐公子曉得是穆小官，也不言語。大家派定坐位，拈椿洗牌。穆文光第一次上場，紅張倒不脫手，一連起了無數色樣，偏是鬥得聰明，把三家籌碼捲得乾乾淨淨。飛手夜叉在旁邊稱讚道：「強將手下無弱兵，我家兄教出來的門生，自然不同。」眾人道：「暴學三年贏。他後來有得輸哩。」飛手夜叉見穆文光贏得多了，忙在桌下踢上幾腳，叫他歇場。穆文光乖覺，到他做椿，便住手道：「小弟初學馬弔，今日要得個采頭，且結了帳再弔何如？」飛手夜叉道：「說得有理。」眾人還不肯放牌，見頭家做主，遂靜聽結帳。原來穆文光是大贏家，徐公子輸去一百五十兩，苗舜格所得的百金手也不曾熱，依舊送還穆文光。穆文光對飛手夜叉道：「這兩家的現物我都收下，那馮爺欠的送與師叔罷。」說罷，拿著銀子跑下樓去。徐公子與苗舜格面面廝覷，只好肚裏叫苦。正是：

聞道豈爭前後，當場還較輸贏。
攫金不持寸鐵，但將紙骨為兵。

話說金有方聽得外甥贏了二百多金到手，意思要騙來入己，假作老成說道：「你少年人切不可入賭場，今日偶然得勝，只算僥倖。若貪戀在馬弔上，不獨贏來的要送還人，連本錢也不可保。你將財物放在我身邊，為你生些利息。我曉得你令尊一文錢捨不得與你的。你難道房屋裏不要動用麼？閒時在我處零碎支取，後來依舊交還你本錢，何如？」穆文光正暗自打算，只見穆忠來討信。穆文光道：「你來得極好。」便將自家落下與贏來的湊成三百兩，打做一包，其餘還放在腰裏，向穆忠說道：「這銀子須交明太公，官司俱已清潔，不必憂慮。」穆忠答應了一聲，便往外就走。金有方黑眼睛見了白銀子，恨不得從空奪去。又見穆文光不上他的釣竿，又羞又惱。早是苗舜格撞進來，說是徐公子要復帳，一直拖著穆文光到馬弔館來。穆文光道：「明日也好馬弔，何苦今夜磨油磨燭、費精費神麼！」徐公子怒道：「你這龜臭小畜生，不知高低！我作成你這許多銀子，便再弔三日三夜也不要緊，便這樣拿班作勢，惱動我性子，□□□□□□□巴掌纔好。」穆文光道：「你這個性子，饒□□□□□□□□。我又不是你奴才，犯不著打巴掌。」徐公子道：「你這纔出世的小牛精，也挺觸老夫了。你還不曉得我□□□□牽了你家老牛精來，一齊敲個臭死，纔知我手段哩。」穆文光見傷了父親，不覺大怒道：「誰是牛精？你這不知人事的纔是牛精！」徐公子隔著桌子，一掌打來，穆文光披頭散髮，走了出去。苗舜格道：「□□□□□原不該同他認真撞著。」金有方進□□□□□飛手夜叉道：「你們現有四腳，何不弔牌？」眾人叫聲「有理」，各各按定壇場，果然弔得有興。正是：

此標奪錦，彼慶散花。沒名分公孫對坐，有情義夫婦團圞。旁家纔賀順風旗，誰人又鬥香爐腳。
說不盡平分天地，羨得殺小大比肩。莫言雅戲不參禪，試看人心爭渾素。

話說徐公子正鬥出一個色樣來，忙把底牌捏在手裏，高聲喊道：「且算完色樣，再看沖！」忽然「哎喲」一聲，蹲倒地下。眾人不知道為甚緣故，爭來扶他，只見衣衫染的一片盡是鮮血，個個驚喊起來。旁邊一個人叫道：「殺死這奴才，我去償命，你們不要著急！」眾人看時，原來是穆文光。齊聲喝道：「不要走了凶身！」疾忙上前拿住，又搜出一把小解手刀來，刀口上都是血。金有方道：「他與你有甚冤讐，悄地拿刀害他性命？」穆文光道：「說起冤仇來，我與他不共戴天哩！」金有方道：「他又不曾殺你父親，甚麼叫做不共戴天？」穆文光道：「他設計騙我父親，比殺人的心腸還狠。」金有方道：「你卻是為馬弔角口起，講不得這句話。」穆文光又要去奪刀，氣忿忿的道：「我倒乾淨結果了這奴才罷。」還不曾說完，早趕進一夥人來，把穆文光鎖了出去。金有方跟在後面纔曉得是徐衙裏親戚僕從，擊了縣門上鼓，差人來捉的。

那知縣聽得人命重情，忙坐堂審事。差人跪上去稟道：「凶身捉到了。」知縣問道：「你黑夜持刀殺人，難道不懼王法麼？」穆文光道：「童生讀書識字，怎麼不懼王法？只為報仇念重，不得不然。」知縣罵道：「虧你讀書識字的童生，輕易便想殺人！」忙抽籤要打。穆文光道：「宗師老爺不必責罰童生。若是徐公子果然身死，童生情願償命。」知縣問徐家抱告㊽道：「你主人可曾殺死？」抱告道：「主人將死，如今又救活了。」知縣道：「既經救活，還定不得他罪名，且收監伺候。」遂退了堂。金有方見外甥不曾受累，纔放下心。那些公人趕著金有方要錢，金有方只得應承了。

次日清晨，到穆太公家報信。可憐那太公聞知兒子下監，哭天哭地，幾乎哭死過去。金有方道：「凡事要拿出主意來，一味蠻哭兒子，可是哭得出監的？」太公纔止了哭聲，裏面媳婦又重新接腔換調的哭起來。金有方道：「老姊丈吩咐媳婦莫哭。你快取百十兩銀子，同我進城，先要買好禁子，使你令郎在監便不吃虧。」穆太公隨即取了銀兩，同金有方入城。到得縣門前來，尋著禁子，送了一分見面禮，便引著太公到監中來。父子抱頭大哭。只見堂上來提穆文光重審，太公隨後跟著。將到儀門㊾邊，內裏一個差人喊道：「犯人穆文光依舊收監！」禁子只得又帶轉來。穆太公問道：「怎麼今日不審？」差人道：「新官到了，要交盤哩，沒工夫審事。」金有方附耳對太公道：「這是你兒子好機會，我們且回家去罷。」太公遂住在金有方家，每日往監中看兒子。

㊽ 抱告：原告委託親屬或家人代理出庭，稱「抱告」。

㊾ 儀門：明清時官署的第二重正門。

後來打聽得新官行香之後，便坐堂放告。太公央金有方寫了一張狀子，當堂叫喊。知縣看完狀子，就抽籤要徐某驗傷，一面監裏提出穆文光來審。知縣見了穆文光年紀尚小，人材也生得倜儻，便有一分憐憫之心。因盤問道：「你為何誤傷徐某？」穆文光跪上去道：「童生是為父報仇，不是誤傷。」知縣指著穆太公道：「既不是誤傷，你這老兒便不該來告謊狀。」穆太公諕得上下牙齒捉對兒打交，一句也回答不出。知縣見這個光景，曉得他是良善人，遂不去苛求。又見穆文光挺身肯認為父報仇，分明是個有血性的漢子，遂開一條生路道：「穆文光，你既稱童生，畢竟會做文字，本縣這邊出一個題目。若是做得好，便寬宥你的罪名；做得不好，先革退你的童生，然後重處。」穆文光忻然道：「請宗師老爺命題。」知縣道：「題目就是『雖在縲絏㊿之中，非其罪也』。」又叫門子取紙墨筆硯與他。穆文光攤開紙，濡墨吮毫，全不搆思，霎時就完篇。太公初見知縣要兒子做文章，只道是難事，出了一身冷汗，暗地喊靈感觀世音助他的文思。忽然見兒子做完，便道：「祖宗有幸！虛空神靈保祐！」兩隻眼的溜溜望著那文章送到知縣公案上，又望著知縣不住點頭。

原來這知縣姓孔，原是甲科出身，初離書本，便歷仕途，他那一種酸腔還不曾脫盡，生性只喜歡八股。看到穆文光文章中間有一聯道：「子產刑書51，豈為無辜而設；湯王法網52，還因減罪而開。」拍

㊿ 縲絏：牢獄。

51 子產刑書：子產為春秋時鄭國人，名僑，字子產。自鄭簡公時始執政，歷定、獻、聲公三朝。曾令鑄刑書，即法律條文。

52 湯王法網：湯王即商開國之君成湯，子姓，名履，又稱「天乙」。曾見野張網四面，乃去三面。此處湯王法網，

窠稱讚道：「奇才，奇才！」正嘆賞間，忽然差人來稟道：「徐某被傷脅下，因貼上膏藥，冒不得風，不曾拿到，帶得家屬在此。」知縣道：「既不曾死，也不便叫穆文光償命。」遂叫去了刑具。徐家抱告稟道：「穆某持刀殺家主，現有兇器。若縱放他，便要逃走，還求老爺收監。」知縣罵道：「誰教你這奴才開口！若是你主子果然被傷而死，我少不得拿他來抵償。」又問穆文光道：「你因何事報仇？可實實講上來！」穆文光道：「童生的父親原不識字，誤用徐某牌坊上『齒爵』二字做堂名。徐某告了父親，嚇詐銀五百兩。童生氣不憤，所以持刀去殺他。」知縣道：「你在何處殺他的？」穆文光道：「是在賭錢場上。」知縣大怒道：「本縣正要捉賭賊，你可報上名字來。」穆文光恐怕累了師叔與娘舅，只報出苗舜格來。知縣忙出硃籤，叫捉苗舜格。不一時捉到了，迎風就打四十板，又取一面大枷，吩咐輪流枷在四門以儆示通衢。又對穆文光說道：「本縣憐你是讀書人，從寬免責。但看你文章，自然是功名中人。今府縣已錄過童生，你可回家讀書，俟宗師按臨，本縣親自送你去應試。」穆文光父子磕頭拜謝而去。

過了月餘，值宗師按臨湖州，知縣果然送他去考。發案之時，高高第一名進學。報到義鄉村，太公如在雲霧中的一般，看得秀才不知是多大前程，將那進學的報單，直掛在大門上。自家居然是老封君㊸，脫去醬汁白布衫，買了一件月白袖直裰㊹，替身體增光輝；除去瓜稜矮綜帽，做了一頂華陽巾兒，替頭皮改門面。喬模喬樣，送兒子去謝考。正到宗師衙門前，聽得眾人說：「宗師褫革㊺行劣生員。」都擁

喻恩澤優渥，法令尚寬。

㊸ 封君：因子孫顯貴而受封典者。此美稱穆秀才之父。

㊹ 直裰：古代家居常服，斜領大袖，四周鑲邊的袍子。

擠著來看，只見裏面走出三個突頭裸體的前任生員來，內裏恰有金有方。穆太公不知甚麼叫做褫革，上前一把扯住道：「老舅，你衣冠也沒有，成甚體統，虧你還在這大衙門出入。」金有方受這穆太公不明白道理的羞辱，掩面飛跑了去。穆文光道：「娘舅革去秀才，父親不去安慰他，反去嘲笑他，日後自然懷恨。」太公道：「我實在不曉得，又不犯著他行止，怎便懷恨？」說罷，穆文光同著一班新進謝了宗師，又獨自走去拜謝孔知縣提拔之恩。孔知縣也道自家有眼力，遂認做師生往來。以後穆文光養的兒子也讀書進學，倒成了一個書香人家，至今還稱做新坑穆家。可見穆太公虧著新坑致富，穆文光虧著報仇成名，父子倒算得兩個白屋發跡的豪傑。

諧道人評曰：俗稱「臭財主」，則未有不臭而成財主者也。穆太公新坑射利，皆從「臭」字起見，安置齋匾雖屬作者粉飾，亦見太公居鄉不俗、入塵不染之意。厥後破家受累，不誤於太公之安置齋匾，而誤於三家村不識字之訓蒙盲師。太公半山道上惜糞如金，欲捨輕取重，率至並其重者而棄之。天下之愛便宜者，往往輕重倒置，大抵是造物巧於弄人處。驅燕爾新婚之子，迫之入城，太公惹火燒身之所由來也。人之患在好為人師，至馬弔而亦開館授徒，毋怪乎天下無不好為師之人矣，毋怪乎天下之子弟無不馬弔之人矣。徐公子借齋匾為起詐之端，參贊幃幄，實出自苗舜格，蓋

55 褫革：明清對生員（即秀才）剝奪其衣衿、開革除名的一種處罰。

因太公不敬賓客之報。穆文光手刃公子，勇氣豪節，掣電驚雷，可作少年行贈之。余不意太公臭財主，有此寧馨兒光耀門閭也。金有方之辱，天辱之？人辱之乎？曰自辱之。然自辱者，天人尚未嘗有意報應也。

中國古典名著

專家校注考訂　古典小說戲曲大觀

世俗人情類

紅樓夢
脂評本紅樓夢
金瓶梅
老殘遊記
平山冷燕
品花寶鑑
野叟曝言
綠野仙踪
禪真逸史
海上花列傳
九尾龜
醒世姻緣傳
三門街
花月痕
孽海花
魯男子
遊仙窟　玉梨魂（合刊）
筆生花
浮生六記
玉嬌梨
好逑傳
啼笑因緣
歧路燈

公案俠義類

水滸傳
兒女英雄傳
三俠五義
七俠五義
小五義
續小五義
蕩寇志
綠牡丹
羅通掃北
楊家將演義
萬花樓演義
粉妝樓全傳
七劍十三俠
包公案
海公大紅袍全傳
施公案
乾隆下江南

歷史演義類

三國演義
東周列國志
東西漢演義
隋唐演義
說岳全傳
大明英烈傳

神魔志怪類

西遊記
封神演義
濟公傳
三遂平妖傳
南海觀音全傳　達磨出身傳燈傳（合刊）

諷刺譴責類

儒林外史
官場現形記
文明小史
鏡花緣
二十年目睹之怪現狀
何典　斬鬼傳　唐鍾馗平鬼傳（合刊）

擬話本類

拍案驚奇
二刻拍案驚奇
喻世明言
警世通言
醒世恒言
今古奇觀
豆棚閒話　照世盃（合刊）
石點頭
十二樓
西湖佳話
西湖二集
型世言

著名戲曲選

竇娥冤
漢宮秋
梧桐雨
琵琶記
第六才子書西廂記
牡丹亭
荊釵記
荔鏡記
長生殿
桃花扇
雷峰塔
倩女離魂

今古奇觀

抱甕老人／編　李平／校注　陳文華／校閱

《今古奇觀》共四十卷，是從馮夢龍的「三言」和淩濛初的「二拍」中擷選編成，兼顧「動人」的趣味性與「訓人」的勸世作用，概括了宋、元、明話本和擬話本的藝術，是一本優秀的古典白話短篇小說集。它以明代的城市生活與商業活動為主要背景，自政治、經濟、婚姻、道德等各個角度，廣泛而深入地反映了當時中下階層的生活面貌及人情世態。本書採用《古本小說集成》版底本，同時參據有關版本詳為校訂，典故、史實亦擇要加注，是欣賞與研究明代社會風情的最佳選擇。

國家圖書館出版品預行編目資料

豆棚閒話照世盃(合刊)/艾衲居士,酌元亭主人編撰;
陳大康校注;王關仕校閱.——二版二刷.——臺北市:
三民,2019
面; 公分.——(中國古典名著)

ISBN 978-957-14-5258-6 (平裝)

857.41 98017491

中國古典名著

豆棚閒話照世盃(合刊)

編撰者 艾衲居士 酌元亭主人
校注者 陳大康
校閱者 王關仕

發行人 劉振強
出版者 三民書局股份有限公司
地址 臺北市復興北路386號(復北門市)
臺北市重慶南路一段61號(重南門市)
電話 (02)25006600
網址 三民網路書店 https://www.sanmin.com.tw

出版日期 初版一刷 1998年4月
二版一刷 2017年11月
二版二刷 2019年11月
書籍編號 S854090
ISBN 978-957-14-5258-6